Christoph Dörr
Muffensausen

Christoph Dörr

MUFFEN SAUSEN

ROMAN

blanvalet

MIX
Papier aus verantwortungsvollen Quellen
FSC® C014496

Verlagsgruppe Random House FSC® N001967
Das FSC®-zertifizierte Papier *Super Snowbright* für dieses Buch
liefert Hellefoss AS, Hokksund, Norwegen.

1. Auflage
Originalausgabe September 2014 bei Blanvalet Verlag,
einem Unternehmen der
Verlagsgruppe Random House GmbH, München

Redaktion: Kristof Kurz
Satz: Uhl + Massopust, Aalen
Druck und Bindung: GGP Media GmbH, Pößneck
Printed in Germany
ISBN: 978-3-7645-0501-1

www.blanvalet.de

für meine Anja,

die ich mit dem Herzen bewundere.

Willst Du mich heiraten?

1. Kapitel

Vor meinen Augen flimmert die Luft. Windstoß um Windstoß bläst mir ins Gesicht, fauchend wie ein Hitzeschwall aus der Sahara. Meine Lippen brennen, meine Augenlider zucken. Mit jedem Atemzug lodert die heiße Luft durch die Nasenlöcher, die sich bebend weiten. Ich keuche, atme immer schwerer.

Um mich herum sitzen Männer und Frauen, dicht an dicht gedrängt. Ihre Gespräche sind schon seit Minuten verstummt, sie ächzen nur noch. Von hinten prustet mir jemand schwer in den Nacken. Der sehnige Typ links neben mir japst, zieht schnaufend Luft ein, die Augen zu, als wolle er sie vor dem Unausweichlichen verschließen. Die Menschen verharren angestrengt, sie sind schweißgebadet.

Rechts von mir kauert die süße Frau, einzelne Schweißperlen rinnen ihren Arm hinab und tropfen in den Schoß. Die feuchte Haut ihres Bauches schimmert. Als sie sich mir zudreht, schmatzt ihr glitschiger Körper.

Die stickige Luft schmeckt nach Zitronen. Hier und da knarrt Holz. Raus, ich muss raus hier, die flammende Hitze schnürt mir die Kehle zu. Aber wenn ich jetzt aufgebe, halten mich die anderen für eine Memme. Erneut verdampft Wasser, zischend wie eine wütende Natter. Es folgt das Geräusch eines flatternden Propellers, und wieder walzt eine Woge sengender Hitze über uns hinweg. Dann verebbt das Fauchen des Wüstenwindes.

»Das war unser Limonenaufguss. Ich wünsche Ihnen weiterhin gute Entspannung«, sagt der junge Kerl, der eben noch mit seinem Handtuch die Hitze auf unsere Gesichter gefächelt hat. Jetzt nimmt er seine Schöpfkelle und packt sie zurück in den Holzbottich. Endlich, wir haben es geschafft. Meine Süße steht auf und schlängelt sich hinter den anderen am Steinofen vorbei. An der Tür atmet sie noch einmal hörbar aus.

»Aufregend, so ein Saunagang«, sagt Nina.

»Schweißt zusammen«, grinse ich sie an.

Nina hüllt ihren grazilen Körper in einen Bademantel, ich nehme meinen vom Haken. Nebenan prasselt bereits das Wasser aus den Duschen. Wir treten aus der Holzhütte ins Freie, lösen uns aus der Umklammerung des Schwitzkastens. Über dem Whirlpool des Außenbereichs ziehen dampfend weiße Schwaden hinweg.

Der Duft von Räucherstäbchen umweht uns, als wir durch den asiatischen Entspannungsraum im Neptunbad laufen. In goldglänzenden Buddhafiguren spiegelt sich das flackernde Licht der mehrarmigen Kerzenleuchter. Sogar in ihrem flauschigen Bademantel wirkt Nina sexy. Ja, selbst ein Astronautenanzug könnte ihre Erotik nicht bändigen. Der Mann im Mond würde ihr definitiv hinterherpfeifen.

Unter den blonden Haaren, die sich ihr feucht ins Gesicht kringeln, lächelt sie vergnügt. Nina nimmt meine Hand und schwingt unsere Arme, kindlich, wie eine Schaukel. Ich kann mich so glücklich schätzen, sie als Freundin zu haben. Seit sie mich vor drei Jahren zum ersten Mal angestrahlt hat, bereichert sie mein Leben. Ich wüsste gar nicht so recht, ob es ohne sie noch funktionieren würde. Was für ein schönes Gefühl. Und dieses Gefühl, meine Güte, macht mich gerade richtig scharf auf sie!

Ihr blöder Bademantel. Muss er mir derart die Sicht versperren? Nina sollte sich wie ein Weihnachtsgeschenk auspacken, es würde ein Kreischgefühl bei mir auslösen. Während wir an den Ruheliegen vorbeilaufen, versuche ich, ihr auf Brusthöhe eine Hand seitlich in den Frottee zu schieben. Leider nicht sonderlich elegant, nö, eigentlich eher ziemlich gierig.

»Philipp!« Gespielt tadelnd patscht sie mir auf die Finger. »Schau mal, was da an der Wand steht.«

»Äh, asiatische Schriftzeichen?«

»Daneben, auf dem Schild.«

Ich gehe näher ran und lese den Text unter der Überschrift ›Sauna-Knigge‹ laut vor: »Wir bitten Sie, den Austausch von Zärtlichkeiten in der gesamten Anlage zu reduzieren und in den Saunakabinen sowie in den Becken ganz zu unterlassen.«

Nina kichert. »Mit anderen Worten: Schweinkram verboten.«

»Da steht aber: ›Austausch von Zärtlichkeiten‹«, erwidere ich und gehe erneut auf Brustfühlung, »handfester Sex ist doch keine Zärtlichkeit …«

»Philipp, du riechst nach Öl und Zitronenaufguss, puuh.«

»Na und, Stinktiere paaren sich doch auch.«

Lächelnd entwindet sie sich meiner Umarmung und läuft ein paar Schritte voraus. Ich liebe dieses verrückte Huhn, greife ihre Hand.

»Du bist so intelligent und attraktiv.«

»Bin ich das wirklich?«

»Ja, bist du!«

Großartig genug, das würde ja schon reichen, das ist ja schon mehr, als ich verlangen darf. Aber nein, sie ist noch mehr: eine sinnliche Sinfonie der Sünde.

Eilig folge ich ihr durch die Glastür zum ›Kaiserbad‹. Im Erholungsbecken mit meditativer Unterwassermusik relaxen gerade nur wenige Gäste. Nina zieht ihre Schlappen aus, schiebt sie mit den Zehen zur Wand und lässt den Bademantel an sich heruntergleiten. Vorhang auf, Bühne frei, Spot an! Ein Mann, der gerade vorbeischlendert, versucht, seinen Seitenblick möglichst unauffällig erscheinen zu lassen. Was ihm nicht gelingt. Hey, nur ich allein darf meine Nina anstarren! Verzieh dich, schamloser Schurke! Meine stämmige Statur richtet sich auf, na ja, eigentlich bläht sie sich auf, drohend wie bei einem Auerhahn.

Wir steigen die Stufen ins wohlig warme Wasser hinunter. Augenblicklich entspannt sich mein Körper wieder. Aaah, das ist gemütliche Wärme, keine, die mich an der Kehle packt.

Nina paddelt an einer Säule im römischen Stil vorbei, legt sich Poolnudeln unter den Nacken und die Kniekehlen. Wie eine Hängebrücke liegt sie nun auf dem Wasser, ich streichle ihren Bauch. Um uns herum rinnen Tropfen über die Wandkacheln, von oben streut Tageslicht durch bunte Mosaikfenster. Ich kitzle Nina.

»Ey, Philipp!« Sie verliert das Gleichgewicht und kippt ganz ins Wasser.

»Frau über Bord«, sage ich und lache.

Das Becken ist blau ausgeleuchtet, durch Scheinwerfer am Grund verstärkt sich der Anschein, das Wasser würde durch den Boden hindurch ins tiefe Nichts fallen. Winzige Wellen wippen an uns vorüber, Nina schmiegt sich an meine Brust. Als wollte ich mit dem antiken Pfeiler konkurrieren, bekomme ich einen stattlichen Ständer.

»Rate mal, warum der Wasserspiegel gerade gestiegen ist«, raune ich ihr zu.

»Philipp, bitte – keine Körperflüssigkeiten im Becken«, sagt sie und schaut umher, ob uns jemand belauschen kann. »Es sei denn …«, Nina lässt die Hände an ihrer Hüfte hinabgleiten, »… in meinem.« Sie macht einen neckischen Schmollmund. »Aber nicht jetzt!«

Sie legt ihre Hände auf meine Schultern und drückt mich unter Wasser. Ich gebe nach und rutsche mit dem Rücken an den Kacheln hinab. Unter der Oberfläche bewege ich mich in Zeitlupe, schwebe entrückt wie im Weltall. Tatsächlich ist klassische Musik zu hören, im Becken klingt sie sphärischer. Trommeln kommen scheinbar auf mich zu und werden wieder leiser. Auch Harfen und Geigen säuseln durchs Becken. Um Luft zu holen, ploppe ich wie eine Boje an die Oberfläche und schüttle mich. Liebevoll berge ich Nina in meinem Arm und streichle ihre Wangen. »Ich bin echt so ein Glückspilz, dich gefunden zu haben.«

»Danke«, haucht sie und schmiegt sich noch enger an mich.

»Wirklich Nina, ich hätte mir nie träumen lassen, dass es eine wie dich gibt.«

Sie zittert, was nicht am warmen Wasser liegen kann. Dieser Moment ist so zärtlich, so zerbrechlich. Unversehens schaut sie mir endlos tief in die Augen.

»Du-u, Philipp … willst du mich heiraten?«

Bamm! Ihre Frage schlägt bei mir ein, als wäre gerade eine Arschbombe im Becken detoniert. Was war das denn jetzt? Mein Herz setzt einen Augenblick aus. Ich ducke mich unter Wasser. Orgelmusik, wie unpassend. Ich tauche wieder auf.

Eigentlich ist das für mich keine Frage, ich liebe sie ja. Dennoch trifft mich das so unverhofft wie ein Radarblitz. Nina schaut mich weiter an, nun unschlüssiger. Sie meint es ernst, natürlich. Ich sollte ihr antworten. Ohne weitere Verzögerung. Das Wasser steht mir bis zum Hals, jetzt tatsächlich.

»Ja?«, sage ich.

»Das Fragezeichen habe ich gehört.«

»Öhm, ja nee, so prinzipiell bin ich dafür.«

»So prinzipiell?«

»Ja, grundsätzlich ist das doch eine gute Sache.« Ich bin einfach immer noch zu baff, ihr eine klare Antwort geben zu können. Nina legt ihren Kopf schief, sagt aber nichts. »Also, das ist jetzt nicht nüchtern gemeint, soll jedenfalls nicht so klingen, klar sehe ich das schon auch emotional und so.« Meine Worte verheddern sich im Satz.

»Hallo, ich habe dir gerade einen Heiratsantrag gemacht«, sagt Nina leise, aber eindringlich, und fuchtelt mit den Händen.

»Hab ich gehört, ja. Also gerne gehört. Natürlich.« ›Warum nur bin ich nicht überwältigt?‹, schießt es mir durch den Kopf. ›Weil ich überrumpelt bin!‹, schießt es hinterher. »Das ist toll, Nina. Ich ... ich ... will nur nichts überstürzen.«

Nina sinkt jetzt tiefer ins Wasser, ihre schönen Brüste sind leider nicht mehr zu sehen.

»Liebst du mich?«, flüstert sie.

»Ja!«

Ihr Blick rutscht an den Kacheln herab. »Offenbar nicht genug.«

»Wie kannst du das nur sagen?«

Nina watet durchs Wasser und bleibt auf der Treppe stehen. »Dann zeig es auch.«

Sie dreht sich um und steigt aus dem Becken. So wendet mir Nina das Körperteil zu, dessen Anblick ich wohl gerade verdient habe. Ist sie jetzt sauer, nur weil ich das Becken nicht mit Freudentränen überschwappen lasse?

Die Entspannung und Wärme hier, diese ganze knisternde Atmosphäre – ich denke mal, Nina ist der Antrag einfach so rausgerutscht. Wenn sie erst mal geduscht und wieder einen klareren Kopf hat, wird sie schon merken, dass ihre Frage an Plötzlichkeit nicht zu überbieten war.

Ich betrete die gemischte Umkleide, dachte ich mir doch, dass sie schon hier ist.

»Ein großes Hallo an die schönsten Beine, die jemals in dieser Sauna zu sehen waren! Wobei mir andere natürlich gar nicht aufgefallen sind.«

»Ist gut«, sagt Nina und zieht sich ihre Jeans hoch.

Ich halte den Schlüssel ans Umkleidefach, der Farbcode springt auf grün.

»Du, Nina, wenn man so einen Antrag macht, müssen doch die Umstände stimmen.«

»Ich fand es harmonisch und romantisch.«

»Ja, das schon, aber wenn man heiraten will, muss man auch die ganze jobmäßige und familiäre Situation bedenken, was da nicht alles dranhängt. Ich meine, das fragt man doch nicht einfach so ... so spontan.«

»Das war's auch nicht.«

»Nicht?« Ich blicke von meiner Sporttasche auf.

»In dem Moment ja, aber ich warte jetzt seit über einem Jahr auf einen Antrag von dir.«

Uff, warum hat sie nie was gesagt? Um überlegen zu können, stecke ich meinen Kopf ins Handtuch und rubble meine brünetten Haare, die an den Schläfen mittlerweile grau unterwandert sind.

»Seit einem Jahr? Aber wir sind doch gerade erst zusammengezogen. Vor drei Wochen.«

»Drei Monaten«, zischt sie.

»Oh, echt?«

»Das hat doch überhaupt nichts damit zu tun.« Energisch schüttelt sie die lockigen Haare. »Heiraten zu wollen, das ist der Wunsch, sein Leben gemeinsam zu verbringen!«

»Ja guck, das ist doch noch genug Zeit, das ist doch echt

'ne Strecke! Also musst du nicht drängeln wie auf der Autobahn.«

»Ich drängle auch nicht, ich habe nur gefragt!« Sie knallt ihre Umkleidetür zu. »Wenn du den Kopf einziehst, sieh zu, dass er dir nicht zum Hintern wieder rauskommt!« Ja gut, als Ärztin kennt sie sich natürlich in der Anatomie aus.

Als Nina den Fön anmacht, erhält jede weitere Diskussion Gegenwind.

Bei Cousin Ralf war es doch auch so. Zehn Jahre glücklich mit seiner Lisa. Die Hochzeit nur noch Formsache. Mann, warum fährt der Idiot nur so dicht auf? Ich meine den Typ im Wagen hinter mir, aber für Cousin Ralf galt das auch. Ein halbes Jahr Ehe und Schluss. Ende. Scheidung. Die hatten noch nicht einmal alle Geschenke ausgepackt. Heiraten macht alles kaputt. Zack, das Verhalten ihrer Eltern haben sie angenommen. Nix mehr mit Surfen, Snowboard, Serengeti-Safari. Nur noch Kinderwunsch, Kaffee und Kuchen, Karriere.

»Wir sparen jetzt fürs Kind statt für neue Skier«, soll Lisa gesagt haben. So ein Quatsch. Erst Spaß und Romantik. Dann Spießertum. Heiraten macht alles kaputt.

Bisher hatten Nina und ich ein Freilos. ›Freilos‹, quasi zusammengesetzt aus ›freischwebend und sorgenlos‹. Was macht ein Antrag mit uns? Müssen wir unseren Tauchschein abgeben, um den Trauschein zu erhalten? Okay, Nina will Sicherheit, will spüren, dass aus unserer Beziehung noch mehr wird. Das verstehe ich ja. Aber wenn sich dann unsere Einstellung auch so plötzlich ändert? Was, wenn der Schritt in die Ehe nach hinten losgeht?

Es ist nur noch ein spärlicher Lichtstreifen, der am Kölner Himmel glimmt. Im Grüngürtel ist allerdings noch viel los,

Männer spielen Fußball, Hunde springen nach Stöckchen, und die vielen Grills haben eine Qualmwolke über der Wiese aufsteigen lassen. Durch das offene Autofenster lässt sich der Sonntagabend erspüren, der für Anfang September noch sehr lau ist.

Nina unterbricht unser minutenlanges Schweigen. »Wie gut, dass hier nirgends steht: ›Während der Fahrt nicht mit dem Fahrer sprechen‹.«

»Sag doch einfach, was du denkst«, antworte ich.

»Was ich denke? Dass ich dir einen Heiratsantrag gemacht habe, und du hier völlig ruhig und teilnahmslos sitzt, als wäre nichts gewesen!«

Ich halte die Arme angestrengt am Steuer. »Und deswegen bist du so gereizt?«

»Ich Schussel, warum nur.« Sie schaut mich noch verwunderter von der Seite an. »Klar, du hast ja nichts damit zu tun, also brauchst du keinen Mucks mehr von dir geben!«

Keinen Murks, Nina. Keinen Murks mehr von mir geben. Ich habe gerade mächtig das Gefühl, dass alles, was ich jetzt noch sage, gegen mich verwendet werden kann. Da ist es ja wohl allemal cleverer, die Klappe zu halten, bevor meine nächste Äußerung zur Eskalation führt.

Wir fahren am Mediapark vorbei, nur vereinzelt sind Spaziergänger unterwegs. Die Kinoreklame macht leuchtend auf sich aufmerksam. Jetzt scheint es vorbei mit der gelassenen Sonntagsstimmung. Schade.

»Mensch, Nina! Wir wollten doch unkonventionell bleiben, frei sein, Träume verwirklichen.« Also, es zumindest versuchen, um uns im Altenheim nicht grämen zu müssen.

»Ach, und verheiratet ist das nicht mehr möglich?« Ich denke an Cousin Ralf … »Philipp, erklär's mir!«

»Das ist nicht so einfach … das ist, als wollte ich dir die Abseitsregel erklären.«

»Wenn Fußballfans sie verstehen, wie schwer kann das sein!?«

Meine nächsten Worte sortiere ich behutsamer. »Das beginnt ja schon mit dem Nachnamen.«

»Als wenn es gerade darum ginge!« Nina wirft die Hände in die Luft.

»Du würdest dann Nina Schäfer heißen.«

»Klar, wie sonst.« Nina schnaubt aus dem Fenster. »Ich kann auch bei meinem Namen bleiben. Oder du nimmst ganz einfach meinen an.«

Philipp Lang, ich weiß nicht. Außerdem sehe ich die Gefahr, dass mich meine Kumpels und Kollegen hänseln würden, weil ich mich nicht durchgesetzt hätte. Auch könnten meine Eltern denken, ich hätte das Interesse an unserer Familie verloren.

»Nö«, sage ich.

»Bloß keinen Doppelnamen«, erwidert Nina.

»Stimmt, mir kommt das immer so vor, als würde man den einen Namen vom anderen abziehen.« Ich biege nach links auf den Hansaring ab. »Außerdem: Schäfer-Lang. Das klingt ja wie Oer-Erkenschwick, Holsten-Bexten oder Hamminkeln-Dingden. Also wie ein Ort, wo kaum einer hinkommt.«

Nina schaut mich erst verständnislos an, dann so, als wolle sie mich aus dem Auto schubsen.

»Worüber reden wir hier überhaupt. Der Nachname ist ja wohl das Letzte, worum wir uns jetzt Gedanken machen müssen!« Sie guckt verdrossen aus dem Fenster, als wir den Ebertplatz umrunden und ins Agnesviertel einbiegen.

Heiraten, o Mann, meine Kindheit wäre endgültig vorbei.

Bei Hiller im Hochparterre brennt Licht, er ist ja eigentlich immer zu Hause. Von der Straße aus ist sein wuchtig rustikaler Eichenschrank auch hinter den Gardinen gut zu erkennen. Wahrscheinlich sitzt er gerade in seinem rissigen Ohrensessel davor. Unser Nachbar lebt schon seit über 30 Jahren im Haus, er scheint hier festgewachsen wie sein Eichenschrank. Hiller ändert nur ungern etwas, am wenigsten seine Meinung. Er denkt wohl, das mit 74 Jahren nicht mehr nötig zu haben: Doch mich nervt er damit ständig und gewaltig.

Dunkelheit empfängt uns, ich drücke den Knopf, klackend geht das Treppenhauslicht auf allen vier Etagen gleichzeitig an. Nach einigen Schritten in den Flur winke ich Hillers Wohnungstür zu.

»Was soll das?«, fragt Nina missmutig.

»Nur für den Fall, dass er gerade wieder durch den Spion guckt.«

In der ersten Etage informiert das Messingschild: Bert und Sofie Schäfer. Meine Eltern. Ich stelle unsere Sportaschen ab.

»Wo habe ich denn den Schlüssel?« Ich krame ihn aus der Hose.

Dann nehme ich die Taschen wieder auf, laufe noch ein Stockwerk höher und bugsiere den Schlüssel ins Schloss. Jetzt merke ich doch, wie schlapp ich nach der Sauna bin. Angenehm schlapp, ausgepowert vom Nichtstun. In der Wohnung öffne ich den Kühlschrank und pfeife mir ein Bierchen rein, das hat etwas von Durchatmen. Nina hängt unsere Bademäntel und Handtücher auf dem Balkon auf. Ich nehme mir eine weitere Flasche, nach der Schwitzerei fließt es wie ein Wasserfall. Klack, der innere Schalter ist umgelegt. Jetzt bin ich versöhnlich gestimmt, fast ein bisschen euphorisch. Jetzt kann ich alles schaffen, jede Herausforderung meistern, sogar heiraten. Ich stelle mich in die Balkontür und grinse sie an.

»Naa gut, okayy, lass es uns machen.«

»Blödmann.« Nina fällt ein Handtuch aufs Wäschegestell. »Der Punkt ist: Du sollst es wollen!«

»Aber ich weiß doch gar nicht, wie Heiraten funktioniert.«

»Du weißt auch nicht, wie dein Tablet funktioniert. Und trotzdem bist du damit glücklich!«

Stimmt. »Nina, ich möchte mich deswegen nicht streiten.«

»Ach, dann willst du mich also nur heiraten, um dir unnötigen Ärger zu ersparen?«

Vorsicht. Das ist eine dieser Frauen-Fangfragen. So wie ›Findest du, dass ich dick aussehe?‹. Darauf kann man eigentlich nur falsch antworten. Also dient die Frage dazu, Streit zu suchen oder zu verlängern.

Schnell, ein Kompliment. »Ich will auch in 20 Jahren noch so scharf auf dich sein wie heute in der Sauna.«

»Du bist so ein Idiot!« Ihre Wut braust von unserem Balkon über den Innenhof hinaus und knallt an die nächste Hausfassade.

»Da hast du's!« Die Lautstärke ist mir jetzt auch egal. »Kaum ist das Thema ›Hochzeit‹ angesprochen, schon geht der Krampf los!«

»Ach, und das liegt an mir?« Nina stemmt die Hände in die Hüfte.

»Ja nee, am Thema.« Ich empfinde es als eine emotionale Nötigung, die alles verkompliziert.

Sie lässt sich in einen unserer Liegestühle plumpsen. »Und jetzt bin ich auch noch die Doofe, weil ich dich überhaupt gefragt habe.« Auf einmal schießen ihr die Tränen in die Augen, sie scheint jedoch bemüht, nicht loszuheulen. »Nimmst du mich eigentlich ernst?«

»Selbstverständlich.« Ich schaue erst sie an, dann zu Boden. So ein Heiratsantrag geht doch eigentlich immer wie ein Fußballspiel aus: wird er angenommen, ist es ein historischer Sieg, und du gewinnst den Pokal, also den Ring. Bei einer Ablehnung sollte man sich die Niederlage eingestehen und schnell vom Platz schleichen. Und dann gibt es eben noch unser Resultat: unentschieden.

»Jetzt weiß ich überhaupt nicht mehr, wo ich dran bin«, sagt Nina und wischt sich die Tränen von den Wangen. »Und das ist das Schlimmste, weil so… so unbefriedigend.« Sie steht auf. »Ich red jetzt mit Simone, die versteht mich wenigstens. Wo ist der Weißwein von gestern?«

»Im Kühlschrank«, antworte ich und gehe ebenfalls rein. So ein richtig gutes Wochenende ist es nun doch nicht gewesen. »Bin im Schlafzimmer.«

Ich höre, wie sie in der Küche den Kühlschrank öffnet. Sie spricht mit sich selbst. »Kummersaufen.«

Natürlich kann ich nicht einschlafen, wie auch. Die Dunkelheit starrt mich durchs Fenster an. Ich habe überhaupt nicht gerne Schiss vor etwas. Und doch ist mir mein Leben lang bange gewesen, schon als mir meine Mutter grimmige Märchen vorlas. Zack, ist die Hexe im Ofen verbrannt. In Märchen wird doch keine Rücksicht auf Kinder genommen.

Durch die Tür habe ich Nina noch längere Zeit aufgebracht telefonieren hören. Mit Simone, ihrer allerbesten Freundin aus Studentenzeiten. Dann ist sie aus dem Bad gekommen und hat sich neben mich gelegt.

»Gute Nacht, mein Stern«, murmele ich und will sie gerade küssen, da heult Leon los. Wie so oft, wenn wir schlafen gehen. Als wenn er wüsste: sie legen sich hin – los jetzt. Ich habe keine Ahnung, wie pädagogisch unsere Nachbarn Kerstin und Stefan drauf sind. Fest steht, ihr Vierjähriger krakeelt in einer Tour. Und zwar direkt über uns.

»Echt nicht, schon wieder!« Genervt setze ich mich auf.

»Wahrscheinlich hat er seine Trotzphase.« Nina scheint es nicht zu stören.

Trotzphase. Flenne ich dann etwa lautstark rum?

Leon plärrt durch die Zimmerdecke. Eine Phase geht doch eigentlich irgendwann vorbei. Nicht so in seinem Fall, seit Monaten trampelt er uns auf dem Kopf herum. »Mann, das ist doch so unnötig wie … wie ein Striptease in der Sauna!«

»Das ist einfach so in diesem Alter, das wäre bei unserem Kind auch nicht anders«, murrt Nina.

Ich schaue sie einige Sekunden an, Leon stampft jetzt auf dem Boden herum. »Dann kauf ich dir einen Hund!«

Sie wirft mir einen bösen Blick zu, zieht ihre Decke etwas höher und dreht sich zum Schrank. Stabile Seitenlage. Die nimmt sie immer ein, wenn ihr etwas nicht passt. »Vollidiot.«

»Nina, echt jetzt.« Ich lösche das Licht. »Warum heiraten? Es läuft doch gerade so gut.«

2. Kapitel

Die Sonnenstrahlen gleiten durch die Jalousie ins Zimmer. Ich wache auf, noch bevor der Wecker randaliert. 7:56 Uhr zeigt das schwach beleuchtete Display an. Gut, noch zwei Stunden, ehe ich in die Massagepraxis muss. Dann wende ich mich zur anderen Seite und will ihre warme Hand fassen. Keine Hand? Nicht nur die fehlt, Nina ist komplett nicht mehr da. Ihre Seite des Bettes ist leer. Wie eigenartig. Sie muss doch heute erst zur Spätschicht in die Klinik.

Meine Beine berappeln sich und stellen Bodenkontakt her. Wahrscheinlich ist sie schon raus, Brötchen holen. Super, mein Stern ist die Allerbeste.

Toilette, Duschen, Zähne putzen – routiniert starte ich in den Montagmorgen. Alles wieder normal, der Schreck von gestern ist vorbei. Das scheint ein herrlicher Tag zu werden. Ich ziehe ein grünes T-Shirt aus dem Stapel.

So langsam könnte Nina zurückkommen. Gut, decke ich eben schon mal den Tisch. Wie schön, wenn wir die Zeit haben, gemeinsam zu frühstücken. Ich pfeife vor mich hin, laufe die paar Meter über den Flur, will gerade in die Küche abbiegen, da fällt mir ein großer Zettel an unserer Pinnwand auf. Nina hat in fetten Buchstaben eine Nachricht hinterlassen:

So nicht! Bin bei Simone.

Was will sie um die Zeit bei ihrer besten Freundin? Und warum: ›so nicht‹? Verblüfft stehe ich im Flur. Ach, ist das jetzt die Strafe dafür, dass ich ihren Antrag falsch beantwortet habe? Na ja, was heißt ›falsch‹, sie wollte etwas anderes hören, ich war nur ehrlich.

Ach, das ist doch Mädchenkram. So, und das werde ich ihr auch sagen. Ich tippe auf mein Smartphone, es wählt ihre Nummer – erfolgreich, aber vergeblich. Sie geht nicht ran, und die Mailbox ist ausgeschaltet. Also versuche ich es auf dem Festnetz. Ausgerechnet bei Simone. Sie hat keinen Freund, schon länger nicht, und irgendwie habe ich das Gefühl, wir Männer müssen dafür büßen, speziell wir vergebenen. Sie ist gerade mal 31, genau wie Nina, soll also locker bleiben. Es meldet sich nur ihr Anrufbeantworter: ›... wir sind zurzeit nicht zu erreichen ...‹ Haha, ›wir‹, was für ein Vorgriff in eine ungewisse Zukunft.

»Schönen guten Morgen, Ladys, der Philipp hier. Alles klar bei euch? Öhm, Nina, ruf mich doch bitte mal zurück.«

Na ja, nach der Arbeit wird sie wiederkommen, und dann quatschen wir noch mal über alles.

Nun muss ich eben selbst Brötchen holen.

»Hi, Jessi.« Ich gehe am Empfangstresen entlang.

»Hi, Philipp, eine neue Patientin wartet schon auf dich. Chilliges Wochenende gehabt, Massage-Doc?«

»Jau«, antworte ich und umschiffe damit, was mich eigentlich beschäftigt. Was sollte ich auch sagen: ›Freundin entlaufen. Hört auf den Namen Nina. Rückgabe gegen Finderlohn‹?

Nee. Also nicke ich Jessi freundlich zu und laufe über den Flur der Massagepraxis. Es ist noch ruhig, ein paar Kollegen sind im Urlaub.

»Guten Morgen, ich heiße Philipp Schäfer. Okay, Sie haben sich also schon entkleidet.« Als ich meinen Praxisraum betrete, steht die neue Patientin in Unterwäsche da.

»Guten Morgen, ich habe meinen Turnbeutel einfach mal

hierhin gelegt«, sagt die Seniorin. Erst stutze ich etwas wegen ihres Alters. Normalerweise sind es trainierte Mitzwanziger, die eine Sportmassage benötigen, weil die kräftiger als eine normale durchgeführt wird. Ich hatte auch schon Eishockeyprofis der Kölner Haie hier.

Sie reckt sich. »Ich treibe gerne Sport. Das geht doch schon morgens los, wenn ich aus dem Bett steige.«

Ich schaue auf ihren Datenbogen. Tatsächlich, 78 ist sie, holla. »Frau Schwarz, Sie sind also zum ersten Mal hier?«

»Richtig, für eine Rundumbehandlung«, erwidert sie kokett, »Uuh, Sie sind aber ein gut gebauter junger Mann. Soll ich mich ganz frei machen?«

»Das ist nicht nötig.« Ich lege ein Handtuch auf ihren Rücken, lasse Öl in meinen Handflächen verlaufen und mache mich an die Arbeit.

»Euch Sportmasseure habe ich mir grobschlächtiger vorgestellt.« Frau Schwarz lächelt vor sich hin. »Schade.«

Sie macht einen durchaus robusten Eindruck, ich streiche ihre Waden etwas stärker in Herzrichtung. »Dann will ich mal die Ermüdung aus Ihren Beinen klöppeln.«

Allerhand, Nina hat also auf meinen Antrag gewartet. Sie wusste also die ganze Zeit schon, dass sie mich heiraten will. Krass. Es ist ja auch nicht so, als hätte ich nie daran gedacht. Aber Männer lassen sich nun mal gerne treiben. Zu dumm, jetzt muss ich mich diesem Gedanken stellen.

»Sie sind aber nicht sehr redselig«, sagt Frau Schwarz. »Wissen Sie, ich bin so der Zumba-Typ.«

»Ah ja.«

Klarer Fall, Nina ist die Frau meines Lebens, meines bisherigen Lebens jedenfalls. Aber muss das so etwas Endgültiges bekommen? Denn wer weiß, ob's gut geht. Alles wäre einfacher, könnte ich mein altes Leben abspeichern, um notfalls darauf zurückzukommen.

»Außerdem wandere ich viel, und Pilze suche ich auch.«

»Das ist toll, Frau Schwarz.«

Nichts gegen ihre hutzeligen Seniorenstelzen, aber ich bin ausgebildeter Sportmasseur, mit Zusatzqualifikationen, Sonderlehrgängen und allem. Ich könnte Promis wie Heidi Klum behandeln. Was ich nicht tue, aber denkbar wäre es. Noch lieber knete ich allerdings Ninas schmucke Beine.

»Ich schwimme ja auch regelmäßig«, sagt die Seniorin und atmet betont aus.

»Ah, gut, sehr gut«, antworte ich abwesend.

Und so geht es die ganze Zeit weiter – sie plaudert, ich nicke und lockere ihren Körper. Routiniert beende ich die Massage. »So, alles weich wie Buttercreme, der Kreislauf voll da, jetzt können Sie wieder Bäume ausreißen.«

»Ach, mir reicht es doch schon, wenn ich beim Unkrautjäten nicht ins Beet kippe.« Sie lässt das weiße Handtuch, das ihren Oberkörper bedeckt, kurz so verrutschen, dass es eine gewisse Aussicht freigibt. »Haben Sie eine Freundin?«

»Das will ich hoffen«, antworte ich, bevor ich den Massageraum verlasse, »erkälten Sie sich nicht, Frau Schwarz.«

Wofür habe ich denn mein Smartphone in der Tasche, wenn es nicht klingelt? Ich tippe auf Ninas Namen und halte es mir ans Ohr. Mein Versuch ist vergebens.

Ich ziehe mir das Handtuch aus dem Nacken und wische mir über die Stirn. Nicht dass mich die Massage eben angestrengt hätte, aber ein gewisses Auftreten muss sein, ich bin hier schließlich der Experte für Sportler und für Jessi sogar der Massage-Doc. Das gefällt mir, weil sie es ehrlich und anerkennend meint. Und nicht so wie ein Kollege von Nina, der mich auf einer Feier mal angetrunken als Möchtegernarzt abgekanzelt hat.

Jessi sieht von ihrem Bildschirm auf. »Unten im Supermarkt sind die Erdbeeren heute supergünstig. Und superlecker. Probieren?« Sie hält mir eine Schale hin.

»Danke, hmm, echt gut.«

»Ich muss mal um die Ecke, hältst du eben die Stellung?«

»Klar.« Als Jessi den Empfang verlässt, checke ich meinen Maileingang. Ich meine, Nina muss mir nichts schreiben, wir sehen uns sowieso heute Abend. Sie hat nämlich nichts mitgenommen, deshalb wird sie nachher wohl oder übel zurückkommen müssen. Drum ist es eigentlich echt egal, ob sie mir jetzt schon ... da-ha, eine neue Nachricht!

Von Hannes, ach so. ›*Hey Philipp, mir ist ein Künstler ausgefallen, kannst du in meiner Show am Donnerstag einspringen? Um 19 Uhr ist Soundcheck in Rath im 'B. Burger'. Es gibt 50 Euro und Freigetränke. Würde mich freuen. LG, Hannes*‹

›*Geht klar, bin dabei*‹, schreibe ich meinem Comedy-Kumpel zurück auf die andere Rheinseite. Wir Comedians helfen uns gerne untereinander aus. Und da ich nur nebenher auftrete, als Hobby und zum Ausgleich, sind bis zu fünf Shows im Monat zeitlich drin.

Wow, Jessis Erdbeeren sind richtig lecker. Das bringt mich auf ... die Idee!

Fast eine Stunde hat es gedauert. Nun liege ich im Bett, nackt, auf dem Rücken, und spähe vorsichtig in den Spiegel des Schlafzimmerschranks. Mein Körper ist über und über mit Erdbeeren bedeckt, von der Stirn bis zu den Füßen bin ich sorgfältig mit den fleischig roten Früchten garniert. Ich habe sie fein säuberlich durchgeschnitten, damit sie besser aufliegen. Noch etwas Schlagsahne obendrauf – und ich bin servierfertig. Nina! Jetzt kannst du kommen und mich vernaschen. Natürlich habe ich mich vorher noch im Bad rasiert, überall, es soll ja quasi kein Unkraut zwischen den Früchten hervorlugen. Und jetzt darf ich mich nicht mehr bewegen, sonst würde die rote Pracht komplett ins Bett rutschen. Ninas Schicht endet um 20 Uhr, wie üblich wird sie eine halbe Stunde später hier sein. Also in etwa fünf Minuten.

Solche fantastischen Einfälle habe ich nicht oft, ich genieße ihn. Natürlich sehe ich außerordentlich albern aus, zudem untermalt vom fliederfarbenen Satin-Laken. Der Spiegel zeigt es ohne Häme, aber überdeutlich. Albern, aber gerade deswegen auch süß. Nina wird sich nicht mehr einkriegen, sie wird mir das von gestern nicht länger übel nehmen und sich bestenfalls gleich dazulegen.

Regungslos wie ein Brett verharre ich, habe die Wohnungstür einen Spalt offen stehen gelassen. Nur für den Fall, dass Nina mal wieder ihren Schlüssel vergessen hat. Sie muss jeden Moment hier sein!

»Hallo?«, höre ich die weibliche Stimme schwach von der Tür. Da, ha, es geht los!

»Hallo, Ihr beiden, seid Ihr da?« Ihr beiden? Es ist … shit … Mama!

»Nein, sind wir nicht!«, rufe ich vom Bett aus durch den Flur.

»Aber Philipp, ich kann dich doch hören.«

»Mich schon, ja, ich bin da!« Mein Brustkorb hebt und senkt sich bedenklich, mit ihm mindestens dreißig Erdbeerstücke, aber vielleicht lässt sich meine Mutter durch mein Geschrei verscheuchen.

»Philipp, ich suche ein Rezept aus dem Internet.«

»Hier ist es nicht!«

»Natürlich nicht, es ist ja im Internet. Ich brauche eure Hilfe, ich komme mal rein.«

»Nein!« Nicht bewegen, nicht bewegen. Du hast Panik, die nackte Panik sogar, aber du darfst sie auf keinen Fall zeigen!

»Keine Sorge, ich will nicht weiter stören. Aber ich brauche es doch morgen, Nina kann mir bestimmt sagen, wo ich am besten das Rezept für den Obstkuchen runterlade.« Mamas Schritte tapsen näher.

»Kann sie gerade nicht!« Ich schwitze stärker. »Hast du denn kein Kochbuch?«

»Philipp, ich gehe doch mit der Zeit! Wo steckst du denn eigentlich?«

Oh nein, ich sehe aus, als hätte ein Erdbeerlaster seine Ladung über mir ausgekippt – und meine Mutter ist nur noch wenige Meter entfernt! Ich komme mir so dämlich vor wie in einem amerikanischen Highschoolfilm. Aber wenn ich mich jetzt bewege, war alles umsonst!

»Weißt du, Philipp, nix als Probleme mit dem Computer. Aber ich muss es lernen!« Sie öffnet die Küchentür.

»Warte!!« Durch den Schweiß sind schon einige Früchte von meinem Unterarm aufs Bett geschlittert. Sie hinterlassen blassrote Schleifspuren, und ihr Saft suppt schon in die Matratze.

Mama läuft den Flur entlang, weiter in meine Richtung. »Ich meine, ich will das verstehen, aber kaum ist eine Seite offen, kommt irgend so ein Update daher, das ich nicht bestellt habe. Andauernd, Philipp, das ist furchtbar.«

»Morgen helfe ich dir gerne dabei!«, brülle ich erbärmlich. »Aber jetzt geh bitte!«

»Ach so, da hinten bist du. Ich komme schon.«

Sie will Obstkuchen backen, und ich gebe hier die Erdbeere! Es ist zwecklos, mich einfach umzudrehen, sie würde meinen blanken Hintern sehen. Also hilft nur aufspringen und so schnell wie möglich den Bademantel aus dem Schrank zerren! 3, 2, 1 …

Jemand klopft an die offene Wohnungstür. Nina? Endlich, Rettung in allerletzter Sekunde!

»Sofie?«

Die Schritte meiner Mutter stoppen unmittelbar vor meiner Schlafzimmertür. »Was denn, Berti?«

Oh Gott, mein Vater, auch der noch!

Panisch springe ich auf, Erdbeeren fliegen durchs Zimmer und matschen an die Wand, sie ergießen sich aufs Laken und kullern das Bett hinunter auf den hellen Teppich. Ich schnelle auf den Schrank zu, der Spiegel zeigt mir einen verzweifelten Mann, der mit roten Punkten übersät ist. Meiner Mutter werde ich es als fiese allergische Reaktion verkaufen. Ich schlinge mir den Bademantel um den Körper.

»Da bist du«, ruft mein Vater vom Eingang. »Deine Schwester ist am Telefon!«

»Ja gut, ich komme«, tönt Mama aus dem Flur zurück. »Okay, Philipp, dann regeln wir das morgen. Ich wünsche euch noch einen schönen Abend.« Sie lässt die Tür ins Schloss fallen.

Nina ist an diesem Abend nicht mehr nach Hause gekommen. Unser Bett roch zwar aromatisch, war allerdings von den Erdbeeren völlig versaut. Darum bin ich auf die Couch im Wohnzimmer gekrochen. Als ich endlich einschlafen konnte, habe ich mich an Ninas Seite geträumt. Wo die Liebe hinfällt… wurde sie vielleicht geschubst?

3. Kapitel

Erfrischt steige ich aus der Dusche. Im Schlafzimmer schlüpfe ich in meine Klamotten und schaue bedrückt auf Ninas Betthälfte. Dort haben sich die meisten Erdbeerstücke eingenistet, sie scheinen noch ausschlafen zu wollen. Nix da. Ich ziehe das Laken mitsamt den Erdbeeren ab und schmeiße es in den Müll.

Es klopft an der Wohnungstür. »Guten Morgen, hier ist der Bert. Kann ich kurz zu Nina?«

»Morgen, Papa, ist gerade ungünstig«, rufe ich zurück.

»Ich brauche nur eben ihre Unterschrift, für das Rezept von Mutters Blutdruckpillen. Sie hat keine mehr, ich bin auf dem Weg zur Apotheke.«

»Wir sind gerade … ahm … Mooment, warte!«

Reflexartig ziehe ich mir das Shirt über den Kopf und öffne rasch meinen Gürtel. Dabei hatte ich mich doch gerade erst angezogen. Die Jeans rutscht runter, bleibt aber in den Knien hängen. Schnell lehne ich mich mit dem Rücken an die Flurwand und ziehe die Hose ganz aus. Meine Unterhose, die muss ich jetzt noch verdecken!

Die Küche ist am nächsten, fix springe ich hinein und grabsche nach einem Geschirrtuch. Mit einer Hand halte ich es mir ums Becken, mit der anderen öffne ich die Tür. »Sorry, Papa, wir sind gerade …«

»… ›beschäftigt‹«, schmunzelt mein Vater. »Ich sehe schon.«

Wie gerne würde ich jetzt wie ein lässiger Kojote wirken, stehe aber wohl eher da wie ein begossener Pudel.

»Dann muss das natürlich warten.« Bert mustert mich genauer. »In Socken?«

Verlegen zucke ich mit den Schultern. »Es sind keine Löcher drin.«

»Ach ja, die Mama lässt ausrichten, ihr könnt gerne zu uns frühstücken kommen«, sagt Bert, als er die Treppe fast schon wieder unten ist.

Was für ein Schmierentheater ich hier aufführe! Und so unglaubwürdig wie ein Rodeo auf Schaukelpferden. Bert ist toll, wer hat schon einen echten Kumpel als Vater, und ich lüge ihn an, weil mir das mit Nina oberpeinlich ist. Papa hat das nicht verdient, weil er immer an uns denkt. Dies umso mehr, seit er als Rentner mehr Zeit hat.

Okay, das war eben eine Notlüge, eindeutig, denn wie kann ich Papa erklären, was ich selbst nicht verstehe: Ich bin nur Ninas Abwesenheitsassistent! Zumal er richtig vernarrt ist in sie, zum Glück liebt er sie so sehr wie mich.

Mensch Nina, wir können doch über alles reden, ich will dich endlich zurück!

»Ihr habt mir den Computer zu Weihnachten geschenkt, wegen euch habe ich jetzt die Bescherung.« Mutter sagt das nicht vorwurfsvoll, aber etwas belehrend klingt es schon. »Nichts als Probleme mit dem Ding. Früher an der Schreibmaschine, und ich hatte ja sogar eine elektrische, war alles viel einfacher. Da habe ich die Taste gedrückt, und dann stand das ›B‹ auf dem Blatt. Es ist also genau das passiert, was ich wollte. Heute springt mir erst ein Kasten ins Bild und fragt: ›Wollten Sie wirklich 'B' drücken?‹ Ja natürlich wollte ich das, sonst hätte ich es doch nicht getan!«

Mein Vater lacht. »Sei bloß ruhig, Berti«, mosert Sofie auf ihre putzige Art weiter, »dich interessiert das ja alles nicht, damit machst du's dir natürlich auch sehr einfach.«

Er hat schon angefangen, den Frühstückstisch abzuräumen und zwinkert mir dabei zu.

»So, wo bleibt Nina denn nun?«, fragt mich Mama und klappt ihren Laptop auf.

»Sie ist ans Bett gefesselt«, sage ich mit betroffener Miene. Mein Vater sieht mich perplex an. »Also, sie ist krank«, füge ich rasch hinzu. Bert schließt den Kühlschrank ruckartig und schaut weiter entgeistert.

Was Mutter aber nicht bemerkt, dazu überrascht sie diese Nachricht viel zu sehr. »Meine Güte, was hat sie denn? Da muss ich mir ja Sorgen machen, mit einer Spätsommergrippe ist nicht zu spaßen.«

Ich mache eine beschwichtigende Handbewegung. »Danke, schon okay, sie wird's überleben.«

»Nein, nein, wenn du nachher bei der Massage bist, sehe ich mal nach ihr. Wofür haben wir denn den Ersatzschlüssel.«

»Mama, wir haben doch klar vereinbart: Den nutzt ihr nur im Notfall.«

»Aber das ist es doch: ein Notfall!«

»Wenn sie zurück ist, ich meine, wenn ich zurück bin, kümmere ich mich um sie.«

»Philipp ...«, setzt mein Vater jetzt an.

»Moment, Berti, nun lass mich doch auch mal, ich bin ja hier noch nicht durch«, unterbricht sie ihn und schiebt mir ihren Laptop rüber. »Ich muss ja noch den Obstkuchen gurgeln.«

»Googeln, Mama.«

»Sag ich doch. Guck hier, ich suche die perfekte Teigmischung und wie ich den Boden am besten belege ... uiiih, so viele Rezepte für Kuchen, da muss ich jetzt mal schauen ... och, der mit den Erdbeeren sieht aber auch richtig lecker aus.«

»Erdbeeren«, seufze ich, »wie kriegt man die eigentlich am besten aus der Wäsche?«

Während meine Mutter mit ihrem Laptop abgelenkt ist, nimmt mich mein Vater zur Seite.

»Du, wenn Nina krank ist, muss sie sich doch schonen«, raunt er mir zu. »Da könnt ihr doch nicht… na, du weißt schon… schnackseln?« Bevor ich etwas erwidern kann, haut er mir jovial auf den Rücken. »Und dann auch noch: in Socken!«

Nina hat sich immer noch nicht gemeldet, meine Anrufe ignoriert sie, und ihre Mailbox ist weiterhin ausgeschaltet. So ein Mist, bestimmt zehnmal habe ich es versucht. Nichts gegen ihren Warnschuss – den habe ich offenbar verdient –, aber ich finde, es reicht jetzt. Und muss sie sich denn ausgerechnet bei Simone verschanzen? Jetzt muss auch ich mein stärkstes Geschütz auffahren: Chris.

Chris ist mein bester Freund, immer gewesen, schon im Brutkasten haben wir den Hebammen hinterhergepfiffen. Er ist ein brillanter Verkäufer, von Autos und sich selbst, selbst Luftschlösser könnte er verticken. Und er würde längst ein Autohaus leiten, wäre er nicht so ungeheuer chaotisch und um einiges unpünktlicher als jede Frau. Noch im Treppenhaus tippe ich ihm eine SMS: ›*Seenot, Frau über Bord. Biergarten Aachener Weiher, 19 h.*‹ Dann ist er wenigstens um 20 Uhr da. Als ich im Erdgeschoss wieder aufsehe, fällt mir ein roter Zettel auf, der am Stromzähler klebt.

Offizieller Aushang: Aus gegebenem Anlass möchte ich sämtliche Nachbarn darauf hinweisen, dass strikt auf die Mülltrennung zu achten ist. Ferner müssen Paket- und Pizza-Pappen so verkleinert werden, dass sie in den dafür vorgesehenen Müllbehälter passen. Es ist nicht Aufgabe des Hausmeisters, den Müll vor der Abfuhr zu sortieren, noch ist es seine Pflicht, die Pappen zu zerschneiden. Mit freundlichen Grüßen, Hiller

Hiller, natürlich, der macht mich noch wahnsinnig! Was für eine Frechheit, den Hausflur mit solch einem Spam zu behängen. Vor allem: Hausmeister, ha. Das Haus gehört meinen Eltern, sie haben es damals günstig, weil baufällig gekauft, und mein Vater hat es fast komplett selbst renoviert. Obwohl Papa mit 62 frühpensioniert ist, erlaubt er es Hiller weiterhin, kleinere Tätigkeiten im Haus zu erledigen. Dafür zahlt Hiller weniger Miete. Völlig unnötig nur, dass er sich dabei stets wie ein Gauleiter aufführt. Womit ich nicht nur die Heinis im Dritten Reich meine, sondern zusätzlich den GAU als ›größten anzunehmenden Unfall‹. Und meine klebrigen Pizzapackungen schmeiße ich immer noch so in die Tonne, wie es mir passt!

Derart in Gedanken stoße ich im Treppenhaus gegen Leons Buggy, der mit Hillers Rollator um den Platz im Hausflur konkurriert. Na, das nenne ich mal einen Generationenkonflikt.

Chris stützt den Kopf mit seiner Faust ab, das Weizenglas vor ihm ist noch halb voll. »Okay, das klingt nach gewaltig Sand im Getriebe. Aber nimm's nicht so schwer, was soll da erst 'ne Wüste sagen?«

»Nicht so schwer nehmen? Sie ist seit zwei Tagen weg und meldet sich einfach nicht!« Klar will er mir gut zureden, aber ich habe keine Geduld mehr. Eine leichte Brise weht angenehm vom Weiher herüber.

»Chris! Es ist doch kein Fehler, ehrlich zu sein?«

»Bei den Frauen schon«, grinst er und beugt sich vor. »Was meinst du, wie das mit meinen Affären läuft? Es gibt so Tage, da hilft es, die Wahrheit verknittert zu übergeben.«

Chris hat gut reden. Wenn ihm eine Frau querkommt, legt

er sich dazu. Seit Jahren ist er erfolgreich Single, erfolgreich im Sinne von: absolut zufrieden, so wie es ist. Na klar hat er Frauen. Einige. Es ist sein Siegerlächeln, auf das sie stehen, seine Gelassenheit. Ich würde nicht sagen, dass er beziehungsunfähig ist. Aber Chris ist einfach zu bequem, um ernsthaft erwachsen zu werden.

Ich falte meinen Bierdeckel zusammen. »Du machst dir das mit den Frauen immer so einfach. Weil dir ihre Sichtweise fehlt.«

»Na … und?« Chris verdreht die Augen.

»Weil du Single bist.«

»Hab ich ein Glück!«

Mein Bierdeckel ist Kleinholz, ich werfe ihn nach Chris.

»Jedenfalls hat Nina keinen Grund, an meiner Liebe zu zweifeln.«

»Nun ja, Frauen wollen es verbindlich, wollen eine gewisse Sicherheit«, sagt Chris, »Das weiß selbst ich.«

»Dann soll ich sie aus Vernunft heiraten, also weil's Sinn macht?«

Chris rümpft die Nase und schnüffelt.

»Was?«

»Dein Schiss inne Bux stinkt zum Himmel.« Er verschränkt seine drahtigen Arme hinter dem Kopf. Seine dunklen Haare haben mit einigen Wirbeln zu kämpfen. »Du liebst sie?«

Er fragt es fast lapidar, so wie den Kellner nach dem nächsten Bier.

»Ja sicher«, sage ich.

Er nimmt die Arme wieder herunter. »Wo ist dann das Problem?«

Wo ein Problem ist, weiß für gewöhnlich meine Mutter am besten. Aber dafür rufe ich sie jetzt nicht an.

»Das solltest du doch ganz genau wissen. Wenn ich Nina

heirate, gibt es keinen Rückwärtsgang mehr, kein rechts oder links abbiegen!« Demonstrativ lasse ich meinen Blick durch den Biergarten schweifen, es sind einige honigsüße Studentinnen unterwegs. Wenn der Pfarrer sein Urteil spricht: ›lebenslänglich‹, und ich es mit einem lauthalsen ›Ja‹ annehme, werden meine Spermien unfrei, dürfen nur noch Nina eine Brut bescheren. Vorbei wäre der knallharte Existenzkampf unserer Zeit, in dem der Mann seinen Samen streuen muss, um seine hervorragendsten Gene wie hohe Alkoholverträglichkeit und totale Beratungsresistenz sicher vererben zu können. Entschlossen schlage ich auf den Tisch. »Ich will nicht die totalen Zwänge, ich will noch atmen können!«

»Dann hol halt Luft«, sagt eine Kellnerin gestresst und stellt ihr volles Tablett am Nebentisch ab.

»Hey, ich bin jetzt 33, also habe ich noch etwa zehn gute Jahre!«

Chris lacht. »Du sprichst mir aus der Seele, genau diese Freiheit genieße ich so sehr. Zumal ich nicht mit Zuneigung asphaltiert werden möchte.« Jetzt ist er es, der sich umschaut. »Ja, ich mag den Ruf der Wildnis, mag es, lässig erst ein paar Bier zu erlegen und dann …« Chris beugt sich vor. »Hey, Sex ist einfacher als Liebe. Allerdings gibt es zwischen uns einen entscheidenden Unterschied: Ich muss in so eine Beziehungsbüchse erst noch reinwachsen. Du bist schon so weit.«

Ich schweige beifällig.

»Kerl, wir üben das jetzt. Pass auf, ich bin Nina.« Chris wirft sich in Pose. »Lieber Philipp, willst du mich heiraten?«, fragt er mit höherer Stimme.

Ich spiele mit und betone theatralisch: »Ja, ich will!«

Zwei Studentinnen, die gerade auf dem Kiesweg an uns vorbeilaufen, bleiben kurz stehen und kichern. »Ach wie goldig, ihr seid ja niedlich. Schöne Hochzeit, Jungs.«

Chris schaut ihnen verdattert nach. »Was, wir? Nee!« Dann winkt er ab. »Ach, ist ja auch egal.«

»Mit dir hätte ich wenigstens keinen Ärger«, grinse ich.

»Tja, Pech, ich bleibe lieber Single.«

Ein Kellner stellt uns zwei frische Weizen auf den Tisch. Auffordernd zieht er eine Augenbraue hoch: »Zugriff.«

Chris ergreift beide Gläser. »Eins für'n Durst, eins für'n Hunger!« Grinsend schiebt er mir eins zurück. »Worauf es letztlich ankommt: ob das Bier schäumt oder nicht.« Der Kerl chillt einfach sein Leben, er macht sich keiner übertriebenen Verantwortung verdächtig.

»Und was noch klar ist«, erwidere ich und nehme einen großen Schluck, »wenn, würde ich niemals ohne dich heiraten.« Das Bier fließt wunderbar kühl in mich hinein.

»Und das heißt?«

»Du! Du wärst mein Trauzeuge!«, sage ich feierlich.

Chris erhebt mit der einen Hand sein Glas und hält mir die andere hin. »Brandzeichen drauf!« Ich schlage ein, dann umarmen wir uns über den Biertisch hinweg.

›Brandzeichen drauf‹ und die ›Gib mir 5‹-Geste, das macht er sogar nach jedem verkauften Auto mit dem neuen Besitzer. Und der tritt komischerweise für gewöhnlich nicht sofort vom Vertrag zurück.

»Was jetzt 'ne coole Sache wäre«, sagt Chris und ballt beschwörend eine Faust, »wenn ihr tatsächlich heiraten würdet.«

4. Kapitel

Wasser tröpfelt von den langen Stielen, als die Verkäuferin verschiedene Rosen aus ihren Vasen nimmt und hochhält.

»Die roten, bitte«, sage ich.

Natürlich die roten, nur diese Farbe spiegelt mein Herzblut wider. Sie schneidet die Stängel an und bindet sie zu einem leuchtenden Strauß.

Als ich den Blumenladen am Krankenhaus verlasse und mich mit dem prächtig duftenden Bund im Glasfenster betrachte, ist mir klar: ›So sehen Sieger aus‹. Mit dem dazugehörenden Lächeln ist es mir ein Leichtes, am Empfang zu erfahren, wo meine Nina gerade im Einsatz ist. Station 13, ich komme!

Überraschen werde ich sie. »Wenn die Katze der Maus auflauert, dann sagt sie ja auch nicht erst ›Schach…‹«, hat Chris gemeint. Viele Worte werde ich gar nicht machen, ihr nur elegant die Königin der Blumen überreichen und sie herzlich umarmen. Und dann reiten wir in den Sonnenuntergang oder was auch immer am Ende des Stationsflurs ist.

Im Aufzug redet ein Arzt auf eine Krankenschwester ein. Absolut selbstgefällig, würde ich sagen. »Schlachten löst schon mal 90 Prozent der Probleme«, sagt er zu ihr und schüttelt seine langen blonden Haare. Als der Arzt merkt, wie verblüfft ich ihn anschaue, lacht er großspurig: »Ist ein alter Spruch von der Intensivstation.«

»Welches Spezialgebiet haben Sie denn?«, frage ich ihn.

»Gefäßchirurgie.«

»Ah, und ich dachte: Frauen.«

Seinen Gesichtsausdruck kann ich nicht mehr sehen, weil sich just dann die Aufzugtüren schließen. Das Stationsschild weist nach links auf einen langen weißen Flur. Es ist mein persönlicher Gang nach Canossa. Der wirkt freundlich, aber nicht einladend.

Es hat etwas von Weg abschneiden, als die mollige Oberschwester auf einmal vor mir steht. »Und ich muss das Kraut hinterher wieder wegschmeißen.«

»Bitte?«

»In welches Zimmer sollen die?« Sie nickt den Rosen zu, nicht mir, und baut sich vor mir auf wie eine Türsteherin.

»In das, wo ich Nina Lang finde. Meine Freundin, Ihre Kollegin«, antworte ich verschmitzt. ›Kollegin‹, das ist mir spontan eingefallen, das sollte Miss Molly schmeicheln.

Sie lässt allerdings nicht klar erkennen, wie beeindruckt sie von meinem Charme ist. Also muss ich ihr weiter Honig um den Bart schmieren, den sie in Ansätzen tatsächlich hat. »Wissen Sie, eigentlich bin ich ja Kassenpatient, in diesem Fall jetzt aber privat hier.«

Energisch streicht sie sich ihren weißen Kittel glatt und stiert mich weiter an. Das irritiert mich, ich weiß nicht, was ich sonst noch sagen soll.

»Schach?«

Ihr Gesichtsausdruck wechselt von uninteressiert zu mitleidig. Ich bemühe mich, meine Zähne so zu zeigen, dass es als Lächeln durchgehen könnte.

»Verkleiden Sie sich Karneval als Krankenschwester?« Eigentlich sehen Frauen, die ab Weiberfastnacht als Krankenschwester rumlaufen, immer total scharf aus. Umso mehr, wenn rote Dessous unter dem Kostüm hervorblitzen. Bei ihr funktioniert diese Vorstellung überhaupt nicht.

Sie beäugt mich wie eine lästige Made, bei der sie noch

nicht weiß, ob sie sie zertreten oder aufessen soll. »Die Frau Doktor berät gerade einen OP-Patienten.«

›Die Frau Doktor‹, wie hochgestochen das klingt. Ich nenne mich doch auch nicht: der Herr Sportmasseur. »Warten ist okay, ich brauche eh nur ein paar Minuten.«

»Da könnte ja jeder einfach so hier reinspazieren!«, betont die Obermolly frostig und nimmt eine etwas geduckte Haltung ein, so als würde sie mich auf der Stelle anspringen, sollte ich eine falsche Bewegung machen. So als wolle sie mich hospitalisieren, wenn sie denn ein Bett frei hätte.

»Wissen Sie«, bitte ich sie, aber es kommt mir vor wie betteln, »es ... es geht um Liebe.«

Mit diesem Zauberwort gewinnt man doch die Aufmerksamkeit jeder Frau.

Nicht dieser. »Ach, hören Sie auf mit diesem depressiven Thema.« Sie winkt einfach ab. »Und jetzt sage ich Ihnen mal was: Hier wird gearbeitet!«

In mir zuckt es, zornige Verzweiflung windet sich durch sämtliche Adern. Dennoch, ich möchte nicht ruppig werden und verkneife mir daher die Bemerkung, dass an ihrem Hintern Ozeandampfer zerschellen könnten. Aber es nervt mich jetzt kolossal, sie steht da wie ein Wellenbrecher, der die Hafeneinfahrt schützt. Sie blockiert meinen Weg ins Glück! Ich weiß nicht, wie einschüchternd man mit roten Rosen wirken kann, drum hebe ich lieber die Stimme, um ganz sicherzugehen.

»Gearbeitet wird hier, ach so! Und ich habe glatt gedacht, Sie legen erst Infusionen und sich dann auf die faule Haut. Und Bettpfannen wechseln, das ist dann also auch kein Hobby von Ihnen?« Ich hole Luft. »Natürlich wird hier gearbeitet, und davor habe ich den größten Respekt! Aber bei allem, was *Sie* hier sonst so pflegen – wie wäre es mal mit einem freundlichen Umgangston?«

Die Obermolly schnaubt, erwidert jedoch nichts.

»Und jetzt möchte ich gefälligst meine Freundin sprechen!« Sie kann ja nicht wissen, dass es sich sozusagen um einen Notfall handelt, sonst würde sie bestimmt so flink reagieren, wie es in solchen Situationen in Krankenhäusern üblich ist. So aber macht sie einen langsamen Schritt zurück, dann noch einen, und bevor sie sich umdreht, blitzt sie mich an: »*Sie* warten hier!«

Ja guck, wie gebieterisch man doch wirken kann, wenn man es nur mal richtig versucht.

Ich lehne mich an die weiße Wand und grüße eine Frau, die im Bademantel zum Tee- und Kaffeetisch gegenüber schlappt und sich heißes Wasser in einen Becher füllt. Dann nimmt sie den ausgelegten Bestellzettel eines Pizzadienstes vom Tisch, schüttelt den Kopf und schaut zu mir rüber. »Wenn die doch genau wissen, dass das Klinikessen der reinste Fraß ist, warum machen die es nicht besser?«

Die Obermolly kommt energisch zurückgestampft und nimmt wieder ihre Türsteher-Grundhaltung ein. »Die Frau Doktor lässt ausrichten, ihr Beratungstermin dauert noch länger. Und direkt danach führt sie eine Narkose durch.« Ihr starrer Gesichtsausdruck löst sich erstmals und geht in ein süffisantes, ja schadenfrohes Grinsen über. Die Frau gegenüber hat gerade ihren Teebeutel aus dem Becher gezogen. Wortlos drücke ich ihr meine Blumen in die Hand und schleiche bedröppelt den langen Gang zurück zum Aufzug. Keine Rosen ohne Dornen.

Hatte ich es nicht gesagt? Chris ist ein Chaot! Ich will ihm nicht vorwerfen, dass er mich ins offene Messer hat laufen lassen, in der Klinik sogar ins Skalpell – aber sein Plan, Nina zurückzuholen, hat sich als undurchführbar erwiesen. Chris, der Einzelspieler, was versteht er schon vom gemischten Doppel? Wobei seine Idee, Nina zu überraschen, dennoch gut war. Chris kann ja nichts dafür, dass Schwester Obermolly den Gang verstopft hat. Fast hoffe ich, sie hat gar nicht mit Nina gesprochen, sondern nur eine Runde im Stationszimmer gedreht, um sich sodann an mir zu rächen. Denn so kann ich mir wenigstens einreden, Nina wusste gar nicht, dass ich in der Klinik war. Oder sie hatte wirklich viel zu tun und deswegen keine Zeit für mich, womit ich leben könnte.

Nicht aber mit einer schnöden Abfuhr! Diese Ungewissheit nervt mich.

Grimmig biege ich in unsere Straße ein und bin noch so in Gedanken, dass ich Herrn Hiller erst kurz vor der offen stehenden Haustür bemerke. »Nun komm, Bestie! Komm raus, Gassi gehen.« Der Hund stürmt auf den Bürgersteig, den Kopf steil aufgerichtet. Herr Hiller hat einen Dackel, den er ›Bestie‹ nennt. Und weil das Tier weiblich ist: ›die Bestie‹ – dabei ist sie allenfalls ein mutiger Schoßhund.

»Ah, wie gut, dass ich Sie treffe«, spricht er mich an, »es geht um Folgendes: Ich nehme wohl mit Recht an, dass Sie für das Chaos in der blauen Tonne zuständig sind.«

Sein zackiger Ton gefällt mir gar nicht und seine Beschuldigungen noch weniger.

»Wie ich in meinem Aushang bereits schriftlich festgehalten habe, gehören Papier und Pappe fein säuberlich darin gestapelt. So eine Unordnung, also das hätte es früher nicht gegeben. Von andersfarbigen Tonnen ganz zu schweigen.« Die Bestie dackelt ein paar Schritte zur Straße und kläfft – nicht weniger selbstbewusst als ihr Herrchen in der grauen Strickjacke.

»Herr Hiller…« Ich kenne seinen Vornamen nicht, weiß gar nicht, ob er überhaupt einen hat. Wahrscheinlich ist ›Herr‹ sein Vorname, das würde jedenfalls perfekt zu ihm passen.

Ich deute auf das Klingelschild neben der Tür. »Ihr Name ist falsch geschrieben.«

Er beugt sich darüber. »Wieso, ich heiße doch Hiller.«

»Da müsste aber ›Blödmann‹ stehen.«

Nina bleibt wirklich länger weg, als ich gedacht hätte. Nicht eine Stunde, nicht einen Tag. Selbst Jesus war am dritten Tag zurück, und Nina ist es noch immer nicht. Sie fehlt mir, ich vermisse sie, es schmerzt gewaltig! Offenbar will sie mich nicht sehen, was also kann ich tun? Jedenfalls nicht noch einen Abend herumsitzen und warten, was passiert, was passieren könnte, was auch immer. Verdammt!

Der Nieselregen ist nicht kühl, aber mich fröstelt. Ich habe keine Wahl, ich muss zu Simone, um Nina zu sprechen. Wenn man erst mal am Teufel vorbei ist, ist die Hölle gar nicht mehr so schlimm. Im Halbdunkel leuchten die Buchstaben des *Rewe* schwülstig rot. Von der Dürener Straße biege ich in die Schallstraße ein, es sind nur noch fünfzig Meter. Dann stehe ich bei Simone in der Tür.

Sie ist kein grottenschlechter Mensch, wirklich nicht. Aber dass sie mit Anfang 30 keinen Typen hat, versetzt ihr regelmäßig Panikschübe. ›Ihr Männer seid soo doof!‹, hat sie kürzlich in der Fußgängerzone geplärrt. Und wenn Simone derart einen Fön kriegt, der ihr gewissermaßen auch noch ins Wasser fällt, müssen alle anderen es ausbaden. Allen voran meine Nina, was für sie als beste Freundin natürlich auch okay ist, meistens jedenfalls. Umso mehr hat Simone mich auf dem Kieker. Vielleicht, weil ich ein Konkurrent um Nina bin, weil ich kein Single-Mann bin, oder weil sie mich ganz einfach doof findet. Und nun ist Nina auch noch meinetwegen zu ihr geflüchtet …

Ich erschaudere, klappe meinen Kragen hoch. Nach dem

zweiten Klingeln knackt es in der Haussprechanlage. »Wer da?«

»Philipp. Hi, Simone.«

Sie sagt einige Sekunden nichts, ich lehne an der Haustür. »Du störst. Was willst du überhaupt?«

Was soll ich sagen: Simones Laune unterbietet noch meine Erwartungen.

»Ich möchte mit Nina reden.«

»Nö. Geht nicht.«

»Ist sie nicht da?«

»Schon, aber sie will dich nicht sehen.«

»Ich will sie ja auch nur sprechen.« Ich bemühe mich, freundlich zu bleiben, komme mir im Hauseingang aber wie ein windiger Vertreter vor, der alles tut, um reingelassen zu werden.

»Das hättest du dir vorher überlegen sollen. Bevor du sie verschmäht hast!« So denkt sie darüber? Denkt Nina das etwa auch?

»So ist es doch gar nicht«, wende ich ein, »sondern ...«

Simone unterbricht mich, indem sie in die Wohnung ruft: »Komme gleich, muss hier nur eben noch mit 'nem Sackgesicht quitt werden!«

»Verdammt, Simone, du blütenlose Primel ...«

»Sackgesicht!«

»... jetzt lass mich endlich mit Nina sprechen!«

»Pah! Du hast sie nicht verdient.« Simone wird jetzt richtig aufgebracht. »Und was mich betrifft: Ich will mein Leben auf keinen Fall mit einem Mann belasten. Erst recht nicht mit so einem wie dir!« Dann schweigt die Gegensprechanlage.

Wie erbärmlich. Bin ich denn so ein Blindgänger? Heute bin ich gleich zweifach an Nina abgeprallt. Wobei, was heißt an ihr? Besser gesagt an ihren Weibwächtern. An sie selbst bin ich ja gar nicht rangekommen! Wie viele dieser Bodyguards hat sie eigentlich? Wahrscheinlich würde sogar meine Mutter mich abwimmeln, wollte ich über sie Nina erreichen. Sie würde mich nicht zu ihr lassen, weil sie wieder nur Probleme sähe. Und diesmal absolut zu Recht. Was muss ich doch für ein räudiger Mistkerl sein.

Immer noch verdrossen lümmle ich auf meinem Sofa herum und spiele mit meinem Tablet. Die aktuellsten Fotos in der ›Galerie‹ sind von unserem Prag-Trip. Sehr süß, wie sie da auf der Karlsbrücke Faxen gemacht hat, so liebenswert und sexy. Keine meiner früheren Freundinnen habe ich jemals mehr begehrt als Nina, für keine mehr empfunden als für sie.

Sie ist nicht nur meine Allerliebste. Sie ist meine Gleichgesinnte, grandiose Geliebte, meine Leidensgenossin und Glücksgefährtin, kurzum: mein vierblättriges Herzblatt. Und ich bin: ihr bedingungsloser Fan.

Es mag da draußen attraktivere, schlauere oder erfolgreichere Frauen geben, aber Nina ist einfach die Beste. Mit ihr mag ich sogar meine Ängste und Schwächen teilen. Als ich den Deckel aufs Tablet klappe, weiß ich genau: Sie ist die Einzige, die ich an meiner Seite haben möchte. Denn wenn ich neben mir stehe, nimmt sie meinen Platz ein. Es ist unglaublich, aber sie erträgt es, wenn ich stoffelig, stumpf oder unausstehlich bin. Nina respektiert mich so wie ich bin.

Mein Smartphone brummt, eine SMS. Ich drücke auf den Touchscreen, die Nachricht ist von Ninaaa … *›Ich bin stinksauer, lass mich in Ruhe!‹*

Ich schließe die Augen, atme tief durch. Sie ist die Beste, die Beste … Und darum, liebe Nina, kann ich dir diesen Wunsch nicht erfüllen. Gerne würde ich dir das persönlich sagen, was am einfachsten wäre, wenn du gerade auf dem Sofa neben mir sitzen würdest. Du musst wieder zurück zu mir, musst musst musst.

Geistesblitz … und Donnerwetter! Natürlich, es kann nur einen einzigen Plan geben, der groß genug ist, meinem Verlangen gerecht zu werden: ein eigener Heiratsantrag!

Eine gute Idee, eine clevere Idee, eine Spitzenidee! Das heißt, hm, tja, gut wäre *überhaupt* erst mal eine Idee. Denn ich weiß ja noch gar nicht, was für einen Antrag ich ihr machen will. Und selbst wenn ich das wüsste: Wann wäre der richtige Zeitpunkt? Diese Frage ist umso dringender, da mir ja noch nicht mal klar ist, wann ich sie das nächste Mal sehe! Geschweige denn, wann sie Zeit hat.

Am Samstag ist ihr Geburtstag. Geburtstag … na klar, das ist es! Das ist mein Tag, also ihrer, und damit auch meiner, also unserer. Was für eine Überraschung das wäre, absolut, das ist der perfekte Zeitpunkt. Aber das ist … auch schon in drei Tagen!

5. Kapitel

Schweiß bildet sich auf meinen Schläfen. Beim Bankdrücken habe ich 90 Kilo aufgelegt, das ist mein Körpergewicht, das strengt mich ordentlich an. Noch anstrengender finde ich allerdings, was mich seit gestern Abend beschäftigt: Welches ist der ›beste Antrag‹? Das ist *die* Frage vor der Frage aller Fragen!

Reiche ich meiner Süßen den Verlobungsring an dem Ort, wo wir uns zum ersten Mal geküsst haben? Hmm…wo war das noch mal? Oder besser oben auf einem Steilfelsen mit grandioser Sicht auf den Grand Canyon? Hochromantisch auf dem Eiffelturm? In der Dämmerung auf der Sydney Harbour Bridge mit der nicht minder grandiosen Sicht auf das beleuchtete Sydney? Nein, übermorgen ist es so weit, damit scheidet ein Antrag in Australien aus. Und wohl auch alle anderen Locations im weiter entfernten Ausland.

Sag ich's ihr mit einem großen Plakat im Fenster der Nachbarn gegenüber? Im Planetarium um Mitternacht, um meinem Stern selbige vom Himmel zu greifen?

Ich drücke mir die Kopfhörerstöpsel fester in die Ohren, mit *Sunrise Avenue* kann ich mich besser konzentrieren. *»I got a feeling in my heart. My life can really start. And it's all because of you.«*

Oder womöglich ein Tandembungeesprung? Nee, bei meiner Höhenangst, mir würde das Herz in die Hose rutschen. Und dann wäre mein Herz wohl nicht mehr so rein, um es ihr schenken zu können.

Nicht nervös werden, Philipp. Es sind noch 48 Stunden bis zum perfekten Tag. Originell, sei originell. Kerl, gib alles! Ich lege mir noch zwei Scheiben drauf.

Als ich mich am Rudergerät abmühe, lächelt mich eine Blondine an. Länger als die zwei Sekunden, in denen man zur Begrüßung ein freundliches Gesicht macht. Sympathisch wirkt sie, unkompliziert, unter ihrem Trainingsshirt schwitzt ein durchtrainierter Body. Sie lächelt immer noch. Abwartend, auffordernd.

Könnte es noch eine Bessere geben als Nina? Dieser Gedanke wabert seit ihrem Antrag durch meinen Hinterkopf. Und er lässt mich gerade angespannt, ja scheel gucken, wie ich im großen Spiegel hinter der Blondine sehe. Hey, die Frage ist doch: Würde durch diese Sportmaus irgendetwas toller, toller als ich es mit Nina habe?

Nö. Ich lächle zurück. »Du, danke fürs Interesse. Aber das bringt jetzt einfach nichts mehr, es ist zu spät.«

»Ich wollte eigentlich nur wissen, wann dein Gerät frei wird.«

Der Typ im engen Muskelshirt plustert sich in der Umkleide vor dem großen Spiegel auf. »Wenn isch mich nich kennen würd, hätt isch Panik vor mir.«

»Voll am Labern, Rico, halt dein Schnauz«, grinst ihn sein Trainingskumpel an.

»Escht jetzt, so steh ich auch in Disco.« Rico lässt die Tattoos auf seinen Armen hüpfen.

»Korrekt«, sagt der andere und gestikuliert, »richtige Männer stehen und Frau tanzt drumrum. Weißt wie isch mein?«

Rico posiert weiter mit sich selbst um die Wette. »So, ne?«

»Jo, du kannst ja Frau paarmal zunicken.«

Ich ziehe meine Schuhe aus dem Schrankfach. »Männer, gilt das eigentlich auch beim Hochzeitstanz?«

Rico dreht sich vom Spiegel um. »Alter, Hochzeit.« Für einen Moment sage ich nichts, aber mehr scheint ihm dazu nicht einzufallen.

Der andere kratzt sich an der Hose. »Heiraten ist doch voll schwul.«

»Hi, da bin ich. War noch eben beim Sport.« Ich stelle meine Tasche am Empfang ab und halte Jessi den Ausdruck einer Internetseite hin. »Sag mal, welcher Verlobungsring gefällt dir am besten?« Es geht doch nichts über Marktforschung direkt bei der Zielgruppe.

Sie fixiert mich. »Moment, das heißt...?!« Ich nicke. Sie betrachtet mich weiter, lächelt und fällt mir dann um den Hals. »Glückwunsch!«

»Ja nee, abwarten.« Fast verlegen löse ich mich aus ihrer Umarmung. »Noch ist ja nix passiert.«

»Ach komm, Nina wird doch Ja sagen?!« Jessi strahlt mich an, sie scheint sich riesig für uns zu freuen. »Machst du den Antrag auch so richtig überraschend und romantisch mit Kerzen und Rosen und allem?«, schwärmt sie. »Wir mögen es ja ein bisschen kitschig und unrealistisch, wie im Märchen.«

»Okay, wie müsste denn dein Traumantrag ablaufen?«, frage ich nach.

Jessi kichert. »Das muss sich der Mann überlegen, ist doch wohl klar.«

»Klar, völlig klar.« Ich gebe mich lockerer, als ich es bin. »Habe ich natürlich längst getan.«

»Ja... und?«

»Öhm, Geheimnis.«

»Na dann: viel Erfolg!« Jessi umarmt mich noch einmal.

»Danke dir.« Ich greife meine Tasche mit den Klamotten und tippe zum Gruß an die Stirn.

»Ach, Philipp«, sagt Jessi noch, als ich schon in der Tür zu meinem Massageraum stehe, »solange du dabei nicht nackt bist oder im Fußballstadion, ist es eigentlich egal, wie du deinen Antrag machst. Hauptsache, aufrichtig und mit viel Gefühl.« Jessis Augen glänzen. »Wir Frauen kriegen doch allein schon bei der Frage Gänsehaut.«

Chris! Vielleicht hat er eine gute Idee …? Nein, nein, lieber nicht. Ich erinnere mich nur zu gut, wie eine seiner Affären mal meinte: ›Es wäre sehr romantisch gewesen, hätte er nicht vorher so viel getrunken.‹ Und dabei hatte er ihr nur den Antrag gestellt, mit ihr in den Urlaub fahren zu können. Für vier Tage an die holländische Küste. Immerhin auf Knien, ganz theatralisch. Das ist Chris. Wobei ich es nachvollziehen kann, wenn man sich vorher ein paar Mutbiere zischt. Aber meinen Antrag, verflixt, den muss ich wirklich selber hinkriegen.

Vom Neumarkt sind es 20 Minuten bis zur Haltestelle ›Rath/Heumar‹, hier steige ich aus der Linie 9. Für Kölner Verhältnisse ist das schon weit. Rath, das Viertel liegt eigentlich kurz vorm Sauerland.

›Gaststätte B. Burger‹ steht stolz über dem Eingang. Auf der schweren Wirtstür flattert ein Zettel: *Heute: Comedy! Mit Hannes und Gästen.* Vermutlich ist das die einzige Werbung, die Hannes gemacht hat. Hoffentlich kommen genügend Zuschauer. Wenn sich nur ein paar Leute an die Theke verlieren, wird es zäh für uns.

Der Gastraum ist verwinkelt und so verschunkelt gemütlich wie in vielen kölschen Kneipen. Als Raum für unsere Hochzeitsfeier wäre er gar nicht so verkehrt. Ausreichend Frikadellen und Bier gibt es hier auch.

»Hey Philipp, da biste ja, kommst genau richtig!«, ruft Hannes mir von links zu. »Pack doch gerade mal mit an, der

Tisch muss noch da rüber.« Manni und Udo sind auch schon da.

»Hey, Männer!«, grüße ich. Wir umarmen uns, als Comedy-Kumpels und sowieso als Team für den Abend, darauf eingeschworen, die Zuschauer so gut wie möglich zu amüsieren. Es ist jedes Mal anders, es kribbelt immer wieder. Ich meine, wir kommen nicht von ganz unten. Aber wir haben dort schon gespielt.

Hannes werkelt weiter an der Bühne herum. Na ja, die Bezeichnung ›Bühne‹ ist etwas hoch gegriffen: Es ist eigentlich der Platz, wo eben noch der Tisch stand. Zwei Mal zwei Meter Raum. Jo, passt.

Die Anlage pfeift. »Uaaah, Rückkoppelung«, ruft Udo, »dreh was leiser.«

Hannes hebt am Tresen einen Arm. »Gebongt! Äh, Manni, Philipp, braucht ihr ’nen Soundcheck?«

»Nein, ich brauche eine Topidee für einen Heiratsantrag.« Ich ernte verdutzte Blicke, dann grinsen sie. Sie halten es für einen Gag.

»Okay, Männer, jeder spielt zweimal ’ne Viertelstunde, und ich erzähle auch noch ein bisschen was.« Hannes schaut auf seinen Ablauf. »Philipp, du fängst bitte an.«

Den Eisbrecher zu spielen ist undankbar, weil die Zuschauer noch nicht genug getrunken und sich warm gelacht haben. Na ja, zum Glück gelingt es mir oft, auch spontan mit Gags auf sie zu reagieren.

Nur wie ich Nina am besten zurückgewinne, dazu fällt mir partout nichts ein. Aber ich kann sie ja Samstag nicht unvorbereitet treffen und mich auf meine Schlagfertigkeit verlassen. ›Da wir gerade an einem Juwelier vorbeilaufen – willst du mich heiraten?‹ Nee, irgendwie nicht.

Gut 60 Zuschauer haben sich eingefunden – immerhin, viel mehr fasst der Kneipenraum auch nicht. Angespannt trete ich von einem Bein aufs andere. Wie die Leute hier drauf sind, hopp oder top, das werde ich schnell merken. Wie am Samstag, wenn ich Nina frage…

Kerl, konzentrier dich auf deinen Auftritt!

»Und hier kommt als erster Künstler für euch…«, Hannes moderiert mich schon an, »…Phil-lipp Schä-fer!«

Der Musikjingle läuft noch, ich zwänge mich von hinten durch die Stühle. Lächeln, schön lächeln, direkt einen guten Eindruck machen. Die Kneipengäste klatschen nett. ›Hallo, eigentlich habe ich heute gar keine Lust‹, das wäre als erster Satz zwar ehrlich, aber auch Kamikaze. Und wenn ich einfach ins Publikum frage, ob jemand einen tollen Heiratsantrag weiß? ›Philipp!‹, ermahne ich mich innerlich.

Ich nehme das Mikro aus dem Ständer und schaue ins Publikum. »Meine Freundin, die ist so kurios. Philipp, hat sie zu mir gesagt, wenn wir ein Kind kriegen, und es wird ein Junge, dann nennen wir ihn Ahmet.« Ich halte kurz inne und sehe in erstaunte Gesichter. »Ja, das hat mich auch gewundert: warum ›Ahmet‹? Da meinte sie: Damit er in der Schule von vornherein integriert ist.«

Die Lacher sind so mittelmäßig, manchmal denke ich, man muss über den Gag schon zu viel nachdenken. Oder mein Timing war nicht optimal. Bei Nina darf ich das keinesfalls verpatzen. Aber kann man denn einen Antrag so durchplanen, oder sollte man seinen Emotionen einfach freien Lauf lassen – auch auf die Gefahr hin, dass sie über die Klippe stürzen?

Die Leute vor mir sehen mich erwartungsvoll an. Ach ja, weiter geht's.

Ich verziehe das Gesicht und leide dem Publikum vor, wie anstrengend meine Freundin ist. Nicht, dass es mit Nina tatsächlich so wäre, ich erzähle das ja nur um der Gags willen. »... mit 30 habe ich noch zu Hause gewohnt – ja blöd, vor allem bei Stubenarrest.« Eine Zuschauerin in meinem Alter lacht laut auf. »Oha«, ich spreche sie direkt an, »kennst du auch so einen?«

Sie grinst zurück. »Hat nicht lange gehalten ...« Jetzt lachen auch die anderen Zuschauer mit.

Hoffentlich ist ihnen klar, dass es bei mir selbst nicht so ist. Natürlich bin ich längst zu Hause ausgezogen. Nur eben nicht sehr weit gekommen. Aber eine Etage höher, das gilt ja wohl.

Manni stellt sich dem Publikum direkt als Müllmann vor. Das ist er im Job wie auf der Bühne. »Ein paar Gags von mir sind für die Tonne.« Ich bewundere seine Lockerheit. »Wenn ich mit meinem dicken Auto vor ihrer Tür stehe, schauen die Frauen schon mal«, witzelt er. »Aber ich erteile ihnen jedes Mal eine Abfuhr.« Manni ist charmant, einfach er selbst – und das kommt an.

Ist das vielleicht *die* Idee? Sollte ich Nina einen öffentlichen Antrag machen, auf der Bühne? Am Samstag ist eine Show in Deutz, den Moderator kenne ich gut. Wenn ich Nina einfach dorthin lotse? Beim Schlussapplaus könnte ich sie ansprechen, sie zu mir auf die Bühne bitten und vor ihr auf die Knie fallen. Einerseits kann sie mir die Tränen der Rührung nicht verweigern, andererseits ... na ja, sie könnte auch schreiend zum Ausgang rauslaufen.

Das wäre zwar Comedy, aber nicht nach meinem Geschmack. Denn in dem Fall würde ich natürlich noch bedepperter dastehen, als wenn ich einen Gag versemmle.

Mag Nina ein Liebesgeständnis, bei dem andere Leute zusehen? Ehrlich gesagt, weiß ich das nicht. Na toll, ich kenne meine Nina ja richtig gut.

Udo räumt mit seiner Veganergeschichte richtig ab, Hannes sagt die Pause an. Als wir uns nach hinten verziehen, laufen einige ältere Damen brüskiert an uns vorbei. »Bei dem Krach kann man ja nicht kegeln, wir gehen!«

Doch, es hat sich wieder gelohnt. Nach der Pause hatten die Zuschauer etwas mehr Bier intus, und wir haben gerockt. Ein tolles Gefühl – bis auf die Tatsache, dass mir noch immer kein perfekter Antrag eingefallen ist. Der Samstag rückt unbarmherzig näher, aber ich weigere mich noch immer, einen gewöhnlichen Antrag abzuliefern. Bin ich jetzt ein Kreativer, oder nicht?

»Kölsch für die Künstler!«, ruft Hannes an der Theke.

»Jot, Jung«, lobt mich ein weißhaariger Opa, der die 80 schon überschritten haben dürfte. »Aber was du über deine Freundin erzählt hast ...«

»Nicht wirklich über meine Freundin«, erkläre ich schmunzelnd, »ich stelle das beim Auftritt nur so dar und ...«

»Also was du über deine Freundin erzählst«, setzt der Weißhaarige erneut an, »dass sie dich anstrengt und so: ja, das gehört dazu.« Seine Hand zittert etwas, als er den rechten Zeigefinger hebt. »Meine Anna und ich, 60 Jahre sind wir jetzt verheiratet. Und bei allem Driss, den wir miteinander hatten, manchmal immer noch haben, den wir mit ins Familiengrab nehmen: Ich würde sie wieder heiraten. Jung, ich sag dir was: Meine Anna und ich, wir stehen zusammen wie die Türme des Doms.« Bedächtig hebt er sein Glas, ich proste ihm zu.

Der Dom ...

Der Weißhaarige wischt sich über den Mund. »Erdbeben haben am Dom gerüttelt, der U-Bahnbau hat ihn erschüttert, um die 70 Treffer hat der im Weltkrieg abgekriegt – und er hat das alles überlebt.«

Der Dom, die Türme.

»Auch meine Anna und ich haben gelitten, viel gelitten.« Er lächelt verträumt. »Aber es hat sich gelohnt. Für die Freude, die wir jetzt aneinander haben.«

Der Dom, die Türme… natürlich!

Ich springe so plötzlich auf, dass der Barhocker bedenklich wackelt. »Ich danke Ihnen«, sage ich und drücke den Alten spontan. »Jungs, muss los!«, rufe ich Manni und Uwe zu.

»Danke, Hannes, war super!«

Ich schnappe mir meine Sachen und wende mich gerade zum Ausgang, da spricht mich die Zuschauerin an, die laut lachen musste, als ich von 30-jährigen Muttersöhnchen erzählt habe.

»Hi, ich bin die Julia, dein Auftritt hat mir echt gut gefallen.«

»Danke, das freut mich.«

Sie fährt sich durch die Haare. »Bist du häufiger in Rath?«

Eigentlich bin ich gerade auf dem Heimweg. Aber das zu sagen wäre ziemlich uncool angesichts eines Groupies. Ein Groupie! Dieser Bühnenbonus ist selten bei uns eher unbekannten Comedians. Ein Atze Schröder, klar, der braucht als Garderobe bestimmt einen Saal – allein für die Mädels hinterher. Aber wir mittelmäßigen Kleinkünstler sind doch schon glücklich, wenn uns die Zuschauerinnen anschließend überhaupt wiedererkennen.

Da ich nicht geantwortet, sondern sie nur angeglotzt habe, spricht sie weiter. »Sollen wir mal einen Kaffee trinken gehen?«

Warum kommt sie jetzt, da es zu spät ist? »Julia, bestimmt bist du toll. Aber Treue ist auch toll, dafür gibt's im Supermarkt sogar Punkte. Tschüs!«

Die Parkbank wird von der entfernten Laterne nur dürftig erhellt. Zum Glück sind Smartphone-Displays beleuchtet. ›... *es schmerzt mich, Dich noch länger vermissen zu müssen.*‹ Mein Zeigefinger trifft jeden Buchstaben auf Anhieb. ›*Mein Herz flattert wie ein Schmetterling, wenn ich an Dich denke.*‹ Der Akku ist bald leer, ich muss mich beeilen. ›*Ich will Dich treffen, muss Dich sehen. Am Samstag, ja, an Deinem Geburtstag, sei bitte um 9 Uhr vor dem Kölner Dom!*‹ Diese SMS schreibt sich wie von selbst. ›*Nina, ich liebe Dich! Dein Philipp*‹

Auftritte bin ich ja nun wirklich gewöhnt, aber vor übermorgen habe ich jetzt schon die Hosen übervoll. Damit mein Plan nicht durchfällt, muss ich unbedingt noch Chris erreichen. Wenn er seine Aufgabe vergeigt, ist alles vorbei.

6. Kapitel

Mein Fahrrad kette ich an einen Laternenpfahl, die Domplatte ist menschenleer. Aber das wird sich bald ändern. So kurz vor 9 Uhr ist es noch etwas kühl, und wie immer zieht es rund um die Kathedrale. In der Abendsonne, da rutschen die Strahlen sanftrosa an den Türmen hinab. Doch jetzt ist die Westfassade nur schnoddrig schwarzer Stein.

Wird sie kommen? Nina hat nicht auf meine SMS reagiert, was mich kaum verunsichert hat. Also, natürlich hat es das, aber es hat mich nicht von meinem Plan abgebracht. Meine Eltern haben sich häufiger nach Ninas Krankheit erkundigt, ich habe sie beruhigt, es gehe ihr schon viel besser. O Mann.

Nun stehe ich hier, vor dem Giganten der Gotik, mickrig wie eine Spielzeugfigur. Und ehrlich gesagt fühle ich mich auch genauso. Die Blumennummer im Krankenhaus war mein Gang nach Canossa, da wollte ich nur Abbitte leisten. Und jetzt gehe ich einen Schritt weiter.

Ich fingere an meiner Uhr herum, genau 9 Uhr zeigt sie an, niemand ist zu sehen. Natürlich habe ich nicht geschlafen, zwei Nächte nicht. Ich habe im Erdbeer-Bett gelegen, gespannter als das frisch bezogene Laken, und die Aufregung hat mich nicht zur Ruhe kommen lassen. Ein Kehrwagen rappelt hinter mir über den Asphalt.

Direkt vor mir ragen die seitlichen Strebebögen auf, ich sehe Steine, aus denen Steine hervorlugen. Gewitzt und neugierig überschauen sie den Platz. Erstaunlich, wie ruhig die halten können. Bei allem, was die erlebt haben über die Jahrhunderte.

Weit oben in den Nischen des Hauptportals haben die Steinmetze allerlei Verzierungen hinterlassen, die nicht religiös motiviert sind: Ein Funkenmariechen ist dabei, John F. Kennedy und natürlich Hennes, der Geißbock des FC.

Dann blicke ich nach rechts, wo sich der Roncalliplatz erstreckt, der mir später noch behilflich sein soll. Wenn sie kommt. Meine Armbanduhr meldet 9:03 Uhr.

Oh ja, das wird wirklich eine faustdicke Überraschung für sie – na, eher eine fingergroße, wenn ich den Ring betrachte, den ich gestern noch rasch bei einem Juwelier im Agnesviertel besorgt habe. Ich verstaue das Kästchen wieder in der Jacke. Ihre Ringgröße wusste ich erst nicht, woher auch, aber dann bin ich an ihre Schmuckschublade gegangen, habe den Zollstock gezückt und nachgemessen. Ja, ich habe mich wirklich vorbereitet: Ring frei … für das Rückspiel!

9:07 Uhr. Ich werde sie nicht merken lassen, dass es ein Antrag wird. Weil sie Überraschungen liebt. Also werde ich erst unverfänglich ihre Aufmerksamkeit erregen und dann: zack! Am schönsten und unvergesslichsten ist doch der Moment, mit dem keiner rechnet.

»Hallo, Philipp.«

Was? Von dieser Seite habe ich sie nicht erwartet, ich wirble etwas heftiger herum, als es meine aufgesetzte Selbstsicherheit verträgt.

»Hallo … Nina. Und … ähm … herzlichen Glückwunsch zum Geburtstag.« Mein Oberkörper beugt sich zwar vor, aber ich fühle mich zu gehemmt, sie direkt zu umarmen. Unbeholfen berühre ich ihre Jacke.

»Danke.«

Aber sie ist da … Strike! Es geht also los mit dem Masterplan, dessen Ausgang über den Rest meines Lebens entscheiden wird. »Wie geht es dir?«

»Ganz okay.«

»Schönes Wetter heute«, sage ich.

»Noch nicht.«

»Und wie ist es so bei Simone?« Ich versuche, die Frage möglichst harmlos klingen zu lassen.

»Gut. Und was möchtest du mir sonst noch sagen?«

Genau, genug des Vorgeplänkels, zur Sache. »Ich möchte …« Moment, erwartet sie etwa eine Entschuldigung? Ich wollte doch gerade zum Dom überleiten. »Ähm … schön, dass du hier bist. Und du selbst siehst heute auch wieder wunderschön aus.« Ich kratze mich am Kopf. »Also, das ist ja zuletzt nicht so glücklich gelaufen mit uns.«

»Hmm.« Nina hat eher die Lippen zusammengepresst, als dass sie vor Freude ihre Zähne zeigt. Verständlich. Natürlich müssten wir jetzt eigentlich erst mal darüber reden, was schiefgelaufen ist. Völlig klar. Nur möchte ich hier jetzt kein Trauerspiel aufarbeiten, sondern ihr einen Antrag machen, der alles andere sowieso in den Rhein spült!

Ich weiß nicht, was ich sagen soll. Unsicher und nervös stehe ich bei ihr, mich fröstelt.

Nina trippelt auf der Stelle. »Also?«

»So, bitte hier entlang« Ich lächle sie an und deute nach rechts.

»Dort geht's zum Parkhaus und den Toiletten.«

»Und: zum Südturm!«, betone ich.

»Da willst du rauf?«

Ich nicke heftig. »Um dir etwas zu zeigen.«

»Und das geht nur dort?«

»Nur *von* dort.«

»Aha.« Sie reagiert nicht gerade enthusiastisch, hoffentlich spürt sie dennoch: Ich habe etwas ganz Besonderes mit ihr vor! Sie ist tatsächlich gekommen, bin ich froh! Nina ist doch für mich eine noch bedeutendere Sehenswürdigkeit als der Dom.

Die Sonne bricht durch eine Wolke, die ihr kaum ernsthaft im Weg liegt. Schweigend gehen wir die grauen Stufen zum Turmeingang hinunter. Links von der Glastür steht ein greisenhaftes Stück Mauer. »Das Domfundament von 1360, was ein alter Knabe«, sage ich respektvoll.

»Ja«, erwidert sie.

Ich zahle, die Mitarbeiterin übergibt mir fast feierlich die Tickets. »Sie sind heute die ersten Besucher.«

Sehr gut, so sind wir ganz ungestört. »Na guck, immerhin 100 Meter bis zur Aussichtsplattform«, lese ich laut vom Schild ab. 533 Stufen zum Glück.

Das Mauerwerk ragt dicht neben uns empor, auf der Wendeltreppe ist es nebeneinander eigentlich schon zu eng. Wir laufen versetzt, dennoch bemühe ich mich, sie die ganze Zeit im Blick zu behalten. »Und sonst so?«

»Es läuft«, sagt Nina. Sie wirkt nicht patzig, skeptisch allerdings schon. Oder abwartend?

Mittlerweile strahlt der Himmel blendend blau, das Licht zwängt sich durch die Mini-Fenster. Der Vergleich mit Schießscharten scheint naheliegend, kann bei einer Kirche aber gleich wieder verworfen werden.

Nina erklimmt die Stufen wie eine Gämse den Berg, ich dagegen keuche wie ein Walross.

»Warte kurz«, sage ich und stütze mich an der Wand ab. Neben meiner Hand steht: ›*Warum hast du Schluss gemacht? Ich liebe dich immer noch. Dein Tobi*‹. Der Aufgang ist vollgeschmiert mit Widmungen und Grüßen. Dumm gelaufen für Tobi. Damit es für mich besser läuft, muss ich mich auf Chris verlassen können. Wehe, er verpeilt seinen Einsatz!

»Oh, der Glockenstuhl«, sagt Nina jetzt weniger einsilbig. »Den habe ich noch nie gesehen.«

Eigentlich ist dafür keine Zeit, eine kleine Verschnaufpause kommt mir allerdings ganz gelegen. »Gut, dann lass uns doch eben nach dem ›Dicken Pitter‹ schauen«, antworte ich und lasse ihr den Vortritt durch die Tür. Auf dem 53 Meter hohen Stockwerk baumeln elf Glocken, mittendrin der ›Dicke Pitter‹.

»Mit über drei Metern die größte freischwingende Glocke der Welt«, erwähne ich beiläufig, als wir vor der Wuchtbrumme aus Metall stehen. Das habe ich mir am Morgen noch rasch bei Wikipedia reingelesen, um notfalls von meiner Unsicherheit ablenken zu können.

»Den haben sie aber nicht über die Wendeltreppe hochgetragen«, schmunzelt Nina zweifellos beeindruckt.

Wer die Glocken läuten will, muss auch mal am Seil ziehen. Das gilt vor allem für mich. Also zurück zur Wendeltreppe und weiter hoch. Langsam kriege ich einen Drehwurm.

»I was here«, liest Nina eine der vielen neuzeitlichen Inschriften vor.

»Wie originell – und dann auch noch die Unterschrift vergessen.« Ich darf das bemängeln, ich werde heute ja noch ungleich kreativer sein. Meine Nervosität, weglächeln zwecklos, steigt mit jeder Stufe.

Endlich, die Wendeltreppe endet an einem Absatz. Nur sind wir leider nicht am Ziel, weil noch immer vom Mauerwerk umschlossen. Einen grandiosen Blick über Köln garantiert erst die Aussichtsplattform, die noch weiter oben ist. In der Mitte der Ebene ermöglicht eine freistehende Eisentreppe den weiteren Aufstieg zur Turmspitze.

Nach einigen Stufen bleibe ich abrupt stehen. »Ich … es … geht gerade nicht weiter.«

Meine verdammte Höhenangst! Ich kann durch die Gittertreppenstufen bis nach unten sehen.

»Aber Philipp, jetzt ist es doch nur noch ein Katzensprung, ein Grashüpfer, ein Hasenhops.«

Mir wird immer mulmiger. Aber ich muss da hoch!

Nina wippt auf einem Treppenabsatz. »Wir sind doch schon so weit gekommen.«

»Stimmt.« Mit geschlossenen Augen beuge ich mich zu meinen Schuhen hinunter. »Blöde Schnürsenkel, sind noch nicht eingelaufen, muss die neu zubinden.« Die Wörter kommen stoßweise, passend zu meiner Atmung. »Moment noch.« Stur geradeaus schauen, bloß nicht nach unten. Mir darf nicht schlecht werden, ich *muss* da hoch.

»Fertig?« Nina, ich bin schon nervös, jetzt sogar doppelt und dreifach. »Sonst kehren wir halt um«, sagt sie leichthin.

»Nein!«

»Dann sei jetzt keine Memme. *Du* wolltest hier hoch, warum auch immer.«

Völlig verzappelt fühle ich mich, mein Magen befindet sich im Schleudergang. Mit zusammengekniffenen Augen taste ich mich am Geländer hinter ihr her.

Puh, geschafft! Wir treten ins Freie, auf die Aussichtsplattform, die auf 97 Metern Höhe um den Südturm herum führt. 20 Minuten sind vergangen, seit wir unten das Ticket gelöst haben, und doch kommt es mir gewaltig länger vor.

Hier draußen sind noch mehr Unterschriften und Widmungen an die Mauern gekritzelt, die weiße Schrift auf den dunklen verwitterten Steinen wirkt wie Taubenschiss. Wir folgen dem Rundgang einige Meter nach rechts. Von hier hat man den besten Ausblick runter auf den Roncalliplatz. Das lässt meine Höhenangst zu, weil ich festen Boden unter den Füßen habe, an dem sich meine Augen festhalten können.

»Ähem, Nina, stell dich doch bitte mal genau hier …«

»Warte, warte, von da vorne kann man bis ins Bergische Land gucken!« Aufgeregt läuft Nina weiter. Ich tapse ihr hinterher. »Uiiih, ganz da hinten liegt Holland!« Der Rundgang ist von Metallgittern umschlossen wie in einem Käfig, mir ist nicht mehr ganz so flau.

»Ja, schon, Nina, nur wenn wir zurückgehen, dann …« Ich schaue auf die Uhr.

Sie hüpft schon zur anderen Seite und staunt weiter. »Der Rhein, herrlich!«

Ich trotte hinterher. »Eine tolle Aussicht, Nina, ja, also bis auf das Dombaugerüst dazwischen, aber jetzt guck doch mal hier auf der Südseite!«

Sie stellt sich neben mich. »Auch schön. Da hinten die Kranhäuser, links die Altstadt …«

»… und steil unter uns: der Roncalliplatz!«, sage ich triumphierend.

»Ja, und?« Sie schaut noch konzentrierter. »Der große graue Platz, das Römisch-Germanische Museum, sonst nix.«

Was? Mein Blick fällt ebenfalls ins Leere. Der Dom-Vorplatz ist frei, menschenleer, wie ausgestorben! Wo verdammt ist Chris? Er sollte doch …

Ich schlucke, es ist nicht zu überhören, mein Herz rast.

7. Kapitel

»Jetzt sind wir schon zum dritten Mal drumrum gelaufen.« Nina beginnt zu nörgeln und das zu Recht, denn es ist recht windig und noch etwas kühl hier oben. Und vor allem ist Chris, dieser Stümper, immer noch nicht aufgetaucht! Dabei hatten wir doch klar verabredet, dass er um 9:15 Uhr mitten auf dem Platz steht und …!

»Äh, Nina, ich muss mal«, behaupte ich.

»Wie jetzt?«

»Blasenentzündung. Fing gestern an.«

»Aber die Toilette ist doch ganz unten«, sagt sie verwundert.

»Ja, äh, ich schau mal um die Ecke …«

»Spinnst du? Du kannst doch nicht den Dom runterstrullern.« Will ich ja auch gar nicht. Aber ich muss dringend Chris anrufen. Wo bleibt der Kerl?

»Dauert nicht lange, bin gleich zurück!« Ich laufe zur Eisentreppe und ziehe dabei mein Smartphone aus der Hose. Bitte? Kein Empfang? Kann doch nicht wahr sein! Was ist dann bitte schön smart an diesem Phone? Anstatt hier romantisch zu werden, werde ich noch bekloppt! Was tun … was nun … was …?

Tiefer, ich muss tiefer. Und hoffen, dass ich dort Empfang kriege. Die Eisentreppe knarzt, als ich sie hinabhechte, keine Zeit für Höhenangst, knapp dreißig Meter sind es bis zur mittleren Ebene. Ich starre aufs Handy. Nix.

Plötzlich Gegenverkehr, die ersten Asiaten kommen mir

angestrengt entgegen. Japaner japsen. Ich dränge sie zur Seite, keuche schwer.

Mein Telefon bleibt weiter stur. Nächster Halt: Glockenstuhl. Da… Empfang… ha! Geh dran, Chris, geh endlich ran. Wenn du jetzt noch im Bett liegst, Kerl, dann ist aber zappenduster wie im Sarg.

Endlich, er ist dran! »Hey Philipp, hier ist Chris, ich…«

›Dong Dong Dong!‹ Neben mir läutet es nicht, es donnert. »Scheiße, Chris, ich versteh dich nicht mehr, ein Höllengeläut ist das hier… warte, bleib dran!« Wie viele Glocken haben eigentlich gerade gleichzeitig losgebimmelt? Gegen diesen Radau lärmt ein Presslufthammer wie herabfallende Herbstblätter.

Noch einige Stufen tiefer verstehe ich Chris endlich wieder. »Sorry Philipp, irgend so ein Penner hat mich zugeparkt. Bin jetzt auf dem Rad und in zehn Minuten da!«

Mittlerweile sind so einige Touristen unterwegs, die Wendeltreppe erscheint mir noch schmaler. Ich sprinte, springe und stürze die Spirale wieder hoch. Die Asiaten müssen erneut ausweichen, sorry. Kurz vor der mittleren Ebene stolpere ich über einen pummeligen Jugendlichen. »Ich kann nicht mehr«, stöhnt er.

»Ist es noch weit?«, ächzt sein gleichaltriger Kumpel und hält sich die Seite. »Ey, hoffentlich geht's runter schneller.«

»Wenn springen eine Alternative darstellt…«, murmle ich und hechle vorbei.

»Mensch Philipp, wo warst du denn?«, fragt Nina sichtlich verwirrt.

»Kleine Trainingseinheit«, keuche ich, schweißnass bis in die Schuhe.

Ich lehne mich ans Gitter, wieder genau an der Stelle, von der der Roncalliplatz am besten zu sehen ist.

»Nina … Platz … gucken.« Ich bin völlig außer Atem, ich kann nicht mehr, ich bin durch.

»Aber das hatten wir doch schon«, erwidert sie. »Ist in der Zwischenzeit der Weihnachtsmarkt aufgebaut worden, oder was?« Dennoch stellt sie sich neben mich.

Diesmal schaue ich zuerst hinunter, der Roncalliplatz ist … rappelvoll mit Menschen! Wieso …? Ein Flashmob. Alle tanzen.

Verdammt, ich werd wahnsinnig! Nur zu gerne würde ich den Himmel anrufen, aber hier habe ich ja wieder keinen Empfang. Lieber Gott, bitte tu was.

Doch da, ich kann erkennen, wie Chris ein Plakat des Flashmobs mit samt seinen Trägern zu Boden ringen will. Scheinbar vergeblich – und ich kann ihm gerade nicht helfen. Warum haben die überhaupt ein Plakat, und seit wann sind Studenten am Samstagmorgen vor zehn Uhr aktiv? Und dann noch so viele!

Ich will nicht mehr, es reicht mir, resigniert hebe ich die Hände. »Liebe Nina, leider hat das Schicksal anders entschieden und …«

Sie zeigt durch das Metallgitter nach unten. »Sieh mal, wie schön die Choreo von hier oben aussieht. Das wolltest du mir zeigen?«

»Öhm … na ja … äh.«

»Eigenartig, Philipp, warum halten die ihr Transparent denn mit der Aufschrift nach oben – anstatt nach vorne? So können doch nur wir es lesen.«

»Was?!« Chris hat sich tatsächlich unten durchgesetzt und hält nun sein eigenes riesiges Plakat hoch. Zusammen mit den anderen, die ihm auf einmal helfen. Einige der jungen Leute drehen sich um ihn im Kreis, schwach höre ich sie plärren: »Wir singen humba humba humba tätärääää!«

»Du, Philipp, jetzt kann ich lesen, was die wollen.« Sie

kneift die Augen noch etwas zusammen. »Da steht: ›Willst du mich heiraten, Nina!‹«

Wieso denn mit Ausrufezeichen? Das ist doch kein Befehl, sondern eine Frage. Chris, du Blödmann. Wenn man nicht alles selber macht, aber dafür war gestern nun wirklich keine Zeit mehr. Voller Stolz streckt er meinen Heiratsantrag himmelwärts.

Nina blinzelt mich an. »So was, denen geht es um eine … Nina … heiraten?!«

Nie zuvor habe ich sie perplexer erlebt. »Philipp!?« Sie dreht sich ruckartig zu mir um.

Ich lächle, gequält, weil immer noch völlig fertig. Doch das – jetzt – ist der Moment, der alles entscheidet. Ich falle vor ihr auf die Knie, greife ihre Hand. »Liebste Nina …«

»Was hast du denn jetzt?« Sie fasst sich in die Haare.

»… ich bin mit dir immer sehr glücklich gewesen.«

»Auch diese Woche?« Ihre Wangen schimmern rötlich.

»Sonst immer. Und darum bist du nicht nur mein Stern, du bist auch mein purer Sonnenschein. Mit dir ist für mich immer Sommer, an jedem einzelnen Tag im Jahr.« Wie aufs Stichwort schwitze ich wieder, jetzt auch in den Augen. »Ohne dich sehe ich bis zum Horizont, mit dir weit darüber hinaus.«

Nina hibbelt hin und her. »Hier sogar bis ins Bergische Land und nach Holland.« Ich drücke ihre Hand.

»Kommst du nicht mehr hoch?«, fragt mich ein Mädchen. »Mein Opa auch nicht.« Dann läuft sie zu ihrer Mutter.

Irritiert schaue ich hinterher. Ich brauche keine Ablenkung, ich brauche die perfekte Atmosphäre. Das hier ist ein Heiratsantrag! So einen mache ich zum ersten Mal und wahrscheinlich nicht sehr professionell, aber zwischen uns soll es knistern, nicht knirschen. Meine Knie vibrieren auf dem Steinboden, mein Herz pocht noch kräftiger.

»Nina, ich liebe dich, wir sind wie die beiden Türme des Doms.«

»Ich bin doch kein Turm«, sagt sie aufgeregt und greift sich an die Oberschenkel. »Obwohl …«

»Ein schlanker natürlich, grazil geradezu. Nicht so eckig und kantig wie ich.«

»Dann, na gut.«

Ein Tourist fotografiert uns mit Blitzlicht. Wahrscheinlich wirken wir wie Quasimodo und Esmeralda. Wäre ich der Glöckner von Notre-Dame, er könnte mir den Buckel runterrutschen.

»Wir stehen felsenfest zusammen, nebeneinander eingemauert bis in alle Ewigkeit.«

»Ja.«

»Unverrückbar stehen wir, allem Ungemach trotzend.«

»Ja!«

»Meister Gerhard hat den Dombau begonnen, ohne ein Ende absehen zu können. Genau so ist es mit unserer Beziehung. Es mag waghalsig klingen, gerade mit mir und meinen Macken, aber es wird sich lohnen. Baby, bitte, heirate mich.«

»Ja, Philipp! Ja, ja, ja!«

Puuh, Felsbrocken poltern mir vom Herzen. Ein paar Touristen applaudieren.

Auf den Knien ist es gar nicht so einfach, sich etwas aus der Tasche zu ziehen. Erst recht nicht, wenn es ein sperriges Kästchen ist.

»Oh Gott, meine Knie sind weich wie Watte.« Ninas Augen glitzern feucht.

Ich blinzle, öffne die Klappe und halte ihr den Ring wie einen Pokal entgegen.

»Wie schön der ist, ein Solitärring! Genau so einen habe ich mir immer gewünscht.«

Der Stein reflektiert das Sonnenlicht. Ich streife ihr den

Ring an den linken Ringfinger, sie fängt an zu schluchzen. Benommen stehe ich auf und nehme sie fest in die Arme. Herzschlaggewitter. In meinem Kopf höre ich das Lied ›Halleluja‹ von *Brings*. Aufgelöst küssen wir uns innig, wieder und wieder. Der Duft ihres Halses, betörend. Ihr Gesicht, niedlich wie nie, ich halte es sanft in beiden Händen.

»Nina, ich habe dir den Teppich ausgerollt – jetzt musst du nur noch fliegen …«

»Ich bin soo glücklich.« Meine Liebste wischt sich mit ihrem Ärmel über die Augen und schnieft. »Simone, ich muss sofort Simone anrufen!«

»Vergiss es …«, sage ich.

Nina hört gar nicht mehr auf zu sprechen. Den gesamten Südturm runter redet sie auf mich ein, als wolle sie nachholen, was sie in den vergangenen fünf Tagen nicht loswerden konnte.

»… na ja, und da dachte ich eben, dass du nicht heiraten willst, weil du Angst vor der Verantwortung hast oder meinst, in der Ehe deine Freiheiten zu verlieren.«

»Blödsinn«, schmunzle ich, »die habe ich doch vorher schon verloren.«

Wir laufen am Petrusbrunnen vorbei, auf der Mitte des Roncalliplatzes steht Chris schon mit offenen Armen. Er deutet unser strahlendes Lächeln richtig. »Scheiße, ihr seid verlobt!«

Wir fallen uns zu dritt in die Arme und tanzen Ringelreihen. »Glückwunsch, Alter, wie geil ist das denn, ihr seid Helden!« Chris wirft jubelnd die Arme in die Luft. »Alle mal herhören«, ruft er der Flashmobmeute zu, »sie hat ›Ja‹ gesagt!«

Einige klopfen uns auf die Schultern, sie stimmen wieder ihr Lied an. »Humba humba humba tätärääää!« Ich muss lachen, auch etwas ungläubig, weil mir diese Leute beinahe den Antrag verpatzt hätten.

»Sag mal«, frage ich eine Teilnehmerin, »weswegen seid ihr eigentlich hier?«

»Du, wir sind gegen alles Dumme, ne.«

Kurz stutze ich, dann johle ich ihr mitten ins Gesicht: »Humba humba humba tätärääá!!«

Nina und ich schlendern zurück zum Hauptportal, halten inne, Hand in Hand, und schauen noch einmal gebannt die Türme hinauf. 157 Meter sind es bis ganz oben zu den Kreuzblumen auf den Spitzen. Was für ein Getümmel aus Stein und Beton. Und so unvollendet wie unsere Beziehung. Noch!

»Felsenfest zusammen wie die Domtürme«, bekräftige ich und drücke ihre Hand.

»Na ja, die können ja auch nicht voreinander weglaufen.« Ich bin so happy, mit meiner Nina auch ihren Humor zurückgewonnen zu haben.

»Etwas schwindelig war mir da oben schon«, sagt sie.

»Du, und mir erst! Meine blöde Höhenangst.«

»Nein, wegen deiner Worte.«

Bin ich froh, dass die richtigen dabei waren. »Übrigens, hättest du nicht ›Ja‹ gesagt, ich habe hier noch eine Unterschriftenliste, die waren alle für unsere Heirat.« Ich wühle einen Zettel aus meiner Jacke.

»Aha. ›Bananen, Schinken, Milch‹... Ulkige Nachnamen, du kennst Leute.« Nina küsst mich lachend, dann schaut sie mich unversehens streng an. »Krieg ich eigentlich kein Geburtstagsgeschenk?«

Mist, ganz vergessen. Kaum verlobt, schon versage ich. Das heißt...

»Moment, du hast gerade mich bekommen. Für den Rest deines Lebens!«

»Ach ja.«

»Das ist ein Flatrate-Geschenk!«

Sie schmiegt sich wieder an mich. »Und wie geht der Tag jetzt weiter?«

»Willst du denn nicht zurück zu Simone?«, necke ich.

»Nö, da sind mir die frischen Klamotten ausgegangen.«

»Dann setzen wir uns bei ›Chez Jerome‹ an den Tisch, den ich reserviert habe.«

»Oh«, sagt sie. »Aber Jerome ist ein Sternekoch!«

»Und genau darum passt sein Lokal so gut zu dir, mein … Stern.«

8. Kapitel

Wie eine Ringelnatter gleitet ihr Arm unter der Bettdecke entlang, tastet nach meiner Hand und schnappt nach ihr. Ihr sachtes Drücken löst mich aus meinem Halbschlaf. Ich drehe ihr meinen Kopf zu, blinzle und schaue geradewegs in Augen, die vergnügt schimmern.

»Guten Morgen, mein Verlobter«, sagt sie lächelnd und drückt erneut meine Hand, »ich lasse dich nie wieder los.« Ob sie sich daran erinnert, wenn ich mal vom Zehner springen will? »Verlobt, verlobt, verlobt«, singt sie und lächelt, als habe sie an der Losbude den knuffigsten aller Teddybären gewonnen.

Knuffig, ich? Stoffelig, das sicherlich. Weshalb man mir ab und zu das Fell über die Ohren ziehen sollte. Tatsächlich hat sie über mich Stoffeltier triumphiert, und dennoch fühle auch ich mich als Sieger.

»Guten Morgen, meine Liebste«, sage ich und knutsche sie sanft. »Mmh, du schmeckst nach Erdbeeren.« Oh, tatsächlich sehe ich noch eine, sie lugt über Ninas Haaren zwischen Matratze und Bettpfosten hervor, zum Glück nicht zermatscht. Die habe ich doch glatt vergessen, als das Bett noch ein Erdbeerfeld war. Weil ich mein Gesicht neben Ninas aufs Kissen lege, kullert die Erdbeere herunter und bleibt exakt zwischen unseren Köpfen hängen. An ihrer Nase.

»Huch!«, ruft Nina und setzt sich erschreckt auf. »Wo kommt die denn her?«

»Die ist uns wohl gerade zugeflogen«, sage ich schnell

und schaue zum gekippten Fenster hinüber, »als, öhm, gutes Hochzeitsomen!«

»Soll das bedeuten, der Nachtisch wird jetzt allen schmecken?«

»Das auch. Und es ist: ein Symbol unserer Liebe.«

»Wenn das so ist«, sagt Nina, »Hand auf.« Sie legt mir die Frucht in die Hand und patscht ihre darauf. Der Saft spritzt und quillt zwischen unseren Fingern hervor. »Jetzt sind wir Erdbeer-Blutsbrüder«, sagt sie feierlich.

»Dir ist wohl gestern bei ›Chez Jerome‹ der Rotwein zu gut bekommen«, lache ich und lehne mich über sie, »hier ist der Nachschlag!« Mit meiner verschmierten Hand streichle ich ihre Wangen rot.

»Das wirst du mir büßen, Schurke«, ruft sie und wälzt mich auf den Rücken. »Großes Indianerehrenwort.« Nina schwingt ihr linkes Bein über mich, setzt sich auf meinen Bauch und zieht sich lasziv ihr Schlafshirt über den Kopf. »Rothäute, auf ihn mit Gebrüll!«

Die Milch ist gerade sahnig aufgeschäumt, als Nina aus dem Bad ruft: »Doch, dein Antrag war echt gut.« Aus der Küche kann ich hören, wie sie sich mit der Zahnbürste im Mund herumfährt. »Nicht kitschig, schmalzig oder peinlich, das gibt's ja auch häufig, sondern richtig originell.« Nina spuckt ins Waschbecken, steckt dann ihren Kopf aus dem Bad und grinst. »Wirklich eine schöne Geschichte, die ich gut rumerzählen kann.«

»Jedenfalls um Längen besser als die deines Schwagers«, sage ich. »Wie hat er doch gleich zu deiner Schwester gesagt: ›Du bist schwanger? Dann können wir ja heiraten.‹«

Nina schlappt aus dem Bad und umarmt mich. »Für mich war's Weltklasse. Und jetzt muss ich Simone anrufen und ihr alles erzählen.«

»Meine Eltern haben uns zum Brunchen eingeladen.«

»Weiß ich doch, da gehen wir anschließend hin. Ich habe Simone gestern nur eine SMS schreiben können. Und schließlich ...«, Nina greift sich eines der Gläser mit Latte macchiato, »... spielt sie doch eine entscheidende Rolle bei unserer Hochzeit.«

Ich horche auf. »Wieso das?«

»Ja nun, ich denke mal, sie wird meine Trauzeugin.«

»Simone.« Ich seufze innerlich. »Und was ist mit Bärbel oder Sabine? Oder Doris, was würde sie sagen? Immerhin ist sie deine Schwester.« Vor allem sind mir alle drei viel lieber als Simone, die Zementzicke.

»Na okay, die kämen schon auch infrage ...«, überlegt Nina.

»Absolut«, bekräftige ich, »sonst fühlen die sich noch vor den Kopf gestoßen.«

»Hm, vielleicht sollte ich mir wirklich noch mal Gedanken machen.«

Au ja! Hauptsache, ich kann Simone verhindern. »Sieh mal, unsere Trauzeugen haben doch wirklich wichtige Aufgaben. Und damit meine ich nicht nur die Organisation der Hochzeitsfeier.« Ich rühre meinen Latte um. »Es ist ja auch ihr Job zu vermitteln, sollten wir uns mal streiten. Was wir nicht machen, ist ja Quatsch, nur für den Fall. Aber zuletzt hat Simone ja nicht vermittelt, sondern nur verhindert ...«

Nina trinkt einen Schluck und schaut einen Moment vor sich hin. »Wer käme denn für dich als Trauzeuge in Frage?«

»Chris natürlich!«

»Chris?«

Ich mache eine Handbewegung, die ausdrücken soll, dass das ja wohl die klarste Sache der Welt ist. »Wer sonst? Ich hab ihn am Dienstagabend schon gefragt.«

»Aber da waren wir doch noch gar nicht verlobt«, wundert sich Nina.

»Das war kein Problem für ihn.«

Auf den Treppen hinab zu meinen Eltern ist es immer noch Thema. »Ich habe Simone eben noch nicht drauf angesprochen«, sagt Nina, »aber ich denke, sie erwartet es von mir.« Ich klopfe bei meinen Eltern. »Und Chris ist also deine Idealbesetzung? Du weißt ja, ich mag ihn, er ist ein liebenswerter Kerl. Aber er ist auch verdammt larifari!« Mein Gesicht verzieht sich zu einer Grimasse.

Papa öffnet uns. »Nina! Dich habe ich ja ewig nicht gesehen.« Er umarmt sie. »Herzlichen Glückwunsch zum Geburtstag nachträglich.«

»Danke für die Einladung«, strahlt sie.

Bert ist hin und weg von Nina, er wird glücklich sein, dass ich Nina für unsere Familie ›gesichert‹ habe wie die Hotelliege mit einem Handtuch. Die Reaktion meiner Mutter kann ich nicht ganz so gut einschätzen, da bin ich gespannt. Sofie kommt mit dem Brotkorb und schüttelt Nina die Hand. »Herzlichen Glückwunsch. Was bin ich froh, du bist wieder gesund!«

»Ich war krank?« Nina sieht mich argwöhnisch an.

»Na ja«, ich ringe mit den Händen nach Worten, »jedenfalls zeitweilig weggetreten …«

Sie war absolut unpässlich, hat akute Unverträglichkeitsreaktionen gezeigt – wie auch immer: Ich finde, meine Eltern müssen nicht erfahren, dass Nina die ganze Woche bei Simone war. Und vor allem: warum.

»Stimmt«, sagt Nina, »es war zum Davonlaufen.«

»Ich stand mehrfach mit heißem Kamillentee vor eurer Tür, aber es hat keiner aufgemacht. Wie schön, nun ist ja alles wieder gut«, sagt Mama erfreut. »Setzt euch doch.«

Der Wohnzimmertisch ist so schmuck schräg eingedeckt, wie nur Mütter es können: mit Blümchenservietten, einem weißen Milchkännchen, das irritierend verziert ist, und einem frisch gebackenen Schokokuchen, der dampft und duftet.

»Du hast ja fein gedeckt«, sagt Nina zu Sofie. Ja, fürchterlich fein.

»Nein, das sind doch«, Nina stutzt und zählt, »genau 31 Kerzen. Wie süüß!«

Mama freut sich über die Aufmerksamkeit für ihren Kuchen. »Bert hatte erst nur 29 draufgesteckt, na, da hat er sich wohl verzählt.«

Mein Vater schmunzelt und nimmt ein Päckchen in Geschenkpapier und Schleife vom Wohnzimmerschrank. »Wir haben hier noch eine kleine Überraschung …«

»Wir auch!«, entfährt es Nina unvermittelt. »Wir haben auch eine Überraschung für euch!« Aufgeregt blinzelt sie mich an.

»Das wäre doch nicht nötig gewesen«, antwortet meine Mutter mechanisch und gießt weiter Kaffee ein. »Du bist an deinem Geburtstag wieder gesund, besser geht's doch nicht.«

Bert hält sein Päckchen hoch. »Wobei, das Geschenk …«

»Doch«, ich erhebe mich unwillkürlich, »liebe Eltern, es geht noch besser. Nina und ich, also wir beiden, wir haben uns, ähem, verlobt!«

Sofie plumpst rückwärts in ihren Sessel, wobei etwas Kaffee aus der Kanne auf ihre Hose schwappt. Meinem Vater gleitet das Päckchen aus der Hand und knallt auf den Tisch. Dann geschieht sekundenlang nichts. Scheinbar dauert es bei so bedeutungsschwangeren Aussagen immer etwas länger, bis sie ganz verarbeitet sind. Umso heftiger dann der Sturm nach der Ruhe.

Meine Mutter stellt die Kanne vor sich auf den Tisch. »Das ist ja ….« Sie muss Luft holen.

»… herrlich, herrlich, herrlich!«, ruft mein Papa aus.

»Das wurde ja auch Zeit«, sagt Mama, steht auf und umarmt mich, »Junge, wir sind verlobt.«

Mein Vater läuft um den Tisch und nimmt uns gleich alle gemeinsam in den Arm. »Herzlichen Glückwunsch«, jubelt er, »das muss gefeiert werden!«

»Und ich habe nur Schokokuchen da«, sagt meine Mutter fast entschuldigend. »Der Sekt ist alle.«

»Kräuterlikör, für solche Anlässe haben wir doch den guten Kräuterlikör«, entscheidet Bert und holt schon die Flasche und kleine Gläser aus dem Schrank. Mutti wischt sich die Tränen von den Wangen.

»Auf unsere bezaubernde Schwiegertochter!« Mein Vater haut mir auf den Rücken und prostet uns zu.

»Danke, vielen lieben Dank«, sagt Nina, bei ihr kullern ebenfalls die Tränchen.

Sofie und Nina nippen an ihren Gläsern, Bert und ich zischen den süßlichen Glibber weg. Uaaah.

»Ich habe nicht ›Ja‹ gesagt, ich habe es geschluchzt.« Ninas Wangen glänzen noch immer.

Ich streiche ihr übers Gesicht. »Mir läuft auch noch ein Schauer den Rücken runter, wenn ich an den Antrag denke.«

»An den ersten oder an den zweiten?«, sagt sie und grinst mich an.

»Ach, es gab zwei?«, fragt meine Mutter.

»Ja nee …« Ich stocke, mehr fällt mir dazu so schnell nicht ein.

»Du hast Nina zwei Anträge gemacht, um ganz sicherzugehen. Das ist mein Sohn!« Wieder patscht Bert mir seine Hand in den Rücken.

»Also, man könnte sagen«, ich schaue Hilfe suchend zu Nina, die mich aber vergnügt zappeln lässt, »man könnte sagen, es war ein Antrag in doppelter Ausführung.«

»Ha, die beim Standesamt werden begeistert sein.« Papa grinst breit.

»Wann wollt ihr denn überhaupt heiraten?«, fragt meine Mutter. »Bert, hoffentlich können wir da.«

Nina und ich sehen uns an. Gute Frage, darüber haben wir uns noch keine Gedanken gemacht. »Keine Ahnung, Mama, es eilt ja nicht. Aber keine Panik, das kriegen wir hin.«

Nina beugt sich vor. »Am liebsten natürlich im Sommer, wobei da die meisten heiraten. Ich habe gelesen, auf den Standesämtern ist Ende Juni und Anfang September etwas weniger los. Ein halbes Jahr vorher kann man den Termin festmachen.« Aha, sie ist zwar erst seit gestern meine Braut, scheint mir dafür aber erstaunlich gut informiert.

»Dann haben wir kein Problem«, sagt Mama erleichtert, »es ist ja noch ein gutes Jahr hin.« Eben, Zeit satt.

»Wobei so ein Hochzeitsfoto im Schnee ja auch mal interessant wäre«, sagt mein Vater.

»Nee, brrr, viel zu kalt«, erwidert Nina, »und außerdem hebt sich dann mein weißes Kleid nicht genug von der Umgebung ab.«

»Och, Nina«, griene ich, »dann stecken wir dir einfach eine Möhre in den Mund.«

»Heiraten, herrlich, unsere Hochzeit vor 35 Jahren war unvergesslich.« Papa gießt uns Kräuterlikör nach, dann nimmt er das Päckchen vom Tisch. »Jetzt aber zum Geburtstagsgeschenk …«

»Kinder, Kinder«, unterbricht ihn Mama und reibt sich die Hände, »da haben wir ja ganz schön was zu planen.« Wir?

»Also los! Nina, wie willst du dann eigentlich heißen?«

»Weiterhin Nina.«

»Mama, wir sind doch noch ganz am Anfang, das sehen wir dann«, sage ich.

»›Schäfer‹ ist doch ein schöner Name«, betont Sofie, »ich habe ihn ja auch angenommen.«

»Ich bleibe ja auch dabei.« Was ich beschwichtigend meine, fängt mir einen säuerlichen Blick von Nina ein. Vermutlich, weil wir selbst noch nicht richtig drüber gesprochen haben. Aber ich bin nun mal ein ›Schäfer‹.

»Ich meine ja nur, was man nicht alles bedenken muss«, plaudert meine Mutter weiter, »auf einem Grabstein kostet die Inschrift pro Buchstabe etwa 13 Euro. Das rächt sich dann, wenn man bei der Heirat einen Doppelnamen annimmt.«

Unser Erstaunen über diese unerwartete Information löst sich, als Bert Nina das Geschenk überreicht. »Was Sofie damit sagen will: Noch mal alles, alles Gute zum Geburtstag.«

»Hach, Kinder, was für ein großartiger Sonntag.« Mama greift zur Kuchengabel. »Den Schokokuchen haben wir uns jetzt aber verdient.«

Natürlich hat uns meine Mutter fürsorglich noch mit auf den Weg gegeben, sie befürchte, die Verlobung könne Probleme mit sich bringen. Aber sie sei ja auch noch da. Da könnten wir uns voll auf sie verlassen. Klar kann sie uns gerne beim Serviettenfalten helfen, wenn es so weit ist.

Nina und ich wollen diese Hochzeit und ziehen sie gemeinsam durch, wir sind uns einig wie Romeo und Julia. Okay, deren Familien waren derart fies verfeindet, dass sie zwar ›für immer und ewig‹ zusammenblieben – allerdings in der Gruft.

Das ist bei Nina und mir natürlich nicht zu erwarten. Unsere Eltern kennen sich ja kaum. Auch, weil ihre Eltern nicht in Köln wohnen: Ninas Mutter lebt in Sankt Augustin und ihr Vater im kleinen Fassbüttel in Niedersachsen. Kurzum:

Unsere Hochzeit wird wunderbar, basta! Ganz klar, allein schon die Planung wird bei Nina und mir zur schönsten Tandemfahrt auf der ganzen Welt. Sorry, Mister Shakespeare, bei uns ist kein Drama drin.

Entsprechend beseelt hüpfe ich mit ihr die Treppenstufen hinunter. Spazieren gehen wollen wir, Luft schnappen und allererste Ideen sammeln. Darüber hat Nina sogar vergessen, ihr Geburtstagsgeschenk auszupacken.

»Ah, da sind Sie ja endlich wieder.« Ohne erkennbar zu grüßen, stoppt uns Nachbar Hiller im Erdgeschoss und blafft Nina direkt an. Woher weiß er, dass sie weg war? Protokolliert er jetzt auch noch das Kommen und Gehen im Haus?

»In dieser Woche ist das Treppenhaus nicht geputzt worden. Sie wissen schon, wer damit dran ist?«

»Ja«, sagt Nina.

Natürlich haben wir keine Lust, den Boden zu wischen, also drücken wir uns davor, so gut es eben geht. Allerdings gibt Hiller immer Nina die Schuld. Er ist jedes Mal überrascht zu erfahren, dass auch Männer im Haushalt mitarbeiten. Jedenfalls Männer wie ich. Das habe ich Hiller schon hundertfach verklickert. Akzeptiert hat er das nie.

»Es ist Ihre Sache, wenn Sie da oben in wilder Ehe hausen, aber ich bin nicht gewillt, deswegen das Treppenhaus verwahrlosen zu lassen!«

»Vorsicht, Hiller, Sie …!« Der Mann regt mich einfach jedes Mal auf.

»Philipp, lass«, beschwichtigt Nina.

Hiller deutet auf einen Treppenabsatz. »Da sind noch braune Flecken in der Ecke!«

»Da sind ja auch noch braune Flecken in Ihrem Kopf!«

Nina nimmt mich an der Hand und zieht mich zur Haustür. »Auf Wiedersehen.«

»Die Hausordnung habe ich doch nicht zum Spaß aufgehängt«, poltert er uns hinterher.

Auf dem Weg zur Neusser Straße verflechtet Nina ihre Finger mit meinen. »Ist gut, Philipp, wir haben heute einen Freudentag – und daran kann auch Hiller nichts ändern.«

»Wenn der wenigstens am Decksteiner Weiher abhängen und die Parkbänke abnutzen würde, so wie andere Rentner auch.« So schnell bin ich nicht zu beruhigen. »Dann wäre er wenigstens nicht ständig zu Hause!«

»Stimmt schon. Allerdings hat er doch diese Phobie, wie er mir erzählt hat.«

»Welche? Eine gegen Nachbarn?«

»Anatidaephobia. Hiller hat Angst, von einer Ente beobachtet zu werden.«

Urkomisch, aber lachen kann ich darüber nicht. »Dann soll er sich nicht aufführen wie der Hecht im Karpfenteich.«

»Er ist nun mal alt und alleine.«

Ich grunze spöttisch. »Ach, und deswegen darf er alles?«

Sie umarmt mich und lächelt herzlich. »Wie gut, dass wir nicht so enden.«

Wir weichen den Kinderwagen auf dem Bürgersteig aus. Die Straßencafés sind gut besucht, die Leute sitzen draußen und schwatzen. Das ist bei uns im Agnesviertel eigentlich immer so – und sei es im Advent mit Heizstrahler.

»Welche Vorstellung hast du denn?«, fragt Nina.

Ich zucke mit den Schultern.

»Für unsere Hochzeit.«

»Hmm«, murmele ich.

»Ich hab's mir schon immer ausgemalt, wie meine Hochzeit auszusehen hat, wenn der Mann meines Lebens da ist«, strahlt sie mich an, »du etwa nicht?«

»Nö ...«

»Gar keine?«

»Na ja, genug Bier wäre gut.«

Nina grinst. »Na, in welchem Rahmen möchtest du denn Hochzeit feiern?«

Mein Blick fällt auf den Imbiss ›Neusser Grill‹. »Das ist ja so, als wenn ich in der Pommesbude gefragt werde: klein, mittel oder groß?«

»Und …?«

»Mit Mayo.«

Jetzt muss Nina lachen. »Du, es gibt ja wirklich Männer, darüber habe ich mich schon mit Simone beömmelt, für die tut's auch ein Barbecue-Abend. Ein Barbecue-Abend!«

»Natürlich«, sage ich.

»Natürlich?«

»Auf dem Grillplatz im Grüngürtel, da war's doch immer schön mit unseren Freunden.«

»Ja, eben«, erwidert sie.

»Eben was?«

»Es war ›immer‹ so. Meine Hochzeit soll ›einzigartig‹ werden.«

»Unsere.« Ich bin wohl auch dabei.

Sie nickt. »Ein Grillfest ist grundsätzlich schön, nur nicht an meinem Tag.«

»Lagerfeuerromantik!«, werfe ich werbend ein. »Und es ist *unser* Tag.«

»Ketchup und Kartoffelsalat auf dem Hochzeitskleid, das auch noch völlig verraucht riecht? Und ein Schleier überzogen mit Ruß? Nee, Philipp, jetzt lass mal ernsthaft überlegen!«

War doch ernsthaft. Wir schlendern an einer dieser Bäckereiketten vorbei. Ninas Handy klingelt, sie bleibt stehen.

»Hi Doris, Schwesterherz! Dich hätte ich gleich sowieso noch angerufen. Weil … weißt du … ich heirate!« Wir. Wir heiraten. »Ist das nicht toll? Du, ich weiß es ja selbst erst seit gestern! Doris, wir planen gerade, ich ruf dich nachher zurück, dann berichte ich dir alles in Ruhe.« Sie steckt ihr Handy zurück in die Tasche.

Wir laufen weiter die Neusser Straße entlang auf die Agneskirche zu.

»Wie hättest du es also am liebsten?«, frage ich.

»Wie im Film.«

»In welchem Film?«

»In allen Hochzeitsfilmen natürlich! Da ist es doch immer ähnlich: ein Traum von Hochzeitskleid, schick gekleidete Gäste, alle lachen, die Kirche ausstaffiert wie eine Sahnetorte, feierliche Musik, das Büfett größer als der Garten ...«

»Und damit gebe ich zurück zu uns«, sage ich sachlich.

»Nun ja, es muss ja kein Schloss mit Kutsche sein, obwohl ... nein, ich bin ja keine Cinderella, es sei denn, du willst es, hach, so eine klitzekleine Traumhochzeit mit allem Drum und Dran, das wäre natürlich supi.«

»Natürlich.« Da ist sie wieder, sie mit ihrer unbefangenen Art. Wenn das so weitergeht, brauche ich erst mal ein Bier. Zum Glück ist nahe der Agneskirche ein Kiosk. »Wir sind doch erst seit gestern verlobt, und es ist alles noch so lange hin. Woher weißt du jetzt schon genau, was du willst?«

Nina schaut mich irritiert an. »Jetzt schon? *Ich* weiß es schon immer. Nur *du* hast zuletzt nicht mitgespielt. Wir waren in Mexiko, deinem Traumland, und am letzten Abend beim Dinner am Strand dachte ich mir: ›Wenn er mich jetzt nicht fragt, wann dann?‹ Der Urlaub war toll, aber du hast mir keinen Antrag gemacht. Da darfste dich natürlich nicht wundern, dass ich es im Neptunbad selbst in die Hand genommen habe. Okay, dort war's spontan, aber ich wollte es, ich war bereit. Ich kann ja auch nicht ewig warten, mein Leben soll doch nicht auf der Stelle treten. Und als ich zu Simone abgehauen bin, war das auch spontan. Na klar bin ich superstinkig gewesen, und du solltest dir mal klar darüber werden, was du eigentlich willst.« Nina holt Luft, aber nur kurz. »Als du mich am Dom treffen wolltest, habe ich natürlich gehofft, dass du dich in Form eines Antrages entschuldigen willst. Oh ja, ich hab's geahnt, war aber trotzdem total gespannt. Ich wusste ja nicht mehr, woran ich bei dir bin. Ob du weitere Schritte gehen willst, ob unsere Lebenspläne noch zueinanderpassen. Es hätte ja sein können, dass ich mich täusche.«

Jetzt schaue ich Nina irritiert an. Wegen ihres Monologes, den ich auch in dieser Länge erst mal verarbeiten muss. Das ist doch unglaublich, das muss man sich mal reinziehen: Während sie die ganze Zeit auf den Startschuss gewartet hat, also meinen Antrag, war sie schon mitten in den Vorbereitungen, gedanklich auf jeden Fall.

»Jo, dann kannst du ja jetzt endlich richtig loslegen ...« Jetzt habe auch ich es kapiert, denke ich.

»Ja!« Vergnügt hüpft sie mir auf den Rücken. »Hüa, Pferdchen!«

Wir laufen Huckepack zum Kiosk.

Nina hat den Startschuss unüberhörbar abgefeuert. Wenn das jetzt alles in Planungsstress ausartet, freue ich mich richtig drauf. Ich muss doch schon meinen ganzen Alltag gestemmt kriegen. Und jetzt also auch noch die Hochzeitsvorbereitungen.

Wir haben beide ein Bier getrunken, so ein Planungsbeginn will schließlich gefeiert werden, und jetzt stehen wir auf dem Platz vor der Agneskirche.

»Schöööön.« Nina schaut am Turm hoch, der keine Spitze hat und wie oben offen aussieht. Steinerne Hunde scheinen vom oberen Rand zu springen. »Macht ja nix, dass ich evangelisch bin.«

»Okay, ich bin zwar Clubmitglied«, sage ich nachdenklich, »habe mich aber zuletzt häufiger gefragt, warum ich meine Beiträge zahle.«

»Jetzt weißte, wofür deine Kirchensteuer gut war!«

»Ach Nina, kirchlich, muss nicht.«

»Doch! Das ist soo romantisch. Und die katholischen Kirchen sind drinnen viel festlicher als unsere, die Pfeiler in der Agneskirche sind ja sogar rosa angestrichen.«

»Jaja.«

»Philipp! Warum bin ich gerne getauft? Und singe in einem Gospelchor? Mir bedeutet es etwas.«

Für sie gehört das offenbar zusammen. Wie bei der Führerscheinprüfung: Das Standesamt ist die Theorie, die kirchliche Hochzeit die Praxis.

Auf der Weißenburgstraße ist es dämmriger geworden. Die gewaltigen Platanen der Allee streuen zusätzlich Schatten. Die Zweige ihrer Wipfel reichen nah an die oberen Wohnungen der schmucken Altbauten heran.

Ich sollte den Klingelton meines Smartphones endlich mal leiser stellen. ›Mama‹ leuchtet es im Display auf. »Moment bitte«, sage ich zu Nina und gehe dran. »Jaa?«

Ich runzle die Stirn. »Och, Mama, nein, Nina ist nicht schwanger! Ja, alles klar, sind noch unterwegs, tschö.« Ich schüttle den Kopf. »O Mann, Sofie hat nur angerufen, weil sie auf einmal dachte, wir würden heiraten, weil du schwanger bist.«

Nina reagiert nicht direkt.

»Äh, bist du doch nicht?«

»Doch, klar, und mit dem Kräuterlikör und Kölsch heute wollte ich das Baby gleich in die richtige Spur bringen.«

Ich grinse. Zugegeben, ihre Antwort erleichtert mich irgendwie. Hoffentlich merkt sie es mir nicht an.

»So nett deine Mutter zweifellos ist, sie ist recht eigen«, urteilt Nina. »Was soll's, an meine reicht sie zum Glück nicht ran. Oh, die rufe ich gleich nach meiner Schwester an.«

»Müssen wir denn unsere Mütter zur Hochzeit einladen?«, frage ich.

»Komiker. Und nicht nur die. Die Gästeliste wird noch interessant.« Herrje, schon wieder ein neuer Aspekt. »Also bei mir kommen einige zusammen, allein mein Vater und der Rest der Familie aus Fassbüttel.«

»Ja wie, ich lade doch nicht jeden ein, den ich mal aus der Ferne gesehen habe.« Ich habe noch keinen Überblick, aber es kann nicht schaden, in diesem Punkt mal vom Gas zu gehen.

»Das ist ja auch von der Location abhängig«, ergänzt Nina ungebremst. »Und vom Budget.«

»Was kostet denn der Spaß?«

»Na hör mal, als wenn das so wichtig wäre.« Nina zieht eine Schnute. »Es wird schließlich der schönste Tag meines Lebens!«

Unseres Lebens, denke ich. Und unwichtig ist es auch nicht. Verstehe, die Kosten muss der Mann im Kopf haben, Madame träumt sich alles schön.

»Also, Annette hat mir erzählt, ihre Hochzeit hätte fast zehn Mille gekostet. Und die hatten nicht mal richtige Platzkärtchen und keine Brautjungfern, stell dir das mal vor! Lass uns lieber über 10 000 einplanen.«

Aha, auch das hat Nina schon recherchiert. Was hat sie gesagt, 10 000? Ein neues Auto können wir uns dann abschminken.

»Lass uns am Café Weißenburg rechts abbiegen.« Ich will heim, mir reicht's für heute. Ehrlich, ich habe gerade ein ganz eigenartiges Gefühl. Denn mit meinem Heiratsantrag, da bin ich doch allen Ärger losgeworden. Dachte ich. Der Antrag war das Schwerste, danach ist das Thema doch eigentlich durch. Dachte ich. Doch scheinbar gehen die Probleme jetzt überhaupt erst richtig los. Warum hat mir das keiner gesagt?

Auf einmal kommt mir alles so anders vor, ich bin äußerst verlobt und ebenso verwirrt. Ich meine, ich will in den Hafen der Ehe einlaufen, nicht darin absaufen!

»Ich glaube, ich finde es ohne Wedding Planer schöner, weil wir dann alles ganz alleine organisieren können. Oder was meinst du, brauchen wir einen?«, fragt Nina. »Na, dem müssten wir ja schon konkrete Vorgaben machen bezüglich des Zusammenspiels der Tischdeko, des Blumenschmucks in der Kathedrale und dem Brautstrauß. Oder machen wir nur grobe Angaben und lassen ihm dann freie Hand? Die Hochzeitstorte muss ja auch dazu passen. Hauptsache, es wird alles romantisch und unvergesslich. Und Meeresfrüchte, ui, das wäre wirklich fein. Philipp … was ist denn?«

9. Kapitel

Fünf Wochen sind vergangen. Fünf Wochen, in denen ich in Turbulenzen geraten bin, die jedes Flugzeug zur Umkehr veranlasst hätten. Hochzeitsvorbereitungen. Schon das Wort ist so unsexy wie der ganze Vorgang an sich. Jedenfalls für mich. Und er stürzt mich in Luftlöcher, die mich gewaltig durchschütteln. Dieses Wackeln, diese Schaukelei, Alarmsignale blinken auf. Wer abhebt, muss auch durchstarten, das ist mir einigermaßen klar. Schließlich ist eine Verlobung ein Heiratsversprechen, also im Prinzip eine eidesstattliche Erklärung. Da kannst du ja auch nicht auf einmal drunterschreiben: Ohne Gewähr. Oder: Ätschibätschi.

Was mich allerdings völlig überfordert: Seit meinem Antrag haben Nina und ich kein anderes Thema mehr. Also ich schon, aber *sie* lenkt das Gespräch immer wieder um. Wie vorgestern. Ich komme aus der Autowerkstatt zurück und habe kaum ›Keilriemenwechsel‹ ausgesprochen, da strahlt sie mich schon an: »Limousinenservice!«

Ich meine, wenn bei ihrem Tatendrang wenigstens schon alles fertig geplant wäre, wenn wenigstens schon alles feststehen würde bis hin zur Beerengrütze mit Vanillesoße. Aber nein, alles ist immer von irgendetwas abhängig: der Termin von der Location, die Location von der Anzahl der Gäste, die Anzahl der Gäste vom Budget. »Hoffentlich scheint die Sonne, Philipp. Aber das ist natürlich vom Wetter abhängig.«

Das macht mich fertig. Während ich derart von Auf- und Abwinden durcheinandergewirbelt werde, ist sie auf Wolke

Sieben. Tatsächlich scheint sie eine völlig andere Wahrnehmung zu haben, und das völlig von sich selbst überzeugt. Sie schwebt, und ich gerate ins Trudeln.

»Schnall dich an«, sagt Nina. Wir fahren auf der Riehler Straße Richtung Zoo.

»Hmm, lohnt doch kaum für die paar Meter.«

»Das haben schon viele vor dir gesagt. Und dann hatte ich sie auf der Intensivstation.«

Die Gurtschnalle rastet ein.

Zwei Locations wollen wir uns für unsere Hochzeitsfeier ansehen. Nina hat sie herausgesucht. »Wenn wir die Location haben, kann ich endlich den ersten Haken auf unsere Hochzeitscheckliste machen!«, hat sie sich vor Tagen gefreut.

»Hochzeitscheckliste? Was zum Teufel ist das?«, fragte ich.

Da hielt sie mir eine ausgedruckte To-do-Liste hin, in der sie fein säuberlich alle Schritte bis zur Hochzeitsfeier aufgelistet hat. Und zwar in einem Zeitraum von nur zwölf Monaten. Meinetwegen hätten wir auch locker drei bis fünf Jahre verlobt sein können. Die Geste zählt doch auch schon, man muss doch nicht immer alles direkt festnageln. Beim Heiraten scheinen Frauen deutlich entschlossener zu sein als im wahren Leben.

Hochzeitscheckliste. Was für ein Unwort. Ein Mann würde niemals eine solche Liste erstellen – oder beim Anblick derselben sofort die Heirat abblasen. Einfach weil's der pure Stresskatalog ist. Gerade noch rechtzeitig erinnerte ich mich daran, dass die Verlobung eine Zeit der Bewährung ist. Also bewährte ich mich und hielt die Klappe.

»Hier nach rechts«, sagt Nina vor der großen Kreuzung. Ich biege ab und fahre zum Rheinufer runter. »Simone! Chris!« Nina winkt durchs Fenster. Unsere Trauzeugen, sie sollen uns beraten. Simone habe ich nun doch nicht verhindern können, aber dafür habe ich ja Chris als Verstärkung. Ich parke vor dem dritten Haus in der Straße. Was heißt Haus: an der Villa. Wobei es für mich ja gar keine Villa sein muss. Mir würde der Vorgarten reichen – zum Grillen.

»Chris!« Ich umarme meinen Kumpel. »Hi, Simone.« Sie trägt ihre orangeroten Haare offen.

»Hi, Philipp.« Nach der Woche, in der Nina bei Simone Asyl gesucht hatte, habe ich es vermieden, ihre zickige Freundin mehr als nötig zu sehen. Sie hat mir anständig gratuliert, sich aber nicht mehr als nötig über unsere Verlobung gefreut. Ich denke, Simone hat unsere Hochzeit – genauer gesagt: mich als Bräutigam – als unabwendbar akzeptiert.

Nina küsst unsere Trauzeugen auf die Wangen, dann schaut sie zum Gebäude mit den großen von Efeu umrankten Fenstern. »So, das ist also die ›Villa Isabel‹. Ja, so ungefähr habe ich es mir vorgestellt.«

Die Bäume ringsum sind herbstlich bunt behangen, die vielen Rosenstöcke tragen Mitte Oktober jedoch keine Blüten mehr. Aber man kann sich ihre Pracht vorstellen, wenn es wieder wärmer wird.

»Noch mehr Leute?«, fragt Chris und deutet auf ein Pärchen, das links von der Terrasse kommt.

»Es ist ein Sammeltermin, haben die immer sonntagnachmittags«, erklärt Nina.

Auch das noch, eine Massenabfertigung. Wie bei einer Wohnungsbesichtigung, wo sich alle über die Flure quetschen, den Vermieter vollschleimen und dann doch nicht den Zuschlag kriegen.

»Och guck mal, Standlaternen, das haben die aber süß gemacht«, sagt Simone zu Nina.

Eine Frau, die erkennbar hierhergehört, verabschiedet gerade ein Pärchen an der Verandatür und lächelt uns an.

»Hallo, ich bin die Tanja. Wenn ihr Fragen habt, stehe ich gerne zur Verfügung.«

»Darf man hier grillen?« Es ist die wichtigste Frage, und ich stelle sie sofort.

Tanja nickt. »Im Garten gerne.«

»Ich bin dabei!« Triumphierend schaue ich Chris an, der breit grinst.

»Ey, Philipp…« Nina verdreht die Augen.

»Was habt ihr denn sonst so für Vorstellungen?«, fragt Tanja freundlich.

Ich schaue Nina an. »Na ja, alle«, sagt sie, »wie viele Gäste gehen hier denn so rein?«

»Bis zu 80 im Sommer, inklusive des Pavillons auf der Terrasse.«

»Mensch Nina, Pavillon, wahrscheinlich in Weiß«, ereifere ich mich, »das ist ja wie im Film!«

»Oder wie auf dem Flohmarkt«, entgegnet Simone.

Das Erdgeschoss der ›Villa Isabel‹ ist ein einziger offener Raum. Bistrotische werden von einfachen braunen Stühlen umrundet. Hier finde ich mich zurecht.

»Groß ist das ja nicht«, sagt Nina ernüchtert. »Und 80 Gäste sind weniger, als wir eigentlich einladen wollten.«

»Plus zwei Plätze«, betone ich. »Chris und ich sind ja draußen am Grill.«

Nina überhört mich. »Das Parkett hat ja Fischgrätenmuster.« Wo sie hinguckt, erstaunlich.

»Gut, dazu passen Lachshäppchen.« Es bereitet mir keine Mühe, auch das praktisch zu sehen.

»Und einige der Bilder sind echt albern«, sagt Simone.

Abstrakte Kunst. Und wenn schon, da schaut doch keiner drauf.

»Tanja!«, rufe ich noch mal nach der Fachkundigen, »was kostet denn hier ein Abend?«

Sie kommt aus der kleinen Küche zu uns herüber. »75 Euro die Stunde.«

»75 Euro?« Ich stutze.

»Ja, da sind aber Gartennutzung, Musikanlage und Reinigung schon mit drin.«

Das ist ja nix! Da habe ich von ganz anderen Summen gehört, die ich schon auf uns zukommen sah. »Kriegen wir hin«, sage ich und balle eine Faust.

»Das Catering bestimmt der Kunde selbst«, fährt Tanja fort, »und in den Stunden vor der Feier kann alles angeliefert und aufgebaut werden.«

»Kriegen wir hin!«, sagt Chris.

»Wie jetzt, erst am Tag selber?« Nina schaut Simone perplex an. »Ich muss mich doch noch vorbereiten, zurechtmachen und so.«

»Allerdings«, bestätigt Simone.

»Wir wollen Ende nächsten Sommers heiraten«, sage ich zu Tanja.

Sie greift zu einem Kalender und blättert. »Da seid ihr schon ziemlich spät dran.«

»Wieso? Das ist doch fast noch ein Jahr.« Warum müssen die alle so hetzen?

»Einen, vielleicht zwei Samstage haben wir da noch frei«, sagt Tanja und schaut uns auffordernd an.

»Äh, Philipp, können wir mal gerade …« Nina zieht mich zur Seite.

Meine Meinung steht fest. »Die Villa ist ein Traum.«

»Aber nicht meiner«, erwidert Nina energisch. »Das Wort ›Ambiente‹ würde ich hier nicht laut aussprechen.«

»Ja, aber …«, ich zeige an die Decke, »… Kronleuchter, alles da.«

»Von Ikea, ganz toll.« Nina tritt zurück zu den anderen. »Danke, Tanja, wir überlegen uns das gerne.«

Als wir hinaus auf die Terrasse treten, folgt Chris meinem Blick in den Garten.

»Yep«, sagt er, »da hinten würde der Grill perfekt hinpassen.«

»Jetzt hört doch mal auf mit dem doofen Grill!« Nina schaut uns scharf an. »Echt jetzt, die Überschrift lautet doch: Traumhochzeit. Und nicht: Traumhochzeit mit verranzten Ecken, hässlichen Stühlen und Grillgestank!«

»Jetzt übertreibst du aber, mein Stern.«

»Finde ich nicht. Das hier ist eine … eine Jugendherberge«, sagt Nina fast trotzig. »Was meint ihr denn, was ist für euch eine Traumhochzeit?«

Oha, Nina zieht die Trauzeugen hinzu, unsere beiden Heiratgeber werden erstmals auf die Probe gestellt. Sag's ihr, Chris, denke ich genüsslich.

»Traumhochzeit ist«, sagt er überzeugt, »wenn ich in Flipflops am Strand stehe.«

Was soll das denn jetzt?

»So wird's bei mir werden, irgendwann.« Ist gut, Chris, aber jetzt bitte schön zurück zum Grill. »Wir werden Cocktails schlürfen, haben keine nervigen Verwandten dabei und überall hängen Blumengirlanden. Dann die sternenklare Nacht …«

»Soo romantisch.« Simone schlägt die Hände zusammen.

»… in der ich's meiner Braut so richtig …«

»Chris!«

»… besorgen werde.«

Simone haut ihm vor die Brust.

Nina atmet schnaubend aus. »Mensch, Leute, jetzt bleibt doch mal ernst.« Sie streicht über einen der Rosenstöcke. »Ken und Barbie würden doch auch nicht im Pferdestall heiraten.«

Da haben wir's wieder. Sie hat ihren Traum bereits tausendfach durchgespielt. Meine Playmobilfiguren haben nie nebeneinander an einem Lego-Altar gestanden, natürlich nicht. Ganz klar: Es heißt ›Traumhochzeit‹, weil die Frau sie sich erträumt hat.

Auch wenn ich mir selbst unschlüssig bin, sollte ich Nina wohl bei ihren Vorstellungen unterstützen, schließlich wird sie nur dieses eine Mal heiraten.

Ich lege ihr einen Arm um die Schultern. »Wir sind ein Traumpaar, kein Paar Pantoffeln.«

»Hört, hört, es spricht der Komiker«, spottet Simone. »Den Spruch musste unbedingt vor Publikum bringen. Ein Riesenlacher, garantiert.«

Nina entwindet sich meiner Umarmung und läuft einige Schritte zur Straße. »Kommt, wir müssen ja noch weiter.«

Simone folgt ihr. »Eine Hochzeit könnte so einfach sein – wenn der Mann spurt.« Dann dreht sie sich zu Chris und mir um. »Das gilt natürlich auch für Beziehungen.«

»Hört, hört, es spricht die Expertin.« Den Ball musste ich einfach zurückschmettern.

»Ich kenne mich aus, auch wenn ich gerade glücklicher Single bin!«

»Glücklich, is klar …«, grinst Chris und fährt sich durch die dunklen, wie immer verstrubbelten Haare.

»Du bist doch selber Single!«, pampt sie Chris an.

»Aber entspannt«, sage ich.

Simone läuft rückwärts vor uns her. »Verdammt, mein Leben ist völlig okay. Ich schaue mich nach einem Partner um, ja, aber nicht krampfhaft.«

Chris stößt mich an. »Heißt übersetzt: Ich suche definitiv einen Kerl. Aber er muss in mein Leben passen, ohne zu stören.«

»Ich will mein Leben eben nicht kompliziert machen!«

Sie meint wohl: nicht noch komplizierter.

Jetzt mische ich mich ein. »Du musst dir das nicht schönreden. Wer außer Chris ist schon gern allein.«

»Unser Thema war eigentlich ein anderes …« Nina schaut verkniffen von der Straße zu uns herüber.

»Als wenn es so einfach wäre, den richtigen Mann zu treffen«, Simones Stimme kippt im Satz von aufbrausend zu traurig, »die einen sind verheiratet, die anderen schwul. Manchmal sogar beides.«

Ihre Torschlusspanik begreife ich nicht. »Simone, du hast einen guten Job bei der Sparkasse, du bist fast schlank, du bist gerade mal 31 …«

»Genau«, sagt Chris, »Falten und Cellulite kannst du doch noch locker kaschieren.«

Ihr böser Blick zeigt: Sie hat unsere Komplimente nicht als solche verstanden.

»Ich bin bald so weit, dass ich mich nackt auf die Straße lege.« Sie läuft die letzten Meter zur Straße, nein sogar mitten auf die Fahrbahn. »Hey, Männer«, quietscht sie los und deutet auf ihre Jeans, »ich bin die Simone, und hier geht's rein!«

10. Kapitel

»Das habt ihr echt toll hingekriegt.« Nina ist stinkig. »Du weißt doch genau, wie sensibel Simone in dem Punkt ist.«

»Simone ist aber auch immer für eine Übertreibung gut«, erwidere ich. »Wir waren nur ehrlich.« Aber aufgezogen haben wir sie natürlich auch, klar.

Die Beschleunigung lässt den Motor aufheulen, von der Inneren Kanalstraße fahre ich auf die A 57, die in den Kölner Nordwesten führt. Ich gebe Schloss-Schwan-Straße in den Navi ein.

»Bei unseren Gästen notiere ich mal noch einen im Sinn«, überlegt Nina, »wenn Simone bis zur Feier 'nen Freund hat, laden wir den natürlich auch ein.«

»Klar, und noch einer mehr. Mieten wir doch gleich das FC-Stadion.«

»Philipp, wir kommen sowieso auf fast 100 Leute, darüber haben wir doch schon gesprochen. Allein meine ganzen Verwandten aus Fassbüttel.«

»Die ich noch gar nicht alle kenne!«

Nina schaut auf einen Internet-Ausdruck. »Wie gut, dass auf Schloss Schwan genügend Platz wäre.«

»Wie gut, dass wir einen begehbaren Tresor im Keller haben.« Was für ein Sonntagsfahrer vor mir, selbst für einen Sonntag. Ich wechsle auf die linke Spur.

»Wer wie was bezahlt«, sagt Nina, »das steht doch noch gar nicht fest.«

»Eben, darum können wir nur mit dem planen, was wir

fix haben. Das ist schließlich eine Frage von Gehalt, Ersparnissen und Eltern.«

Nina dreht sich mir ganz zu. »So macht das keinen Spaß. Ich will meine Hochzeit nicht verhandeln, ich will sie genießen.«

Das will ich auch, was sonst. Doch vor der Hochzeit steht die Vorbereitungszeit. Und die scheint mir eine äußerst sachliche Angelegenheit zu sein. Kaum verlobt, beginnt der terminliche Druck. Planung, Planung, Planung. Wie sollen denn dabei romantische Gefühle aufkommen?

»Aha, Nina, Heiraten macht also Spaß. Wenn's so wäre, würden das ja wohl wesentlich mehr Menschen machen.« Im Rückspiegel sehe ich Chris in seinem Sportwagen, neben ihm gestikuliert Simone. »Just gestern stand es im *Stadtanzeiger*: Die Zahl der Eheschließungen ist drastisch gesunken. Im Jahr 2000 gab's über 8600, 2010 waren's schon gut 1500 weniger. Da wird man ja langsam zum Exoten!«

Die Anzahl der Scheidungen ist dagegen gestiegen, aber das wird Nina wohl gerade nicht hören wollen. Vor der Autobahnausfahrt Köln-Worringen setze ich den Blinker.

»OhmeinGottohmeinGottohmeinGott, was für eine ausladende Zufahrt!« Nina schlägt die Hände vors Gesicht. »Umso länger ist der Weg für die Pferde.«

»Pferde?«

»Na, die unsere Kutsche ziehen.«

»Kutsche?«

Sie grinst. »Ja nun, Tauben fliegen zu lassen – und dann kein Vierspänner, wie sähe das denn aus?«

»Tauben?«

Ich ziehe die Handbremse extra stark an, um ein klares Stoppsignal zu setzen. »Ich brauche weder Taubenschiss noch Pferdeäpfel noch eine klapprige Droschke!«

»Du kannst ja hinterherlaufen«, sagt Nina vergnügt, als sie aussteigt.

Verdammt, wie ernst meint sie das jetzt?

Der Kies knirscht, als Chris neben mir einparkt. »Wow, mit Türmchen, das setzt dem Teil die Krone auf.« Simone bekundet Respekt, was sonst eher selten der Fall ist.

›Das Teil‹ ist ein mächtiges, dabei dennoch filigranes Hauptgebäude, das in der Nachmittagssonne schimmert. Ausgerechnet rosafarben. Ich kann einpacken.

Ninas Augen sind nur noch auf das Schloss gerichtet, schnurgerade wie Laserstrahlen. Auch Simone wirkt angefixt.

»Netter Kasten«, sagt Chris anerkennend. »Übrigens weiß ich von einem Kollegen, der gerade geheiratet hat, dass es lohnen kann, auch mal bei Gemeindezentren und Pfarrsälen nachzufragen. Da gibt's wohl einige schicke Räumlichkeiten. Und weil die meistens keinen Gewinn machen wollen, zahlt man lediglich Grundmiete und Nebenkosten. Kein schlechter Tipp.«

»Ja ja«, sagt Nina abwesend. Hat sie Chris überhaupt zugehört? Ihr Blick wird vom Schloss magnetisch angezogen. Und magisch, das sowieso.

Kies, es ist knirschender Kies unter unseren Füßen. Dennoch sagt Ninas ganze Körperhaltung: Ich schreite. Als wäre es ein roter Teppich, auf dem sie auf das Hauptgebäude zustrebt. Mehr noch: als schwebe sie auf einem verzauberten Perser.

Zwei lang gestreckte Wirtschaftsgebäude flankieren das Schloss, hinter dem sich hohe Bäume auftürmen. Alles wirkt großzügig, herrschaftlich, unheimlich. Unheimlich teuer.

»Den Termin musste ich natürlich telefonisch vereinbaren«, erzählt Nina Simone. »Hoffentlich sind wir überhaupt richtig angezogen.«

Also, meine Sneakers passen zu jedem Anlass. Ebenso die Lederjacke, die Chris ständig trägt.

Gleich von beiden Seiten führen Steintreppen hoch zur Eingangstür, wobei Pforte wohl die korrektere Bezeichnung ist. Fahrig streiche ich über das verschnörkelt verzierte Treppengeländer. Noch bevor ich einen Klingelknopf finden kann, öffnet sich ein Flügel der großen weißen Tür wie von Geisterhandschuhen.

»Willkommen auf Schloss Schwan. Mein Name ist Charlotte Hochhausen.« Sie klingt überaus souverän, ihr adrettes lila Kleid wirkt wie eine Uniform. »Sie sind angemeldet?«

»Aber ja doch«, Ninas Stimme vibriert ein wenig, »ich bin die Frau Lang. Guten Tag. Mein Verlobter hier ... ist der Herr Schäfer, wobei ich ... ich sag natürlich Philipp.« Sie deutet auf Simone und Chris. »Und wir haben noch unsere lieben Trauzeugen dabei.«

Charlotte Hochhauen nickt beflissen. »Wenn Sie bitte eintreten würden.«

Sie dürfte in unserem Alter sein, scheint davon jedoch keinen Gebrauch zu machen, sondern verhält sich deutlich gesetzter.

»Schuhe abputzen?«, fragt Chris.

»Besser ausziehen.« Simone lächelt schief.

»Besser nicht«, grinst er.

»Fühlen Sie sich wie zu Hause.« Lady Lila bemüht eine Floskel, die nicht ernst gemeint sein kann, aber auch nicht wirklich lustig rüberkommt. Da kann sie ja gleich Hundehütten mit Mauselöchern vergleichen. Ich fühle mich keineswegs wie zu Hause, ich fühle mich unwohl.

Chris kratzt sich am Kopf. »Krass. Größer als unsere Werkstatthalle.«

In der gewaltigen Eingangshalle tropft üppiger Stuck von der Decke, schrankgroße Spiegel mit vergoldeten – korrigiere: güldenen – Rahmen hängen erhaben neben den Flügeltüren. Durch die Spiegelbilder im Glas scheinen noch mehr Kerzenleuchter im Raum zu glänzen. Blumenbouquets sind in Vasen gestellt oder an Wände gemalt. Die weichen Teppiche sind übertrieben gemustert, groß wie Swimmingpools und ebenso tief. Selbst die Tischlampen mit ihren gusseisernen Füßen buhlen um unsere Aufmerksamkeit.

Und natürlich Lady Lila. »Ich bin hier die Eventmanagerin. Sie befinden sich in einem Wasserschloss aus der Barockzeit, erbaut wurde es also im 18. Jahrhundert.«

»Und das bedeutet?«, fragt uns Chris.

»Dass es Stil hat«, flüstert Simone.

»Ambiente!«, wispert Nina.

›Alt‹, denke ich.

Ob man hier grillen darf? Das ist wohl eher ein rhetorischer Gedanke.

Lady Lila lächelt. »Wenn Sie mir bitte folgen wollen.« Allerdings geht sie nicht vor, sondern weist uns mit einer Hand in den nächsten Raum.

»Wie streng die wirkt«, raunt mir Chris zu. »Mit ihrem vornehmen Getue macht die mich total scharf.«

Lady Lila folgt uns in den Raum. »Dies ist einer unserer drei Festsäle, die für Vermählungen zur Auswahl stehen.«

»Schön, sehr schön«, urteilt Nina, die sich beeindruckt umschaut. »Ich mag's so klassisch.«

»Also spießig«, brumme ich. Was soll ich sagen: Der Saal ist genauso pompös wie der Eingangsbereich. Nur was dort eine hohe Decke ist, ist hier eine Kuppel.

»Des Weiteren stehen uns vier Caterer zur Verfügung«, betont die Eventmanagerin.

»Einer reicht«, murmele ich.

Lady Lila lächelt und hält ihre Finger wie Angela Merkel rautenförmig gegeneinander. »Dies nur als Basisinformation, dass unterschiedliche Bankettarten möglich wären. Frau Lang und Herr Schäfer, nun sagen Sie doch mal: Was konveniert Ihnen?«

»Hä?«, fragt Chris.

»Was ihnen gefällt«, übersetzt ihm Simone.

»Das … das würde schon passen«, sagt Nina, immer noch ganz gebannt.

Ich gehe einige Schritte zum Fenster. »Für mich bitte eine schöne Party unter Freunden.«

»Wir genügen jedem Anspruch«, antwortet Lady Lila.

»Ich bin entzückt«, übertreibe ich. Vor allem bin ich unsicher, was ich hier will und soll.

Chris hebt einen Zeigefinger. »Darf ich mal austreten?«

»Sehr gerne«, sagt Lady Lila und macht eine elegante Armbewegung, »just in diesem Moment wollte ich Sie auf die Terrasse bitten.«

»Ja nee, ich müsste mal aufs Klo.«

»Oh.« Seine gnadenlos geradlinige Aussage zerfetzt die würdevolle Stille im Festsaal und bringt Lady Lila aus dem Konzept. »Im Entrée links, gleich vor dem Zugang zum Ostflügel.« Aber sie ist nur kurz irritiert. »Derweil zeige ich Ihnen schon mal den Garten.« Elegant öffnet sie die Glasfenstertür nach draußen. Unterhalb der Terrassentreppe erstreckt sich eine großzügige Parkanlage, die von Bäumen eingesäumt wird. »Je nach Bestuhlung finden hier bis zu 500 Gäste Platz.«

»Kein Problem, ich habe genügend Facebook-Freunde«, sage ich.

»Ui, was für ein atmosphärischer Springbrunnen, so romantisch!« Nina, bitte, solche Feuchtfontänen gibt es ja wohl tausendfach.

»Nachts wird er sogar beleuchtet«, sagt Lady Lila lächelnd. Soso, Flutlicht also. Kann ich jetzt bitte nach Hause?

Chris stößt wieder zu uns und grinst. »Ich sag nur: goldene Wasserhähne.«

Das hat sie gehört. »Gold ist ein gutes Stichwort«, sagt die Eventmanagerin und leitet damit geschickt zum nächsten Aspekt über. Aufhören, bitte aufhören. »Haben Sie sich denn schon Gedanken gemacht, welche Farbkombination Sie bevorzugen?«

Nein, habe ich nicht, natürlich nicht, wir haben doch noch ein Jahr Zeit!

»Weiß ist sicherlich dabei«, stellt Nina fest, »schon wegen der Hussen.«

»Hussen, was für Hussen?« Ich kenne Tussen, sowieso Russen – aber Hussen?

»Weiße Stuhlbezüge«, erklärt Simone wie selbstverständlich.

»Ganz richtig«, sagt Lady Lila, die sich über die Aussagen der Mädels immer zu freuen scheint, »bei der Farbwahl ist Weiß stets die Nichtfarbe, die vorherrschend sein wird. Wobei Dekorationen in purem Schneeweiß zwar sehr festlich wirken, indes gemeinhin auch etwas kühl. Cremetöne erleichtern den Übergang, ermöglichen es also, reines Weiß und gebrochene Weißtöne nebeneinander zu arrangieren. Dazu passen ganz wunderbar verschiedene Blumen mit puderweißen Blüten.« Chris lacht auf. Zu Recht. »Wobei im Wechselspiel dieser Wirkungen nicht die Frage sein darf, was hervorsticht: Die vielen Blumengestecke auf den Tischen oder das Brautpaar. Sehen Sie, ein zarter Streifen aus weißem Chiffon kann akzentuierter sein als eine opulente Tischdekoration.«

Nina nickt heftig angetan. Mir dagegen wird weiß vor Augen. Doch Lady Lila holt noch einmal aus. »Sie sollten also eine zweite Farbe wählen, die mit Weiß charmant harmoniert, zum Beispiel Rot…«

»FC!«, ruft Chris dazwischen.

»... Gold oder Lavendel.«

»Ah yeah«, schmunzelt Chris mit Blick auf ihr Kleid.

Oha! Dann ist ihr Kostüm gar nicht lila? Sondern Lavendel? Womöglich Flieder? Gar violett? Am Ende ist es mauve. Sollte ich sie jetzt umtaufen, in Lady Lavendel? Nein, sonst klingt es wie der Titel eines schnöden Softpornos: ›Lady Lavendel bittet ins Gebüsch‹.

»Wie wäre es mit Rosé?«, fragt Nina.

»Nee, dann fühlt sich Philipp seiner Männlichkeit beraubt«, wirft Simone ein. »Und er hat ja jetzt nicht soo viel davon.«

»Danke, danke«, sage ich überschwänglich zur Eventmanagerin und gebe ihr die Hand, »ich bin mit Ihrer Weißheit am Ende.« Wenn ich das jetzt nicht beende, sind wir nach dem Weltuntergang noch hier.

»Hätten Sie denn nächstes Jahr im Sommer noch Termine frei?«, fragt Nina hibbelig und schüttelt Lady Lila ebenfalls die Hand.

»Noch sieht es da ganz erfreulich aus. Hier, ich gebe Ihnen gerne unsere Bankettmappe mit, das Portfolio unserer glanzvollen Arrangements. Darin sind sämtliche Leistungen mit Preisen enthalten. Ich würde mich freuen, Ihnen eine individuell auf Sie zugeschnittene Offerte machen zu dürfen.«

Nina nickt so eifrig, ihr Kopf versinkt fast im Teppich. Wir verabschieden uns.

»Und bleiben Sie sauber, also porentief weiß«, sagt Chris noch, grinst sie frech an und schließt dann die Eingangspforte.

Auf dem Weg zu den Autos bleibt Nina stehen und schaut uns mit glänzenden Augen an.

Ich kenne diesen Blick. Außerdem vernehme ich ihr Winseln, ein heiseres Winseln à la ›Du-ich-glaub-Lassie-will-uns-was-sagen‹.

»Uiuiuiuiui!« Simone atmet lautstark aus.

Auch Nina bemüht sich um klare Worte. »Eieieieiei!«

Ich halte die Bankettmappe hoch. »Freunde, ich möchte gar nicht wissen, was das kostet.«

»Willst du Stil – zahlst du viel.« Damit spricht Simone eine Selbstverständlichkeit aus, die zwar gerade gut passt, die ich jetzt aber nicht hören will.

»Stil, Stil. Steif ist es da drinnen.« Ich schüttle meine Arme aus, als würde ich Lockerungsübungen machen. »›Gute Stimmung‹ können wir da bestimmt nicht kaufen.«

»Das liegt doch an uns! Entscheidend ist, was wir draus machen«, keucht Nina, »ich möchte eine festliche und dennoch lockere Atmosphäre.« Sie ist infiziert, und es ist kein harmloser Erreger. Die Behandlung dieser Infektion könnte das Budget mancher Krankenkasse sprengen.

»Jedenfalls sind wir jetzt schlauer.« Chris schließt seinen Wagen auf. »Die ›Villa Isabel‹ von vorhin hat Stundenhotelcharme. Dagegen ist das hier«, er blickt in der Abenddämmerung noch mal zum Schloss, »eindeutig ein Edelpuff.«

»12000 Euro?«, rufe ich über den Flur. »12000 Euro!« Eigentlich wollte ich die Bankettmappe von Lady Lila ganz in Ruhe lesen. Doch mit der ist es jetzt vorbei. »Ich habe das mal zusammengerechnet«, schnaufe ich, während ich mich zu Nina ins Wohnzimmer setze. »Die wollen über 12000 Euro für etwa 100 Gäste! Als Mietpreis für das Schloss mit Parkanlage und Küchenbereich, Mobiliar, Catering, Personal und und und.«

Im ersten Moment schaut mich Nina an, als wolle sie sagen: ›Ja, und?‹

»Ja, und das ist verdammt viel.« Ich schlage mit der Hand

auf die Unterlagen. »Das sprengt einfach den Rahmen.« Nina sagt nichts. Verständlich, mir hat es ja auch erst die Sprache verschlagen. »Ich meine, da müssten wir ja Simone in ihrer Sparkasse überfallen.«

Nina fährt mit einer Hand über das Sofa.

»Und da ist dein Kleid noch nicht drin, die Hochzeitstorte, geschweige denn die Ringe«, fahre ich fort. Nina schaut mich traurig an.

»Du, selbst wenn wir ein paar Leute weniger einladen …«, was mir sowieso lieber wäre, und hier hätte ich zumindest einen guten Grund, auf unliebsame Gäste wie Tante Gerti zu verzichten, die auf jeder Hochzeit ihre grässlichen selbst gereimten Gedichte vorträgt – und Ninas kompletten Gospelchor muss ich auch nicht dabeihaben, die Typen finde ich komisch, »… selbst mit weniger Gästen bliebe ja die enorme Grundmiete.«

Für einen Moment ist es still. »Dann eben nicht«, sagt Nina, und ihre Tränen fließen.

11. Kapitel

Aschenputtel ist schuld. Und Dornröschen und Schneewittchen. Diese Tussis. Obwohl sie allesamt nur Fantasiefiguren darstellen, wünschen sich Frauen nichts sehnlicher, als zu sein wie sie. Dass es den dreien erst elendig ging, egal. Vermutlich würden sie sogar einen Frosch küssen oder Prinz Charles, egal. Hauptsache: Prinzessin.

Das gilt auch für meine Nina. Meine Nina, die so besonnen und klar im Kopf sein kann. Jetzt ist sogar sie eine Prinzessin, jedenfalls in ihrem schillernden Hochzeitsmärchen. Für mich ist es das reinste Luftschloss. Aber ich bin der Typ, der da mit einziehen muss. Ihr zuliebe. Aus Liebe zu ihr. Das muss man aushalten, wenn man den ganzen süßen Rest haben will. Ich würde Es nicht gerade als Fegefeuer bezeichnen. Wobei…

Und auch wenn mir rosa Schleifchen und Glaskristalle auf den Tischen sowie cremefarbene Hussen auf den Stühlen völlig abstrus erscheinen: Es sind offenbar Mosaiksteine von Ninas Bedürfnissen.

Sollte ich ihr diese Träumereien lassen? Will ich das? Glücklich will ich sie machen, das zweifellos.

»Träumen Sie, Philipp?«

»Was? Äh… Ihre Waden massieren sich schon viel lockerer. Ganz prima, Frau Schwarz, wir machen Fortschritte.«

Ich stelle die leere Flasche Lotion auf der Theke ab. Jessi heftet am Empfang Verträge in einem Aktenordner ab.

»Prinzessin Lillifee ist 'ne Schlampe.«

Jessi dreht sich um. »Was'n mit dir los?«

»Ist doch wahr, die versaut schon die ganz kleinen Mädchen mit ihrer rosa Glitzerwelt. Na, und wegen dieser pinken Prägung werden daraus mit Plüsch bezogene Prinzessinnen, die völlig angefixt sind, sobald sie ein Schloss nur sehen. Zum Maskenball des Prinzen schweben sie als Elfen, mit Blüten als Flügeln, und über ihnen zerstäubt sich goldener Feenstaub.«

»Weiß nicht«, sagt Jessi. »Ich habe mit meinen Freundinnen immer Ronja Räubertochter gespielt. Aber deswegen ticke ich nicht aus, wenn ich vor einer Höhle stehe.«

»Prachtmädchen«, grinse ich, »du bist normal. Was ist bei dir nur schiefgelaufen?«

Jessi mustert mich. »Alles gut mit eurer Hochzeitsplanung?«

»Ach weißte, kaum begonnen, schon nervt's.«

»Ja meinst du denn, die Vorbereitungen erledigen sich von selbst?« Jessi stellt den Aktenordner zurück ins Regal.

»Wäre cool. Außerdem ist ja noch massig Zeit bis dahin.«

Jessi lehnt sich auf den Tresen. »Philipp, ich an Ninas Stelle hätte auch nichts gegen eine gewisse Planungssicherheit.« Jessi spricht sanft mit mir, als wolle sie mich nicht bockig machen. »Gut, wir haben natürlich auch Vorsprung. Denn selbst als Ronja Räubertochter gucke ich Liebesschnulzen und Hochzeitsfilme. Dann weißte Bescheid.«

»Ha!« Ich habe eine Erleuchtung, »Und gerade weil ich diesen ganzen Kram nicht gucke, bin ich als Mann näher an der Realität. Also ist es doch richtig, sich bei dem Thema eine gehörige Distanz zu bewahren.« Ich atme tief ein und strecke die Brust raus. »Wohlüberlegtes Nichthandeln, das ist es!«

Jessi gähnt aufgesetzt. »Die Planung kannste so rational angehen.« Sie zieht eine Augenbraue hoch. »Nina aber nicht.«

Die ›Villa Isabel‹ gestern, die war nicht verkehrt. Aber ich muss zugeben, es war alles etwas beengt, das schnelle Auf- und Abbauen würde uns stressen, und wer weiß, ob deren Grillrost überhaupt groß genug ist: Vermutlich hätten wir am falschen Ende gespart. Ich möchte gar nicht knausern, aber kalkulieren wird ja wohl erlaubt sein. Sowieso hinsichtlich Schloss Schwan, wo nur an einem gespart wird: Ärger. Dafür versprechen die einen Rundum-sorglos-Budenzauber, formvollendet bis aufs vorgewärmte Klopapier.

Mir liegt es am Herzen, Ninas Romantik nicht zu ramponieren. Ich will ihre Augen funkeln sehen. Also muss ich Schloss Schwan gestemmt kriegen!

Nicht zaudern, Philipp, nicht schon wieder. Mir fehlt schon der Mut, mich als Masseur selbstständig zu machen. Hier in der Gemeinschaftspraxis fühle ich mich einfach sicherer.

Allerdings habe ich keine Ahnung, wo ich 5000 Euro herkriegen soll. So viel muss ich für die Schlossmiete mindestens auftreiben. Und die zusätzlichen Kosten wie unsere Outfits sowie das übrige Drumherum kommen noch obendrauf. Nächste Woche habe ich einen Stand-up-Auftritt, der mir 100 Euro einbringt. Gut, das ist ein Anfang.

Ich ziehe mein Smartphone aus der Tasche, der Akku ist mal wieder fast leer. Für dieses Telefonat wird's noch reichen.

Auf dem letzten Treppenabsatz nehme ich zwei Stufen auf einmal. Der Schlüssel schnellt ins Schloss. »Hallo, mein Stern, bin da.« Keine Reaktion. »Hallo?«

»Hier.« Sie meldet sich aus unserem ›dritten Zimmer‹, das im Flur um die Ecke liegt. Als wir vor drei Monaten eingezogen sind, hat Nina es direkt ›Kinderzimmer‹ getauft, was mir doch etwas vorschnell erschien. Ich habe dann penetrant vom ›Büro‹ gesprochen, bis wir uns auf ›das dritte Zimmer‹ geeinigt haben. »Bin im Internet.«

Ich lege meine Tasche ab und ziehe die Schuhe aus. »Kannst du nächstes Jahr am 28. August?«

»Das weiß ich doch jetzt noch nicht. Was ist das denn für ein Tag?«

Ich betrete das Zimmer. »Ein Samstag.«

»Oh, Blumen. Für mich?«

»Meine Mutter wollte sie nicht.« Ich grinse und reiche ihr die Chrysanthemen.

Sie lächelt und nimmt den Strauß. »Danke. Aber ... du musst dich nicht entschuldigen wegen gestern.« Das sehe ich auch so. »Ich habe gerade zwölf neue Hochzeitslocations rausgesucht. Sehr spannend finde ich ja Burg Konradsheim in Erftstadt, obwohl, auf den Bildern im Internet sieht es eher aus wie ein Schloss. Na, es sind aber auch noch andere Locations dabei. »Hey Philipp ...«, sie fasst mich am Arm, »... natürlich gibt es Alternativen. Einige.«

»Öhm.«

»Sag nix, mein Liebster. Ich bin doch keine blöde Pute, die steif und fest nur das eine will. So eine Frau bin ich nicht. Natürlich ist Schloss Schwan ein Traum, aber es gibt eben noch andere schöne Locations. Und bestimmt ist eine dabei, die wir beide super finden.«

»Du, Nina ...« Ich ringe mit mir.

»Oh, da ist ja noch ein Kärtchen drin.« Sie greift in den Strauß und schaut mich dabei an. »Was da wohl drauf steht? ›Für meine liebe Mama‹?«

Ich schneide eine Grimasse.

»Nicht vergessen: Blumenschmuck am 28. August«, liest sie vor, »ach so, nächstes Jahr, darum hast du gefragt. Aber wieso, was ... Philipp!« Sie sieht mich völlig baff an, ihre Augen schimmern gleichermaßen fragend wie vage wissend.

»Ja, ich habe mit der Eventmanagerin von Schloss Schwan telefoniert. Das war der beste Spätsommer-Termin, den sie uns anbieten konnte. Da habe ich direkt zugeschlagen.« Wobei ich zugeben muss, dass Lady Lila erst nicht so klang, als habe sie mit meinem Anruf gerechnet.

»Das … ich … du … aber …« Nina taumelt die zwei Schritte auf mich zu.

Ich nehme sie in die Arme. »Du sollst schließlich nicht in einer Höhle heiraten.« So wie Ronja Räubertochter es wohl getan hätte. »Wobei, wenn du unbedingt noch eine dritte Alternative …«

»Schloss Schwan, Schloss Schwan, Schloss Schwan, Schloss Schwan!«, trällert Nina wie einen Fangesang vor sich hin. Mit der einen Hand hält sie den Strauß fest, mit der anderen wuschelt sie in meinen Haaren und küsst mich innig. Mein erster schöner Hochzeitsmoment seit dem Antrag, ich genieße ihn. Nur dass über uns kein Kronleuchter hängt, sondern eine nackte Glühbirne baumelt. Ich sollte endlich mal die Lampe anbringen.

»Die Details klären wir dann noch mit ihr.« Ich lege mir Schinken aufs Walnussbrot. »Aber das Gute ist, dass wir dann fürs Essen und Trinken einen fixen Betrag pro Gast zahlen – also keine Umsatzgarantie haben wie anderswo.«

Nina schaut kurz irritiert, ah ja, ›Umsatzgarantie‹ ist kein Frauenwort.

»Wie schön, endlich können wir konkret planen«, sagt sie. »Die Leberwurst mit Johannisbeeren ist ganz frisch.«

»Das wird ’ne ganz große Nummer, das haben wir in unserem Freundeskreis so noch nicht gehabt.« Noch nicht mal bei Matthias und Ellen, denen es so wichtig war, richtig stilvoll zu heiraten. Und von Chris mit seiner Irgendwann-mal-Flipflop-Hochzeit ganz zu schweigen. »Damit werden wir alle toppen!«

»Öhm, das müssen wir aber nicht«, sagt Nina und beißt in eine Gurkenscheibe.

»Ja doch, wenn, dann richtig.«

»Ich meine nur, darauf kommt es mir nicht an.«

Mir aber. Wenn ich einen Ferrari am Start habe, möchte ich ihn auch ausfahren! Nur sollte ich mir schleunigst Gedanken machen, wie ich ihn auftanke. Über 5000 Euro muss ich beschaffen, und das bald.

»Ich habe ja auch noch eine kleine Überraschung für dich«, sagt Nina. Eine Schwangerschaft wäre jetzt nicht so passend, ein Goldschatz käme gelegen. »Du hast dich ja gestern beschwert, dass du meine übrige Familie in Fassbüttel noch nicht kennst.«

›Beschwert‹ würde ich nicht sagen, wer weiß, was das für Leute sind. Aber tatsächlich habe ich selbst ihren Vater erst wenige Male getroffen – in den drei Jahren, die wir jetzt zusammen sind. »Nun ja, ich habe schon den Eindruck, dass du mich vor deinen Verwandten lieber versteckst.« Hehe.

»Nein! Wirklich nicht, ich dachte nur, du interessierst dich nicht für sie.« Nina legt das Besteck auf ihren Teller. »Aber jetzt wird ja alles gut, denn: Am Wochenende fahren wir hin!«

»Am Wochenende?«

»Ja, da hatten wir noch nichts vor.«

Ich weiß. Ich will nur Zeit gewinnen, um zu überlegen.

»Das passt umso besser, weil da wenig los ist in Fassbüttel.«

Toll, dann falle ich als Alien ja noch mehr auf. »Ja, äh, das ist doch prima.«

»Papa freut sich auch schon.«

Auf einmal habe ich einen Geistesblitz. Eine geniale Idee, für die ich mich küssen könnte. »Nina, dann machen wir es aber formvollendet«, sage ich feierlich. »Ich werde bei deinem Vater um deine Hand anhalten.«

Nina schluckt. »Oh mein Gott, wie rührend.«

Okay, den Tisch haben wir noch abgeräumt. Doch dann war Nina vor Freude ganz aus dem Höschen. Sie ist mir in die Arme gesprungen, ich habe meine Finger sanft in ihren samtigen Po gekrallt. Zügellos haben wir uns einander hingegeben, erst auf dem Wohnzimmerteppich, dann im Bett. Leidenschaftlich, unartig, ihren scharfen Körper so nah. Immer wieder habe ich ›SOS‹ ausgerufen, keinesfalls ein Hilfeschrei, sondern unser Codewort für ›Sex ohne Skrupel‹. Nina hat es nur zusätzlich angetörnt.

Oh, ich liebe Hochzeitsvorbereitungen!

12. Kapitel

»Außerdem wird es Zeit, dass ich mit Simone das Brautkleid aussuche«, sagt Nina, als wir durch das Gartentor auf die Straße laufen. »Übrigens, sie hat heute Abend einen Termin beim Arzt.«

»Am Samstagabend? Ups, was hat sie denn?«

»Herzschmerz.«

»Hm?« Dieses Leiden ist nicht neu. Aber deswegen muss sie doch nicht zum Arzt.

Nina grinst mich an, sie wirkt etwas aufgeregt. »Nun ja, es ist eher ein Date. Mit Dr. Donnersberg, einem unserer besten Gefäßchirurgen.«

Ich seufze.

»Jaa … ich hab's vermittelt«, grient Nina.

Deswegen habe ich nicht geseufzt. Gefäßchirurg, Gefäßchirurg … »Hat er lange blonde Haare?«

»Stimmt genau! Du kennst ihn?«

»Öhm, nur mal gesehen.« Und ob ich ihn kenne! Das ist der Typ, der im Aufzug die Krankenschwester angebaggert hat, als ich mit den Blumen für Nina im Krankenhaus war. Der ist Chirurg und auch im Privatleben ein Aufschneider. Spitz und scharf wie sein Skalpell! »Wäre das schön, wenn aus den beiden etwas wird«, schwärmt Nina.

Nie und nimmer. Aber wenn ich Nina das jetzt erkläre, sagt sie Simone noch das Date ab. »Ja, das wäre schön.«

Wir schlendern durch Fassbüttel zu Ninas Schwester Doris. Es riecht nach Pferden und Gülle, nach stinkig frischer Landluft. Eine Kreidetafel vor dem Mühlencafé lädt ›zum Verweilen‹ ein, die schwarzen Balken des Fachwerks glänzen in der Sonne. Noch hängen viele Blätter an den Bäumen, wirken jedoch lasch und unentschlossen. Zahllose andere bedecken bereits bunt den Boden. Für einen Oktobertag ist es immer noch recht warm.

Was war das gestern eine skurrile Szene, als wir ankamen und aus dem Auto stiegen. Ninas Vater Paul saß im Vorgarten auf seinem Rasentrecker. Neben ihm sein 86-jähriger Nachbar, der sich mir als Fridolin vorstellte, ebenfalls auf einem Minitraktor. Nicht dass sie den Rasen gemäht hätten. »Wir treffen uns immer freitagabends zum Bier auf'm Rasentrecker«, johlte Paul ganz selbstverständlich.

»Papa!«, hat Nina ausgerufen.

Da ist er abgestiegen, die wenigen Meter auf sie zugelaufen und hat Nina lange umarmt. Mir hat er die Hand gedrückt, kameradschaftlich, fast kumpelhaft. Wir sind ja nicht zum ersten Mal hier, aber es ist immer eine ganz eigene Atmosphäre. Und jedes Mal merke ich Nina an, wie sehr sie ihren Vater vermisst hat. Mit seinem blonden Borstenschnitt, den großen Händen und seinem Bauchansatz strahlt der Kartoffelbauer die pure Geborgenheit aus.

»Heute Abend wird gegrillt«, betonte Paul beim Frühstück.

Na also, die perfekte Voraussetzung, um um ihre Hand anzuhalten. Warum nervös werden.

Wir schlendern an einem Hofladen vorbei, der Kartoffeln und Blumen anbietet. An der Auffahrt vor der Scheune verrichten Gartenzwerge ihren Deko-Dienst. Mit ihren kleinen Spaten und Schubkarren werden sie noch länger zu tun haben. Bei Sonnenschein ist es hier wie im Urlaub.

Doch plötzlich glaube ich, ein Unwetter zu hören, das sich uns nähert. Sehr rasch nähert.

»Max und Moritz!«, ruft Nina und breitet die Arme aus.

Ja, sie sind es. Die Zwillinge von Schwester Doris. Laut wie zwei Triebwerke einer Boeing dröhnen die Fünfjährigen auf uns zu, eine Staubwolke wirbelt hinter ihnen her. Sie sind Blagen, ich kann es nicht beschönigen, Gören, ungehobelter als das Brennholz, das hier an den Häusern gestapelt ist.

»Max und Moritz!« Nina schließt ihre Neffen in die Arme.

»Hallo Jungs«, sage ich.

Max, es könnte auch Moritz sein, tritt mir vors Schienbein. Mit so viel Zuneigung hätte ich nicht gerechnet.

»Ninaaa«, sagen sie, mehr nicht, die beiden haben noch nie viel gesprochen. Am liebsten ärgern sie andere, und wenn niemand zum Ärgern da ist, hauen sie sich gegenseitig die Köppe ein. Aber noch lieber mich, ich spüre ihre vier Fäustchen vom Bauchnabel abwärts überall.

»Das Hochzeitspärchen! Hallo!«, jubelt uns Doris zu. »Wie schön, dass ihr mal wieder da seid.« Sie umarmt uns. »Jungs, jetzt lasst doch mal den Philipp.« Für einen Moment schaut sie so, als wolle sie ihre Zwillinge maßregeln. »Hört mal … ach, was soll ich schon sagen … die beiden sind doch noch in der Lernphase.« Sie strahlt uns an. »Sind sie nicht herzig?«

»Zuckersüß«, sage ich tonlos.

»Und schon wieder gewachsen.« Nina lässt sich von ihnen an den Händen zum Haus ziehen.

»Hubert kommt vielleicht später«, erwähnt Doris, »Ihr wisst ja, seine Dienstreise.«

Ninas und meine Augen treffen sich kurz und blinzeln hektisch. Tatsächlich hat sich ihr Mann Hubert eines Morgens zu einer Dienstreise verabschiedet. Von der er nie zurückkam. Das ist jetzt vier Jahre her. Eigenartig, dass Doris diese Realität ganz und gar auszublenden vermag. Was in ihrem Fall leider traurig ist, halte ich ansonsten für eine beneidenswerte Gabe. Wenn ich sie hätte, könnte ich heiraten, ohne es mitzukriegen. Nur so als Beispiel.

Dafür hegt Doris eine völlig überdrehte Liebe zu den Zwillingen. Und was man ihr anmerkt, umso mehr im Vergleich zu meiner Nina: Doris ist nie aus dem Dorf rausgekommen. Ihr Horizont endet gewissermaßen am Ortsschild.

Kurzum: Ich mag sie auf eine Weise, die auch mit Mitleid zu tun hat.

»Mensch, Doris, wie geht's dir denn?«, frage ich ehrlich interessiert.

»Alles bestens«, erwidert sie, »aber nun erzählt ihr doch mal …«

Wir setzen uns auf die geblümten Sitzpolster ihrer Gartenstühle. Max und Moritz spielen am Stall ›Huhn in die Enge treiben‹.

Nina zeigt stolz ihren Verlobungsring. »Wir sind natürlich schon heftig am Planen.«

Wir? Wohl eher sie. Aber da der Plural unsere Verbundenheit stärkt, nehme ich ihn gerne an.

»Schwesterherz, wir heiraten auf einem traumhaften Schloss!«, platzt es aus Nina heraus.

»Wow! Aber …«, Doris stockt, »… wir haben doch gar keins in der Nähe?«

»Nee, also …«, sagt Nina.

»Also, nee«, bekräftige ich.

»Die Feier soll doch hier im Dorf stattfinden?« Eine solche Frage kann nur Doris stellen. Dusselige Doris.

»Nun ja«, Nina bemüht sich um Diplomatie, »die meisten unserer Gäste kommen aus Köln …«

Ihre Schwester trommelt mit den Fingern auf dem Gartentisch. »Wir drei, Papa, Carmen und Tim, unsere Onkeln und

Tanten, die anderen Verwandten, Freunde und Kegelbrüder: Da komme ich aber locker auf 200 Leute allein von hier.«

»Waas?« Dieses Ausmaß der Apokalypse ist mir neu!

Nina lächelt mich besänftigend an. »Ach, Doris, es müssen doch nicht immer alle dabei sein.«

Jetzt schaut Doris verwundert. »Doch. Du weißt doch, wie das hier im Ort läuft.«

»Darum feiern wir ja auch in Köln«, sage ich schnell.

»Das ändert doch nichts«, beharrt Doris. »Wen wollt ihr denn einladen und wen nicht? Also, wo zieht ihr die Grenze?«

Das interessiert mich jetzt eigentlich auch, aber ich schaue lieber angestrengt zum Stall. Die Hühner gackern aufgeschreckt und versuchen, den Erdklumpen der Zwillinge auszuweichen. Hier ist jetzt Krisenmanagement gefragt, und ich habe eine klare Taktik: raushalten!

»Mama geht's gut«, sagt Nina auf einmal.

»Zugegeben, ich mag Onkel Werner auch nicht so«, erwidert Doris.

»Ihre Esoterik- und Yogakurse laufen wohl zurzeit ganz ordentlich.«

»Wobei Werners Frau ja wiederum nett ist.«

»Ich frage mich, ob Mama einen neuen Freund hat.«

»Ich finde, man kann die beiden ja nicht in der Mitte durchtrennen: du darfst, du nicht.«

Wow, ich habe selten ein so spannendes Tennisspiel miterlebt. Mal hören, wer den Matchpoint setzt.

»Och Philipp, was meinst du denn?« Oh, Nina, Aufschlagfehler!

»Ich? Wieso ich?« Ich versuche, den Ball zurückzulupfen.

»Du bist der Bräutigam«, schmunzelt Doris. Mein Ball ging ins Netz.

»Ich kenne doch gar nicht alle aus eurer buckeligen Verwandtschaft.« Es ist *ihr* Spiel. Warum verliere *ich* es gerade?

Ein Ei, geworfen von Max – oder Moritz –, platscht einem Huhn voll vor die Füßchen, die kurz unter ihm wegsacken. Mir geht es gerade wie dem Vieh.

»Dann werden wir jetzt eben einen nach dem anderen abklappern«, betont Nina. »Ist ja noch ausreichend Zeit bis zu Papas Barbecue.«

»Ja nee, ich muss doch noch etwas vorbereiten…« Ich sehe Nina vielsagend an.

»Ich mache meinen Nudelsalat«, sagt Doris und steht auf. »Max und Moritz, die Federn bleiben bitte dran!«

Ich liege auf dem Rücken im Bett, so viel Auszeit muss sein. Zum Glück hat Tim uns sein Zimmer fürs Wochenende geräumt. Auf einem Kinderfoto an der Wand hängt ihm eine Sportmedaille um den Hals. Carmen, Pauls zweite Frau, steht stolz neben ihrem Knirps. Heute ist Ninas Halbbruder durch und durch ein 19-Jähriger: Trinken, Internet und Mädels, das sind die Eckpfeiler seiner Welt. Die Wodkaflaschen im Regal sind halb leer, seine Sachen hat Tim so weit in die Ecken geschoben, dass wir unsere Taschen abstellen konnten. Meine Blicke wandern zurück an die Decke. Die Verlobung haben wir vor Ninas Vater bewusst noch geheim gehalten und auch Doris darauf eingeschworen. Ich halte bei ihm um Ninas Hand an, weil ich es so will, weil es mich als ehrenhaften Kavalier ausweist. Dieser Antrag wird ein Meilenstein für unsere Beziehung: Paul wird mich als Schwiegersohn ansehen, nicht mehr als ein nur vorübergehender Tuppes.

Das alles wird schön für Nina, wird romantisch, und darum geht es doch. Außerdem, was für ein positiver Nebeneffekt: Es wird mir Pluspunkte beim weiteren Verlauf der Hochzeitsvorbereitungen einbringen: ›Du meinst, ich kümmere mich nicht gut genug um das Blumenarrangement, Nina? Dafür habe ich bei deinem Vater um deine Hand angehalten.‹

Ja, ich habe es mir gut überlegt, ich ziehe das jetzt durch. Worüber also noch groß Gedanken machen? Hallo, ich trete auf Bühnen auf, vor Leuten, warum also Hemmungen kriegen.

Weil ich Grund dazu habe! Die ganze Zeit schon flimmert mir das Bild vor Augen, wie ich in der 6. Klasse meinen gefalteten Zettel für Tina durch die Bänke reichen ließ: ›Willst du mit mir gehen?‹ Sie hat nur gelacht und mir vor der ganzen Klasse einen Vogel gezeigt.

Und das hier ist eindeutig ein Auswärtsspiel, es geht ums Eingemachte. Wenn ich das verpatze, o Mann, dann zieht Nina nicht wieder zu Simone, sondern wandert ganz aus.

Als ich in die Küche komme, strömt mir der Duft von Gewürzen, Kräuterbaguette und Marinade entgegen. Ich mag diesen Geruchsmix, der bereits die pure Gemütlichkeit verspricht und nur noch vom späteren Grillrauch übertroffen wird. Nina und Carmen schneiden Paprika und Tomaten, Paul mariniert das Fleisch. Es ist eine Menge Fleisch. Paul, der Profi. Tim hat sich gerade eine Flasche Pils mit dem Feuerzeug geöffnet.

»Soll ich mich mal um die Maiskolben kümmern?«, frage ich.

»Gerne«, sagt Carmen, »die Alufolie ist hier im Schrank.«

Ich nehme sie mir. »Wer kommt denn so alles?«

»Heute nur der engste Kreis«, antwortet Paul.

»Okay.« Wir und ein paar andere, das erleichtert meinen Plan.

Tim steht auf. »Philipp, kommste mit in den Garten? Will dir was zeigen.«

Schon bei unserem letzten Besuch hat er mich als Kumpel betrachtet. Ich sollte ihm den Gefallen tun.

»Geht schön spielen«, ermuntert mich Nina lächelnd, »ich mach das schon mit den Kolben.«

Hinterm Haus zeigt Tim auf ein kleines Beet. »Da. Na?«

Hm, kleine Ahornblätter? Quatsch, nein, das sind: Hanfpflanzen.

»Ah ja. Ist das denn okay?«

»Mama gießt die Pflanzen. Sie meint immer: ›Hach, die riechen so gut.‹« Tim freut sich. »Und aus den Blättern machen wir ja Tierstreu für die Ställe, höhö.«

»Die Blätter, soso.« Ich weiß gerade nicht, wie anerkennend ich reagieren sollte. Klar habe ich mal gekifft, es blieb allerdings beim Versuch. Als Nichtraucher habe ich die Lungenzüge nicht richtig hinbekommen und mich nur noch weggehustet.

Tim zieht einen Stängel zu uns heran. »Entscheidend sind die Knospen der weiblichen Pflanzen, die zerrieben werden. Die männlichen bringen nix.«

Ich nicke. »Und wenn das die Nachbarn sehen?«

Fast verständnislos guckt er mich an. »Hier haben doch alle Hanf im Garten.« Dann setzt er eine verschwörerische Miene auf. »Du magst doch meine Schwester?«

»Hey, ich liebe sie.«

Tim nickt, als hätte ich ein Passwort richtig eingegeben. »Okay, dann biste dabei, dann kann ich dir trauen. Du musst allerdings«, sagt er feierlich, »erst noch eine Mutprobe bestehen.«

»Hm?«

»Komm.«

Wir laufen zwischen Beet und Garage hindurch über einen abgeernteten Acker und biegen rechts ab auf einen Feldweg.

Eine Reiterin überholt uns und trabt weiter. Tim nickt ihr hinterher. »Voll der Pferdearsch.« Ich lache mit, die Doppeldeutigkeit ist ihm gelungen.

»Wie läuft's denn hier so mit den Mädels?«, frage ich.

»Nee, nix. Nur ein paar Dicke.« Er winkt ab. »Dorf eben.«

»Aha.«

»Meine letzte Freundin habe ich im Stau kennengelernt.«

»Im Stau?« Ich ziehe eine Augenbraue hoch.

»Hey klar«, Tim reibt sich die Hände, »wenn was abgehen soll, fahren wir in den dichten Verkehr am Autobahnkreuz. Was noch besser kommt: 'ne Vollsperrung.«

Meine verwirrten Gesichtszüge lösen sich erst bei Tims Erklärung: »Echt jetzt, auf der Autobahn, das macht voll Spaß. Im Stau ist wenigstens mal was los! Ich halte dann immer ein Blatt ans Fenster: mit meinem Namen und meiner Handynummer drauf. Oder, wenn bei denen das Fenster offen ist: Papierflieger. Meine Ex hat mich direkt angerufen. Okay, sie dachte, ich hätte 'n Notfall.«

»Hattest du ja auch«, grinse ich.

»Wie jetzt?«

»Na, keine Frau am Start.«

»Genau!«, sagt Tim. »Nach Hannover ist's noch 'ne ganze Ecke weiter, da geht natürlich am meisten. Bloß nicht auf eine festlegen, dann isses super.« Tim überlegt. »Warum heiraten? Ich check's nicht.«

»Na ja …«

»In deinem Alter geht das schon eher.«

Danke für die Erinnerung, Tim, dass ich in einer Einbahnstraße stehe. Und mich freiwillig zugeparkt habe.

»Jetzt ist's nicht mehr weit.« Tim wird auf der Dorfstraße immer schneller. Wir laufen an einem Gehöft vorbei, über dessen Tor ›Anno 1780‹ prangt und die Inschrift: *»Lieber Gott bring mich einst dahin, wo ich ohn Ende fröhlich bin.«* Hier hängt der Haussegen gerade.

Im linken Teil des Gebäudes befindet sich heute ›Birgits Bierstube‹, ein Metallschild an der Tür verspricht ›gepflegte Gastlichkeit & gutbürgerliche Küche‹. Also alle Gerichte mit

Salzkartoffeln und schmierigen Soßen. Diese Birgit wird früh Feierabend haben – in einem Ort, in dem das pulsierende Zentrum die Bushaltestelle ist.

»Wann werden hier eigentlich die Bürgersteine hochgeklappt, Tim?«

»Wie meinste das? Wir haben doch gar keine.«

Hinter den Hofmauern erstreckt sich an der Straße ein Maisfeld. Tim stoppt und schaut sich um. »Los, rein.«

Ich laufe ihm hinterher durch die Reihen, die langen grünen Halme reichen uns bis zur Brust. Als wir etwa hundert Meter im Feld sind, bleibt Tim stehen und biegt einige der langen Maisstängel wie einen Vorhang zur Seite. Euphorisch wendet er sich mir zu: »Tata.« Vor uns liegt eine Hanfplantage, bestimmt vier Quadratmeter groß, mitten im Maisfeld.

»Geil, ne? 60 Setzlinge habe ich im Garten vorkeimen lassen und im April hier eingesetzt.«

»Ist das euer Maisfeld?«

»Nee!«

Ich deute auf die Pflanzen. »Und das ist okay für Paul und Carmen?«

»Na ja, sie wissen's mehr so theoretisch.« Also gar nicht. »Was meinste: geniales Versteck!?«

Tatsächlich ist es blickdicht umschlossen, außer … mein Blick wandert nach oben. »Was ist mit Hubschraubern?«

»Fuck.« Er reagiert nur kurz verunsichert, dann reibt er sich die Hände. »Was soll's, nächste Woche wird geerntet. Bevor der Mais gemäht wird.«

Auf einmal erstarrt Tim. »Runter!«, sagt er und zieht mich am Arm zu Boden.

»Hm, was'n los?«

»Shit, die Bullen! Ein Polizeiwagen, vorne auf der Straße, hat gerade gestoppt.« Tim kauert nervös auf der Erde. »Alter, letztes Jahr haben die ’n Kumpel von mir erwischt. Mit zwei Kilo. Ein Jahr auf Bewährung hat der gekriegt.«

Darauf möchte ich es nicht ankommen lassen. »Kerl, Tim! Ich bin schon auf Bewährung.«

»Waas? Nee, was hast du denn verbrochen?«

»Hab deiner Schwester ’n Antrag gemacht. Wir sind verlobt.«

»Ja geil! Glückwunsch, Alter!«

»Psst, nicht so laut.« Ich richte mich etwas auf und spähe zur Straße. Zwei Polizisten laufen um ihren Wagen herum. »In einem Jahr wollen wir heiraten.«

Daher käme mir Knast gerade nicht so gelegen. Obwohl mir das jede Menge Vorbereitungen ersparen würde... Ich überlege nur kurz, das Maisfeld mit erhobenen Händen zu verlassen. Nein, Nina wäre nicht begeistert.

»Alter, ich bring dich heil raus hier«, sagt Tim entschieden. »Du bist doch Familie.« Er kriecht auf allen vieren durch die Feldfurchen, immer weiter weg von der Straße. »Hinterausgang.«

Ich konnte mir nur ein frisches Hemd anziehen, duschen war zeitlich nicht mehr drin. Nina steht mit ihrem Vater am Grill, den er gerade entzündet. Der Geruch von Brennspiritus räkelt sich in der Nase, die ersten Rauchschwaden steigen verheißungsvoll auf, Steaks und Würstchenpackungen liegen griffbereit.

»Ich hab zu Hause einen Kugelgrill, aber das ist ja mal ein richtiger Rost«, sage ich anerkennend, »Wurstplantage!« Auf der Grill- und Bundesligaebene verstehen wir uns bestens. Sehr viel weiter sind wir allerdings noch nicht gekommen.

»Sonst werden doch nicht alle satt«, brummt Paul zufrieden. Nina sieht ihn voller Zuneigung an. Ja, sie liebt ihren

Vater, seine ganze gelassene und bodenständige Art. Er hat sich immer gut um Nina und Doris gekümmert, nach dem Auszug ihrer Mama musste er seine Töchter erziehen. Erst alleine, dann mit seiner neuen Frau Carmen. Nina wollte immer Ärztin werden. Nach dem Abi hat sie einen Studienplatz in Köln bekommen und so die Enge des Dorfes verlassen.

»Wir sprachen gerade über Hanna.« Paul legt den Anzünder beiseite.

»Hanna?«

»Waldiva«, erläutert Nina. Ach ja, Hanna ist der richtige Name ihrer Mutter.

»Eigentlich haben wir sie immer nur Hanf-Hanna gerufen«, sagt Paul. »Sie hat sich früh für diesen Trip entschieden und ist davon wohl nicht mehr runtergekommen.«

»Was ihre ganze Esoteriktour angeht, das auf jeden Fall.« Nina sagt das nachdenklich, eigentlich ein wenig traurig. Immerhin hat dieser Fimmel dazu geführt, dass ihre Mutter die drei verlassen hat. Nach zwei Töchtern sei ihr die gesamte Situation ›zu familiär‹ geworden, wie Nina mir erzählte. Hanf-Hanna. Sie hat also das Beet bereitet, auf dem jetzt auch Tim wächst und gedeiht. ›Erblüht‹ würde ich es nicht nennen.

»Das wird eskalieren!« Tim kommt durch die Küchentür in den Vorgarten gelaufen und drückt mir ein Bier in die Hand.

»Sag's nicht deinem Vater«, flüstere ich ihm zu.

»Das mit dem Hanf im Feld?«

»Das mit der Verlobung. Ich halte gleich um Ninas Hand an.«

»Cool. Voll retro, Alter.«

Paul packt die erste Ladung Würstchen auf den Grill, Carmen stellt eine große Schüssel Kartoffelsalat auf den Gartentisch. »So, kann losgehen. Fridolin!«

Als habe der Nachbar nur auf diesen Ausruf gewartet,

steigt der 86-Jährige über den Gartenzaun. »Wo geiht di dat?«

»Hä?«

»Wie's dir geht«, übersetzt mir Tim.

»Gut geiht's«, grüße ich den Nachbarn.

»Ganz schön verdreckt, eure Hosen. Wo seid ihr eigentlich gewesen?«, fragt uns Nina.

»Wir, ja, waren …«

»… in so einer Art Sandkasten«, ergänzt Tim und grinst triumphierend. Okay, er hat uns da rausgeschleust, ohne dass die Polizei es bemerkt hat. Eine ›Held im Maisfeld‹-Medaille würde ich ihm dennoch nicht umhängen.

»Da kommen ja meine Rotzlöffel«, sagt Paul, als Max und Moritz in den Garten stürmen.

»Och Papa, so sollst du sie doch nicht nennen«, beschwert sich Doris. »Hallo zusammen.«

Sie stellt eine Glasschüssel mit Nudelsalat ab. *Ihren* Nudelsalat, der im ganzen Dorf berüchtigt ist. Keine Feier ohne Doris' Nudelsalat.

Okay, ich denke, jetzt sind alle da. Gedanklich gehe ich meinen Text noch einmal durch und schüttle Arme und Beine aus. Wie gesagt, kein Grund nervös zu werden. Ganz ruhig, Philipp. Wobei ich so einen Antrag ja noch nie gemacht habe. Egal, los jetzt, und dann lege ich mir ein paar Steaks auf den Rost.

»Ähem«, räuspere ich mich, »hört mal bitte …«

»Der Kartoffel-Paule und seine Gang! Moin!« Der erste der drei Männer, alle etwa so alt wie Ninas Papa, öffnet das Tor im Gartenzaun.

»Klaus! Helmut! Gunnar!«, ruft Paul. Schlagartig lenken sie die Aufmerksamkeit auf sich. Das Trio begrüßt uns ausgiebig und überreicht Carmen einen Blumenstrauß.

»Und wer bist du?«, fragt mich einer von ihnen.

»Philipp. Philipp Schäfer.«

»Stimmt«, Paul schlägt sich vor die Stirn, »ihr kennt Ninas Freund ja noch gar nicht. Wartet!« Paul verschwindet in der Küche und ist Sekunden später zurück – in der einen Hand eine Schnapsflasche, in der anderen ein Tablett voll kleiner Gläser. »Her mit der Buddel, das muss begossen werden!«

»Jau«, sagt Fridolin auffordernd. Und auch die drei anderen nicken.

Etwas unschlüssig schaue ich Nina an. »Ist hier so«, schmunzelt sie und stößt mir sanft einen Ellenbogen in die Seite. Ich denke, da habe ich wohl keine andere Wahl.

»Jetzt geht's los!«, freut sich Tim über seinen Kurzen. Wir Männer prosten uns zu und kippen die Gläser in einem Zug. »Meine Kumpels von der Freiwilligen Feuerwehr«, stellt Paul uns vor. »Und Philipp ist Masseur.«

»Das geht auch als Mann?«, fragt der Erste. »Weil im Thailandurlaub, da …«

»Ich bin Sportmasseur«, sage ich.

»Das ist aber nicht so arztmäßig wie bei Nina, oder?«, fragt der Zweite.

Ich schüttle den Kopf.

»Oh«, macht der Dritte.

Sie scheinen okay zu sein und gegen ein paar mehr Zuschauer ist ja nichts einzuwenden. Ich räuspere mich erneut. »Liebe …«

»Du hast es drauf, Mattes! Ganz egal, was deine Exfrau im Dorf über dich erzählt.« Zwei Männer nähern sich, der im Cordsakko schaut uns als Erster an. »Hallo Leute, da sind wir!«

»Holger und Mattes. Schützenbrüder«, steckt mir Nina, noch ehe sie uns erreicht haben.

»Hallo. Philipp aus Köln.«

»Aus Köln, aha.« Holger gibt mir die Hand. »Da haben wir heute aber ein internationales Flair.«

»Männer, ihr kommt wie gerufen.« Paul haut ihnen auf den Rücken und reicht ihnen gefüllte Gläser. »Auf Philipp und meine Nina!«

»Apropos …«, setze ich an. Hasenherzflattern. Egal, so ein Schnaps, der lockert. Und zwei bis drei erst recht. Ich sollte diesen Elan nutzen. »Apropos Nina …!«

»Moin Moin alle hier, es kommen: wir vier!«, trällern die Männer von der Straße.

»Das sind …«

»… Gesangsbrüder?« Nina nickt mir zu. »Guten Abend, gute Nacht, hab ich mir schon: gedacht!«, singe ich zurück. »Hallo, ich bin Philipp, Ninas Freund. Alles gut bei euch?« Ihr Händedruck ist kräftig. »Paul, machste voll?«

»Was sonst.« Er schenkt uns ein.

»Philipp, was wolltest du gerade sagen?«, fragt Carmen.

13. Kapitel

»Ja nee, erst das hier.« Ich hebe mein Glas und zwinkere ihr zu. »Gutes altes Ritual.«

Das scharfe Zeug stürzt die Kehle runter und stößt einen Genusslaut empor: »Aaaah!«, ertönt es im Männerchor durch den Vorgarten.

Die Zwillinge spielen mit der leeren Schnapsflasche. Tim läuft durch die Küchentür ins Haus. »Ich hab noch Wodka und Klaren, kommt gleich!«

»Das ist also, was Paul als ›engsten Kreis‹ bezeichnet?« Ich bin erstaunt.

»Ist eben anders als in der Stadt«, antwortet Nina entspannt. Ihr gefällt es sichtlich, im Schoß ihrer Familie zu sitzen.

»Aber wir haben doch beim Frühstücken überhaupt erst beschlossen, dass gegrillt wird.«

»Rauchzeichen!«, grinst Nina.

Tatsächlich brennt die Glut jetzt in Hochform, Würstchen und Steaks landen rasant auf Tellern, schon über 20 Leute balgen sich um die vielen Leckereien auf dem Gartentisch. Das Pils fließt unaufhörlich wie ein Wasserfall aus dem 30-Liter-Fass, an Fröhlichkeit herrscht kein Mangel.

»Dein Nudelsalat ist wieder sehr gelungen«, sagt Carmen zu Doris.

Trotz der zunehmenden Lautstärke im Vorgarten hören wir Ninas Smartphone klingeln. Sie schaut aufs Display. »Oh, Simone!«, sagt sie zappelig. »Update-Anruf. Bestimmt braucht sie meine Beratung. Ich geh mal eben rein.«

Simone ruft jetzt noch an, vermutlich von der Toilette des Restaurants, in dem sie gerade Dr. Aufschneider datet. Merke: Wenn Frauen schon nicht zu zweit auf Toilette gehen können, rufen sie von dort aus wenigstens eine Freundin an.

Die zehn Minuten kann der Antrag noch warten, ich fühle mich jetzt mittendrin, und weil Paul von seinen Freunden und Verwandten umringt ist, übernehme ich es, die neuen Gäste am Gartentor zu begrüßen.

»Stehen Sie auf der Gästeliste?«, frage ich die Frauen und Männer, die als Nächstes eintreffen, zehn sind es bestimmt.

»Gibt es denn eine?«, fragt die Frau im hellroten Kleid.

»Heute nur im Smoking«, sage ich jovial.

»Wir sind von der Dorfgemeinschaft«, mischt sich ein Mann hinter ihr ein.

»Ach kommt, das sind hier doch alle.« Schwungvoll deute ich über den Vorgarten.

»Wir sind aber die offiziellen Vertreter«, sagt er völlig von sich überzeugt. »Außerdem bin ich Onkel Werner.«

Tim steht auf einmal mit einem vollen Tablett neben mir.

»Lüttje Lage!«, strahlt einer.

»Angenehm«, ich strecke ihm die rechte Hand hin, »und ich bin der Phil …«

Tim stößt mich an. »Lüttje Lage heißt das Getränk hier: Bier und Korn.«

»Ach so.« Ich ziehe meine Hand zurück und greife damit danach.

»Beide Gläser in eine Hand, beim Trinken zusammenschütten«, dirigiert er mich, dann schaut er seine Verwandten an. »Prost, ihr Säcke!«

»Tim«, sagt die Stimme aus dem hellroten Kleid und deutet auf mich, »wer ist das?«

»Philipp. Er ist mit Nina verlo …«

»Tim!«

»Verlost, ha, sie sind verlost worden. Und wir haben sie heute als Hauptpreis gewonnen.«

»Na dann. Wir sind die Abgesandten der Dorfgemeinschaft«, sagt Rotkleidchen nun viel freundlicher. »Ich bin die Britta.«

»Ja sija«, sage ich, »und hier wird nicht gebrochen mit Traditionen, die sich lohnen.« Ich erhebe meine Gläser. Sie trinken mit uns und gehen in den Garten.

»Ey Tim, was denn für Abgesandte? Wie von einem afrikanischen Stamm oder aus dem Moskauer Kreml?«, frage ich ihn.

Tim drückt mir ungefragt weitere Gläser in die Hand und nimmt sich auch selbst. »Pass auf: Zu jeder Feier müssen auch Abgesandte der Dorfvereine eingeladen werden. Feuerwehr. Schützen. Kirchenchor.«

»Aber die sind doch schon alle hier?!«

»Nee, das sind Papas Freunde aus den Vereinen. Die Abgesandten kommen immer noch obendrauf.«

»Und Onkel Werner? Freund oder Abgesandter?«

»Familie. Aber eher ein Abgesandter der Familie.«

»Puh ...« Ob das bei der Hochzeitsfeier auch so sein wird?

»Musste nicht direkt verstehen. Unterm Strich ist nur wichtig, dass du mittrinken kannst.«

So kompliziert ist der Dorf-Code dann doch nicht.

»Philipp! Da bist du ja.« Paul haut mir auf die Schulter. »Ich habe dich doch noch gar nicht meinen Kegelbrüdern vorgestellt.« Er macht eine ausladende Geste. »Gunther, Robert, Heiner, Horst und Konrad. Merk dir die Namen.«

Ich versuch's. »Jo, ihr kegelt also?«

»Eigentlich schon seit zehn Jahren nicht mehr. Aber gegessen und getrunken wird bei unseren Treffen immer noch.« Das war Robert, nee, Konrad, oder Horst? Verdammt.

»Verstehe, Gunther.«

»Ich bin Heiner.«

Paul schaut mich an. Vorwurfsvoll? Er blinzelt. Nee, amüsiert. »Da muss aber einer noch viel lernen.« Er hebt sein Glas. »Auf den Nachwuchs!«

Weitere Bierbänke werden aus Nachbar Fridolins Garten über die Hecke gehievt.

»Und da kommen ja endlich die Cousins und Cousinen«, freut sich Paul. »Philipp …!«

Auweia, ich kann nichts mehr trinken, wirklich nicht. Der Vorgarten erscheint mir als ein Labyrinth, aus dem es keinen Ausweg für mich gibt: Versuche ich, mich nach links zu verdrücken, schenkt mir einer von vorne nach, will ich ab durch die Mitte, wird mein Glas von rechts gefüllt, laufe ich langsam rückwärts, ergießt sich Wodka oder Klarer von oben. Wenn ich nicht mittrinke und dabei lächle, halten sie mich für einen Schlappschwanz, zumal einen städtischen. Außerdem will ich noch einen Antrag machen. Ich brauche Luft, Wasser, Konzentration. Hollahoppsassa. Wow, ich bin echt angeschlagen.

»Philipp!?«

Hier, Nina, Hilfe! Ich winke wie wild.

Carmen und Doris laufen neben ihr her. »Alles paletti bei Simone«, strahlt sie. Ja ja, bis zum Morgengrauen. »Philipp … möchtest du nicht etwas sagen?«

Wer, ich?

»Papa, jetzt bleib doch mal eben bei uns. Philipp will etwas loswerden.«

So spontan? Hier?

»Eine Rede?«, fragt Paul nach und reißt direkt die Arme in die Luft. »Ruhe, Leute, Ruhe! Philipp will eine Rede halten!«, brüllt er durch den Garten.

Was ich nicht gedacht hätte, holla, und mir so auch gerade nicht gewünscht: Leiser wird's. Jo, der Lärm ebbt ab, sekündlich, und auf einmal ist es kirchenstill, also so still, wie wenn keiner in der Kirche ist.

»Wer ist Philipp?«, flüstert noch jemand.

»Ein Abgesandter aus Köln«, wird leise geantwortet.

Da stehe ich nun, nein wanke, vor allen diesen Leuten. Mist, puh! Mein Antrag ist privat und nicht dorfgemeinschaftsöffentlich! Ejal, ich werde mir die romantische Bestnote verdienen.

Ich stelle mir einfach vor – einen Versuch ist es wert –, jemand hat mir, quasi, das Mikro vor einem Stand-up-Auftritt in die Hand gedrückt. Oléolé. Aber betrunken, so bin ich doch noch nie aufgetreten. Bisher. Bier satt, zehn Kurze, nee, mehr, Lüttje Lage noch nicht mitgezählt.

»Sind die Kurzen noch da?«, frage ich lauthals.

»Zusammen sind wir zehn Jahre«, fauchen die Zwillinge von der Seite.

»Sie dürfen noch aufbleiben«, ruft Doris.

Meine Doppeldeutigkeit hat keiner kapiert, das fängt ja gut an. Aber gerade bei verstocktem Publikum gilt: keine Schwäche zeigen!

Der Master of Mikro, ich bin es: »Lieber Paul, natürlich auch liebe Carmen, lieber HelmutHeinerHolgerBrittaKonradFridolinFrauimhellrotenKleidKlausOnkelWernerRobert. Und wie ihr eben alle so heißt.«

Tim rollt das leere Bierfass heran und stellt es auf. »Los, drauf.«

»Danke, Partner.« Hoppala, jetzt muss ich noch mehr auf mein Gleichgewicht achten. »Und noch einmal: lieber Paul, liebes Fassbüttel, ihr lieben Fassbeutel, Frodo Beutlins … liebes Auenland!« Nina lächelt mich an, glücklich.

»Was hältst du von Biogas?«, ruft einer der Schützenbrüder dazwischen.

»Äh, passiert mir auch, muss aber ja nicht jeder mitkriegen.«

Einige lachen. Warum auch immer. Euch zeig ich's! »Sooo…«

»Er ist Comedian«, sagt Carmen stolz.

»Kommoden macht er? In 'ner Schreinerei?«, fragt Nachbar Fridolin.

»Nein, Comedian. Komiker.«

»So wie Karl Dall oder Mike Krüger?«, erwidert der 86-Jährige. »Jo! Die können dumm Tüch snaken.«

Nein, nicht *so* einer. Und Carmen, in ›Comedian‹ wird das ›e‹ wie ›i‹ ausgesprochen.

»Hergehorcht… liebe Schützen-, Gesangs-, Feuerwehr- und sonstigen Brüder, ich weiß ja jetzt, die Übergänge sind da fließend…«

»Wir sind hier alle verwandt und vervögelt«, ruft einer, den ich für Onkel Werner halte.

Lachen. O.k., stattgegeben. Stimmung ist da.

»Komm zur Sache…« Nina zupft mir eindringlich an der Jacke.

»Hallooo, mein Süßmatz. Auch hier?«

»Philipp, bitte, reiß dich zusammen.«

Jetzt oder nie, ich richte mich wieder auf. »Vor allem aber: lieber Paul!« Ninas Vater schaut mich erwartungsvoll an. »Wo ich schon mal hier bin, und es ist schön hier, gerade heute, da wollt ich fragen… puuh.« Ich muss ausatmen und hole wieder tief Luft. Mein Blick schweift über die Köpfe. »Sagt mal, habe ich euch eigentlich schon erzählt, wie süß Nina aussieht, wenn sie…«

»Philipp!«, kommt es von unten.

»Dat bin ich«, grinse ich in die Menge und zeige mit großem Armausholen auf mich.

»Nun mach schon«, sagt Nina.

»Genau!« Mein Siegerlächeln fährt mir wieder in die Mundwinkel. »Paul, alter Schlawiner, jetz' hör du mir auch mal zu.« Er schmunzelt die ganze Zeit. Warum? »Jedenfalls wollt ich dich fragen, ob ich ... also ihr ... deine ... Nina, Tochter, ich ... knickknack. Einverstanden?«

»Was willst du?«, lacht Paul.

»Deine Tochter! Um Nina anhalten, ihre Hand will ich! Aber keine Panik, den Rest nehm ich natürlich auch. So!«

Für einen Minimoment bleibt es noch ruhig, doch als die Information durchgesickert ist, erbebt der Garten. »Bravo! Glückwunsch! Lüttje Lage!« Die Gäste johlen und springen wie auf einem Trampolin wild durcheinander. Dabei plumpst einer gegen das Fass, von dem ich gerade steigen will. Ich schwanke noch kurz, knalle dann aber unausweichlich der Länge nach hin. Genau auf Paul, der vor mir stand, jetzt unter mir liegt. Er kneift mir in die Wange. »Schwiegersohn!« Dann nimmt er mein Gesicht in seine beiden Pranken und knutscht mich mitten auf den Mund.

Als sich meine Benommenheit etwas gelegt hat, hilft mir Paul auf die Beine. Carmens Sektglas klirrt vibrierend gegen Ninas, dann stößt Doris mit ihr an. Tim tanzt wie irre um uns herum. »Hanf drauf, Hanf drauf«, juchzt er immer wieder.

»Das muss gefeiert werden!«, brüllt Paul durch die Menge. Und ich dachte, das machen wir schon die ganze Zeit.

Der 86-jährige Fridolin klopft mir auf die Schulter. »Gut, du bist kein Bangbüx.« Wenn der wüsste.

Er hält mir einen Joint hin. »Auch ein Zug?« Ich winke ab, mir ist schon schlecht.

»Dööspaddel. Ihr jungen Lutscher vertragt einfach nichts«, sagt er mit erhobenem Zeigefinger. »Ist aber der falsche Abend, um mit dem Kiffen aufzuhören.« Dann patscht er Doris auf den Po.

Nun schmecke ich die süßlichen Schwaden diverser Joints, die sich mit dem letzten Grillqualm heftig miefig vermischen. Wie vernebelt ist dieses Dorf eigentlich?

Nina schleppt mich zu einem Gartenstuhl, der etwas abseits am Zaun steht. »Du hast es geschafft«, sagt sie und krault mich.

»Halleluja.« Ich schnaufe. »Ich hab es … oh, Polizei!« Ein Polizeiwagen bremst genau vor dem Gartentor, die Reifen knirschen auf dem Kies, und es steigen ausgerechnet die beiden Beamten aus, die ich vom Maisfeld aus auf der Straße gesehen habe.

»Nina, ich muss die Dorfbewohner warnen!«

»Du musst ins Bett.«

»Tim!« Mein Schreien ist nur noch ein Röcheln. Aber zum Glück nimmt er mich irgendwie wahr.

»Hubschraubereinsatz, Hubschraubereinsatz!« Tim hüpft auf einem Bein über die Wiese und lässt dabei seine Arme kreisen. Dann legt er sich neben meinen Stuhl. »Hanfwerk hat goldenen Boden«, grunzt er noch und pennt sofort ein.

»Guten Abend«, sagt einer der beiden Polizisten zu uns.

»Da raucht's, jaa, aber nur vom Grill, ne. Ich habe nichts damit zu tun, und er«, ich deute auf Tim, »ist auch eher unschuldig!« Tim schnarcht bereits.

»Offensichtlich«, sagt der andere Beamte. »Ohne den platten Reifen vorhin wären wir viel eher hier gewesen.«

Oh nein, Nina, wir müssen fliehen, jetzt! Der Polizist macht noch einen Schritt auf uns zu. Einen könnte ich verdreschen, aber sie sind doppelt so viele.

»Unfaire Bande!«, beschwere ich mich und halte ihm meine Arme ausgestreckt entgegen, die Fäuste nebeneinander.

»Kam es schon zum Höhepunkt des Abends?« Er greift ja gar nicht nach seinen Handschellen.

Nina will gerade etwas sagen, aber ich unterbreche sie: »Ja nun, der Antrag ist durch, die Abgesandten haben einstimmig angenommen, und vor allem Paul, seine Stimme ist ja eh entscheidend.«

»Ist gut«, sagt Nina. Ich kann nicht mehr beurteilen, ob sie mich oder die Polizisten meint.

»Und nun kommen wir zum Höhepunkt des Abends!«, grölt Paul. »Alle hinters Haus! Rasenmäherweitwurf!«

»Na also«, sagt der eine Polizist zum anderen, zieht seine Uniformjacke aus und krempelt die Ärmel hoch. »Und dieses Mal gewinne ich!« Sie entfernen sich.

»Was'n, die werfen Rasen ...?«

»... mäher, ja.« Nina erstaunt es nicht. »Wir haben drei, vier alte Dinger im Schuppen. Du fasst die am Griff, drehst dich dann einfach wie ein Hammerwerfer um die eigene Achse und holst dabei ordentlich Schwung.«

»Bin ich dabei!«

»Du hast heute schon genug geleistet.«

Ich lächle meine Nina noch einmal besonders charmant an, was sie mir allerdings am nächsten Tag als debiles Grinsen auslegen wird. »Du meinst ... ich war romantisch?«

Sie lächelt zurück. »Ich sag's mal so: Du warst unvergesslich.«

Als der Garten seine Karussellfahrt nicht mehr stoppen will, schlafe ich in ihren Armen ein.

Carmen schenkt mir Kaffee nach und blickt mich mitfühlend an. Wahrscheinlich sogar mitleidig, so schlapp wie ich auf dem Küchenstuhl rumlümmle. Ich schaue dankbar zurück und versuche, mich zusammenzureißen. Nach dem Frühstück packen Nina und ich unsere Sachen ins Auto und fahren heim nach Köln. Dann kann ich immer noch meinen Kater auskurieren.

»War ja doch mehr Verwandtschaft da, als ich kennenlernen konnte«, sage ich matt.

»Hab ich dir doch gesagt, dass es eskalieren wird.« Tim sieht so gar nicht vermatscht aus, er wirkt frisch und hochzufrieden. Als 19-Jähriger habe ich solche Nächte auch noch besser weggesteckt.

»Hermann hat sogar einen neuen Rekord aufgestellt«, sagt Paul anerkennend. »Über fünf Meter.« Tatsächlich hat einer der Polizisten den Rasenmäherweitwurf gewonnen.

Tim schüttelt den Kopf. »Voll in meinem Beet gelandet.« Ohne Absicht, vermutlich. »Die Pflanzen sind komplett für die Tonne.«

»Ist auch besser so«, sagt Paul entschieden.

Tim zwinkert mir zu. »Was soll's, hab ja Nachschub.«

Nina legt sich Putenbrust aufs Brötchen. »Ich find's idiotisch und unnötig. Cannabis verstößt gegen das Betäubungsmittelgesetz.« Sie funkelt Tim böse an. »Es dient der medizinischen Schmerzbetäubung, nicht der sonstigen …«

»Ja ja, große Schwester«, gähnt Tim.

»Nix ›Ja ja‹, das Zeug ist einfach schädlich!« Als Anästhesistin beurteilt sie das Ganze natürlich als Expertin und ist durch den Konsum ihrer Mutter sowieso vorbelastet. »Wie das gestern wieder gerochen hat, dieser Hanfnebel überall.« Nina schaut ihren Vater an.

»War leider nicht zu stoppen«, sagt der.

»Und musste sich Nachbar Fridolin ausziehen? Ich meine, er ist 86.«

»Für das Alter aber noch recht passabel«, sagt Carmen.

»86!«, beharrt Nina.

»Jedenfalls freut es mich sehr«, Paul scheint ablenken zu wollen, »dass Philipp bald unserer Familie beitreten wird.«

Beitreten, ich? Nina geht doch bei meinen Eltern ein und aus, sie ist also bereits bei *uns* Clubmitglied. Glaubt Paul etwa, ich nehme seinen Nachnamen an? Wie witzig. Und nichts gegen die Dorfgemeinschaft, die hat sich als patent und trinkfest erwiesen – aber da muss ich nicht auch noch dazugehören. Als Freund, Abgesandter oder was auch immer.

Wir sind uns beim Nachnamen noch nicht einig, und das sollte ich Paul auch sagen.

Ich lächle gequält. »Wir sind …«

»… spät dran«, redet mir Nina rein.

»Lass mich eben noch das Brötchen …«

»Mit den Planungen!«

Es sind doch noch zehn Monate hin. Zeit satt!

»Ich habe doch noch nicht mal ein Brautkleid.« Höre ich da etwa ein Wimmern?

»Nina, bitte, nur weil das noch nicht im Schrank hängt, oder wir uns noch für keine Hochzeitsfarbe entschieden haben …«

»Lavendel!«, entfährt es Nina. Dann presst sie die Lippen zusammen, als habe sie sich verraten.

»Seit gestern ist ja wohl hanfgrün das Motto«, grinst Tim und steht auf. »Ich muss jetzt echt mal auf die Schüssel, höhö.«

Nina hält sich die Ohren zu. »Mach doch in die Windel.«

»Wisst ihr denn schon, wann ihr standesamtlich heiraten wollt?«, fragt Carmen.

»Vor der kirchlichen«, sage ich bewusst schwammig. Da findet sich schon irgendein Termin.

»Etwa am selben Wochenende?«, fragt Ninas Stiefmutter nach.

Was weiß denn ich! Als wenn ich dafür gerade einen Kopf hätte. Der sitzt zwar auf dem Rumpf, heute aber nur zur Verzierung. Wie die Spitze auf dem Weihnachtsbaum.

»Das wäre aber ein bisschen viel auf einmal«, wirft Paul ein.

»Wichtige Frage, so oder so«, sagt Nina, »denn nur die standesamtliche Hochzeit ist rechtlich verbindlich.«

»Dann lassen wir die doch aus«, murmele ich.

»Superlustig.« Sie verzieht das Gesicht.

Klar, Prinzessin möchte die ›Wertschöpfungskette‹ ihrer Hochzeit am liebsten endlos verlängern, allein um das Brautkleid mehrfach tragen zu können. Das lohnt ja mit Standesamt und Kirche gleich doppelt, außerdem ergibt das zwei Events. Für sie. Mit doppelt Geschenken. Für sie. Und doppelt Gedöns. Für mich.

Vielleicht sollten wir zusätzlich noch in Las Vegas heiraten, nur um ganz sicherzugehen, und dann natürlich der Vollständigkeit halber auch noch mal im afrikanischen Busch nach Eingeborenenart feiern.

Dann wären da natürlich noch die Flitterwochen. Die verbringen wir, sagen wir mal, auf den Bahamas. Und wo wir gerade am Strand sind, Schatz, sieh mal, der Typ da drüben in der karierten Badehose, sieht der nicht aus wie ein Pfarrer? Am besten gleich mal ansprechen … Uaaah! Ich springe auf und laufe vom Frühstückstisch weg.

14. Kapitel

»Außerdem steht hier: ›Ich begleite sie mit meiner künstlerischen und atemberaubenden Sichtweise‹.« Ich schaue Nina ungläubig an. »Und ich dachte, der fotografiert Brautpaare.«

Nina nimmt sich die glänzende Klappkarte vom Stapel. »Macht er ja auch: Fotoreportage und Hochzeitsshooting, über acht Stunden lang, wow.«

»›Wow‹ ist vor allem der Preis: ab 700 Euro!«

»So was hat eben seinen Wert.«

»Schon, ja, aber bedenke mal, wie viele Gäste auf den Bildern sein werden, an die wir hinterher gar nicht erinnert werden wollen. Für die zahlen wir ja mit.« Ich greife zu einem Prospekt, der daneben liegt. »Oder hier: ›Ihr persönlicher Hochzeitsfilm‹. Stell dir vor, darauf ist dann auch Tante Gerti, die zweifellos darauf lauert, eines ihrer scheußlichen Gedichte vortragen zu können. Und das hätten wir dann … für die Ewigkeit!«

»Vielleicht gefällt es uns nach dem zehnten Gucken besser?«

»Nina, bitte!«

Seit einer Stunde sitzen wir beide am Esstisch, der komplett mit Papier zugedeckt ist. Mit hochwertigem Papier. Glanzbroschüren, dicke Hochzeitsmagazine und farbige Prospekte buhlen um unsere Beachtung. Sie alle versprechen ganz individuelle, persönliche und maßgeschneiderte Angebote.

Nina hat die Dinger besorgt. Gesammelt. Gehortet. In den vergangenen zwei Wochen musste unser Briefträger jeden

Tag die Treppe hochkommen. Er ächzte unter dem Stoß von Päckchen und Zeitschriften, die nicht in den Kasten passten. Gestern habe ich den Stapel entgegengenommen und mich entschuldigt: »Sie tun mir leid.«

»Sie mir auch«, hat er gemeint.

Außerdem war Nina vergangenen Sonntag mit Simone auf einer Hochzeitsmesse. Zum Glück kam ein Formel 1-Rennen, ich brauchte also die Tatsache, dass derartige Trautralala-Veranstaltungen nichts für Männer sind, erst gar nicht ausdiskutieren.

»Ach wie süß, man kann sogar seine Trauringe selber schmieden«, freut sich Nina und nimmt ein Faltblatt vom Tisch.

»So weit kommt's noch! Als hätten wir nicht schon genug zu tun.« Ich runzle die Stirn. »Und danach bauen wir die Kirche, in der wir getraut werden wollen?«

»Och, Philipp. Mit Simone macht das viel mehr Spaß.«

»Dann heirate doch die.« Ich grinse Nina an. Das meine ich ja nicht böse. Aber diese Art, den Haufen der Hochzeitsdienstleister zu sichten, erinnert mich ans Mikadospielen: Ziehe ich ein Papier zu unvorsichtig heraus, stürzen alle Angebote auf mich ein.

Dennoch habe ich mir fest vorgenommen, nicht zu motzen. Weil wir diese Dinge erledigen müssen, natürlich. So wie die Save the date-Mail, die wir vor einigen Tagen an unsere vorläufige Gästeliste verschickt haben. Ich betrachte es gerade als Flucht nach vorne, die wichtigen Punkte mit Nina durchzugehen. Dann habe ich das Notwendige erledigt und wieder meine Ruhe – bis zum Fassanstich am Hochzeitsabend. Natürlich kann ich Nina nicht alles alleine regeln lassen, das gehört sich einfach nicht. Außerdem bestünde sonst die Gefahr, dass Delfine aus der Hochzeitstorte springen. Also, echte. Und sicherlich synchron.

»Hier, das klingt doch mal fähig«, ich halte ihr einen grünen Prospekt hin. »Als Weddingplaner kümmere ich mich um Service, Show und Styling. Jo, warum nicht?«

»Nee, Philipp, das mache ich lieber selber. Dann habe ich alles in der Hand.« Oha. »Außerdem: zwei maßgeschneiderte Angebote kosten bereits 500 Euro?! Und ein komplettes Arrangement sogar um die 2000!? Nö, muss nicht sein.«

Okay, so ein Wedding-Profi hätte uns viel Arbeit abgenommen. Aber meine Nina, sie wird realistischer. Ich liebe sie.

»Ich hab's!« Zwei Stunden später halte ich triumphierend eine der bunten Postkarten hoch.

Nina beugt sich vor und liest: »Ihre Hochzeitskarten in bester Papierqualität: ob mit Prägung, Stanzung, Laserung oder Sonderfarben – Ihren Wünschen sind keine Grenzen gesetzt.« Sie nickt kurz und schaut mich an. »Hast du schon eine Idee für die Gestaltung?«

»Nein. Für den Spruch!«

»Den Spruch?«

»Gestaltung und Design, alles schön und gut. Aber am wichtigsten ist doch: der Spruch darauf!«

»Aha.« Nina sagt das abwartend, fast so, als hätte sie eine unheilvolle Vorahnung.

Doch meine Euphorie ist schon nicht mehr zu bremsen. »Warte, am besten, ich schreib's dir auf.« Ich kritzle meinen Einfall auf die Rückseite der ›Bezauberndsten Honeymoonziele‹.

»Wir geben uns die Eh(r)e!«, liest Nina. »Aha.«

»Ab in die Druckerei damit!«

»Hm, das ist ja jetzt mehr so komikermäßig«, sagt sie.

»Na eben, Sprüche kann ich, ich stehe ja nicht umsonst auf der Bühne.« Ich strahle sie zufrieden an, schalala. »Super, ne? Passt einfach.«

»Ja-ha, darüber muss ich mal mit Simone…«

»Musste nicht!«

»…jedenfalls noch mal drüber schlafen.« Sie greift rasch zu einem Internet-Ausdruck. »Schau mal, Schloss Schwan zählt mit zu den besten Kölner Hochzeitslocations: ›umgeben von Wald und Wiesen und glücklichen Pferden‹.«

Glückliche Pferde? Eigenartige Werbung. Kommen die etwa als Sauerbraten aufs Büfett?

Nina blickt mich stolz an, offenbar selig darüber, dass ich ihre Wunschlocation bereits fest gebucht habe. Ich lächle. Natürlich beseelt ihr innerer Jubel auch mich.

Allerdings, argh, erinnert es mich auch daran, dass ich allein für das Schloss noch 5000 Euro auftreiben muss. Von der übrigen Finanzierung ganz zu schweigen, über die ich mit Nina noch gar nicht im Detail entschieden habe. Weil es einfach so verdammt unsexy ist, bei einer Hochzeit über Geld zu sprechen. Dabei ist es so verdammt wichtig, dass wir das klären. Ich sollte mit meinen Eltern reden. Oder mit meiner Bank: am besten mit vorgehaltener Wumme. Irgendwie muss ich an Geld kommen, irgendwie. Obwohl es noch über neun Monate sind bis zum 28. August, erscheint mir das Datum immer mehr als eine Deadline. Und nicht wie der Beginn eines neuen Lebensabschnittes.

»Mein Prinz auf dem Schimmel.« Nina küsst mich.

Es klingelt. Zusätzlich klopft es an der Wohnungstür. »Hier ist die Mama.«

»Na, ’ne kleine Pause kann nicht schaden«, sage ich und stehe auf.

»Guten Tag«, sagt der bärtige Herr neben meiner Mutter im Treppenhaus. Seine verbliebenen grauen Haare sind quer über den Kopf gescheitelt. Würden sie auf ihrer regulären Seite herunterhängen, wäre er ein Hippie. Jedenfalls ein einseitiger.

»Hallo«, grüße ich zurück.

Er sieht aus, als wäre er geradewegs da Vincis ›Abendmahl‹-Gemälde entsprungen.

»So, Philipp, das ist unser Pfarrer, der Theo.«

»Und sein Nachname? Loge?«

»Bitte?«

»Ach, nichts.«

»Junge, mir fiel ein, ihr müsst die Trauung ja noch dringend anmelden.«

»Wie jetzt?«

»Na, bei der Kirche. Wir wollen ja keine Probleme mit dem lieben Gott bekommen, oder hier mit Hochwürden.« Sie knufft ihm in die Seite. »Weißt du, Theo und ich kennen uns schon länger.«

»Und da stehst du jetzt einfach mit ihm vor der Tür?« Was passiert hier gerade?

»Ihr wollt doch Gottes Segen, und darum habe ich schon mal den *richtigen* Pfarrer angesprochen.« Den sie auch gleich dabeihat, völlig logisch, wenigstens die Kirche hat sie im Dorf gelassen.

»Mama. Das haben wir selbst doch noch gar nicht endgültig …«

»Hallo, Sofie.« Nina steht jetzt neben mir. »Guten Tag.«

»Guten Tag.« Pfarrer Theo schüttelt ihr die Hand.

Er wirkt sympathisch auf mich, das schon, allerdings auch irgendwie völlig deplatziert.

»Möchten Sie beide denn eine kirchliche Hochzeit?«, fragt er, seine Stimme klingt angenehm.

»Natürlich!«, posaunt Mama heraus, »doppelt geheiratet hält besser.«

»Von welcher Kirche sind Sie denn?«, erkundigt sich Nina. Danke, gute Frage.

»Von der katho …«

»Von der Agneskirche natürlich«, unterbricht ihn meine Mutter. »Ihr müsstet euch doch kennen.«

Ich glaube, ich habe ihn mal unten auf der Neusser Straße im Weinladen gesehen.

»Ja, Mama, wir wollen es schon auch kirchlich...«

Nina nickt zustimmend. »Aber wir haben uns noch für keine Kirche entschieden. Ich bin ja evangelisch.«

»Das sollte natürlich kein Problem sein«, sagt Pfarrer Theo freundlich.

»Wobei wir die Agneskirche schon favorisieren«, lächelt Nina. »Schon okay, dass Sie hier sind.«

Ich schaue sie an. »Nein, ist es nicht! Das ist ja wohl eine Prinzipsache, sie kann doch nicht einfach...« Ich schaue meine Mutter an. »Du kannst doch nicht einfach ihn...« Ich schaue den Pfarrer an. Er lächelt.

»Aber das ist doch der Theo«, sagt Mutter ganz selbstverständlich. »Wie gesagt, wir kennen uns nicht nur schon länger, sondern durchaus auch besser... hach.«

»Wir haben uns mal geküsst«, sagt Pfarrer Theo und streicht sich übers Resthaar.

»Oh«, lacht Nina, »ich hoffe, das war vor Ihrer Weihe.«

»Ich glaube«, erwidert er.

»Und vor Papa!« Ich werde laut, weil wütend, was allerdings nicht an ihm liegt. »Müssen wir das jetzt und hier entscheiden?«

Pfarrer Theo bleibt entspannt. »Haustürgeschäfte kann man rückgängig machen.«

»Aber das will er doch gar nicht!«, bestimmt Mutter. »Und wir können ja auch reinkommen.«

»Nein!« Ich bin echt sauer.

»Eigentlich gerne«, sagt Nina, »nur machen wir gerade die Steuer und haben die ganzen Unterlagen auf dem Tisch verstreut.«

Famose Flunkerei! Das wird Gott ihr nicht übel nehmen, er wird sogar stolz sein auf eines seiner schlagfertigsten Geschöpfe.

»Kinder, ich möchte das doch nur regeln!« Meine Mutter plustert sich regelrecht auf. »Ich organisiere das gern für euch, ihr seid doch berufstätig.«

Pfarrer Theo legt eine Hand auf Mamas Arm. Finger weg!

»Mein Job, Sofie«, beschwichtigt er. »Sie sind also getauft und noch in der Kirche?«

»Ja«, sagen wir gleichzeitig, Nina überzeugender als ich.

»Genau wie ich«, schmunzelt er. »Dann freue ich mich auf unser Ehevorbereitungsgespräch. Das können wir auch gerne bei einem Glas Wein oder Kölsch machen.« Er beugt sich etwas vor. »Ehrlich gesagt, finde ich's in der Kneipe lockerer als in der Sakristei.« Zur Verabschiedung gibt uns Pfarrer Theo die Hand.

»Dann wäre ja alles prima besprochen«, freut sich Sofie.

Ich sage nichts, aber die Tür fällt mir lauter als sonst ins Schloss.

»Er hat deine Mama geküsst. Wie cool«, grinst Nina.

»Er hat meine Mama geküsst. Das Bild verfolgt mich jetzt bis zum Traualtar!«

Wie gut, dass ich noch ins Fitnessstudio will. Da kann ich mich abreagieren. Auch wenn ich meinen Heiratsantrag auf dem Kölner Dom gemacht habe, wer unsere Hochzeitsglocken läutet, bestimmt nicht Mama. Das entscheiden immer noch wir selbst.

»Tschüs, mein Stern, bin zum Sport.«

»Tschüs!«

Ich laufe die beiden Stockwerke runter, bin durch die Tür und will gerade mein Fahrrad aufschließen. Da sehe ich den Polizeiwagen auf der Straße. Alles ist ruhig, ich schaue mich um. Hinter mir sehe ich Nachbar Hiller am Fenster – wie eigentlich immer. Er hat seine Vorhänge doch nur, damit man ihn nicht rausgucken sieht. Im Haus gegenüber steht die Tür offen, und einige Meter weiter parkt ein kleinerer LKW an der Straße. Ein Polizist spricht mit einem Farbigen, zwei Kinder kreiseln um ihn herum.

»Guten Tag, kann ich helfen?«, frage ich.

»Es hat sich bereits alles geklärt«, sagt der Polizist.

»Was denn?«

»Nun ja, um den Anrufer zu zitieren: Da klaut ein Neger Möbel aus dem Haus.«

»Bitte was?«

Der Polizist nickt. »Nicht zu fassen.« Kopfschüttelnd steigt er in seinen Wagen.

»Ich bin Yannie.« Der Farbige gibt mir die Hand. »Und das sind meine Kinder Avela und Tando.« Er wuschelt den beiden Kleinen durch die schwarzen Haare. »Wir ziehen gerade ein.«

»Hallo«, grüße ich noch recht verdattert, »ich bin der Philipp.«

Wie war das, ›Neger‹ klauen Möbel? Ein Anrufer? Ruckartig drehe ich mich um, in dem Moment weicht er vom Fenster. Hiller. Dieses Sackgesicht!

»Willkommen in der Straße«, betone ich, »ich wohne gegenüber – und genau da muss ich jetzt etwas klären.«

Ich stapfe die paar Schritte über die Straße zurück, hebe eine Handvoll Herbstlaub auf. Die werde ich ihm in seine arische Fresse stopfen! Ahornblätter, so zackig wie der Idiot spricht.

»Machen Sie auf, Hiller, sofort!« Im Erdgeschoss hämmere ich gegen seine Tür. »Ich weiß, dass Sie da sind!« Bestimmt glotzt er schon durch den Türspion.

Der 74-Jährige öffnet und grüßt auch nicht zurück. »Was soll der Krach, Bürschchen?«

Ich pfeffere ihm die herbstbraunen Blätter in den Flur,

einige flattern an ihm herab. »Da, Volkslaub von der deutschen Straße! Mann!«

Für einen Moment stehen wir uns kampfeslustig gegenüber, wie zwei Hähne, die sich gleich ihre Federn um die Ohren hauen. Doch Hiller weicht einen Schritt zurück. »Wir haben jetzt Bimbos in der Nachbarschaft, da müssen wir doch zusammenhalten! Wenigstens sind es keine Diebe, wer hätte das gedacht.«

Wieder richte ich mich drohend auf. »Sie werden sich da drüben entschuldigen!«

»Ich möchte nur nicht, dass der Wert unseres Eigenheims gemindert wird.«

Ge-was wird es? *Unseres* Eigenheims? »Mein Vater zahlt das Haus ab!«

»Da sehen Sie, wie ich mitdenke.«

So viel Ignoranz und Altersstarrsinn – warum gibt es dagegen kein Mittelchen in der Apotheke?

»Irgendwer muss schließlich für Recht und Ordnung sorgen, wo kommen wir denn sonst hin.« Er greift nach der Tür. »Und nun gehen Sie, bevor ich die Bestie auf Sie hetze.« Sein Dackel winselt im Wohnungsflur. Wahrscheinlich hat er sich wegen unserer lauten Stimmen in eine Ecke verdrückt.

Wortlos drehe ich mich um. Das wird Hiller büßen!

Ich erkenne durch das schummrige Glasfenster der Haustür, dass jemand davor steht.

»Hi, Simone.«

»Hi, ich wollte gerade klingeln.«

Ach ja, sie trifft sich mit Nina, um schon mal zu checken, wo es die besten Brautkleider gibt. Damit kann man nicht früh genug beginnen, denn wenn die bestellt und geändert werden müssen, kann es zu monatelangen Lieferzeiten kommen. Sagt Nina.

Könnte so sein. Es könnte allerdings auch sein, dass sie es

einfach nicht mehr abwarten kann. Na ja, als das neue Trikot des 1. FC Köln herauskam, habe ich mir es ja auch direkt bestellt.

»Triffst du dich noch mit Dr. Aufschneider?«, frage ich interessiert.

»Eintagsfliege«, schnauft sie. »Schon wieder eine.«

»Na, scheinbar suchst du viel, um zu erkennen, wen du finden willst.«

»Ich bin nicht wahllos, ich bin wählerisch. Und Typen, die küssen wie eine Raufasertapete, scheiden völlig aus. Echt jetzt, ich weiß, was für Männer ich nicht mehr brauche.«

»Zum Beispiel Pfarrer oder Nazi-Nachbarn.«

»Meinen Sie mich?« Die Frage kommt aus wenigen Metern Entfernung.

»Tür zu, Hiller!« Elender Schnüffler.

Simone kennt die Geschichten über Hiller, sie wundert sich nicht mehr. »Jedenfalls bin ich jetzt auch beim Onlinedating. Im Internet erscheinen mir die Leute per se aufgeschlossener.«

Williger, würde ich sagen, die Männer sowieso. »Tja Simone, da fehlt's nicht an der Bereitschaft, sein Gefechtsteil einzusetzen.«

»Natürlich, wenn man verlobt ist, lässt sich's klug daherschwätzen.« Simone stemmt die Fäuste in ihre Hüfte. »Musst du jetzt nicht los?«

Grinsend greife ich mir meine Sporttasche. »Viel Spaß mit den Hochzeitskleidern. Meinetwegen kann vorne gern ein Sponsor drauf.«

»Ja klar: Klosterfrau Melissengeist.« Simone gähnt gespielt und hält mir die Tür auf. »Zum Witzfigurenkabinett hier entlang.« Sie seufzt. »Na toll, meine beste Freundin heiratet einen Clown!«

»Stimmt genau«, tönt es ein paar Meter entfernt.

»Hiller!«

15. Kapitel

Pfützen, überall Pfützen. Ich weiche aus, springe drumherum, vergebens, erneut lande ich im Matschwasser. Meine Sportschuhe sind völlig verschmiert, jeder Schritt lässt die morastige Brühe zur Seite spritzen. Die Sohlen quietschen, aber nicht vor Vergnügen. Ich jogge weiter.

Der November, dieser fieseste aller Monate, hat die Stadt nur wenige Tage belagert, dann schnell eingenommen. Ich leiste Widerstand, indem ich mich durch den zerfurchten Schlamm kämpfe. Der kleine Park ist sonst eine schmucke Grünanlage, heute winden sich dünne Zweige wie graue Haare an kahlen Ästen, Böen rütteln an den Bäumen. Es sind lausige Brisen, die mir vom Rhein hinterherpfeifen. Der Kinderspielplatz ist verlassen, trostlos hängen die Schaukeln an ihren Holzgerüsten herab. Auch sie würden jetzt wohl lieber drinnen spielen.

Ich mache mir wärmende Gedanken, male mir aus, wie ich nachher Touristen auf einer Comedy-Bustour bespaße. Mein Comedy-Kumpel Manni, der Müllmann, begleitet diese Stadtbesichtigungen am Mikro. Klar, er kennt sich auf Kölns Straßen ja auch bestens aus. Und weil das Kölner Fremdenverkehrsamt gerade einen weiteren Comedian sucht, der die kölschen Sehenswürdigkeiten und Absurditäten witzig anpreist, hat Manni mich empfohlen. Na ja, ich müsste ja nur erzählen, wie gut sich die Domspitzen für chaotische Heiratsanträge eignen, schon hätte ich ein paar sichere Lacher …

Außer mir wird ein weiterer Bewerber auf dieser Rundfahrt getestet, der Bus startet um Punkt 15:30 Uhr. Und das Beste: Wenn ich den Job kriege, hätte ich gleich vier Touren fix, für die es insgesamt 1000 Euro gäbe! Das ist nicht nur gutes Geld, sondern auch notwendiges.

Als ich am Ebertplatz vorbeihaste, setzt wieder Nieselregen ein.

»Warum denn keine Deutschen?«, ruft ein Mann und zieht den Kragen seines Mantels hoch. »Das ist diskriminierend!« Einige andere murren zustimmend. In unserer Straße laufe ich aus und nähere mich einer zusammengewürfelten Menschenmenge. 60, vielleicht 70 Personen verschiedener Nationen haben sich vor unserem Haus versammelt. Wow.

Nachbar Hiller steht im Hochparterre an seinem Fenster, einen Spaltbreit hat er es geöffnet. »Was wollen Sie denn überhaupt von mir?« Seine Stimme krächzt etwas.

»Na, die Wohnung besichtigen!« ... »Nun machen Sie schon auf!« ... »Es ist echt ungemütlich hier draußen!«, rufen die Menschen durcheinander. Hiller wirkt völlig überfordert, fahrig stützt er sich auf der Fensterbank ab.

»So etwas habe ich ja noch nie erlebt«, brummt ein asiatisch aussehender Typ neben mir. Dabei schaut er demonstrativ auf seinen Ausdruck von Immoscout. Den Text der Internetanzeige kenne ich nur zu gut: *Günstige 3 Zi.-Whg. im Agnesviertel zu vermieten. Von privat, keine Maklerkosten. Ausländer bevorzugt. Besichtigungstermin nur diesen Samstag um 14 h. Im Hochparterre klingeln.*

»Ich bin Halbitalienerin – zählt das auch?«, fragt eine schöne junge Frau und wirft ihre langen schwarzen Haare leicht zur Seite. Hiller glotzt nur verdattert aus dem Fenster. »Aus-zieh'n, auszieh'n!«, skandiert ein Kerl mit Kapuze. Zwei, drei andere stimmen mit ein. Ich bin mir sicher, sie meinen nicht die Halbitalienerin.

Mich fröstelt. Meine lange Trainingshose ist ziemlich dünn, nass vom Regen, außerdem von innen durchgeschwitzt. Wenn ich allerdings jetzt die Tür öffne, stürmen sie unser Treppenhaus. Ich kann also nur abwarten.

Obwohl die Situation undurchsichtig bis aussichtslos erscheint, geben nur Einzelne auf. Dafür kommen aus allen Richtungen immer mehr Interessenten hinzu.

»Jetzt zeig uns endlich die Wohnung, alter Mann!«, ruft der Kerl unter der Kapuze.

»Ist die denn WG-geeignet?«, fragt jemand, vermutlich ein Student.

Eine junge Frau hält entschlossen einen Schnuller in die Luft. »Ich bin Mutter mit Kind!«

Auch die Blondine neben ihr hat eine Masche parat. »Ich will nur Fotos machen, ginge das?«

Hiller, der bis eben noch Bauklötze gestaunt hat, weil er nicht wissen kann, was hier gespielt wird, scheint sich ein Herz gefasst zu haben. Doch anstatt einfach das Fenster zu schließen und seine Gardinen zuzuziehen, hält er auf einmal seine Hundeleine in der Hand. Was offenbar bedrohlich gemeint ist.

»Scheren Sie sich fort, sonst rufe ich die Polizei!«

So bringt Hiller sie gegen sich auf, völlig falsche Taktik.

»Ich *bin* Polizistin«, erwidert eine andere Blondine, »und ich würde hier gerne einziehen.«

Hiller schaut kurz verdutzt, so als könne er es nicht fassen, dass jetzt auch schon Frauen Ordnungshüter werden dürfen. Fast abschätzig huscht sein Blick über die Menge. »Ich hetze gleich meinen Hund auf Sie!«

Fehlt nur noch, dass er seinen Dackel hochhält. Ich kann mir sehr gut vorstellen, wie ›die Bestie‹ gerade mit eingezogenem Schwanz unter dem Fenster winselt. Dafür ist Hiller der Schreck aus den Gliedern gefahren, Starrsinn und Kampfgeist haben wieder ihren gewohnten Platz eingenommen. »Ihnen fehlt ja jegliche Zucht und Ordnung! Früher hätte es das nicht gegeben.«

Einige Leute pfeifen, andere lachen höhnisch.

»Ich komm dir gleich ins Fenster!« Der Kapuzentyp scheint Krawall nicht ausweichen zu wollen. Ginge es hier um eine echte Mietersuche, er wäre wohl raus.

Hiller lässt die Hundeleine nun wie eine Schrotflinte an sich runterhängen. »Stehen Sie in Reih und Glied!«, ruft er.

Fast scheint es, als habe sich mein Nachbar mit der Belagerung abgefunden. Wahrscheinlich hat er ausreichend Fischkonserven und Bommerlunderfläschchen im Schrank. Außerdem hat er keine Alternative: Sein Rollator ist kein Fluchtfahrzeug.

Aber ich werde den Eindruck nicht los, dass Hiller die Aufmerksamkeit gerade zu genießen beginnt. Dabei kühle ich immer mehr aus, fühle mich tiefgefrorener als Ötzi.

»Dir muss doch kalt sein.« Die Halbitalienerin hat mich angestupst. »Willst du mit unter meinen Schirm?«

»Danke, nee. Nett von dir, aber passt schon.«

»In Trainingssachen zur Wohnungsbesichtigung?« Sie mustert mich von der Seite.

»Ach du, ich bin zufällig vorbeigelaufen und wollte nur mal eben gucken, was hier so abgeht.«

»Und das seit einer halben Stunde?«, wundert sie sich.

Ich grinse verlegen und reibe mir mit den Händen über die Oberarme. Ja, meine Klamotten fühlen sich richtig klamm an, aber mir will einfach nichts einfallen, wie ich die Wartenden zum Gehen bewegen kann. Die halten mich echt auf, ich muss hoch! Aber nö, die Runde ist sogar recht gesellig geworden, Feuerzeuge zum Flaschenöffnen werden rumgereicht.

Dabei ist das hier keine Show und Hiller schon gar kein Rockstar, doch irgendwie scheinen alle wissen zu wollen, wie es ausgeht – selbst Hiller, der sich auf seiner Fensterbank abgestützt hat. Wie immer steht er leicht gebückt, jedoch selbstbewusst dank Hundeleine.

Ich kann ja noch nicht mal durch die Menge laufen und ihn für geistesgestört und auch sonst völlig gaga erklären. Denn dann wüsste Hiller nur zu genau, wem er dieses Ständchen vor dem Fenster zu verdanken hat. Umso schlimmer für mich, dass ich nur bibbernd ausharren kann, obwohl ich längst unter der Dusche stehen müsste, um mich für die Comedy-Bustour fertig zu machen. Denn die startet bereits in einer Stunde am Dom.

Mit einem Auflauf wie bei einer Papstwahl konnte ich doch unmöglich rechnen. Mann, das hier ist Hillers Grube! Warum falle ich hinein?

»Achtung, Leute! Achtung, bitte!« Yannie, es ist unser frisch eingezogener Nachbar Yannie von gegenüber, dessen Stimme auf einmal über die Köpfe hinweghallt. Er macht direkt vor unserer Haustür auf sich aufmerksam. »Leute, ich bin Tropenmediziner! Und dieser Mann hier …«, er zeigt zu Hillers Fenster, »… hat eine ansteckende Krankheit.« Nur das Plätschern des Regens ist zu hören, als er eine Pause macht, um die Info sacken zu lassen. Auch Hiller ist sprachlos. »Ich bin sein Doc. Leute, haltet euch von ihm fern.« Yannie nickt noch einmal bedeutsam. Erstauntes Gemurmel setzt ein, einige Pärchen schauen sich unentschlossen an.

Ich gehe auf Yannie zu. »Du bist … Tropenmediziner?«

»Nö«, lacht er breit und klopft sich mit den Händen auf seine dunklen Wangen, »aber ich würde sagen, mir glaubt man's.«

Allerdings, Yannie war sehr überzeugend, die Wartenden

sind zurückgewichen und zerstreuen sich jetzt zusehends. »Tschüs«, verabschieden sich einige voneinander, als fänden sie es schade, dass alles vorbei ist.

»Ich habe die Szene aus dem Küchenfenster beobachtet«, grinst Yannie. »Gleich zwei Nachbarn in Not, da musste ich eingreifen.«

»Danke, Mann«, antworte ich anerkennend und krame nach meinem Schlüssel. Jetzt muss ich wirklich dringend hoch.

»Du bist ja immer noch da«, sagt die Halbitalienerin neckisch, die auf einmal neben uns steht.

»Weil ich hier wohne. Mit meiner Verlobten.«

»Dann wünsche ich einen ordentlichen Schnupfen«, sagt sie schnippisch und läuft die Straße runter.

»Ciao, Bella«, lächelt Yannie ihr hinterher. »Ich bin doch alleinerziehend«, sagt er zu mir.

»Grüß mir Avela und Tando«, verabschiede ich mich, »wir sehen uns.«

Meine Klamotten tropfen winzige Oasen ins Treppenhaus.

»Habe ich es mir doch gedacht, der Mohr steckt dahinter«, höre ich Hiller in seiner Wohnung laut knurren.

Ich sollte ihn … nein, 14:38 Uhr, schon viel zu spät … weiter. »Der hat Ihnen den Arsch gerettet!«, rufe ich und hetze die Stufen hoch.

»Philipp, was war denn da los?« Meine Mutter fängt mich mit ihrem sorgenvollen Gesicht in der ersten Etage ab.

Ich habe keine Zeit. Und noch weniger eine gute Erklärung. »Das … du … tja, die haben sich wohl in der Hausnummer geirrt.«

»Alle?«

»Sorry, muss hoch, duschen.«

»Ja, sonst erkältest du dich noch, Junge. Nina soll dir einen Pfefferminztee machen.«

Gleich hinter der Tür ziehe ich mir die Sachen aus. Die Fliesen im Flur kühlen meine nackten Füße zusätzlich.

»Hey, da bist du ja wieder«, grüßt Nina und sieht mich skeptisch an.

»Ich will nicht die Wohnung nass machen und …«

Sie schüttelt den Kopf. »Ich habe aus dem Fenster geschaut.«

»Einer musste ihm ja einen Denkzettel verpassen.«

»Und dafür hast du die Leute bezahlt?«, entgegnet Nina.

»Natürlich nicht.«

»Also hast du sie ausgenutzt.«

»Öhm, sie haben mir netterweise geholfen, Hiller eine Lektion zu erteilen.«

»Und jetzt ist er ganz kleinlaut und einsichtig?«

Schön wär's. »Nina, ich … duschen.«

Meine Gänsehaut erlaubt mir einigermaßen, ins Bad zu fliehen. Hätte ich ihr im Vorfeld von meiner gefakten Wohnungsanzeige erzählt, sie wäre dagegen gewesen.

»Danach kannst du ja endlich mal die Lampe anbringen.« Ihr Blick wandert zu unserem dritten Zimmer hinüber. »Seit unserem Einzug hängt da die nackte Glühbirne. Die neue Lampe liegt doch schon seit drei Monaten im Schrank.«

»Ja, Nina.« Anderswo mag Handwerk goldenen Boden haben – bei uns hat es betonharte Decken. Ich weiß schon, warum ich mich um diesen Job herumdrücke.

Ich schließe die Augen und stelle mich unter den prasselnden Strahl. Das heiße Wasser krault an meiner Haut herab und belebt sie wieder. Wenn ich mich ratzfatz anziehe, schaffe ich es gerade noch. Immerhin geht es um 1000 Euro für die Heirat. Simone hätte recht, ich würde mich zum Clown machen, um mir den Hochzeitszirkus leisten zu können. Na und?

Blöd nur, wenn ich jetzt Nina wieder nicht die Wahrheit sage, sondern nur: ›Du, ich muss noch mal los‹. Ich wäre unehrlich, zum zweiten Mal an diesem Tag. Jetzt wäre es zwar gut gemeint, aber das kann sie ja nicht wissen.

Nina verdient als Anästhesistin mehr Geld als ich. Schlimm genug! Nein, nicht wirklich schlimm, aber irgendwie unangenehm. Jedenfalls dann, wenn ich mich großzügig zeigen will. Großzügig, nicht großspurig: ›Du, natürlich zahle ich das, gerne, brauchen wir nicht drüber reden.‹ Eben, reden brauchen wir nicht, das muss ich alleine gewuppt kriegen. Wer die Spendierhosen anhaben will, dem müssen sie auch passen. Den Gürtel enger schnallen ist dann einfach nicht drin. Ich stelle die Dusche ab und greife nach dem Handtuch.

»Du, Nina, ich muss gleich noch mal für zwei Stunden los!«

16. Kapitel

»Wie soll das denn funktionieren, verdammt! Können die das nicht einmal richtig hinzeichnen?« Ich stiere weiter auf das Montageblatt. »Blödes Ikeapuzzle!«

»Es ist doch nur eine Lampe«, sagt Nina.

»Ach, und ich dachte, eine Aufbauanleitung für Teelichter.«

»Ist doch nicht so kompliziert, soll ich mal ...«

»Nein! Es sind ja nicht nur die Halterung, der Schirm, die Glühbirne, dazu kommt noch das Beutelchen hier mit den ganzen Schrauben.« Ich atme tief durch. Ruhig, Philipp, sie kann nichts dafür. Kann sie doch! Weil ich mich gezwungen fühle, den Mist hier anzubringen.

Dennoch, ich bin nicht ihretwegen gestresst. Auf den allerletzten Drücker habe ich den Comedy-Bus erreicht. Ich war verschwitzt, aufgeregt, fühlte mich nicht locker. Mannis Chef hat mich während der ganzen Tour scharf gemustert. Die Leute hatten Spaß, es lief, ich habe sie ordentlich unterhalten. Über meinen Heiratsantrag haben sie sogar herzhaft gelacht. Aber danach musste ich durch den Regen zurückhetzen und gleich wieder duschen. Und jetzt noch die blöde Lampe hier.

»Du hättest mir von deinem Plan mit Hiller erzählen sollen«, rüffelt mich Nina.

»Ja, hätte ich.«

»Ich wäre dagegen gewesen.« Ich weiß. »Klar hat er 'ne Abreibung verdient.« Ihre Stimme wird noch vorwurfsvoller. »Aber du kannst doch einfach direkt mit ihm sprechen, statt ihn zu mobben.« Ich spanne einen 5er Bohrer in die Maschine und stelle mich auf die Leiter. »Sprechen. Ihr seid Männer, tja. Dennoch, ihr könnt das. So prinzipiell.«

Ich konzentriere mich auf die Stelle, die ich mit Bleistift markiert habe.

Nina plappert weiter. »Du sagst mir, wenn ich irgendwas halten soll.«

»Die Klappe!«

Wieder röhrt die Maschine auf, meinen ganzen Missmut drücke ich ins Bohrloch hinein.

Wobei von ›Loch‹ noch keine Rede sein kann, der Stahlbeton hält mit aller Macht dagegen. Lediglich eine kleine Unebenheit in der Tapete habe ich bisher erreicht, nur unwesentlich tiefer als das Bleistiftkreuz. Ich werde ungeduldig und rutsche ab, der Bohrer jault, schlittert an der Decke entlang seitwärts, aber eben nicht tief in die Wand.

»Fuck!« Ich setze ab, Bohrstaub bröselt mir in die Haare.

Nina schaut besorgt. »Soll ich wieder Zahnstocher holen?«

»Nein! Siehst du hier oben irgendwo einen Krater?«

»Deswegen musst du mich doch nicht anzicken!«

»Wen sonst?« Ich beiße mir auf die Zunge. Mann, drei Bohraufsätze sind mir schon verglüht.

Erst scheint Nina etwas erwidern zu wollen, hält dann aber inne und blickt angestrengt an die Decke. »Die Wand krümelt aber auch wirklich wie Streuselkuchen.« Sie blinzelt mich an. »Also unsere Hochzeitstorte, die muss außen fest sein. Stell dir vor, wir schneiden mit dem Messer rein und dann bröckelt sie auseinander.«

»Natürlich. Muss eben den Bohrer abkühlen.« Ich gehe in die Küche und halte den Aufsatz unter das Wasser. Genervt schließe ich die Augen. Der Aufbau von Lampen oder

Regalen sollte selbsterklärend sein. Genau wie die Heiratsplanung: Schritt 1, Schritt 2, Schritt 3, Ja-Wort. Fertig.

So ist es leider nicht. Aber es gibt auch keine klare Bedienungsanleitung dafür, damit am Ende eine 1a-Hochzeit dasteht. Wie ein Billy-Regal eben.

Und wenn nun die Ehe wie ein Billy-Regal ist? Man denkt, es passt gut zusammen, alles fügt sich exakt ineinander – und dann kracht es einem vor die Füße. Oder es steht verkehrt herum da. Sofern es überhaupt steht. Denn wehe, ein Holzstift bricht ab oder eine Schraube fehlt. Aber wenn es einmal steht, hält es für immer. Vielleicht stellt man es irgendwann in den Keller, aber es bleibt. Ich schweife ab. Außerdem gibt es echt schickere Regale.

»Soll ich die Sicherung rausdrehen?«, ruft Nina von nebenan.

»Habe ich längst.«

»Du denkst aber auch an alles.«

Als ich den Bohrer wieder draufschraube, macht Nina einen Schritt zur Seite. »Das ist ja sogar eine Schlagbohrmaschine«, sagt sie sanft. »Damit könnte ich ja gar nicht umgehen.«

Ich wiege das Gerät in den Händen. »Na, ganz so einfach ist es auch nicht.«

»Und die Decke«, sie schaut bedächtig hoch, »ist die nicht aus Stahlbeton?«

»Ganz genau.«

»Puh.«

Endlich scheint sie zu begreifen, dass das kein so einfacher Job ist wie Kaffeekochen. Ich steige die Leiter hoch. »Aber ich bin ja auch noch da.«

Nina lächelt milde. »Ich würde mich höchstens an Duschvorhangösen rantrauen. Aber du magst nicht nur Herausforderungen, du meisterst sie auch.«

Ein kurzer Anflug von Irritation über ihre Bemerkung weht rasch vorüber. Wo sie recht hat, hat sie recht.

Ich hole tief Luft, jetzt zählt's. Diese Decke, ich werde sie löchern, bis die Dachziegel beben. Der Dübel wird wie von selbst hineinflutschen, passgenau wie die Bockwurst in die Pelle.

Die Maschine heult auf, meine Armmuskeln spannen sich bis zum Bersten, jaaa, der Beton gibt nach! Einen Millimeter, noch einen, die Scheiße funktioniert! Nina hält sich die Ohren zu, ich drücke wie blöde.

»Aaah!« Es ist aussichtslos. Entnervt löse ich den Zeigefinger vom Powerschalter.

Stille. Für einen Moment.

»Soll ich Bert holen?«, fragt Nina vorsichtig.

»Nein!« Wie peinlich wäre das denn, jetzt meinen Vater um Hilfe zu bitten. Wie soll ich ihm denn diese Meisterleistung verkaufen?

›Hey, Papa, wenigstens habe ich nicht die Stromleitung in der Wand getroffen.‹

›Unglaublich, Sohn, du bist einfach ein Teufelskerl.‹

Ich steige von der Leiter. »Bert hätte mal besser ein Haus mit geschmeidigen Decken gekauft.«

Die Lampe ist eigentlich nicht sonderlich schwer. Also müssen Tesastrips her. Die Hausfrauenlösung für mich Heimwerkerkönig. Im Werkzeugkasten habe ich noch einige der doppelseitig klebenden Streifen.

»Hui, jetzt greifst du aber zu Spezialtricks«, sagt Nina.

Kurz darauf klebt der Lampenhalter erstklassig an der Decke.

»So viele verschiedene Kabel«, sagt Nina anerkennend, als ich die Leitungen ineinanderfüge.

»Na ja«, erkläre ich, »eigentlich musst du nur die jeweiligen Farben zusammen …«

Paaaff! Ich kriege richtig eine gewischt, schwanke auf der Leiter, kann mich gerade noch oben halten. »Scheiße!«

»*Jetzt* ist die Sicherung raus«, stellt Nina nüchtern fest.

Verhakt, irgend so ein mieser Minidraht hat sich farblich falsch verhakt. Ich dreh durch! Und warum habe ich die falsche Sicherung rausgedreht? Ich muss den Sicherungskasten besser beschriften, verdammte Hacke!

Eine gefühlte Unendlichkeit später ist auch der Lampenschirm montiert. »Moment, ich mach eben die Sicherung wieder rein«, sage ich und gehe zum Kasten, »so, drück den Schalter.«

Das Licht geht an. Nina klatscht spontan in die Hände. »Wow«, haucht sie sexy, »du und deine Schlagbohrmaschine ...«

Ich und meine Tesastrips.

»Na, wie war ich?« Irgendwie bin ich doch erleichtert und muss grinsen.

»Nach dieser Heldentat brate ich dir ein extra saftiges Steak«, erklärt sie.

Nun, eine Belohnung muss jetzt nicht zwingend sein, für eine Lampe doch nicht. Aber gut, wenn Nina kapiert hat, dass sich solche Dinge nicht wie von selbst erledigen. Das sage ich allerdings nicht laut, sie soll sich ja nicht manipuliert fühlen.

»Die Lampe passt super«, sagt Nina, als ich die Bohrmaschine wegpacke, »und wie schön, dass sie jetzt schon hängt. So richtig brauchen werden wir sie ja erst in neun Monaten.«

»Was!?«

»Scherz.« Sie tätschelt mir auf den Hinterkopf und huscht in die Küche.

17. Kapitel

Der Nieselregen ist stärker geworden. Ich schniefe. Die feinen Tropfen kriechen mir in die Klamotten, wo sie nur können. Ihnen scheint es auch zu kühl zu sein. Es ist dunkel, der November also nicht mehr zu sehen, aber natürlich fühlt man ihn noch. Nina und ich drücken uns an den Hauswänden der Neusser Straße entlang, nutzen die Vordächer der Läden als Schirmersatz. Optiker, Café, Friseur. Wieder schniefe ich, doch davon lasse ich mir die Stimmung nicht verniesen. Gleich links um die Ecke am Ebertplatz ist das *Metropolis*. Unter der fetten Leuchtreklame schütteln wir hastig unsere Jacken ab und schlüpfen durch die Glastür. Das Programmkino ist in die Jahre gekommen, wirkt leicht ranzig und hat gerade deswegen einen so behaglichen Charme. Es ist genau der richtige Ort für einen Samstagabend im tristesten aller Monate.

»Dein Steak war wirklich hammerlecker, ich schmecke es ja jetzt noch auf den Lippen.« Dankbar küsse ich Nina, so hat sie auch etwas davon. »Und sorry noch mal wegen meiner Meckerei vorhin.«

Nina lächelt. »Ich hol eben die Tickets.«

Eine SMS brummt in meiner linken Hosentasche. ›*Schade, mein Chef fand dich zu unentspannt. Den Job hat der andere bekommen. Sorry, Manni*‹

Mist, verdammter. Also keine 1000 Ocken fürs Hochzeitsschloss. Mann!

Vielleicht 30 Besucher füllen die bequemen Sitze, der Kinosaal ist klein.

»Dürfen wir mal durch?« Zwei Studentinnen trippeln Slalom um die Colaflaschen am Boden und setzen sich rechts neben uns. Das Licht wird bereits gedämpft, schräg vor uns erkenne ich die Verkäuferin aus dem Drogeriemarkt. Ihre Gesichtshaut ist selbst im Winter bemerkenswert ibizafarben.

Nina zieht etwas aus ihrer Handtasche. Das Tablet, hm? Sie blinzelt mich vielsagend an. »Will dir was zeigen.«

»Jetzt? Hier?«

»Gerade läuft doch noch die Werbung.« Nina schlägt die Klappe auf. »Ich wollt's dir längst gezeigt haben. Aber auch heute war ja wieder keine Zeit, dabei ist das soo aufregend. Ich hatte mich doch mit Simone verabredet, da haben wir eine Vorauswahl getroffen …«

Brautkleider. Sie hält mir eine Seite mit Brautkleidern hin. Ich werfe nur einen kurzen Blick darauf und schaue dann wieder Nina an. Verblüfft. »Du, das ist …« Völlig unpassend ist das! »… ja interessant.«

»Genau.« Sie gestikuliert mit der rechten Hand. »Auf dem Handy sieht man's nicht groß genug, drum hab ich das Tablet mitgenommen.«

»Sollte ich mir die überhaupt anschauen?« Es ist ja nicht so, dass es mir egal wäre, was sie an unserem Hochzeitstag trägt, nur was soll dieser drollige Eifer? »Nina, der Film …«

Der hat begonnen! James Bond ist schon mitten in der Stuntszene, mit der er in jeden Film startet. Nach einem Schusswechsel ist 007 von einem fahrenden Zug gestürzt, wobei ihn eine Abrissbirne gestreift hat, und jetzt rauscht er von der Eisenbahnbrücke 50 Meter tief in einen eisigen See. Mit einer schweren Metallschiene am Bein, in der er sich dramatisch verfangen hat. Gut, James Bond wird da zweifellos heil rauskommen, aber sehen will ich es trotzdem. Darum kann – und will – ich mich jetzt nicht so recht aufs Tablet konzentrieren.

Nina hat nicht lange zur Leinwand geschaut. »Ist doch gerade nicht so spannend.« Sie zeigt auf das Brautkleid. »Du, das ist natürlich nur die grobe Richtung, damit du dir ungefähr vorstellen …«

»Wenn ihr endlich aufhört zu quatschen, wäre das echt okay für mich.« Der Typ hinter mir hat sich vornübergebeugt. Er betont das tendenziell unfreundlich, und sein Stiernacken gefällt mir auch nicht.

»Ja, ist gut«, sage ich.

Nina nickt. »Beim Schnitt und der Farbe interessiert mich deine Einschätzung, da darfst du gerne mitreden. Ich meine, nicht dass ich schulterfrei in die Kirche komme und du …«

»Mein Stern«, flüstere ich eindringlich, »von mir aus reicht es, wenn du nur mit einem weißen Bikini bekleidet bist, oder, besser noch, lediglich die weißen Streifen trägst, die der Bikini hinterlassen hat – aber das können wir später immer noch …«

»Könnt ihr euch vorstellen, dass mich das beschissene Licht blendet?« Klar lenkt das Tablet von der Leinwand ab, der Stier hinter uns fühlt sich zu Recht gestört. Aber ich mag ihn trotzdem nicht.

»Nina, jetzt schau doch mal, wie James Bond sich reinhängt, wie er die Verbrecher abmurkst, ganz nass wie er noch ist. Das sollten wir schon mit unserer Aufmerksamkeit honorieren.«

Der Typ in meinem Rücken raunzt mir direkt ins Ohr. »Ooh, hat er ein neues Spielzeug geschenkt bekommen!? Führt er das jetzt aus?« Er wird lauter. »Ich zerquetsch dir gleich das beschissene Teil!«

Ich stehe auf und drehe mich um. »Du Fatzke! Ich schaue mir Brautkleider an, wann ich will!«

»Nein, das darfst du nicht!«, ruft die Freundin des Stiers erschrocken. »Oh Gott, doch nicht das deiner Verlobten.«

Auch die beiden Studentinnen neben uns reagieren perplex. »Das bringt echt Unglück.«

»Ich weiß«, sagt Nina, »aber ich finde, die ungefähre Richtung sollte er wissen. Es gibt einfach soo viele Modelle.«

»Du sagst es!« Die Freundin des Stiers klatscht in die Hände. »Die Auswahl ist ja schon fast erschreckend groß.« Sie beugt sich zu Nina. »Zeig doch mal.«

»Schatz, nee…«, sagt der Stier.

»Dacht ich's mir doch«, sagt sein Schatz, »Tüll und Ivory sind immer noch aktuell.«

Auch die beiden Studentinnen mustern jetzt die Tablet-Bilder. »Schleppe ist 'ne Grundsatzfrage. Eher gefaltet oder gestupft?«

»Mal sehen. Ist es eigentlich wichtig, aus welcher Kollektion das Kleid stammt?«, fragt Nina in die Runde. »Schließlich steht das nicht auf dem Kleid drauf.«

»Hauptsache, du fühlst dich darin wohl«, pflichtet ihr die Freundin des Stiers bei, der sich zunehmend genervter in seinem Sitz auf- und abstemmt. »Was hast du denn?«, fragt sie ihn und wartet keine Antwort ab. »Lass mal die Plätze tauschen, dann bin ich näher dran.«

»Schatz, wir sind seit drei Monaten mal wieder im Kino…«

»Rutsch rüber!«

Jetzt dreht sich die Drogerieverkäuferin schräg vor mir um. »Ich war ja letztens auf 'ner Hochzeit, ne. Die Braut ist 'ne Freundin von mir. Keine so gute, aber immerhin, ich war eingeladen. Aber der ihr Kleid!« Sie hält sich die Hand vor den Mund. »Da kam ich nicht drauf klar, das sah aus wie 'ne sechsstöckige Sahnetorte.«

»Uuuh«, machen die Studentinnen.

»Kennt ihr das? Wenn man so denkt: Baby, das Kleid ist zu mächtig für ein ›Ja‹.«

»Jaa!«, ereifert sich die Stierbraut, »aber das kannste ja

schlecht sagen. Stattdessen stehst du vor ihr und rollst mit den Augen: ›Wie bezaubernd ist das denn?‹«

»Dabei willste in so 'nem Kleid nicht begraben werden«, nickt die Drogerieverkäuferin.

Aus dem Saal tönen nun einige »Pscht's« und »Seid ruhig« zu uns herüber, allerdings zu schwach, um fünf brautkleidberauschte Frauen zurück in die Realität zu holen.

Ich bin brutal in der Unterzahl, ich sehe keine Chance, ich halte den Mund.

»Okay, es gibt schon Kleidchen für 500, und auf Messen kann man einen Rabatt von 25 Prozent abgreifen, aber«, betont Nina, »1500 bis 3000 Euro kosten die Kleider im Schnitt, sogar die hässlichen, und die sind ja dann noch von der Stange.«

»Wobei da noch Luft nach oben ist, da sollte man keine Grenze akzeptieren«, schnattert die eine Studentin selbstbewusst und schiebt uns Blicke zu, die Applaus für angemessen halten.

»Absolut!«, erwidert die Drogerieverkäuferin, die zuvor schon etwas sagen wollte, aber nicht fix genug dazwischenkam. Jetzt hat sie direkt ein Wort rausgehauen, um auch mal an die Reihe zu kommen, scheint allerdings noch kurz überlegen zu müssen. »Absolut«, wiederholt sie, »das Hochzeitskleid muss nicht zum Portemonnaie passen – sondern zu unserer Persönlichkeit!« Nina und die anderen murmeln zustimmend.

James Bond ballert einen Bösen über den Haufen. Ich schlucke. Natürlich nicht wegen des Toten.

Der bullige Typ demonstriert einmal mehr, dass er kein Diplomatie-Diplom hat. »Hey, diskutiert das gefälligst draußen, verdammt.«

»Sollen die doch den Film ausmachen«, pampt sein Schatz zurück.

»Wäre schön, wenn du endlich mal die Klappe halten würdest!«

»Wäre schön, wenn du mir endlich mal 'n Antrag machen würdest!«, schießt sie schneller als James Bond zurück. Und noch tödlicher. Der Stier japst kurz auf, dann sagt er nichts mehr. Die anderen Frauen sehen ihn verächtlich an.

Enteiert, mundtot gemacht und in den Antrag getrieben. Mit nur einem Satz!

Ich bin baff. Sogar James Bond scheint für einen Moment erstaunt von der Leinwand herunterzublicken. Der Stier tut mir jetzt richtig leid. Er stemmt sich schnaubend in seinem Sitz hoch und verlässt den Saal.

»Liebe Ladies«, sage ich freundlich und klappe dabei das Tablet zu, »Daniel Craig, der sich da vorne die ganze Zeit abmüht und wegen dem wir ja *eigentlich* hier sind ... ich denke, er wäre dankbar, wenn er die Verbrecher, wegen denen beinahe die Welt untergegangen wäre – auf der es dann auch keine Hochzeitskleider mehr gäbe –, also wenn er die Typen jetzt in Ruhe umnieten könnte.«

»In seinem Smoking passt er ja zu jedem Brautkleid«, plaudert die Drogerieverkäuferin unbekümmert weiter, »ansonsten ist er mir etwas zu derb, ne.«

»Genau das mag ich so an ihm«, sagt die eine Studentin, die andere grinst.

»Na«, die Freundin des Stiers scheint leicht pikiert, »der hat doch jeden Film eine andere.«

»Eine?« Nina sagt das nicht wirklich als Frage.

Der Stier kehrt zu seinem Sitz zurück, in den Händen hält er zwei Flaschen Bier.

»Danke, das ist nett, aber ich will keins«, sage ich.

Er knurrt nur verächtlich. »Die sind beide für mich.«

Als der Abspann läuft, umarmen sich die Frauen. Innig wie ihre Stofftiere, die sie lange nicht geknuddelt haben.

»Danke für eure tolle Hilfe«, verabschiedet sich Nina.

»Ich wünsch euch soo eine schöne Hochzeit«, sagt der Schatz des bulligen Typen. Er selbst schleicht verdrossen aus seiner Reihe, wirkt wie beim Rodeo abgeworfen.

»Super Idee, ins Kino zu gehen«, freut sich Nina.

»Mmh«, erwidere ich. »Wie gut, dass es den Film bald auf DVD gibt.«

»Ach komm, das war doch jetzt total unterhaltsam.«

»Das ... ja.« Nur, trotz des Vorhangs ist so ein Kino einfach keine Umkleidekabine. Nina ist öfters so unkonventionell, mit einem Selbstverständnis sogar, das mir nicht immer passt. Für den Moment würde ich sagen: Hauptsache, sie fand's schön und schwebt jetzt auf Wolke 007.

»Oh nein.« Nina bleibt abrupt stehen und deutet durch den Glaseingang.

Es schüttet. Nicht wie aus Eimern, sondern als hätte Petrus Regentonnen umgetreten.

»Shit.« Ich fasse mir an den Kopf. »Das ist jetzt echt blöd ohne Schlauchboot.«

»Schnell«, ruft Nina, grapscht nach meiner Hand und zieht mich durch die Tür. »Taxi!!«

Ein Taxi blinkt und hält am Straßenrand, ein Pärchen steigt aus, spannt einen Schirm auf und presst sich darunter zusammen. Wir springen hinein.

»Eieiei, Glück gehabt.« Nina wischt sich eine nasse Haarsträhne aus dem Gesicht. Eine Pfütze, tief wie der Rhein, hat meine Hosenbeine von unten geflutet. Was soll's, James Bond würde darüber nur lachen. Ich wringe sie aus. Auch der Fahrer scheint erleichtert, als wir endlich die hinteren Türen zuknallen. »Wo soll's denn hingehen?«

»Vorne rechts um die Ecke«, sage ich.

»Ich will noch nicht heim«, sagt Nina.

»Nicht?«

»Der Abend ist doch noch jung.«

»Und sehr durchnässt.«

»Wohin?«, fragt der Fahrer.

»Nicht vorne rechts um die Ecke.« Mein innerer Navi muss neu berechnen. »Wohin?«, frage ich Nina.

»Weiß noch nicht.«

Da haben wir sie wieder, ihre Pippi-Langstrumpf-Einstellung. *Ich mach mir die Welt, widdewidde wie sie mir gefällt.*

»Wo isses denn schön?«, frage ich den Fahrer. *Trallari trallara tralla hoppsasa.*

»In meiner Stammkneipe, im Bett bei meiner Frau und auf Menorca.« Er scheint nicht recht zu wissen, was er mit uns anfangen soll. Ich weiß es ja selbst nicht. Brummig dreht er sich um. »Das Taxameter läuft.«

»Wohin denn?«, erwidere ich. Ha, witzig kann ich auch, ich bin Comedian. Typisch Kölner Taxifahrer, wollen immer das letzte Wort haben! Ich kann Scrabble auch verbal spielen, ich...

»Philipp.« Nina legt mir besänftigend eine Hand auf den Unterarm. Manchmal kann sie meine Gedanken lesen. Wie macht sie das nur?

Ich lehne mich zurück. »Fahren Sie einfach mal los.«

Der Fahrer brummt und fädelt sich in den Verkehr ein. Der Ebertplatz ähnelt einer Autowaschanlage, verschwommene Rücklichter blinken immer wieder auf wie kleine rote Fische. Köln scheint feuchter als ein Aquarium.

Nina zieht das Tablet aus ihrer Handtasche und lächelt. »Gut, hat nichts abbekommen.« Sie streichelt es. »Wir waren ja noch nicht fertig.«

»Zeigst du mir jetzt die Hochzeitsschuhe?«

»Nein, die Stripperinnen.«

»Ach?« Kurz bin ich unsicher, wie unkonventionell sie tatsächlich werden kann. Sie verdreht die Augen. Der Fahrer lehnt den Kopf zurück, als habe er ein Stichwort gehört, das ihn noch mehr interessiert als das Schlagergedudel auf WDR 4.

»Schau mal, Philipp, ich habe einige Honeymoonziele herausgesucht. Die sind alle soo schön, hach, das ist schwer.«

»Moment«, entgegne ich, ohne auf das Tablet zu achten. »Das können wir doch im Moment noch gar nicht entscheiden.«

»Wieso?«

»Na, weil wir doch erst mal kalkulieren müssen, was wir uns überhaupt leisten können. Wir wissen ja noch nicht, wie viel Geld nach der Hochzeit übrig bleibt. Womöglich reicht's nur noch für die Eifel.«

Nina sieht mich entgeistert an.

Ich nehme das Tablet an mich. »Siehste, wie gut, dass ich etwas vorbereitet habe. Hier, die Excel-Tabelle.« Bei diesem Stichwort beugt sich der Fahrer wieder zum Lenkrad vor und stellt das Radio lauter. »In der linken Spalte habe ich die Posten notiert, die bei jeder Hochzeit auf einen zukommen.« Hoffentlich klinge ich nicht wie Herr Oberlehrer.

»Und rechts daneben tragen wir die Beträge ein, die wir dafür jeweils ausgeben wollen«, sagt sie.

Ich nicke zufrieden. Das Schulmädchen hat's kapiert.

»Hast du mir doch schon mal gezeigt.« Sie schaut so gebannt aus dem Fenster, als würde gerade die Arche Noah vorbeischwimmen. Wir fahren den Hansaring runter, sind gleich am Friesenplatz. Der Regen randaliert weiter auf der Frontscheibe.

»Ja«, sage ich bedächtig. »Nur haben wir die Beträge noch nicht abschließend besprochen.«

»Na, das wird schon alles irgendwie hinkommen.«

›Irgendwie‹, was für ein entsetzliches Frauenwort, jedenfalls in Geldfragen. »Ganz so sorglos sollten wir es nicht betrachten.«

»Sorglos? Quatsch! *Ich* kümmere mich doch um alles.«

»Ich bin eben lieber für den Gesamtplan zuständig.«

»Ach, du hast den Masterplan? Mann, Philipp, so wie du organisierst, bekäme jeder eine Grillwurst und fertig.«

»Ja, eine leckere Grillwurst! Und nicht, weil's günstiger ist oder um es mir einfach zu machen. Sondern ... weil's mir so gefällt!«

»Ganz toll! Dann heiraten wir eben in ›Willis Frittenbude‹! Gut, könnte was eng werden. Aber dafür ist es neben der Friteuse wenigstens kuschelig warm.« Nina schnaubt, verschränkt die Arme und sieht demonstrativ zum Friesenplatz raus.

Im Sommer ist hier alles voll, jetzt hat der Dauerregen die Nachtschwärmer vom Bürgersteig gespült. Unser Fahrer summt den Refrain des Schlagers mit, der gerade gespielt wird: ›Wie auf einem Tretboot in der Nacht.‹

Ich atme tief durch. Und dann noch einmal. »Immerhin gibt es die Grillwurst auf Schloss Schwan.«

Nina blickt mich länger an, sie scheint zu überlegen. »Immerhin, die hast du auf 7000 runtergehandelt.«

Habe ich nicht, was ich ihr allerdings nicht sage. Insofern ist es doch ganz gut, dass sie bei den Finanzen nur bedingt den Überblick hat. Für mich bleibt entscheidend, die zusätzlichen 5000 Euro fürs Schloss zu beschaffen. ›Irgendwie‹.

»Okay.« Sie schaut wieder aufs Tablet. »Die Hochzeitsringe?«

»Bleibt bei 500 bis 1500 Euro, meine ich. Eben je nach Material.« Ich tippe ›1000‹ ein. »Daneben mache ich noch eine Spalte für den Preis, den wir tatsächlich bezahlen werden. »Weiter: Willst du Onkel Werner mit der Heimorgel oder doch das London Symphony Orchestra?«

Nina sieht mich unentschlossen an. »Wohl eher einen DJ?«

»Puh, genau. Macht etwa 500 Euro.« Zack, geht doch. »Was ist mit dem Oldtimer, der uns zum Schloss fährt?« Wir Männer mögen's auffällig.

»Nee, ich will doch eine Kutsche.« Aber nicht Prinzessinnenmobil-auffällig. »Etwa 300, habe ich gelesen.«

300 Euro, da wäre ein Taxi allemal günstiger. Apropos, auweia, ich gucke lieber nicht aufs Taxameter. »Kompromiss: Wir leihen uns 'ne schicke Limousine von einer Autovermietung, Chris macht den Chauffeur. Dann wird's 'ne ganze Ecke günstiger.«

Nina nickt. »Dann nehmen wir doch die 300 für den Blumenschmuck.«

»300 Euro? Für ein paar Blümchen?«

»Ein paar? Die Deko auf den Tischen, in der Kirche, Rosenblätter zum Streuen …«

»Können wir dafür nicht Herbstlaub nehmen?«

»… Revers-Blumen an deinem Anzug, die Brautsträuße für Standesamt und Kirche, der Wurfstrauß, die Bänder an den Autos, die Anstecker der Gäste …«

»… 300, ich hab's verstanden.« Wenn wir ihre Neffen Max und Moritz losschicken, pflücken die uns eine Wiese leer. Für jeweils einen Sahneeisbecher.

Rotlicht. Es schimmert von der Ampel herab. Ein paar junge Männer hasten über den Zülpicher Platz. Natürlich beeilen sie sich, um dem sintflutartigen Regen auszuweichen. Vielleicht aber auch, um noch vor Ende der Happy Hour in einer der vielen Studentenkneipen einzutauchen.

»Soo«, sagt Nina sehr lang gezogen, als würde sie gedanklich einen Strich unter die Beträge ziehen. »Was wir dann noch berechnen müssen, sind die Outfits.« Doch kein Schlussstrich.

Ich rutsche auf dem Ledersitz hin und her. »Das kann ich nur schwer einschätzen«, sage ich abwartend. 1500 bis 3000 Euro für ein Brautkleid, hat sie im Kino verkündet. Das ist doch bekloppt, sowieso, weil's danach im Schrank den Motten zum Fraß vorgeworfen wird. Da hängt es dann, Motten-Sushi vom Feinsten. »Du könntest doch eins bei eBay ersteigern.«

»Bitte?«

»Oha«, entfährt es dem Fahrer.

»Na, man soll doch bei der Hochzeit auch etwas Gebrauchtes tragen ...«

Nina blickt mich so lange missbilligend an, bis mir mein eigentlich gelungener Gag nur noch mickrig vorkommt.

Auf einmal blitzt es in ihren Augen. »Ach, weißt du was: Ich frage meine Mutter, soll sie das doch zahlen. Gerne auch mein Kleid fürs Standesamt.«

»Und das macht sie?«

»Weiß nicht. Aber so könnte sie sich auch mal handfest um mich kümmern.«

Ich tippe wieder. »In die Preisspalte schreibe ich vorläufig ›Mama‹.«

»Okay. Darunter fehlt noch eine Zeile für die ›Accessoires‹.«

»Die da wären?«

»Na, das Übliche: Schuhe, Dessous, Schleier, Schmuck, Tasche, Handschuhe. Make-up und Styling natürlich extra.«

Natürlich. Mit jedem Wort macht es bei mir innerlich ›Pling‹. Wie bei einem Geldspielautomaten, der leuchtend eine immer höhere Summe anzeigt. Pling, Pling, Pling. Nur dass mir die nicht ausgezahlt wird.

»Jo. Und das wär's dann?« Ich bin langsam erschöpft, und so eine Excel-Tabelle will ja auch nicht überfordert werden.

»Nö.« Was denn, Nina, immer noch nicht fertig? »Du solltest auch was anziehen.«

Ach ja. »Du, da bügel ich einfach mein Sakko vom Abiball auf und passt schon.«

»Einen schicken Anzug fürs Standesamt brauchst du. Und einen besonders schicken für die Kirche, ganz klar.«

»Zusammen 1000 Euro«, sage ich, »aber als absolute Obergrenze. Dann kommen wir in der Tabelle … mit Extras … auf etwa 5000, plus der 7000 für Schloss Schwan … macht ziemlich genau … 12 000 Euro.« Nina schaut mich an, eher zufrieden als fragend.

12 000. Uff. Plus der 5000 Euro im Sinn, die ich noch fürs Schloss auftreiben muss und von denen sie keine Ahnung hat. Uffuff. Leider ist auf Lottoscheine kein Verlass.

Der Fahrer mustert uns im Rückspiegel. »Wir sind jetzt am Chlodwigplatz. Wie geht's denn weiter, Herrschaften?«

»Halten Sie bitte an«, sage ich. Hinter dem Kreisverkehr fährt er rechts ran und streckt schon die Hand nach dem Taxameter aus. »Nein, ich springe nur kurz raus.« Ich grinse Nina an. »Zum Kiosk.«

Die Brühe schäumt unausweichlich auch durch die Südstadt. Kurz zögere ich, dann öffne ich entschlossen die Tür. Vom Dach klatscht ein Schwall knapp vor mir aufs Kopfsteinpflaster, als hätte diese Wasserbombe auf mich gewartet. 15 Schritte sind es, die ich zum nächsten Kiosk hechte. Ich habe den Himmel selten derart inkontinent erlebt. Vielleicht haben die Indianer in der texanischen Wüste intensiv um Regen getanzt. Und jetzt hat sich da oben jemand in der Ausschüttung vertan.

»Uaaah!« Ich steige wieder ein und schüttle mich. Spritzer sprühen nach allen Seiten. »Nimm mal bitte.« An der Flasche, die ich Nina gebe, schlingern Tropfen herab.

»Oh, Prosecco«, freut sie sich.

»Und die ist für Sie.« Dem Fahrer reiche ich eine Flasche Kölsch nach vorne.

»Danke, die macht sich gut beim Feierabend.«

»Gerne, und jetzt zum Rhein weiter.« Ich nehme Nina den Prosecco wieder ab und öffne die Flasche so behutsam wie möglich. »Lass uns das feiern«, sage ich zu ihr, »denn wir haben jetzt, tata: einen gültigen Kostenplan!«

»Schon irgendwie romantisch«, sagt sie und hält mir die beiden Plastiksektgläser hin, die letzten, die es im Kiosk noch gab. »Aber feiert man das denn?«

Ich konzentriere mich aufs Einfüllen, während der Fahrer nach links auf die Rheinuferstraße abbiegt. »Weiß nicht, wir machen's einfach.« Die offene Flasche klemme ich zwischen meine Füße. »Zum Wohl, mein Stern!«

»Zum Wohl, auf uns und unsere Hochzeit!«

»Prost«, kommt es von vorne, »und nix verschütten.«

Wir sind also wieder einen Schritt weiter. Natürlich wäre es besser, wenn wir nicht nur den Kostenplan hätten, sondern gleich das dazu passende Gesamtbudget, am besten als eine überquellende, blinkende Schatztruhe. Aber wer hat die schon.

»Wir sollten wirklich unsere Eltern einspannen«, sagt Nina entschieden.

»Vor die Kutsche? Die ist doch raus.«

»Finanziell gesehen, meine ich.« Grinsend schlägt sie mir auf den Hinterkopf. »Versuchen können wir's.«

Traditionell zahlt ja der Brautvater die Sause, der seine Tochter zwar nur ungern abgibt, dann aber doch froh ist, dass sein Täubchen jetzt von einem andern durchgefüttert wird. Bei unseren Freunden Matthias und Ellen haben sich die beiden Elternpaare allerdings die Kosten geteilt.

»Mein Vater ist noch dabei, das Haus abzuzahlen. Weiß nicht, ob da was geht«, überlege ich.

»Und mein Papa hat wegen der neuen Maschinen einen Kredit aufgenommen, da erwarte ich auch nicht viel«, sagt Nina. Dann prostet sie mir erneut zu, offenbar zuversichtlich. »Na ja, wir schaffen das auch allein. Was hast du denn so gespart?«

»Wir kennen uns doch erst seit drei Jahren.«

»Witzbold.«

Schön wär's. Außerdem, sie hat gut reden. Sie hat nicht den Drang, sich bei Smartphone, Tablet oder Plasma-TV immer die neueste Unterhaltungselektronik zu kaufen. Dabei verdient Frau Doktor ja mehr als ich. Gut, dass wenigstens Nina etwas zur Seite gelegt hat, sie kann sparen, hat schon als Mädchen ihr Taschengeld in die Blumentöpfe gelegt und gegossen, damit es mehr wird.

Die Proseccoflasche ist fast leer, als wir die Hohenzollernbrücke überqueren. Jetzt umgibt uns das Wasser von allen Seiten. Als wir in Deutz am RTL-Gebäude vorbeifahren, lässt das glucksende Geräusch des Regens nach, kurz darauf setzt der Rasensprenger über Köln ganz aus.

»Halten Sie bitte da vorne«, sage ich.

»Am Rhein?« Nina schaut durch die verschmierten Scheiben.

Ich grinse. »Am Tanzbrunnen.«

»Hier haben wir uns kennengelernt!«, juchzt Nina.

Noch auf der Rückbank umarme ich sie. »Jetzt wird in den ›Rheinterrassen‹ gefeiert, mit Blick auf den Dom!«

Ich steige aus und öffne Nina die Tür. Übermütig hüpft sie aus dem Taxi. »Huhu, Rhein!«

Der Fahrer lässt seine Scheibe runter. »Wat haben Sie da eigentlich die ganze Zeit besprochen?«

»Wie wir Geld sparen können.«

»Aha. Macht 45 fuffzich.«

18. Kapitel

»Uli, aha. Müssen wir uns den Namen merken?«, frage ich.

»Na, vielleicht wird ja was draus«, sagt Nina, »hier musst du rechts.«

»Danke, ich weiß noch, wie's zu deiner Mutter geht.« Von der Flughafenautobahn lenke ich auf die A 560.

»Okay, es war Simones soundsovieltes Onlinedate«, entgegnet Nina, »aber es gibt ja auch so viele geschönte, ja sogar komplett erlogene Profile im Internet. Da muss man eben erst mal durch den Dschungel durch, bevor man auf Tarzan trifft.«

Ich wechsle auf die rechte Spur. »Typisch Simone. Ziemlich verzweifelt.«

»Nö, ziemlich pragmatisch. Sie sucht ihren Traumtypen und will sich dabei eben nicht auf den Zufall verlassen. Ist doch okay. Außerdem war ihr Date wohl echt nett, richtig romantisch sogar. Vor ihrer Haustür haben sie sich sogar geküsst«, gestikuliert Nina, aufgeregt wie ein Schulmädchen. »Simone meinte zu ihm: ›Ich weiß jetzt aber nicht, ob das richtig ist.‹ Worauf er sagte: ›Es gibt kein richtig oder falsch, nur den Moment.‹«

Uuuh, die ganz alte Masche. So hat doch Julius Cäsar schon Kleopatra rumgekriegt.

»Ja, und dann konnte Simone nicht widerstehen.« Nina blinzelt mich von der Seite an. »Er hat wohl richtig gut geküsst.«

»Na dann.« Ich sehe keinen Grund, so zuversichtlich wie

Simone und Nina zu sein. Weil ich uns Männer kenne. Und die, die online unterwegs sind, machen es sich so einfach wie im Supermarkt: Da wird eine Kandidatin aus dem Regal genommen und in den Händen gedreht, aber wenn nur irgendeine Kleinigkeit nicht gefällt, wird sie zurückgestellt. Sowieso, wenn sie scheinbar über dem Haltbarkeitsdatum ist.

Bald nach der schönen Aussicht auf den Siegburger Michaelsberg taucht das Abfahrtsschild ›Sankt Augustin-Niederpleis‹ auf. Ich schalte runter.

»Bin mal gespannt, wie Waldiva heute drauf ist.« Nina hat sich an den spirituellen Namen gewöhnt, nennt sie nur selten ›Mama‹, weil sie es so innig nicht empfindet. Papa Paul hat sie großgezogen, ihre Mutter hat sich kaum blicken lassen.

Ich bewundere Nina, weil man ihr diesen Bruch nicht anmerkt. Denn so ein Scheidungserlebnis, klar, das prägt doch, unterschwellig ganz bestimmt. Eigentlich müsste *ihr* bange sein, ob unsere Ehe funktioniert.

»Wusstest du eigentlich, dass die Scheidungsrate aktuell bei fast 50 Prozent liegt?«, frage ich.

»Na und? Wir gehören zur anderen Hälfte.«

Wie unbekümmert sie das sieht, als hätte sie mit der Verlobung Scheuklappen angelegt, damit nichts ihren kerzengeraden Blick auf den Altar ablenken kann. Dabei besteht absolut die Gefahr, sich zu trennen, die Zahlen sind eindeutig. Zwar bringt die Ehe erst mal steuerliche Vorzüge, aber so eine Scheidung kostet ja auch. Genau genommen müsste man das von vornherein gegenrechnen...

»Scheidung ist doof, also lassen wir das«, sagt Nina fast lapidar. »Und es führt zu so dollen Kindern wie mir, die zwischen Papa und Mama hin und her gerissen sind.«

»Freust du dich auf sie?«

»Ja, schon. Nur weiß ich eben nie genau, woran ich bei ihr

bin. Klar, sie ist meine Mutter, und so will ich sie auch sehen. Aber nimmt sie Anteil an meinem Leben?« Nina zuckt mit den Schultern. »Und dann dieser ganze Esoterikkram, hach Mensch, mit dem wirkt sie halt oft wie eine Ulknummer …«

Kirchenglocken läuten, auf dem Niederpleiser Marktplatz steht unaufgeregt ein geschmückter Tannenbaum, die Vorweihnachtszeit rückt näher.

Fifty fifty, ob eine Ehe überhaupt gut geht. Heiraten ist also Roulette: rot wie die Liebe oder schwarz wie der Schlund des Verderbens.

›Am Pleiser Wald‹ zeigt das Straßenschild an, gleich dahinter erstrecken sich die ersten Bäume. Ich biege links ab, Ninas Mutter wohnt hier schon, seit sie aus Fassbüttel weggezogen ist.

Über uns baumeln tibetische Gebetsfahnen, die von der Regenrinne zur Haustür gespannt sind. ›Yogakurse und Meditationstherapien‹ steht auf einem Schild neben der Klingel.

»Nina! Philipp! Wie schön. Tretet ein ins Licht.« Waldiva ist kleiner als Nina, allerdings drahtiger. Bunte Tücher hüllen sie ein, ihre langen, nicht mehr ganz blonden Locken sind unfrisiert. »Kommt gerne mit durch, ich habe noch eine Nadabrahma-Meditation.«

Nina stutzt. »Aber ich hatte doch extra angerufen, dass wir jetzt …«

»Kein Problem, ihr stört die Gruppe nicht.« Sie greift nach zwei Handtüchern. »Hier, macht einfach mit, ihr werdet ganz neue Energien verspüren.«

Begeistert bin ich nicht, auch Nina folgt ihr eher irritiert durch einen Vorhang aus Holzperlen ins helle Wohnzimmer, hinter dessen großen Fenstern sich der Garten anschließt. Räucherstäbchen erfüllen den Raum, getrocknete Blüten liegen neben goldenen Buddhafiguren. Aus dem Baumarkt, wie ich vermute.

»Liebe Weggefährten«, spricht Waldiva die kleine Gruppe an, die luftig gekleidet auf Matten sitzt, »zwei weitere Sinnsucher sind eingetroffen: meine Tochter Nina und ihr Philipp. Sie sind frisch verlobt.«

»Oooh. Hallooo«, grüßt uns die Gruppe einstimmig.

»Hallo«, sagt Nina und legt ihr Handtuch auf eine freie Matte. Ich nicke in die Runde und folge ihrem Beispiel.

»Glückwunsch zur Verlobung«, sagt ein etwa 40-Jähriger lächelnd. »Dann müsst Ihr unbedingt zum Taj Mahal!«

»Aha.« Dieses beachtliche indische Bauwerk kenne ich aus einer Fernsehreportage.

»Müssen wir?«, fragt Nina.

»Aber natürlich! Es ist *das* beliebte Ziel frisch getrauter Paare, soll die Liebe bestärken, ja dauerhaft erhalten.« Er streckt uns eine Hand entgegen. »Ich bin hier das Eichhörnchen.«

Was für ein männliches Tier.

»Eichhörnchen?«, fragt Nina nach.

»Eichhörnchen sind Einzelgänger, die sich nur zur Paarung treffen«, erklärt Waldiva von vorn und wirft ihm einen Blick zu, dessen tiefere Bedeutung ich gar nicht wissen will.

»In meiner Versicherung nennen mich aber alle Uli«, zwinkert er uns zu.

Uli? Uli… »Sag mal, wilderst du auch online? Kennst du Simone?«

Nina greift mir an den Unterarm. »Philipp, lass…«

Er reagiert nicht, dafür hat er bereits eine esoterisch barfüßige Grundhaltung eingenommen. Ja, Eichhörnchen scheint ein beachtliches Turnbeuteltalent zu sein.

»Wir werden wieder andächtig«, haucht Waldiva, »auch du, Zappelphilipp.«

Bitte? Als ob ich hier der Hampelmann wäre.

»Uuuh«, haucht eine zu dünne Frau, die die Arme über dem Kopf gefaltet hat. Unter den Achseln ist sie stark behaart. Vermutlich nicht nur dort.

»Wir lassen jetzt die Ego-Bausteine fallen, die unser Selbst sabotieren«, säuselt Waldiva.

»Lego?«

»Philipp, komm«, Nina verdreht die Augen. »Wir stehen das hier durch, und dann gibt's Kaffee.«

Nina hat es nie behagt, dass ihre Mutter »diesen spirituellen Spökes« betreibt. So sieht es jedenfalls Nina. Für sie setzt Waldiva nur das fort, was sie als frühere ›Hanf-Hanna‹ begonnen hat.

»Willkommen zum Heilreise-Zyklus«, sagt Waldiva mit weicher Stimme, »wir vertiefen uns in die erste tibetische Phase: Summen und Brabbeln.«

»Liebe und Licht«, piepst die zu dünne Frau.

Neben mir höre ich das Eichhörnchen. »Selbstwert und Sinnlichkeit.« War das gejault?

»Harmonie«, rufe ich aus.

»Und Hingabe«, ergänzt Nina.

Kein Widerspruch ringsum? Wir sind dabei.

Als Masseur weiß ich ja, wie Körperentspannung funktioniert. Allerdings erscheint mir meine Art der äußerlichen Behandlung viel nachvollziehbarer. Na, dann will ich diese Horizonterweiterung mal anpacken.

»Frieden!« Ich grinse in die Gruppe. »Wie sonnendurchflutet ich mich fühle. Alles fließt!«

»Übertreib's nicht«, raunt Nina mir zu.

»Du, ich denke mal, je bessere Vibrations ich hier verbreite«, flüstere ich zurück, »desto mehr Geld wird Waldiva wohl fürs Hochzeitskleid lockermachen. Vielleicht ist sogar das Handtäschchen mit drin?«

Nina zeigt mir einen Vogel.

Waldiva betet weiter in ihrer Barfußbasilika vor. Sie spricht von festsitzenden Gefühlen, die den Körper verspannen.

»Du, wie wär's denn mal mit 'nem Röhrchen Muskelrelaxans in die Runde geschmissen?«, frage ich Nina. »Mit den Tabletten können sie sich das Tamtam hier sparen.«

»Stimmt, das lockert enorm.«

»Sämtliche Schrauben, ne?« Ich drehe einen Zeigefinger an der Schläfe.

Nina nickt. »Davon wirste matschig in der Birne.«

Ich schaue in die Runde. »Passt.«

»Willst du damit sagen, meine Mutter ist bekloppt?«

»Nee, äh, nur …«

»Löst euch von euren Zwängen und Verspannungen«, hebt Waldiva ihre Stimme, »lüftet eure Aura.«

Ein Geräusch peitscht durch die Stille. Das Eichhörnchen hat sich hinten rausgelüftet! Allerdings nicht mit einem scheuen Pups, sondern einem ungehemmten Furz, der sich raumgreifend emporwindet.

»Ja, lasst alles raus.« Waldiva unterstützt das auch noch!

»Nina, sag was.« Mir hätte sie dafür längst eine runtergehauen. Und das zu Recht.

Nina zieht eine Schnute. »Du kannst das leider noch besser.«

»Nächste Phase: Energieaustausch«, bestimmt Waldiva. »Tanzt! Schüttelt euch! Fliegt zum Mond!«

Na, ob die Duftkerzen und Teelichter ringsum wohl ausreichen, um die Triebwerke zu zünden? Gespannt tänzle ich durch den Raum. Nina wippt nur leicht im Stehen, sie scheint nicht überzeugt.

»Na komm, Karma-Kosmonautin, tolle Übung für den Hochzeitstanz.«

Nina rempelt mich an. »Nee, Aura-Astronaut, da wird nicht rumgehampelt.«

Waldiva zuckt wie eine Schamanin durch den Raum. »Spürt ihr die urgöttliche Energie?« Sie redet sich in Rage. »Umarmt die Schönheit des Unbekannten!« Sie schlingt die Arme um sich selbst.

Das Eichhörnchen grinst mich auffordernd an. Nee, schön ist der nicht. Ihn umarmen, niemals. Zumal er jetzt aus allen Poren mieft.

»Schöner Mann, was machst du denn beruflich?« Eichhörnchen, knabber mir nicht das Ohr ab.

»Ich bin Masseur. Und du?«

»Flexibel. In jeder Beziehung.«

Sein Blick gleitet an mir herab. Blitzartig drehe ich mich zu Nina um und schmiege mich kräftig an sie.

»Toller Hintern«, stellt er hinter mir fest.

Schnell setze ich mich auf die Matte und mache mir verblüfft klar, dass ich im Haus der Mutter meiner Verlobten bin. Und nicht in einer Sekte oder einem Swingerclub.

Die zu dünne Frau hüpft von einem Bein aufs andere und prustet dabei vor sich hin.

Nina mustert ihre Mutter, die gerade im Kopfstand vor sich hin trällert. »Mir reicht's jetzt, ich warte oben.« Sie schüttelt den Kopf.

»Gut, da komme ich mit.«

»Nein, du musst bleiben.« Nina steht auf. »Toilette«, sagt sie knapp zu ihrer Mutter und raschelt durch den Holzperlen-Vorhang.

»Befreit euch von euren Befindlichkeitsstörungen«, beschwört Waldiva jetzt, »übt euch in Selbstwahrnehmung.« Sie setzt sich in den Schneidersitz, die anderen folgen ihr. Ich sinke noch tiefer in meine Matte. Ob das orthopädisch wertvoll ist, keine Ahnung, ich lasse es einfach über mich ergehen.

»In der dritten und letzten Phase erleben wir die eigene

Essenz.« Waldiva hält kurz inne, um ihre Aussage wirken zu lassen. So schnell kann ich ihr allerdings nicht folgen. »Stille. Brabbelt, aber leise. Lauscht!«

19. Kapitel

Lauschen ist kein Problem, hier werden einem die Geräusche ja geradezu aufgedrängt. Diese Dauer-Huperei, von der Straße zieht ein ständiger Radau herauf. Ich blinzle schlaftrunken, ein Baldachin hängt über mir, reglos und purpurn. Die Hitze des Tages schleicht sich schon früh durchs offene Fenster, mir wird schummrig warm.

Morgendliches Licht streift noch recht unentschlossen durch den Raum. Indisches Licht, das schimmernd darauf lauert, unsere Honeymoonsuite ganz auszufüllen.

Nina schlummert friedlich, das weiße Laken räkelt sich wohlig unter ihr. So eingemummelt wirkt sie noch süßer. Welch ein anmutiger Anblick. Sie ist nackt, und doch, ich sehe sie in ihrem bezaubernden Hochzeitskleid vor mir. Nina schwebt über die Tanzfläche, alle jubeln ihr zu. Meiner Prinzessin.

»Meine Kaur! Meine Prinzessin!«, flüstere ich ihr zärtlich ins Ohr.

Sie lächelt mit geschlossenen Lidern: »Mein Singh! Mein Löwe!«

Ich küsse sie auf die Stirn. »Ja, bei den Sikhs heißen alle Frauen Kaur: Prinzessin. Aber du bist die wundervollste von allen.«

Beim Volk der Sikhs haben wir kürzlich mitten im Gebirge in einem selbsternannten Hotel übernachtet – der Begriff Absteige traf es besser. Erwähnenswert sauber ist es dort nicht gewesen. So verranzte Bettdecken, ein Kolonialherr muss sie bereits seinem Pferd übergelegt haben.

Sei's drum, wir genießen schon seit Tagen diese anregend andere Welt, dieses fremdländische Feuerwerk. Überall flackern Farben durcheinander, Geräusche und Gerüche. Unsere Flitterwochen als opulenter Ausnahmezustand.

Jetzt erwachen wir in Agra, einer Stadt, die mehr Einwohner als München zu haben scheint und dennoch nur ein Farbklecks ist gegen die riesigen Gemälde Mumbai oder Delhi. Hier soll uns die Krönung unserer Hochzeitsreise berauschen: das weltbekannte Taj Mahal!

»Es ist *das* beliebte Ziel frisch getrauter Paare, soll die Liebe bestärken, ja dauerhaft erhalten«, knabbert mir ein Eichhörnchen ins Ohr. Dann springt es auf die Bettdecke und läuft auf einer der Baldachinstangen himmelwärts.

Behutsam schiebe ich Ninas Laken zur Seite, will sie sanft streicheln, ihre duftend warmen Beine sind … behaart!?

Stark behaart. Wie bei Schimpansen.

Selbst das scharfe Essen, es wirkt erstaunlich, weil so aufputschend. Es macht mich ganz curry. Das Hotelrestaurant ist rötlich ausstaffiert, ich bestelle eine Tomatensuppe. Der Kellner serviert eine Hühnersuppe. Nina lächelt amüsiert.

»Entschuldigung«, sage ich zum Kellner freundlich auf Englisch, »da ist keine Tomate drin.« Anstandslos greift er sich den Teller, den er kurz darauf wieder beflissen vor mich hinstellt. Es ist dieselbe Hühnersuppe. Mit einer Tomate darin.

Ninas Lachen hallt durch den Raum. »Es gibt über eine Milliarde Inder. Die können nicht alle schlau sein.«

Ich lache mit und greife nach meiner Bierflasche, die interessant beschriftet ist: ›Beer ruins life, family and country.‹ Ich schnippe gegen das Etikett. »Was soll ich sagen, es ist ja nicht mein Land.«

Völlig verschwitzt, dennoch unablässig strahlend, flitzt

der Kellner die ganze Zeit schon durch den Raum. Nun steht er kopfruckelnd vor uns und fragt, ob wir Kuchen wünschen.

»German bakery«, betont er stolz. »Black forest or white forest?«

›White forest‹? Aha, die haben also keine Ahnung, was der Name bedeutet.

»Weißwälder Kirschtorte«, juchzt Nina, »die muss man einfach mal probiert haben!«

»Du, hoffentlich ist kein Curry drin.«

Nina bestellt sich eine komplette Torte, drei Stockwerke hoch, und mampft die weiße Pracht in sich hinein. Perplex stiere ich meine Frau an. Genüsslich schleckt sie sich sogar noch die Sahnereste von den Fingern. »Kein Problem, ich bin doch jetzt verheiratet.«

Alle schauen auf das Taj Mahal, erhaben thront es vor uns. Das marmorweiße Hauptbauwerk blendet, wird vom gewaltigen Kuppeldach überwölbt, seitlich ragen die vier Minarette in den Himmel empor, immer höher, pieksen in ein Wolkenknäuel.

Die vielen Verzierungen im Marmor sind ineinander verhakt wie die Rädchen eines Uhrwerks. Auf einmal scheinen sie zu vibrieren, loszurattern, uns ungeduldig ihre geheimnisvolle Geschichte erzählen zu wollen. Eine stillschweigende Geräuschkulisse, die uns bereits wenige Hundert Meter entfernt in ihren Bann zieht.

»So ergreifend«, haucht Nina und nimmt mich aufgeregt an die Hand. Unsere Eheringe glitzern in der Mittagssonne. »Großmogul Shah Jahan ließ das Mausoleum im 17. Jahrhundert erbauen«, liest Nina im Reiseführer, »zum Gedenken an seine verstorbene Frau.« Sie blickt auf. »Der Großmogul muss sie über alles geliebt haben.«

Ich drücke Ninas Hand. »Schade nur, dass sie seinen Liebesbeweis nicht mehr sehen konnte.«

»Sehr schade, so grandios wie der ist. Sie war seine Hauptfrau und verstarb nach der Geburt ihres 14. Kindes, was selbst für indische Verhältnisse eine Menge ist.«

»Mit dir brauche ich keine Nebenfrauen.«

Nina lächelt, strahlt hinein in den Park, der sich hinter dem Eingangstor erstreckt und wie ein farbenreicher Teppich auf das Hauptbauwerk zustrebt.

»Hör doch mal, die quietschbunten Blumen geben eigentümliche Geräusche von sich.« Ihre Augen staunen, werden immer größer.

Oder sind es die papageienartigen Vögel mit grünem Gefieder, die symphonisieren? Ja, sie singen, so schön, so klar, so eindringlich.

»Der Soundtrack zum Taj Mahal«, sage ich. »Wir sind willkommen.«

Hand in Hand laufen wir mitten durch den Park am länglichen Wasserbecken entlang, in dem das Spiegelbild des Taj Mahal nicht minder prachtvoll glänzt. Märchenhaft.

Vor dem Zugang verdichtet sich der Strom der Einheimischen und Touristen. Freudestrahlende Inder fließen an uns vorüber, ihre Saris wehen über den Boden. Eine Gruppe junger Männer nähert sich und bittet höflich darum, mit mir fotografiert zu werden.

»Schon wieder«, grinst Nina.

Ohne verlegen zu sein, breite ich die Arme aus und flattere um sie herum.

»German Guru, you know«, albert Nina lauthals.

Die Inder pendeln ihre Köpfe seitlich hin und her, drücken so ihre Zustimmung aus. Warum auch immer sie mich als Heilbringer betrachten, ich bin wahrlich eine Touristenattraktion. Für die Einheimischen.

Ihnen zu Ehren trage ich eine Schlafanzughose, knallrot kariert, aus leichter Baumwolle. Die Inder kleidet ebensolche, und als diverse Bilder gemacht sind, ist es den Männern wichtig, mir zum Abschied meine große weiße Hand zu schütteln. Dabei linse ich zu Nina, die mich die ganze Zeit verulkt und ebenfalls Fotos von uns macht.

Ich grinse. »Hoffentlich beschwert sich Mama nicht, ich hätte meine Flitterwochen im Pyjama verbracht.«

»Nimm den doch mit nach Hause. Dann hast du beim nächsten Comedy-Auftritt einen Lacher sicher.«

Wenn ich Nina so betrachte, ist sie es, die volle Aufmerksamkeit verdient. Mit ihrer radgroßen Sonnenbrille und den hier typisch farbenfrohen Tüchern, die sie sich kunstvoll um den Körper geschlungen hat. In ihrem Sariumhang weht sie wie ein Hauch von Bollywood auf das Taj Mahal zu.

Unversehens wird ihr orangeroter Stoff blasser, hellt sich immer weiter auf und verwandelt sich in marmorweiß. Jetzt schwebt sie in ihrem Hochzeitskleid auf das Gebäude zu, ein Kirchenaltar schießt aus dem Boden, die Minarette neigen sich interessiert, in der Kuppel dröhnt eine Glocke.

»Die sollen wir anziehen?« Amüsiert betrachtet Nina die Überzieher – blaue Plastiktüten, als Badekappe würden sie einen im Schwimmbecken sofort zum Opfer machen. Doch diese hier gehören nicht über den Kopf, wir stülpen sie über die Füße. Bestimmt 50 Touristen versuchen gerade gleichzeitig, in die Dinger hineinzuschlüpfen. Viele wanken, kreischen, fallen um, stehen wieder auf, knipsen die anderen dabei.

Die glänzende Marmorplatte ist eine Eisfläche, eine Afrikanerin schlittert vorüber. Dazwischen springen indische Kinder herum und verkaufen Getränke.

Baff blicke ich meine Frau an. »Einfach eine andere Welt.«

»Wobei deine Mutter es auch am liebsten hat, wenn wir

uns Filzpantoffeln anziehen«, schmunzelt Nina, »bevor wir ihr Heiligtum betreten.«

Hundert blaue Plastiktüten watscheln die Treppe hoch, die auf die funkelnde Eisfläche führt. Die weiße Marmorplattform blendet gehörig, ich halte mir eine Hand über die Augen, erst allmählich erkenne ich die diversen Blümchen und Schnörkel, die den Boden schlangenhaft überziehen.

»Taj Mahal is love!« Unser Guide stellt sich als Golko vor und macht eine ausladende Handbewegung über die Plattform. »Marmor … best picture!«

Aha, hier ist also eine einmalige Stelle für ein Foto. Nina geht ein paar Schritte zur Seite und zückt ihre Digitalkamera.

»Best picture and GO!«, bestimmt Golko.

»Moment please«, ruft Nina, »ich muss doch noch draufdrücken.«

Unser Guide hält jetzt an einer Stelle, die gerade von einer anderen Gruppe freigegeben wurde. »Marmorboden … best picture … and GO!«

Tatsächlich führt uns Golko nur von Fotomotiv zu Fotomotiv. Wir finden nicht die Muße, alles in Ruhe anzuschauen und auf uns wirken lassen zu können. Laut Reiseführer ist man von der Atmosphäre direkt gefangen, was unser Guide allerdings immer wieder verhindert: »Kuppel … best picture … and GO!«

»Go … Go … Go!«, hallt es von den zahlreichen Guides ringsum wider.

Nina schaut schon unglücklich, wir möchten doch von der magischen und segensreichen Aura des Taj Mahal ergriffen werden. Ich muss einschreiten.

»Wir sind frisch verheiratet«, werfe ich auf Englisch ein, »was ist denn nun mit der Liebe?«

Golko stutzt. Zwischenfragen sind im straffen Zeitplan nicht vorgesehen.

»Taj Mahal ist best picture … is love … ist ein Denkmal unendlicher Liebe! Der Großmogul verfiel in tiefe Trauer«, erklärt Golko fast feierlich, »als seine geliebte Frau Mumtaz Mahal nach 19 Ehejahren starb.« Er bedeutet uns, ihm weiter zu folgen. »Gleich stehen wir vor ihrem Grabmal, Shah Jahan liegt neben ihr im Mausoleum. Im Tod sind sie wieder vereint.« Er dreht sich noch einmal um. »Ihre Liebe währt also ewig!«

Die Marmorplatten reflektieren das Licht jetzt besonders intensiv, weißer Dampf steigt aus ihnen auf. Wie im Spiralnebel der Milchstraße laufen wir die Treppe hinab.

Sternenförmige Ornamente übersäen den Boden, der zentrale Grabraum ist vollständig mit Blumen verziert, aus Marmor natürlich. Tatsächlich kommt Ehrfurcht auf, alle Geräusche sind gedämpfter, sogar die indischen Touristen drosseln ihr ständiges Geplapper.

»Wenigstens angenehm kühl ist's hier drinnen«, sagt ein Mops von einem Mann.

Die Frau neben ihm, seine Ehefrau, lächelt uns freundlich zu. Er legt sich mit seiner Spiegelreflexkamera auf den Bauch, wobei er die Sterne unter sich noch platter quetscht. Seine knubbelige Nase ist ihm im Weg, als er durch den Sucher schaut.

»Fertig«, schnauft der Mops und steht umständlich auf, er wischt sich Schweiß aus dem Nacken, »weiter geht's.«

Seine Ehefrau fängt an zu schluchzen, mehr noch, steigert sich zu einem haltlosen Heulen, das die Grabesstille durchbricht.

»Ach herrje, Entchen, was soll denn das?« Er ist eher peinlich berührt als besorgt.

Entchen scheint komplett ergriffen. »Vor 30 Jahren«, heult sie, »waren wir schon mal hier … in unseren Flitterwochen.« Sie schnäuzt sich. »So schöne Erinnerungen … soo schöne.«

»Ja«, sagt ihr Mops, »die können wir uns daheim auf den Dias anschauen, aber heute …«

»Heute«, unterbricht sie ihn, jetzt mit etwas festerer Stimme, »stehe ich wieder mit dir hier …«

Er blickt kurz, als dürfe er Beifall erwarten.

»… und du bist nur noch ein Rindvieh!«

»Wer … ich?«

»Rindvieh?«, fragt Golko.

»Cattle«, übersetzt Nina.

»Cattle!«, ruft Golko aus.

Die Inder ringsum brabbeln jetzt lauter und aufgeregter als in einem Andachtsraum üblich, sie falten ihre Hände und verbeugen sich vor dem Moppel. Dabei murmeln sie etwas, dessen Bedeutung ich nicht verstehe, doch ich weiß, es meint »heilig, heilig«. Er hat noch Glück gehabt: Neben den Kühen sind es Ratten, die in Indien verehrt werden.

Und Elefanten. »Ja gut, ein Trampeltier ist er auch«, raune ich.

Unbeholfen versucht er, sie in den Arm zu nehmen. »Entchen, warum hast du denn nie was gesagt?«

»Du hast ja immer Sportschau geguckt.« Etwas widerstrebend lässt sie sich seine Umarmung gefallen. »Wir gehen hoch«, schnäuzt sie uns noch einmal zu.

Auf einmal ist da wieder der Spiralnebel, umwabert Nina und hebt sie leicht empor.

»Heiliger Schwur«, hallt ihre Stimme. »Wenn ich mich irgendwann zu einer richtig blöden Kuh entwickeln sollte, oder wenn du jemals ein ausgewachsener Hornochse wirst«, sie hält mir eine Hand hin, »Notschlachtung!«

»Einverstanden.« Respektvoll ziehe ich sie wieder zu Boden.

Unser Guide hat sich wieder gesammelt. »Zu wenig Männer«, betont Golko.

»Hm?«, entfährt es mir.

»Sie hat nur Cattle geheiratet. Nicht auch seine Brüder.«

»Hm, hm?«, entfährt es Nina.

»Ist so üblich in Teilen von Südindien: Eine Frau heiratet einen Mann und seine Brüder. Denn wenn sich mehrere Brüder das Land und dieselbe Frau teilen, brauchen sie nicht ihren Grundbesitz zu stückeln: keine Probleme.« Für Golko ist das völlig einleuchtend. »So ist seit Generationen die Größe der Äcker und Felder gleich. Also genug Rindviecher für alle, und einer der Männer hat immer Zeit für sie.«

Als wir wieder raus auf die gewaltige Marmorplattform treten, blinzeln wir in die Sonne.

»Ehe ist gut«, stellt Golko fest.

»Ja, supergut«, lächelt Nina und strahlt mich an.

»Besser geht's nicht«, bestätige ich und schaue ihr vielsagend in die Augen.

»Bei uns Indern ist die Hochzeit der Höhepunkt des Lebens, das soziale Ereignis der Extraklasse! Erst dann bin ich ein vollwertiger Mann!« Golko ist nicht mehr zu bremsen. »Und darum ... heirate ich auch bald!«

»Toll, Glückwunsch«, sagt Nina, »sie ist bestimmt sehr hübsch.«

»Bestimmt.«

»Du weißt das nicht?«, frage ich.

»Ich kenne sie ja noch nicht.«

»Upsi«, erwidert Nina.

Golko strahlt. »Arranged marriage: Meine Familie sucht die beste Braut für mich aus.«

Er sagt das ganz selbstverständlich. Es klingt, als wäre es das Wunderbarste, was ihm passieren könne.

»Endlich werde ich Ehemann. Und endlich …« Er schlägt die rechte Faust in die offene linke Hand, was wohl eine sexuelle Anspielung sein soll. »Zehn Monate nach der Hochzeit habe ich Nachwuchs, das ist klar.«

Ich bin baff, zunächst, doch dann kapiere ich, wie clever das ist. »Da entfällt die komplette Anlaufphase«, murmele ich vor mich hin, »er muss nicht erst verschiedene Frauen daten, braucht nicht durch Kneipen zu streunen, muss keine Enttäuschungen verarbeiten.«

Wie einfach er es hat. Vorausgesetzt, er kann sich auf seine Familie verlassen.

»Keine Probleme«, sagt Golko, als könne er meine Gedanken lesen. »Obwohl, ich komme aus dem Norden. Da wird Hindi gesprochen.«

»Stimmt, es gibt doch so viele unterschiedliche Sprachen in Indien«, weiß Nina.

»Genau, und meine Frau ist aus Karnataka, weiter südlich.«

»Und wie verständigt ihr euch?«, frage ich.

»Auf Englisch.«

Das Bild ruckelt, die neue Situation stellt sich erst nach einem Moment scharf. Golko reitet auf einem Elefanten, der mit Girlanden bunt geschmückt ist, begleitet von hunderten fröhlich singenden Indern und einer noch lauteren Kapelle.

Mit beiden Armen winkt Golko uns zu und schreit: »Mein Heiratsumzug: Baraat!«

Oh, das ging jetzt aber schnell, denke ich noch, als mir auffällt, dass wir alle mitten in der Yamuna stehen, einem Nebenfluss des Ganges, der am Taj Mahal vorbeifließt. Sie ist zum Glück nicht reißend und auch nicht sonderlich tief. Die Wasseroberfläche ist ein einziges Blütenmeer, überall leuchten Sariumhänge in den Glück verheißenden Farben Rot und

Orange, überall lachen Menschen. Und die Kapelle ist wirklich laut.

In Ufernähe führt eine adrette Omi einen weiteren Dickhäuter an der Leine, ihren Mops von einem Mann nämlich. Er watschelt durchs Wasser und sieht immerzu durch seine Kameralinse: »Das Charakteristische eines Elefanten zu fotografieren ist äußerst schwierig.«

»Menschen, Tiere, Sensationen!«, ruft mein Vater, als stünde er am Rosenmontagszug.

»Papa? Was machst du denn hier?«

»Mythen, Elefanten, Traditionen – so muss es hier lauten«, berichtigt ihn meine Mutter. »Hallo Philipp, ich habe weißen Marmorkuchen gebacken.«

Hä, was machen die hier!?

»Gleich sehe ich sie endlich, meine Braut!«, jubelt Golko von oben und zeigt zur Rückseite des Taj Mahal. Dort ist ein großer Baldachin aufgebaut, daneben brennt ein Feuer. »Hoffentlich hat sie den Gang eines Elefanten!«

»Kerl, Golko, was meinst du?«, rufe ich zurück.

»Ist ein großes Kompliment hier!«

Auf einmal steht Golko direkt neben Nina. »Indische Mythologie! Paare, die eine Vollmondnacht am Taj Mahal verbringen, bleiben zusammen bis in alle Ewigkeit.«

»Aber gesehen hast du sie noch immer nicht …« Nina umarmt ihn.

»Sie ist schick«, sagt Golko voller Überzeugung.

Plötzlich krault Chris an uns vorüber, mitten hinein in ein indisches Restaurant: »Du wolle Rose kaufen?« Der auch noch hier!

»Jaa«, plärrt eine Frau von einem der hinteren Tische. Simone!

Golko klatscht in die Hände. »Eine einzige Feier der Freude.«

»Wie es bei uns war«, sagt Nina.

Die folgenden Bilder verschwimmen plötzlich vor meinen Augen. Da ist der große Baldachin, auf den alle zusteuern. Darunter wartet Golkos Braut. Ich erkenne ihre Hände, Knöchel und Füße, die mit Henna-Tattoos verziert sind. Dann, endlich, dreht sie uns ihren verhüllten Kopf zu, zieht langsam den Schleier vom Gesicht.

»Oh mein Gott…«, erschrickt Nina.

Golkos Braut ist…Waldiva!

Die sich plötzlich vor mir aufbaut.

20. Kapitel

»Du bist eingeschlafen«, stellt Ninas Mutter fest.

Ich blinzle, muss mich orientieren. Wo ist Nina, wo das Taj Mahal? Nicht hier im Wohnzimmer.

»Ich schlafe nicht, ich meditiere.« Wer kann das schon unterscheiden, gerade hier.

»Sah süß aus«, grinst das Eichhörnchen auf der Matte neben mir.

»Danke für den Traum«, murmele ich.

Unglaublich, ich habe das Kursziel erreicht: war total tiefenentspannt, mehr noch: völlig weggedöst.

Das heißt, ich habe meine Hochzeit verschlafen? Moment, nein, ich bin doch noch gar nicht verheiratet. Schade! Es wäre so schön gewesen ... wegen Nina, natürlich ... aber auch wegen der ganzen Vorbereitungen, die ich ... wir ... einfach übersprungen hätten.

Der Sauerstoff im Raum ist sehr dünn geworden. Also sind sie in meiner Abwesenheit tatsächlich zum Mond geflogen. Oder hier stinkt eine Meditationsgruppe zum Himmel.

»Das dient alles der Selbstheilung.« Waldiva klopft mir lächelnd auf die Schulter, als wir die Treppe hochgehen.

»Ach so.« Krank habe ich mich eigentlich gar nicht gefühlt, aber wer kennt schon alle seine Macken.

»Kaffee ist in der Küche«, sagt Nina, die eine Tasse in der Hand hält.

»Ich trinke Tee.« Waldiva geht nach nebenan.

Nina nimmt einen Schluck. »Soso, ihr habt euch also gut verstanden.«

»Jau, Frühsport beendet. Bist du wieder okay?«

»Ich war nicht nicht okay!«

Oha, das hört man.

»Hast du schon mal so viele Traumfänger in einer Wohnung gesehen? Echt, Nina, ich meine, es wären noch mehr geworden.«

»Zu *dir* ist sie also aufmerksam.«

»Na ja, halt so meditationsmäßig«, ich versuche, verschmitzt zu wirken, »ist doch gut fürs Hochzeitskleid ...«

»Ach, und du bist nur nett zu ihr, weil du etwas von ihr willst?«

Ich? Wieso jetzt ich? »Hör mal, sie hat doch auch ihre normalen Seiten.« Nina verschränkt patzig die Arme. »Aber ja, zum Beispiel ... öhm ... in der Metzgerei, wenn sie einfach nur Aufschnitt bestellt.«

»Mutter ist Vegetarierin!«

Blöd, ich hatte auch kurz an Bäckerei und Brötchen gedacht.

»Spüre ich hier etwa negative Schwingungen?«, fragt Waldiva. Sie schaut aus der Küche und nippt an ihrem Tee, der offenbar noch ziemlich heiß ist.

»Nö«, sage ich.

»Ja!« Oha, Nina ist heute diplomatisch wie ein Werwolf. »Du bist damals einfach abgehauen!« Sie hätte mal besser zu Ende meditiert.

»Seid ihr deswegen hier?« Ihre Mutter stellt die Teetasse ab.

»Papa und Carmen haben mich großgezogen!«

»›Bauer sucht Frau‹. Da war es erfolgreich.«

»Deine Ironie kannst du dir sparen!« Hochzeitskleid ade.

»Lass es raus, Schätzchen.« Waldiva wechselt wieder auf Meditationskurs.

Nina dreht sich zum Fenster. »Mir kannst du so nicht kommen.«

Schweigen.

Ich heirate eine Werwölfin. Keine Ahnung, was auf einmal in sie gefahren ist, aber irgendwie muss ich ihre Laune auffangen. »Schöne neue Traumfänger hast du, Waldiva. Selbst gebastelt?«

»Persönliche Dramen entstehen, wenn man sich mit seinen Emotionen identifiziert«, sagt Ninas Mutter und klingt dabei richtig selbstzufrieden.

»Ja, ne«, ich fuchtele mit den Armen, »in dem Sinne hat Nina ja wohl alles richtig gemacht.«

»Mann, Philipp, kannst du nicht einfach mal die Klappe halten?«, sagt sie vom Fenster und dreht sich Waldiva zu. »Nicht mal bei meinem ersten Liebeskummer warst du für mich da. Ach, noch nicht mal am Telefon konnte ich mir dir richtig darüber reden! ›Liebe ist ein so kosmischer Sog‹ hast du nur gesagt. Ich war zwölf! Ich habe sogar mein Fenster zugemacht, weil ich dachte, sonst pustet der Durchzug meine Gedanken an Micha weg.«

Waldiva setzt sich auf einen Holzstuhl. »Ich weiß, ich war nicht immer die beste Mutter. Es gibt so viele Potenziale, die ich noch ausschöpfen muss.« Sie streckt beide Arme nach Nina aus. »Ich möchte gern dein Hochzeitskleid bezahlen.«

Woher weiß sie …? Super!

»Nein«, sagt Nina. Doch, Nina, doch! »Das sagst du ja nur, um jetzt deinen beknackten Frieden zu haben.« Herrje, Nina, als ob es soo wichtig wäre, wie sie es meint. »Ich lasse mich nicht kaufen!«

»Ich möchte einfach meinen Teil zu deiner Ganzwerdung beitragen«, erklärt Waldiva besänftigend, »außerdem gibt es doch so schöne Green-Wedding-Kleider.«

»Green Wedding?«, frage ich. »Du meinst: im Garten heiraten?«

»Nein, auf Naturschutz und Nachhaltigkeit achten. Also auf umweltfreundliche Einladungskarten, darauf, dass das Gold der Eheringe ohne Kinderarbeit gefördert wird, Rikscha statt Limousine, dann Hochzeitskleidung aus Naturstoffen …«

Jutesack? Soll sich Nina etwa einen Jutesack überziehen? Der kratzt doch.

»Pah, ich werde doch keine Biobraut!« Nina stapft auf. »Garantiert ohne Zusatzstoffe, fair gehandelt und ökologisch abbaubar.«

»Das wäre aber sehr verantwortungsvoll«, echauffiert sich Waldiva, »und enorm wichtig. Es geht um die Bewahrung von Ressourcen!«

»Wiederverwertung«, Nina bleibt aufbrausend, »du sprichst von Wiederverwertung. Ausgerechnet du, die bei Männern auf Einwegflaschen schwört!«

»Nina, also bitte, das geht mir jetzt zu weit!« Die Traumfänger schwingen auf einmal bedenklich hin und her.

»Jedenfalls trage ich keine Recycling Couture. Meine Hochzeit, mein Kleid!« Unsere Hochzeit, unsere Kosten. »Philipp, wir gehen«, sagt sie resolut.

»Mortimer, fahr den Wagen vor«, brumme ich. »Tschüs, Waldiva, bis bald hoffentlich.«

Nina schnappt sich ihren Mantel. »Danke, meine biologische Mutter, war wieder echt schön bei dir!«

Die Haustür rummst ins Schloss, Nina starrt vor sich hin. »Dann lade ich meine Mutter eben aus!«

21. Kapitel

»Natürlich ist meine Mutter durchgeknallt.« Stunden später ist der Vulkan Nina noch immer nicht erloschen, Tränen fließen ihr wie Lava die Wangen herab. Tränen der Wut. Ich setze mich zu ihr aufs Bett und lege einen Arm um ihre Schultern.

Nina schluchzt in mein Shirt. »Klar hat sie einen Spleen, das weiß ich doch, nicht erst seit heute.« Sie legt sich die Worte langsam zurecht, als sortiere sie ihre Gedanken. »Was für ein Hokuspokus.«

»Den anderen scheint die Meditation etwas gegeben zu haben«, sage ich vorsichtig.

»Harmonie und Hingabe«, äfft Nina nach. »Hätte sie die mal gezeigt, als ich noch Kind war! Nee, weg war sie.« Sie schluchzt wieder. »Waldiva hätte mir doch nur sagen brauchen, dass ich Micha mal zum Eis essen einladen soll. Wusste ich doch damals nicht. Und dann saß ich da auf meinem Bett und habe meinem Teddy die zerzausten Stoffohren vollgeheult.«

Bekümmert sieht meine Liebste mich an, mit roten Augen wie eingelegte Tomaten.

»Ich will eine normale Mutter. Eine, die Kuchen backt und sich Sorgen um mich macht.« Sie zieht die Nase hoch. »Stattdessen habe ich Waldiva.«

Nina hält sich zwei Finger an die Schläfe und drückt mit dem Daumen ab. »Wenn sie nicht eingeladen ist, muss ich mir auch keine Gedanken um sie machen.«

»Nina, bitte, sie wird sich schon nicht groß einmischen.«

»Hat sie doch schon. Mit dem Hochzeitskleid!«

»Aber das wollten wir doch sogar, das ist doch nett«, sage ich abwiegelnd.

»Als wenn das eine Wiedergutmachung wäre!«

»Es ist … ein Anfang?«

»Ein Anfang.« Sie schluchzt wieder. »Und wohin soll der führen?« Nina lässt den Kopf aufs Kissen plumpsen, schaut an die Decke. »Nichts als Ärger mit ihr.«

»Nina, das meinst du doch nicht so.«

»Und ob. Hundertprozentig.«

Warum nur haben Mütter und Töchter so oft Konflikte miteinander? Verstehe ich einfach nicht. Aber ich bin ja auch ein Sohn.

»Sieh mal«, ich rücke auf der Matratze noch dichter an sie ran, »deine Mutter gehört nun mal zu dir, zu uns, zu unserer Hochzeit …«

»Dann heirate doch sie.«

»Sie ist«, ich hole tief Luft, »die Oma unserer Kinder.«

Stille, allerdings nur kurz.

»Eben«, Nina zerknüllt ihr Taschentuch, »das macht es ja noch schlimmer!«

Mist. Meine Argumente flutschten auch schon mal besser.

»Blendende Aussichten sind das, ganz blendend«, regt sich Nina weiter auf. »Dann kauf doch schon mal wiederverwendbare Stoffwindeln!«

»Nina …«

Sie hält sich einen Unterarm vor den Bauch und wiegt ihn hin und her. »Keine Angst, mein kleiner Schatz, die Omma steht lediglich auf dem Kopf und trällert dabei. Nein, die Omma ist nicht bekloppt!«

»Nina, bitte.« Ich schaue sie eindringlich an, versuche meine Gedanken rasch in Worte zu fassen. »Und wenn du sie selbst nicht ändern kannst … aber doch deine Einstellung ihr gegenüber!«

Nina schweigt, fährt mit der Hand über die Bettdecke.

»Weißt du, unsere Ehe ist ein Aufbruch. Und ich denke, deine Mutter gehört einfach dazu.« Ich schmiege mich eng an sie. »Ein Aufbruch wie … bei Christoph Columbus.«

»Den haste jetzt aber weit hergeholt.« Nina verschränkt ihre Arme.

Sehr weit, ja, aber ich muss es versuchen. Ich muss wieder positive Hochzeitsgefühle in ihr erwecken! »Columbus ist doch bester Dinge aufs Meer raus …«

»… und hat sich dann grob versegelt«, redet sie mir wieder rein. »Blödes Beispiel. Und wer will schon nach Indien?«

»Du, wir könnten in den Flitterwochen hinfahren.«

»Ich weiß nicht.«

»Jedenfalls, auch wenn Columbus nicht dort gelandet ist: Er ist überhaupt irgendwo angekommen.«

Sie drückt die Hände auf die Matratze, setzt sich am Kopfteil des Bettes auf. Dabei verrutscht ihr Schlafshirt und gibt einen satten Blick auf ihre Brüste frei. Hmm, sexy.

»Columbus ist ein Beispiel dafür, dass der Weg das eigentliche Ziel ist.«

»Ja, genau«, ergänze ich sie, »und sein Weg war echt nicht einfach, zumal mit analogem Navi. Aber hat er aufgegeben?«

»Nee … noch nicht mal sein Gepäck, hihi.« Ein Lächeln erheitert Ninas Gesicht. Ihre Augen sind immer noch feucht, aber sie leuchten wieder.

»Siehste«, sage ich erleichtert, »selbst wenn man sich mal verfährt, kann noch Großes dabei herauskommen.«

»Hoffentlich ist unsere Hochzeit nicht auch das falsche Ziel.«

»Nein, Nina, nein. Es ist das weltallerbeste Ziel! Und

deine Mutter kommt mit auf die Reise, allerdings im Laderaum, ganz tief unten.«

»Und von dort kann sie dann die Delfine mit Schiffszwieback füttern«, schmunzelt Nina.

»Womöglich erhältst du über die Hochzeit einen neuen, viel besseren Draht zu ihr.«

Ich bin hin und her gerissen. Eigentlich will ich weiter feinfühlig sein. Wäre da nicht mein Riesenständer unter der Bettdecke. Ich küsse sie, erst zärtlich auf den Mund, dann im Nacken. Nina zuckt wohlig zusammen, Gänsehaut krabbelt ihr über die Schultern. Erregt schlägt sie auf die Bettdecke.

»Mast- und Schotbruch!«, jaule ich auf.

Zum Glück konnte ich Nina beruhigen. Sie hat sich erschöpft in die Decke eingemummelt, geborgen wie in einem Kokon, und ist weggeschlummert. Aber nun liege ich wach und starre ins Dunkel.

Ich kann ihr doch keine neue Mutter besorgen! Waldiva ist eben wie sie ist und sich dabei treu. In ihrer heilen Welt, in die sie sich zurückgezogen hat, herrscht Harmonie wie beim Blümchenpflücken. Besser gesagt: ihre Welt *ist* Blümchenpflücken. Aber diese esoterische Art der Zuneigung ist nichts für Nina. ›Betreten der Rasenfläche verboten‹ denkt sich mein Schatz da. Natürlich wünscht sich Nina familiäre Wärme von ihr, aber irgendwie scheint das nicht zu funktionieren. Kann man bei der eigenen Mutter das Gefühl empfinden, emotional obdachlos zu sein?

Mich friert's im Bett. Draußen schnaubt Wind an die Scheiben.

Waldivas Eltern sollen auch nicht ganz knusper gewesen sein, das rutscht durch die Generationen, so ein Dachschaden wirkt sich eben irgendwann auch im Keller aus.

Da kann ich ja noch heilfroh sein, dass Nina nichts abbekommen hat. Noch nichts? Klar ist sie nicht frei von Macken. Aber die sind süß, mit denen weiß ich umzugehen. Meistens jedenfalls.

Und als wenn ich selbst Mister Perfect wäre. Ich mit meinen schlotternden Knien. Beim Klingelmäuschen spielen, da sind wir doch alle weggelaufen. Aber nur mir haben die anderen Kinder hinterhergerufen: »Angsthase, Pfeffernase, morgen kommt der Osterhase.«

Das kann ich ja nur von meiner Mutter haben, ein ganz tolles genetisches Geschenk. Diese Sorgen, die sie sich immer macht. Das nervt. Man muss doch nicht immer gleich den Teufel an die Wand malen. Oder dessen Frau.

Und dann Mamas ständige Einmischungen in unsere Hochzeitsplanung: »Wenn du Cousin Ralf einlädst, musst du auch Tante Iris einladen ...« Sie könnte diese Zeit doch auch anders nutzen. Gemüse vorkochen oder so. Aber dem Einfluss der engsten Familie kann man sich wohl nie ganz erwehren, anscheinend heiraten immer soundsoviele Leute mit.

Vater dagegen ist 'ne glatte Eins. Immer da, immer nah. Wie in der Sparkassenwerbung.

Bert.

Er weiß, wie's läuft. Ich muss ihn sprechen.

Jetzt.

Das Treppenhaus ist kühl und finster, Gänsehaut kriecht über meine Arme. Als wäre ich im Dunklen allein im Wald, und das Knacken von Ästen sagt mir, ich werde verfolgt. Das Licht im Treppenhaus soll mich nicht verraten, also erfühle ich das Türschloss meiner Eltern, um den Schlüssel reinzufingern.

Die Kette innen ist nicht eingehakt. Glück gehabt, Papa hat's vergessen. Mama wollte sie haben, seit eines Nachts eine Armee von Einbrechern, Zeugen Jehovas und Feuer speienden Drachen vor der Tür stand. Nur in ihrem Traum, klar, aber seitdem die Kette angebracht ist, schläft Mama wieder ruhiger. Ich taste mich weiter über den Flur, stoße gegen Schuhe.

Rechts um die Ecke liegt ihr Schlafzimmer. Die Gefahr, sie bei ungezügelten Sexspielen zu erwischen, sehe ich nicht. Es sind meine Eltern, und es ist mitten in der Nacht. Langsam drücke ich den Türgriff runter. Mein Vater liegt auf der Seite des Bettes, die näher an der Tür ist. Ich werde ihn an der Schulter wachrütteln, wie ich es als kleiner Junge so oft getan habe, wenn ich nicht schlafen konnte. Die Tür ist nun einige Zentimeter offen, Mama schnauft gleichmäßig.

›Piep!‹ Ein kurzes, intensives Piepen dringt durch die Wohnung. Ich zucke zusammen, blicke mich im Dunkeln um. Nach einigen Sekunden wieder dieses Geräusch.

»Bert, es piept.« Die Stimme meiner Mutter klingt eher verschlafen als verwundert.

»Du hast geträumt«, höre ich ihn antworten.

›Piep!‹ Ich kann immer noch nicht zuordnen, woher der Laut kommt.

»Bert, wir haben eine fiese kleine Maus in der Wohnung. Oder einen Vogel, der nicht rausfindet. Das macht mir Sorgen.«

Mein Vater brummt nur verschlafen.

»Bert, nun tu doch etwas.«

Papa grunzt in die Decke.

›Piep!‹

»Ein schrecklicher Laut. Oh Gott, ist das etwa unsere Alarmanlage? Ein Dieb?«

»Wir haben doch gar keine Alarmanlage«, erwidert er. »Das wird der Feuermelder sein, die Batterie ist wohl wieder zu schwach.« Papa steht hörbar auf. »Ich hole die Leiter.«

Er geht aus dem Schlafzimmer nach rechts zur Abstellkammer. Ich stehe auf der anderen Seite und werde Papa abfangen, wenn er die Leiter zurückbringt.

Als Bert sie ausklappt, scheppern die Metallstufen. Ich höre, wie er an der Decke des Schlafzimmers herumhantiert. »So, neue Batterie drin, weiterschlafen.«

Er macht das Licht aus und legt sich wieder ins Bett. Mist.

Ich pirsche mich wieder zur Tür, da … piept es erneut.

Meine Mutter raschelt mit der Daunendecke. »Bert, du musst wieder auf die Leiter.«

»Herrje, also auch noch der Feuermelder im Wohnzimmer«, sagt mein Vater und nimmt die klappernde Leiter an sich. Gut, dann muss er an mir vorbei.

»Buuh.«

»Philipp.« Vor seinem Sohn erschrickt Papa nicht. »Hast du gepiept?«

»Nein«, flüstere ich. »Ich konnte nicht schlafen und …«

»Soll ich dir eine Gute-Nacht-Geschichte vorlesen?«

»Psst, nein, muss mit dir reden, weil …«

»Jetzt?« Nun ist Bert doch verwundert.

»Du hast doch gerade Zeit«, flüstere ich weiter.

»Sobald ich dieses lästige Piepen abgestellt habe.«

»Bert, mit wem sprichst du?«, ruft meine Mutter.

»Hier ist doch eine Maus.«

»Du Jeck, grüß schön«, ruft sie um die Ecke.

Bert schließt die Wohnzimmertür zum Flur und stellt die Leiter auf. »Worum geht's denn?«

»Nina«, sage ich und lehne mich gegen die Wand. »Wobei, eigentlich nicht um Nina, es betrifft eher ihre Mutter.«

»Aha«, sagt mein Vater und wechselt mit geübten Handgriffen die Batterie an der Decke aus.

»Nina kommt einfach nicht richtig mit Waldiva parat, sie sollte sich mal mit ihr aussprechen. Allerdings habe ich keine Ahnung, wie ich ihr das sagen soll.«

»Okay, warte hier«, sagt Bert, »ich lasse mich kurz als Drachentöter feiern. Danach komme ich wieder.«

Kaum ist er zurück im Schlafzimmer, dringt erneut das Piepen durch die Wohnung.

»O Mann!«, stöhnt Bert auf.

»Bert, mach das weg«, ruft meine Mutter, jetzt sehr nervös.

Dieses Mal kann ich das Geräusch orten. Bert steht schon wieder im Flur.

»Küche«, raune ich ihm zu.

Er geht rein und macht das Licht an. »Gibt's doch nicht. Sofie!«

»Ich bleib im Bett!«

»Hier liegt dein Handy und piept, weil der Akku fast leer ist …«

»Oh, gut«, ruft meine Mutter, »ich habe es schon überall gesucht.«

»Warum liegt es auf der Kaffeemaschine?«, frage ich meinen Vater.

Bert winkt ab. »Neulich steckte es bei den Schuhputzsachen.« Er schaut ins Schlafzimmer. »Schlaf schon mal weiter, mein Hase. Ich passe hier draußen noch etwas auf.«

Dann wendet sich Papa mir zu. »Du hast noch dein ganzes Leben lang Zeit, falsche Entscheidungen zu treffen«, sagt er bedächtig. »Ich würde sagen, diese Hochzeit gehört nicht dazu.«

»Das … das denke ich ja auch.« Ich setze mich aufs Sofa. »Nur, wie gesagt, Nina hat das heute echt aus der Spur geworfen. Was, wenn sie weiter daran zu knabbern hat? Wenn andere Hindernisse auftauchen? Du, ich weiß nicht, ob sie das aushält.«

Mein Vater steht auf. »Frauen wollen einen Mann, der sie im Arm hält, wenn die Welt sie erschrickt.«

»Da bin ich!«

»Ja, genau dieses Gefühl musst du ihr vermitteln.« Er geht zum Schrank. »Kräuterschnaps?«

»Puh, nee. Lieber 'n Bier.«

Papa holt zwei Flaschen aus der Küche. »Nina hat ja mal erzählt, dass sie sich auf den Kopf gestellt fühlte, als ihre Mutter ausgezogen ist.«

»Abgehauen ist sie.«

»Wer hatte schon eine rundum glückliche Kindheit.« Bert trinkt einen Schluck.

»Flipper vielleicht«, überlege ich. »Und ich natürlich!«

»Das wollte ich hören«, schmunzelt er. Sein Blick fällt auf mein Babyfoto, das an der Wohnzimmerwand hängt, gleich neben ihrem Hochzeitsfoto. »Nina muss das familiäre Band zu ihrer Mutter nicht ganz neu knüpfen. Ihre Nabelschnur wurde durchschnitten, und das ist auch gut so. Andererseits sollte sie raus aus ihrem Schneckenhaus und es wagen, sich mit ihrer Mutter auseinanderzusetzen.« Papa ballt spielerisch eine Faust. »Was du dir auch selbst merken solltest, Junior: Im Goldfischglas hörst du kein Meeresrauschen.«

22. Kapitel

»Schau mal, da drüben«, sagt Simone zu Nina, »der sieht doch auch ganz süß aus.«

Nina grinst. »Ziemlich gut gebaut, das sieht man trotz der dicken Winterjacke.«

»Es ist ziemlich frostig«, nicke ich Simone zu, »also wirf dich nicht vor ihm in den Schnee.«

Meine Finger verziehen sich noch tiefer in die Handschuhe, gleich am ersten Adventssonntag ist Schnee gefallen. Noch immer rieseln einige Flocken, pendeln gemächlich hin und her und setzen sich auf unsere Nasen. Oder auf eine der vielen anderen Besucher im Stadtgarten.

»Lasst mich nur gucken.« Simone wickelt ihren Schal enger. »So ein Weihnachtsmarkt ist als Männer-Börse nicht zu unterschätzen.«

»Romantische Atmosphäre, alle sind entspannt«, pflichtet Nina ihr bei.

»Und haben einen im Tee«, sage ich lakonisch.

Wie aufs Stichwort kommt Chris zurück. In seinen Händen hält er vier bunt verzierte Tassen, aus denen dampfend das Glühweinaroma strömt. »So«, strahlt er, »ist echt was los.«

»Danke, Chris.« Ich stoße mit Nina und unseren Trauzeugen an. »Gute Idee, hier das Programm der Hochzeitsfeier zu besprechen.«

»Spitzenklasse«, sagt Chris und prostet uns zu.

»Also weiter«, Nina nimmt engagiert den Faden wieder

auf, »ein Gästebuch wäre natürlich toll, au ja, mit Fotos von allen und den Eindrücken des Abends und …«

»Nina«, lächelt Simone sie an, »ich mach das schon.«

Nina lächelt dankbar zurück. »Und Chris, du musst unbedingt wieder Udo Jürgens singen!«

»Ja«, bekräftige ich.

Geschmeichelt wirft er den Kopf in den Nacken. »Na, wenn ihr unbedingt wollt.«

»Was wir auf keinen Fall wollen: einen Baumstamm zersägen«, erklärt Nina.

»Wollen wir nicht?«, frage ich nach.

»Ich sitze doch nicht den Rest des Abends im vollgeschwitzten Hochzeitskleid rum«, beharrt sie. »Und wir wollen auch sonst keine Spielchen, die uns dämlich aussehen lassen.«

»Das wäre nach eurem Hochzeitstanz eh nicht mehr zu toppen«, antwortet Simone und sieht dabei mich an.

»Einverstanden, dann lassen wir den einfach weg.« Ich bin kein John Travolta, allerdings auch kein Pottwal.

»Von wegen«, Nina stößt mich auffordernd an, »wir studieren 'ne fette Choreo ein.«

»Mach du, ich guck dir gern dabei zu«, sage ich gespielt gelassen, weiß aber nur zu gut, dass dieses Thema noch nicht durch ist.

Es duftet nach Mandeln und Maronen, das Stimmengewirr nimmt zu. Ein Typ in einem Army-Parka steht schon eine ganze Weile in unserer Nähe. Seine übergroße Hornbrille soll wohl stylish wirken, seine fettigen Haare sind es definitiv nicht. Auf einmal steuert er direkt auf uns zu und spricht Simone an. »Hallo, ich bin der Tom.«

Chris und ich stehen doch direkt neben ihr. Na, der hat Mumm.

»Stehst du zur freien Verführung?« Er sieht nur Simone an.

»Was steh ich?« Simone muss erst mal sondieren, was das gerade für eine Situation ist.

Er ist ein Mann, mutmaßlich hetero, und er hat sie angesprochen. Also los.

»Sie ist Single«, sage ich.

»Und nett«, betont Chris.

Wir beide haben also schon mal reagiert.

»Geh weg, weit weg«, sagt Simone.

Allerdings offensichtlich nicht in ihrem Sinne reagiert.

Sie schüttelt den Kopf und schaut ihm noch einige Sekunden verdattert hinterher. »Wie wirke ich denn bitte schön, dass mich *so einer* anmacht?«

»Aber das willst du doch?« Mit dem Zeigefinger schreibe ich ein Fragezeichen in den Schneestaub auf unserem Stehtisch.

»Der ist doch keine Bestätigung!«

»Bestätigung wofür?« Chris weiß es auch nicht.

»Das versteht ihr Männer nicht«, lächelt Nina und tätschelt Simone die Schulter. »Jedenfalls sind wir total dankbar, dass ihr uns die Organisation des Programms abnehmt. Denkt bitte dran, zwischendrin darf keine Langeweile aufkommen. Aber es soll natürlich auch nicht ewig dauern.«

»Wie bei Ellen und Matthias«, seufzt Simone, »mein Kleid war schon völlig platt gesessen. Das war ja alles gut gemeint, aber was haben wir darauf gewartet, dass wir tanzen können und es endlich ungezwungener wird.«

»Na ja, ein paar Reden müssen aber schon sein«, überlege ich. »Und Manni, ihr wisst schon, mein Comedykumpel, hat auch schon angedeutet, dass er ein paar Gags bringen will.«

Nina stellt ihren Glühwein ab. »Öhm…«

»Müllmann Manni, der passt ja super«, bemerkt Simone.

»Was denn?«, frage ich verwundert.

»Ich find den witzig.« Danke, Chris.

Nina sieht mich eindringlich an. »Meine Hochzeit ist weiß, ist sauber. Sie duftet!«

»Ach, und seine orange Jacke versaut den Saal oder was? Selbst wenn er ein Müllsakko trägt, mir doch egal, Manni ist ... mein Kumpel!«

»Und das bleibt er auch«, beschwichtigt Chris.

»Seine Gags passen nicht.« Nina verschränkt die Arme.

»Sex darf schmutzig sein, Humor nicht«, meint Simone.

»Ja, ähm, Zeit für 'ne neue Runde, würde ich meinen.« Chris greift sich unsere leeren Tassen.

»Ich komm mit.« Ein paar Schritte werden mir guttun.

»Für mich nicht mehr«, sagt Nina.

Wir müssen an der Glühweinbude nur kurz anstehen. »Das mit Manni kriegen wir schon hin«, sagt Chris, »lass mich nur machen.«

»Manni ist dabei!« Ich bin mit der Bestellung an der Reihe. »Drei Glühwein bitte.« Neue Tassen werden fix gefüllt.

Ich zahle, Chris sieht auf die Münzen. »Du hast mich doch nach guten Nebenverdiensten gefragt: Morgen mache ich im Internet eine Pferdewette. ›Ackergaul‹ auf Sieg. Der Hengst startet zwar als Außenseiter, ist aber ein todsicherer Tipp.«

Chris' todsichere Tipps kenne ich nur zu gut. Die enden im Minus oder im Chaos. Und wenn ein Pferd schon ›Ackergaul‹ heißt.

»Ich kann gerade kein Geld verplempern.«

»Kerl, wir gewinnen!«, behauptet Chris, »das gibt bestimmt 'ne Quote von 10 zu 1.«

»Nee, is gut.«

Wobei ich immer noch nicht weiß, wie ich die fehlenden 5000 Euro an Land ziehe. Jedenfalls nicht, indem ich 500 Euro in eine windige Wette investiere. Wir schlendern zurück. An den Ästen der idyllischen alten Bäume hangeln sich Lichterketten entlang, überall glänzt es ausgelassen feierlich. Nina und Simone beobachten eine hübsche Langhaarige. Ihr Winteroverall ist geschnitten wie ein Neoprenanzug. Auch Chris schaut anerkennend hin.

»Schlimm, diese superjungen Dinger mit ihrem IQ von 90-60-90«, sagt Simone zu Nina.

Ich gebe Simone einen Glühwein, sie hebt die Tasse. »Tata, ich trinke auf eure Hochzeit, die besten Trauzeugen der Welt und auf Ninas Gospelchor!«

»Den Gospelchor?«

»Klar, der tritt doch bei eurer Hochzeit auf«, erwähnt Simone ganz selbstverständlich.

»Waas?«

»Der ist natürlich gesetzt, haben wir gerade so entschieden«, ergänzt Nina.

»Diese Trullas?« Ich schaudere. Diese Trullas haben ein Rhythmusgefühl wie Madonnenstatuen und klingen wie Seehunde.

»Diese Trullas sind meine Mädels. Und sie werden singen.«

»Wenn sie es denn könnten! Den Takt treffen die doch, wenn überhaupt, erst auf dem Nachhauseweg. Du bist die Einzige, die toll singt.« Und die nicht aussieht wie eine Trulla.

»Sie werden singen.« Nina macht eine Pause und grinst. »In der Kirche.«

Ah, okay, da passt's natürlich. Halbwegs. Außerdem schaue ich ja Nina an, da sehe ich den Chor hinter mir auf der Orgelempore gar nicht. »Na, mal sehen.«

»Wenn eure Einladungen raus sind, schicken wir also eine Mail an alle rum«, sagt Chris und nickt Simone zu. »Wer etwas aufführen will, soll sich erst mal melden, wir checken das dann.«

»Übrigens, ganz wichtig«, gerade rechtzeitig fällt es mir noch ein, »ihr müsst Tante Gerti und ihre grässlichen Reime verhindern.«

»Oha.« Auch Nina ist alarmiert. »Die darf sie keinesfalls vortragen.«

»Aber... wir kennen sie doch gar nicht«, antwortet Simone.

»Genau deswegen fällt es euch leichter, ihr abzusagen.«

Nina nickt. »Kein Problem, wenn sie euch deswegen böse ist. Ihr seht sie ja nach der Hochzeit nie wieder...«

Als ich die Tassen endgültig zurück zur Glühweinbude bringe, liegt ein Flyer auf der Buchenholztheke: ›Weihnachtsmann dringend gesucht. Gute Bezahlung. Melde dich.‹

Ich stecke den Zettel ein. Das ist es!

Weihnachtsmann, das ist der perfekte Nebenjob für mich. Vor Leuten auftreten, ihnen einen vom Pferd erzählen – oder in diesem Fall vom Rentier. Und ›Ho-ho-ho‹ brummen, das muss ich wohl kaum üben. Am nächsten Tag rufe ich an.

»Hartmann.«

»Hallo, Philipp Schäfer hier, ich rufe an wegen Ihres Jobangebots...«

»Weihnachtsmann oder strippender Engel?«

»Äh... Weihnachtsmann. Aber nur angezogen.«

»Wat sonst«, antwortet der Mann. So richtig sympathisch klingt er nicht. »Du bist aber kein Student?«

»Nein.«

»Jot, von denen sind mir schon zwei abgesprungen. Unzuverlässiges Pack.« Ich höre, wie er mit Papier raschelt. »Hast du Erfahrung als Weihnachtsmann?«

»Nicht direkt...«

»Dat ist schlecht.«

»Aber ich trete als Komiker auf.«

»Als Komiker?«

»Bei Comedyshows und so.«

Erst ist es still in der Leitung. »Die Leute lachen über dich?« Dann prustet er los. »Ein Witzbold als Weihnachtsmann. Dat ist gut, dat passt!«

Ich lache kurz mit. Nicht, weil ich ihn lustig finde, sondern weil ich den Job brauche. »Wo käme ich denn zum Einsatz?«

»Pass auf, Jung. Deine, ich sag mal: Bühne, haha, ist die Hohe Straße.« Aha, in der Fußgängerzone. »Da ist mein Geschäft: Dieters Damen Dessous.«

Ulkiger Name, ich kenne es vom Vorbeilaufen. »Darin soll ich also, ich sag mal: Ho-ho-ho machen?«

»Nicht darin. Davor. Et jeht darum, dat du die Leute in den Laden ziehst.«

»Notfalls mit Gewalt, ne?« Ich grinse in den Hörer.

»Wat?«

»War 'n Witz.«

»Ah so. Wie du dat machst, ist mir drissejal. Hauptsach, dat Weihnachtsjeschäft brummt.« Er holt schnaufend Luft. »Ich brauch dich an den letzten drei Samstagen vor Weihnachten.«

Samstage, gut. Das beißt sich nicht mit meinen Massagen. »Das würde passen, Herr Hartmann. Hier steht was von Bezahlung …«

»Ja, leider.« Darauf sage ich nichts, soll er erst mal eine Summe nennen. »Okay, weil du Komiker bist: 450 Euro komplett.«

»500 wären besser.« Das ist mir spontan rausgerutscht. Ziemlich kühn. Aber ich brauche einfach Geld für die Hochzeit.

»Och, auch noch 'n geschäftstüchtiger Komiker?!« Er scheint auf einen Tisch zu klopfen. »Kannst froh sein, dat et dringend is, und irgendwie jefällt mir dat… ein Komiker!« Er schnauft noch einmal. »Naa jot, einverstanden.«

Ich höre einen Schlüssel in unserem Türschloss. »Hey Philipp, bin wieder da!«

»Alles klar!«, sage ich schnell ins Telefon. »Dann sehen wir uns Samstag.«

»Samstag von 9 bis 20 Uhr. Pausen gibt's natürlich nicht.«

Nina schlägt unsere Tür zu. »Philipp?«

»Hier, ich bin hier«, sage ich aus dem Schlafzimmer, »habe telefoniert.«

»Warum da?«, ruft sie von der Garderobe.

»Passt einfach besser zur Sexhotline.«

»Uuh, mein wilder Schatz.« Zur Begrüßung küsst sie mich lachend.

»Wie, äh, war denn dein Tag?«, frage ich.

»Adventszeit, puh. Da sind die Leute nicht weniger krank, war 'ne anstrengende Schicht, bin echt geschafft. Aber zur Belohnung habe ich eine Idee.« Nina strahlt mich an. »Am Samstag machen wir unsere Weihnachtseinkäufe!«

»Am Samstag?«

»Ja, da haben wir doch noch nichts vor.«

»Aber da ist es doch total voll in der Stadt.«

»Ein bisschen gehört das doch zur Atmosphäre dazu. Und wir können ja früh starten.«

Verdammt, verdammt. Bis vor fünf Minuten hätte ich noch gekonnt, nicht unbedingt gewollt, aber gekonnt, und den Gefallen hätte ich ihr gerne getan. Jetzt hat mich allerdings der Weihnachtsmann mit seinem Schlitten zugeparkt.

»Och komm, Philipp, das wird spaßig.«

»Na, aber dieses Gedränge mit den vielen Leuten. Ich weiß nicht, ob du dich dabei erholen würdest. Eigentlich müsstest du etwas machen, womit du gegen den Strom schwimmst.«

»In die Sauna gehen?«

»Zum Beispiel.« Aber auch da müsste ich ja mit. »So was, hm, hm, oder …« Das ist *die* Idee! »… oder du könntest etwas mit Simone unternehmen. Etwas, was du schon länger mit ihr vorhast …« Ich lächle sie an.

»Ins Schlaraffenland auswandern?«

Ich schüttle den Kopf. »Besser.«

Nina sieht fragend zurück. *Die* Idee ist glorreich!

»Na, ist doch klar, ihr schaut euch Hochzeitskleider an. In den Brautgeschäften ist doch jetzt Flaute, nix los, die warten doch geradezu auf euch.«

»Meinst du?«

»Klar, die freuen sich schon darauf, euch den vollen Service bieten zu können. Ich meine, ganz unverbindlich, habt einfach Spaß.«

»Hm, interessante Idee.«

»Klar, und solltet ihr doch ein Kleid finden, schicken wir die Rechnung einfach deiner Mutter.«

»Nö. Dazu bin ich noch nicht bereit.«

»Ähm, bestimmt gibt's jetzt zum Jahresende auch schicke Auslaufmodelle …«

»Sicher, ich höre die Leute in den Kirchenbänken schon munkeln: Seht mal, da kommt das Auslaufmodell. Und alle gucken mich an. Pah!«

»Ich meine doch nur, es wäre eben preisgünstiger …« Schnauze, Philipp, jetzt bloß keinen Streit riskieren, sonst bockt Nina und bleibt zu Hause! »Jedenfalls mach ich mich Samstag früh aus dem Haus, dann könnt ihr hier schön mit 'nem Sektfrühstück starten.«

Nina überlegt noch, nickt vor sich hin. »Diesen Samstag … und das wäre wirklich okay für dich?«

»Nun gut, es ist ein Opfer. Es fällt mir natürlich nicht leicht. Aber für dich doch gerne, meine Liebste.«

Ninas Augen glänzen. »Super. Hochzeitskleid, ich komme!«

Dann stockt sie und fährt sich mit den Händen über die Hüften. »Aber bin ich nicht zu sehr aus meiner Figur rausgewachsen?«

23. Kapitel

»Spitze gekleidet von Kopf bis Fuß – mit Dieters Damen Dessous!«

Was für ein äußerst fragwürdiger Werbespruch, den ich auch noch ständig wiederholen muss. Wer trägt schon Unterwäsche auf dem Kopf. Gut, soll's geben, aber … Frauen?

»Spitze gekleidet von Kopf bis Fuß – mit Dieters Damen Dessous!« Diesen Blödsinn rufe ich laut und bimmle dazu mit einer Glocke, gerade etwas stärker, da die Fußgängerzone samstags um 10 Uhr noch nicht ganz so verstopft ist. »Spitze gekleidet von Kopf bis Fuß – mit Dieters Damen Dessous!« Bimmelbimmel. Erst eine Stunde stehe ich hier und habe schon keine Lust mehr. »Spitze gekleidet von Kopf bis Fuß – mit Dieters Damen Dessous!« Ich komme mir so dämlich vor.

Erst recht in diesem goldroten Gewand und der Zipfelmütze. Die ersten Kundinnen haben schon sehr erstaunt geschaut, als auf einmal der Weihnachtsmann aus der Umkleidekabine gewackelt kam.

»Perfekt«, hat Herr Hartmann bei der Anprobe gegrinst, »als Komiker macht dir dat ja nix aus, da freuste dich ja sogar drüber.«

Dann hat er mir noch ein Kissen in die Hand gedrückt, das ich mir vor dem Bauch festbinden musste. Es ist zweifellos ein komplett uncooler Gesamtauftritt. Dank des Rauschebarts erkennt mich wenigstens keiner.

Mein Smartphone vibriert. Ich ziehe es eher heimlich aus

der Tasche, ich weiß ja nicht, wie weit der Weihnachtsmann mit der Technik gehen darf. ›*Volltreffer! Todsicherer Tipp, wie ich's gesagt habe: 1000 Euro gewonnen, für 100 Euro Einsatz. Wie geil, 1000, für nix!*‹ Glückwunsch, Chris. Und ich friere mir hier für die Hälfte den Arsch ab. Wohlgemerkt an drei kompletten Samstagen.

»Boah, voll altes Modell, noch älter als wie du. Soll'n wir dir Weihnachten 'n neues Smartphone schenken?« Der Junge vor mir, elf, höchstens zwölf Jahre alt, dreht sich zu seinen gleichaltrigen Kumpels um, sie lachen.

»Ho-ho-ho! Zeigt Respekt vor dem Weihnachtsmann.«

»Alter, wer glaubt denn noch an den. Ist doch Kinderkacke.« Er zeigt die Hohe Straße runter. »Weiter, Amigos, lassen wir den Penner.«

Erstaunlich, was man sich als Weihnachtsmann bieten lassen muss. Und ich dachte, man kriegt von Omas noch Kekse zugesteckt. »Spitze gekleidet von Kopf bis Fuß – mit Dieters Damen Dessous!«

»Ihre Stimme kenne ich doch ...«

»Ho-ho-ho?«

»Ja, wirklich. Woher nur?«

Stefan Fuß, der Nachbar über uns. Mit seiner Frau Kerstin und ihrem vierjährigen Leon, der so gerne Spielzeug auf den Boden knallt. Direkt über unseren Köpfen.

Müssen die ausgerechnet jetzt vorbeikommen? Ich muss noch tiefer sprechen. »Ja-ha, der Weihnachtsmann hat eine bekannte Stimme.«

Kerstin nimmt den Kleinen auf den Arm und zwinkert mir zu. »Unser Leon ist ein ganz Lieber.«

Ja, wenn er mir nicht auf dem Kopf rumtrampelt. »Das weiß ich natürlich, ich bin doch der Weihnachtsmann«, sage ich und streiche Leon mit meinen weißen Handschuhen gutmütig über die Haare. Das habe ich mir in einem amerikanischen Weihnachtsfilm abgeguckt.

»Seine Eltern dagegen sind nicht ganz so brav«, raunt Stefan mir zu und deutet zum Geschäft, »Sie haben doch jetzt diese scharfen Weihnachtsnegligés mit Plüsch im Sortiment…«

Weiß ich nicht, interessiert mich auch nicht. »O-ho-ho, fällt das nicht unter Privatsphäre?«

»Och, das sehen wir locker.«

Ich meinte meine Privatsphäre.

Um abzulenken, drücke ich Leon eine Tafel Schokolade aus meinem Jutesack in die Hand. »Hier, mein Freund, weil du deinen Eltern nie auf die Nerven gehen sollst.« Und deinen Nachbarn natürlich auch nicht.

Kerstin schmunzelt. »Wenn das mal so wäre. Ehrlich gesagt, ist er schon anstrengend, unser Leon. Klar wäre es schön, mal wieder einen Abend ganz ohne Geschrei zu haben. Einen trinken gehen mit Freunden ist fast gar nicht mehr drin. Aber wenn man heiratet, ist alles rosarot, dann bedenkt man so was nicht. Ist wohl auch besser so.« Meine Nachbarin unterbricht kurz ihre Werbebotschaft. »Haben Sie Kinder?« Komische Frage an den Weihnachtsmann.

»Nein.« Elfen und Kobolde, von denen sicherlich jede Menge.

»Wenn nur jeder so viel Verständnis für Kinder hätte wie Sie. Bei uns im Mietshaus ist das nicht unbedingt so.« Sieh an, sie meint sicherlich Nachbar Hiller. Zu lustig, was Kerstin hier ausplaudert. »Das Pärchen unter uns, die haben keine Kinder, gerade *er* ist da völlig unlocker.«

Blödsinn! Ich bin total locker mit Leon, eigentlich. Aber der Kleine haut echt auf die Pauke, und das werde ich ja wohl noch sagen dürfen.

Auf einmal zieht mir Leon am Rauschebart, das Gummi

dehnt sich, immer weiter, und als er loslässt, knallt mir der Bart voll vor die Nase. Meine Maskierung sitzt jetzt schief, ich muss …

»Ach!«, entfährt es Stefan, »jetzt, ja klar: der Philipp!«

»Hallo.« Auch Kerstin ist überrascht.

»Ich … ich stehe hier nur zufällig, also aushilfsweise, der eigentliche Weihnachtsmann musste kurz weg, sein Schlitten hat 'n Platten.«

»Philipp, ich hätte dich ja gar nicht erkannt«, sagt Kerstin verdattert. »Das mit dem ›unlocker‹ war natürlich nicht so gemeint.«

Stefan zupft mir am Kragensaum. »Hehe, du stehst also auch auf Plüsch.«

»Jetzt hast du uns aber ertappt.« Kerstin streicht sich verlegen durchs Haar. »Aber sag mal, da du eh hier rumstehst, könntest du ein paar Minuten auf Leon aufpassen? Dann könnte Stefan mir bei der Dessousauswahl helfen.«

»Ooh jaa.« Stefan reibt sich die Hände.

Klar, dafür sind wir ach so netten Weihnachtsmänner schließlich da: dass die Eltern ihre Kinder ›nur mal eben‹ bei uns parken können. Wird langsam Zeit für eine Gehaltserhöhung.

»Ist gut.« Unter dem Rauschebart dürften sie meinen genervten Gesichtsausdruck nicht erkennen.

»Leon, bleib schön bei Philipp, wir sind gleich zurück«, sagt Kerstin und setzt ihn in den Buggy.

»Das mit dem Plüsch bleibt aber unser Geheimnis«, grinst Stefan, bevor er im Laden verschwindet.

»Das mit dem Weihnachtsmann auch.«

Wenn Nina es erfährt, gibt's mehr Ärger als bei Rumpelstilzchen.

Ich winke meinen Nachbarn hinterher, so als hätte ich sie in den Laden gelockt. Nicht dass ich dabei ernsthaft ehrgeizig wäre, nur für den Fall, dass Herr Hartmann mich aus dem Geschäft beobachtet.

»Du bist gar nicht der Weihnachtsmann.« Leon schaut irritiert zu mir auf. »Du bist Philipp.«

»Stimmt. Aber ich helfe dem Weihnachtsmann. Weil der ja nicht überall gleichzeitig sein kann. Die Kinder in Afrika, das ist ganz weit weg, die wollen ja auch was von ihm haben.«

Leon steigt aus dem Buggy. »Ich will 'n Basketball.«

»Nein, den wünschst du dir nicht!«

»Doch, doch, doch.«

»Wir haben doch keinen großen Garten, in dem du damit spielen kannst.«

Leon guckt mich trotzig an. »Dann will ich den auch.«

»Klar, kriegste nach Hause, schließlich bin ich der Weihnachtsmann.«

»Dann bring mir auch ein Nochmeerschweinchen mit.«

»Ein Nochmeerschweinchen?«

»Ein Meerschweinchen hab ich doch schon.«

Auf einmal läuft er vom Buggy weg. »Leon, hey, bleib hier!«

Verdammt, er läuft mitten auf die Hohe Straße. Ich gehe in die Hocke, watschle im Entengang durch die Leute, um ihn besser sehen zu können. »Leon?«

Einer älteren Passantin remple ich gegen den Hintern. »Was sind Sie denn für ein Flegel?« Sie dreht sich um. »Oh …«

»Entschuldigung«, sage ich und bin schon weiter. »Leon!« Da, er steht schon vor dem Schaufenster gegenüber.

»Da ist Nina«, sagt er.

»Ja ja, Leon, zurück mit dir.«

»Nina.«

Was, wer? Ich sehe durchs Schaufenster in den Laden. Tatsächlich, da ist Nina, meine Nina, und neben ihr Simone.

Ach … klar! Es ist ein Brautmodengeschäft, natürlich, die Kleider hängen mir ja direkt vor der Nase.

»Nina, Nina!« Leon klopft mit seinen Fäustchen gegen die Scheibe. »Leon, hör auf, wir müssen zurück.« Sie darf mich unmöglich in meinem Kostüm erkennen!

»Hallo Leon, was machst du denn hier?« Nina hat ihn gesehen und steht schon in der Ladentür. In einem Hochzeitskleid … nee … es ist eher ein ganz enormes Sahnebaiser.

»Nina … schön«, sagt Leon und zeigt auf ihr Kleid.

»Danke, Leon.« Nina schaut mir mitten auf den Rauschebart. »Sie sind aber nicht sein Vater.«

»Ich, äh, bin der Patenonkel.« Kerl, Philipp, die Stimme tiefer! »Ich bin der Ho-ho-ho.« Boah, wie jämmerlich ist das denn.

Sie reicht mir eine Hand. »Nina, ich bin Leons Nachbarin.«

Abwartend schaut sie mich an. Ich stehe vor meiner Freundin und weiß nicht, was ich sagen soll. Ich darf mich ja nicht verraten! Was für eine skurrile Situation.

»Sehr gesprächig sind Sie nicht«, sagt Nina freundlich.

»Nett, Sie kennengelernt zu haben.« Tiefe Stimme, tiefe Stimme. »Wir müssen jetzt leider weiter.«

»Tschüss«, Nina streicht Leon über den Oberarm, »und ich ziehe jetzt mal dieses unpassende Kleid aus.«

»Gut.«

»Bitte?«

»Gut … en Tag noch.«

Wie einen Sack schultere ich Leon, um möglichst schnell wieder auf die andere Seite der Fußgängerzone zu gelangen. Hoffentlich sind Stefan und Kerstin noch im Geschäft. Leon trommelt mit seinen Fäustchen auf meinem Rücken und fängt an zu knatschen. In der üblichen Lautstärke.

»Der war halt nicht brav«, sagt eine Frau zu dem Kind an ihrer Hand. Die Passanten ringsum schauen uns an. »Wenn er nicht der Weihnachtsmann wäre, würde ich die Polizei rufen«, verkündet ein älterer Herr.

Leon strampelt, um sich zu befreien, fast fällt er mir aus dem Arm in den Buggy. Mit seiner rechten Hand schlägt er mir voll auf die Nase. »Autsch.«

»Leon!«, ruft seine Mutter, die gerade das Geschäft verlässt. »Leon, das macht man nicht mit dem Weihnachtsmann.« Mit dem Nachbarn Philipp aber auch nicht.

»Nicht schimpfen«, sagt Stefan hinter ihr, »er meint's doch nicht so.« Er hält eine kleine Tüte hoch. »Sind fündig geworden, hehe.«

»Danke, du hast uns wirklich sehr geholfen«, sagt Kerstin.

»Das ist wohl mein Job.« Ich klopfe mir unbeholfen auf den Weihnachtswanst.

»Ach ja, und vielen Dank für eure Save-the-Date-Mail, wir kommen gerne. Feiert ihr die Hochzeit denn größer?«

Was meint sie wohl, wofür ich mich hier so abkaspere?

»Spitze gekleidet von Kopf bis Fuß – mit Dieters Damen Dessous!« Zum Glück geht meine Stimme mittlerweile im Rauschen der Fußgängerzone unter, zur Mittagszeit ist es ein einziges Getümmel, die Leute sind dichter gedrängt als Sandkörner am Strand.

Nina ist hier. Sie schaut mit Simone nach Brautkleidern. Nun, das sollte mich nicht wundern, genau das war der Plan. Aber doch nicht ausgerechnet im Laden gegenüber!

Okay, mein Kostüm ist nicht so lässig wie das von Batman, aber es verdeckt ebenso gut mein wahres Ich. Also mache ich hier einfach weiter meinen Job – und die beiden Mädels haben drüben ihren Spaß.

Andererseits, das Kleid, das Nina eben anhatte, das war

echt scheußlich. Was ihr selbst ja auch rechtzeitig aufgefallen ist. Wenn sie das aber bei der nächsten Anprobe nicht bemerken sollte? Simones Geschmack möchte ich da lieber nicht trauen.

Natürlich weiß ich, dass es Unglück bringt, wenn der Bräutigam das Kleid schon vor der Hochzeit sieht. Das gilt für den Bräutigam, nicht jedoch für den Weihnachtsmann ... Neugierig, ich? Ach was. Ich will nur ganz sichergehen, dass sie sich nicht vertut. Das ist alles.

Da ich Herrn Hartmann gerade nicht in seinem Geschäft erspähe, stapfe ich mit wichtiger Weihnachtsmann-Miene wieder auf die andere Straßenseite.

»Der Weihnachtswilli!«, ruft einer.

Was, wer? Ach so, ich.

»Weihnachtswilli, ja leck mich doch, wo kommst du denn her!?«

»Von drauß vom Walde.«

»Höhö, is klar. Hörma, jetzt ein Gruppenfoto, wär das geil, wa!« Ein Junggesellenabschied kreuzt mich, ein absolut angetrunkener Junggesellenabschied. Was zweifellos der natürliche Zustand einer solchen Gruppe ist, aber bei diesen Jungs meint man, sie hätten einen Weihnachtsmarkt leergesoffen. Und es ist erst Mittag.

»Ihr seid ja in beachtlicher Frühform«, bemerke ich.

»Wir sin' immer in Form, wa! Weihnachtswilliii, du geile Sau, stell dich mal hier.« Ich glaube, wenn ich einfach mitspiele, geht es am schnellsten vorbei. »Kerl, Uwe, Foto für Facebook, nicht abhau'n.«

»Muss pissen«, sagt Uwe.

»Machste gleich, komm jetzt hier.« Einer hält mit seinem Smartphone drauf.

»Ho-ho-ho«, mache ich, »na dann, viel Spaß noch.«

»Un' ob, nachher geh'n wir alle ins Pascha bei die Nutten.«

»Da haben die aber Glück.« In ihrem Zustand werden die Jungs sofort wegratzen. »Tschüss.«

»Krieg'n wir noch 'n Segen oder so?« Sie sprechen alle gleich, ich kann sie kaum unterscheiden. Zumal alle Regenjacken übergezogen haben, beschriftet mit: *›Horst seine Hochzeit‹*.

Es ist die Art von Junggesellenabschied, die ich für mich selbst eher nicht sehe.

»Feiert und macht keinen Scheiß«, sage ich.

»Danke, Alter, korrekter Segen.« Einer gibt mir die Hand, den ich als den eigentlichen Horst vermute. Er guckt an mir vorbei durchs Schaufenster. »Alter! Dat is aber auch mal 'ne richtig geile Braut. Also richtig geil.«

Er meint … Nina. Oha!

»Muss pissen«, sagt Uwe und öffnet die Ladentür. Die anderen poltern hinterher und drängen mich in der Gruppe mit.

»Was wird das?«, fragt die Mitarbeiterin.

»Klo?«, fragt Uwe.

Ich denke fieberhaft nach. »Ich kann das erklären …«

»Ich nicht«, sagt der eigentliche Horst. »Aber Mäuschen, du bist ja auch voll die geile Braut.« Nina sieht ihn verunsichert an, auch Simone hat sich, umringt von dieser Horde, argwöhnisch erhoben.

Die Mitarbeiterin wird etwas lauter. »Also, die Herren, entweder Sie gehen sofort, oder ich rufe die Polizei.« In der Sache richtig, in der Taktik unausgereift.

»Freibier!« Ich ziehe die Blicke auf mich. »Männer, auf dem Neumarkt gibt's Freibier!«

»Echt jetz'? Hörma, dat is ja 'n geiler Markt. Nix wie hin!« rufen die Kumpels durcheinander. »Danke, Weihnachtswilli!« Sie holpern aus dem Geschäft.

Für einen Moment ist es ganz still, die drei Frauen schauen mich dankbar an. Da kommt Uwe von hinten angetorkelt, er nestelt noch an seinem Gürtel herum. »Höh, wo sin' die all'?«

»Neumarkt«, sage ich und halte ihm die Tür auf.

»Darf ich Ihnen einen Kaffee anbieten?«, fragt mich die Mitarbeiterin überaus freundlich.

Meine Füße sind schon länger lausig kalt, und ich würde mich wirklich gerne aufwärmen, was mir in Dieters Dessous-Laden unmöglich ist. »Gerne, ja.«

In meinen dicken Klamotten setze ich mich auf einen Hocker, natürlich kann ich nichts ausziehen. Weil sonst die Gefahr besteht, dass Nina mich an der Nase oder den Augen erkennt. Aber sie kann ja unmöglich damit rechnen, mich als Weihnachtsmann verkleidet bei ihrer Brautkleidanprobe anzutreffen. Ich habe ja selbst nicht damit gerechnet. So etwas passiert doch noch nicht mal in Hollywood-Komödien.

»Herr Weihnachtsmann, da Sie gerade der einzige Mann im Raum sind …«, Nina deutet lächelnd auf mein rotes Kostüm, »… und sich gewissermaßen mit Festbekleidung auskennen – wie finden Sie dieses?« Sie fächert den Stoff etwas auf.

Das Brautkleid knistert und raschelt verheißungsvoll. Es sieht prachtvoll aus, wie gemacht für Nina. Dieses Kleid und mein Mädchen, sie sind eine Einheit. Ich schlucke unmerklich.

Doch was kann … darf … ich ihr antworten?

Am besten gar nichts, damit sie mich nicht erkennt. Außerdem muss ich sie siezen, was noch absurder ist. »Sie …« Tiefe Stimme, tiefe Stimme. »Sie sehen darin himmlisch aus. Der Stoff glitzert an Ihnen wie Schneekristalle.« Ich muss mich räuspern. »Ho-ho-ho.«

Nina strahlt mich an. »Meinen Sie wirklich?«

Ich baumle entschieden mit meiner Zipfelmütze. Oh ja, Baby.

»Wie süß von ihm«, Simone klatscht in die Hände und lacht Nina zu, »was er wohl drunter trägt?«

Ein Kissen.

»Simone!«, schmunzelt Nina.

Die Mitarbeiterin kommt zurück und reicht mir eine Tasse Kaffee, die meine Hände wärmt.

»Danke.« Ich lächle sie an.

Nina dreht sich vor dem großen Spiegel noch einige Male prüfend hin und her.

»Simone, sei ehrlich: Heule ich?«

»Nee.«

»Dann ist es das noch nicht.«

Aber warum denn nicht? Es ist raffiniert, sexy, herrlich. Nina, nimm es!

Wie blöd, wenn man die Dinge nicht laut aussprechen kann.

»Ich hätte hier noch ein anderes, das Ihnen gefallen könnte«, sagt die Mitarbeiterin, »Herzausschnitt Kapelle, Schleppe Organza Satin, mit Rüschenperlen bestickt. Preislich ist es etwas weiter oben angesiedelt.« Nina, das andere ist besser! »Sehen Sie, zwanzigjährige Bräute wünschen sich überwiegend den plüschigen Barbie-Look, also mehr Tüll und dergleichen. Sie dagegen sind Endzwanzigerin.« Nina ist Anfang dreißig, was soll der Schmalz? »In ihrem Alter wird vor allem nach schlichteren Kleidern gefragt.« Das ganze Gedöns, das sie gerade aufgezählt hat, nennt sie ›schlicht‹? »Und die sind teurer, weil es auf den Stoff ankommt.« Schlichter ist schlechter, Nina, bah!

»Ja, dann ziehe ich das auch mal an.« Ganz rote Bäckchen hat Nina bekommen. »Schenken Sie mir bitte noch Sekt ein.«

Ich muss hier weg, ich habe hier eh nichts verloren. Den letzten Schluck lasse ich in der Tasse und stehe auf. »Vielen Dank, die Damen.«

»Danke Ihnen für Ihre tolle Hilfe«, kichert Nina.

»Starker Weihnachtsmann«, raunt Simone mir zu, »sollen wir mal 'n Kaffee oder Glühwein trinken gehen?« Simone, wenn du wüsstest, wie oft wir das bereits getan haben. »Geben Sie mir doch Ihre Telefonnummer«, lächelt sie süßlich. Diese Mimik kenne ich gar nicht von ihr.

»Einfach den Himmel anrufen«, lächle ich zurück. »Ich wünsche Ihnen allen ein frohes Weihnachtsfest.«

»Verdammt, wo war'n Sie denn die ganze Zeit?« Als ich wieder vor seinem Geschäft stehe, funkelt mich der Inhaber unheilvoll an.

»Drüben im Brautladen. Ich dachte, erst interessieren sich die Frauen fürs Kleid, dann lotse ich sie rüber zu unseren Dessous.« Habe ich ›unseren‹ gesagt?

Dieter Hartmann sieht mich durchdringend an. »Komiker.«

Hoffentlich wirft er mich jetzt nicht auf die Straße. Und wenn schon, da stehe ich ja bereits.

Er schlägt mir auf den Rücken. »Guter Mann, gute Idee. Weiter so.«

Ich grinse. »Spitze gekleidet von Kopf bis Fuß – mit Dieters Damen Dessous!«

»Ganz genau.« Hartmann zeigt auf die andere Straßenseite »Rüber mit Ihnen.«

Nein, kein drittes Mal.

»Dieter, ich habe hier echt zu tun, und da kommt auch schon die nächste Lady.« Erleichtert klopfe ich ihm auf die Schulter. »Ich mach das schon.«

Er nickt zufrieden und geht in sein Geschäft.

Auf der letzten Etage nehme ich zwei Stufen auf einmal, fummle ungeduldig den Schlüssel ins Schloss. »Bin wieder da-a!«

»Na endlich.« Ich höre Ninas Stimme aus dem Wohnzimmer. »Warst du den ganzen Tag unterwegs?«

Erwartungsvoll öffne ich die Tür. »Hallo, mein Stern. Und, wie war's?«

»Ich bin keine Frau für ein Hochzeitskleid«, sagt sie, und es klingt traurig.

»Was?«

»Ist doch wahr. Ich meine, erst lief es gut, richtig gut. Ich hatte einige Kleider an, in denen ich mir wunderschön vorkam, wurde toll zurechtgemacht und fühlte mich wie eine Göttin.«

Ich setze mich zu ihr aufs Sofa. »Das ... das klingt doch super.«

»War es ja erst auch. Jedenfalls, solange der Weihnachtsmann mit im Laden war.«

»Der Weihnachtsmann.« Andere Männer würden sich jetzt wundern. Ich stelle es eher sachlich fest.

»Ja, der Weihnachtsmann. Er hat mich gut beraten.«

»Aha.«

»Aber dann musste er wieder los, und ab da ging nichts mehr. So als hätte mir der Himmel seinen Segen entzogen.«

»Hat er nicht«, widerspreche ich verständnisvoll.

»Ach Philipp, auf einmal stand ich vor dem großen Spiegel, ganz in Weiß und dachte: Na wow, da ist ja jede Eisbärin erotischer.«

»Quatsch.«

»Du hast doch keine Ahnung, du warst ja nicht dabei. Die Angestellte brachte mir einen Albtraum in Weiß nach dem anderen, ich kam mir vor wie ... wie ...«

»Eine Schneeflocke?«

»Nein, wie eine Lawine! Eine Riesenauswahl im Laden – und ich hilflos darunter eingezwängt und begraben. Trotzdem war nichts für mich dabei. Bin ich denn echt zu unförmig für ein Hochzeitskleid?« Sie haut mit einem Kissen aufs Sofa. »Zu unförmig, zu blöd, zu Nina!«

»Nein! Und das eine, das war doch wirklich schön …« Ups!

»Ja, eins war toll.«

»Das, äh, habe ich geraten.«

Nina schaut kurz verdutzt, dann stiert sie die Wand an. »Und dann hat mir Simone auch noch Tüll ausgeredet.« Für einige Sekunden fixiert sie stumm die Tapete. »Die Vorstellung, wie mein Kleid aussehen soll, habe ich natürlich.«

»Na siehste, dann war die Auswahl heute eben doch nicht soo riesig.«

»Ach, was weißt denn du.«

»Ich weiß, dass es jedem Hochzeitskleid eine Ehre wäre, von dir getragen zu werden.«

Ein kraftloses Lächeln huscht über ihr Gesicht. »Und warum war meins dann nicht dabei?«

Ich greife ihre Hände. »Weil es in einem anderen Geschäft hängt.«

Bedröppelt starrt sie auf ihre Oberschenkel. »Neun Monate noch. Ich habe ja noch nicht mal mein Hochzeitskleidgewicht.« Nina atmet tief aus. »Und mein Hintern sieht eh aus wie ein Hubschrauberlandeplatz!«

»Das ist doch Unsinn …«

»Es war einfach eine doofe Idee, jetzt schon danach zu gucken. Kurz vor Weihnachten, wer macht denn so was. Und jetzt sitze ich hier mit meinem schlechten Omen.«

»Nina, bitte, das ist doch Quatsch …«

»Mann, doch! Brautkleider gibt es eben nur für schicke Schwäne.« Nina schnieft. »Nicht für so ein hässliches dickes Entlein wie mich.«

Ich schlucke. Toll, Philipp, da hast du ja mal wieder alles richtig gemacht.

Nina schnäuzt sich. »Und wie war dein Tag?«

»Ganz okay.« Dachte ich jedenfalls bis vor zehn Minuten. »Möchtest du eine Massage, mein Stern?«

Neun Monate noch. Und bereits jetzt zeigt sie ein hormonelles Harakiri wie bei einer Schwangerschaft. Nina liegt in den Hochzeitswehen, definitiv. Hoffentlich wird das keine Sturzgeburt.

24. Kapitel

»Wie schön, dass Sie es einrichten konnten!« Nina freut sich aufrichtig, hat aber auch den typisch weiblichen Drang, direkt für gute Stimmung zu sorgen.

»Gerne doch, und so komme ich vor dem Weihnachtsbasar wenigstens noch an die frische Luft«, sagt Pfarrer Theo, als wir an der Bastei links runter zum Rheinufer laufen.

Klar ist es nett von ihm, sich nach der Heiligen Messe die Zeit zu nehmen, zumal am 4. Advent. Ich trabe hinterher, noch ziemlich platt von meinem neuerlichen Einsatz als Weihnachtsmann gestern in der Fußgängerzone.

›Ehevorbereitungsgespräch‹, deutscher kann ein Wort nicht sein. Sachlich richtig, aber komplett emotionslos. Es war Ninas Wunsch, mit dem Priester spazieren zu gehen. Mir gefiel ja sein Vorschlag, nicht im Pfarrbüro um den Tisch herum zu sitzen, sondern sich in einer Kneipe auszutauschen. Die Situation hatte ich schon vor Augen, eine Szene wie in einem Mafiafilm: verrauchtes Hinterzimmer, halbleere Whiskygläser, Zigarillos lässig in den Mundwinkel geklemmt. Im Halbdunkel wird der Deal ausbaldowert, Hand drauf, fertig. Und wer sich nicht dran hält, wird mit maßgegossenen Betonschuhen im Rhein versenkt.

Offenbar hat Nina diese Vorstellung nicht gefallen.

»So ein sonniger Tag, hier ist es ja auch viel schöner als in einer miefigen Kneipe«, strahlt sie. »Stimmt's, Philipp?«

»Hey, klar.«

Das Wasser reflektiert die knallige Dezembersonne, die

nicht wärmt, den Himmel jedoch grellblau ausleuchtet. Der Rhein glitzert, ich kneife die Augen zusammen.

»Sie sind getauft, nicht geschieden, zahlen Kirchensteuer«, Theo schaut in sein Notizbuch, »und haben sich für meine Agneskirche entschieden, alles wunderbar.« Er schiebt das Büchlein in eine Seitentasche seines dunkelbraunen Mantels. »Ehrlich gesagt, mag ich diesen formalen Kram gar nicht so.« Er lächelt. »Was mich interessiert: Wie haben Sie sich denn eigentlich kennengelernt?«

»Über Chris, unseren Trauzeugen«, sagt Nina.

»Bei Linus' Talentprobe«, ergänze ich.

»Ach, die Bühne draußen am Tanzbrunnen«, stellt Pfarrer Theo fest.

Ich weiß immer noch nicht, was ich von Pfarrer Theo halten soll. Er hat uns an der Wohnungstür überfallen, sozusagen als Komplize meiner Mutter. Mit der er früher mal etwas hatte.

Ich umkreise ihn gedanklich, lauere skeptisch. Dabei beschleicht mich das Gefühl, dass ich ihn irgendwie mag. Vielleicht, weil er ein Kirchenmann ist und dennoch so unkonventionell wirkt. Sich mit meiner Mutter einzulassen, also zwangloser geht's ja nun wirklich nicht.

»Philipp …?«, drängt Nina.

»Über Chris, ja ganz genau! Trauzeuge, Autohändler, Chaot. Vor allem aber: guter Freund.«

»Sie haben also gemeinsam die Talentprobe besucht …« Pfarrer Theo will es genau wissen.

»Ja«, lacht Nina, »wir standen mit den anderen im Publikum. Chris dagegen«, sie macht eine kleine Pause, »war einer der Künstler!«

»Über drei Jahre ist das her«, füge ich hinzu. »Udo Jürgens hat er gesungen, ›Ich war noch niemals in New York‹. Gewonnen hat er nicht, aber egal …«

»… er war super!«, schwärmt Nina kichernd. »Wie ein richtiger Rockstar.«

»Ich war aber auch gut«, sage ich.

»Natürlich, hinterher.« Nina blinzelt. »Philipp war so charmant, auf der Aftershowparty haben wir die ganze Zeit miteinander getanzt.«

»Und uns direkt verliebt«, betone ich.

Nina sagt nichts, sie lächelt hintergründig.

»Schön.« Pfarrer Theo scheint zufrieden. »Worin sehen Sie denn jeweils das größte Talent des anderen?«

»Er versucht immer, mich zum Lachen zu bringen.«

»Ich versuch's?«

»Meistens klappt's.«

Vergnügt klatschen wir uns ab.

»Ich bewundere ihre Energie, ihre Lockerheit, ihren Optimismus. Und kochen kann sie auch.«

Nina boxt mich, Pfarrer Theo schmunzelt. Er verheiratet uns also. Kirchlich. Was mir nicht so wichtig ist, Nina hingegen schon. Sie wünscht sich ›Gottes Segen‹. Den es offiziell nun mal nur in der Kirche gibt. Ich bin ja schon zufrieden, konkret etwas davon zu haben, dass ich Kirchensteuer zahle.

Nur, was heißt das denn bitte schön: ›Gottes Segen‹? Ich meine, wie wirkt der sich aus?

Sonnenschein am Hochzeitstag und keine peinlichen Pannen, ist es das? Oder eine liebevolle Ehe, gemeinsames Glück und gesunde Kinder? Also alles Dinge, die man eigentlich für selbstverständlich hält. Bis es auf einmal übel scheppert.

Ich sehe den Pfarrer an. »Was ist Gottes Segen?«

»Auslegungssache.«

Das ist doch mal auf den Punkt. Ohne geistliches Getue. Danke, Theo.

»Einfach fest dran glauben und fertig?«

Theo nickt energisch.

So ist das eben bei Kirche, Karma und dem FC.

Ein Ausflugsschiff plätschert sonntagsgemütlich an uns vorüber.

»Chris hat Sie also zusammengebracht.« Pfarrer Theo nimmt den Faden wieder auf.

»Ich bin schon seit dem Kreißsaal mit ihm befreundet, wenn nicht länger«, sage ich stolz.

Nina streicht mir über eine Wange. »Zwei Monate später haben wir unseren ersten gemeinsamen Urlaub gemacht. In Ägypten waren wir, Tauchen im Roten Meer.«

»In Ägypten?«, wiederholt der Pfarrer hellhörig.

»Ja, in Sharm El Sheik.«

»Auf der Halbinsel Sinai, fantastisch!« Theo zückt sein Notizbuch. »2. Buch Mose…«, überlegt er, was mir ziemlich bibelfest klingt. »Moses, natürlich: Auszug der Israeliten aus Ägypten… durch die Wüste Sinai… Empfang der Zehn Gebote: das wird die Lesung aus dem Alten Testament!«

»Aha«, pflichtet ihm Nina zaghaft bei. »Aber was hat das mit unserer Hochzeit zu tun?«

Pfarrer Theo kritzelt weiter in sein Büchlein. »Na, der *Bund* Gottes mit dem Volk Israel. Das kann man schon als eine Art Vermählung betrachten.«

»Und die Zehn Gebote waren dann der Ehevertrag?« Ich bin Comedian, das musste jetzt raus.

»Ganz so würde ich es nicht sehen«, erwidert Theo, »aber das formuliere ich schon passend. Keine Sorge, das ist schließlich mein Job.« Offenbar sehr zufrieden mit sich schaut er zur Seilbahn hoch. Unterhalb der Zoobrücke drehen wir um.

»Dann gefällt Ihnen unsere Geschichte?«, fragt Nina aufgeregt.

»Obwohl sie nicht zu meiner Standardpredigt passt«, sagt Theo lächelnd. »Ein paar Fragen hätte ich noch…«

Ich denke, Pfarrer Theo mag uns. Nicht nur, weil er es sollte, um uns gut verheiraten zu können. Nein, Nina und ich, wir bestätigen und ergänzen uns, verbal, gestisch, in allem. Wir meinen es ernst. Das merkt er, das gefällt ihm. Er will etwas Besonderes aus uns herauskitzeln, etwas, das er in seiner Predigt verwenden kann. Wofür er zum Glück keinen platten Fragenkatalog abspult, sein Anliegen scheint es tatsächlich zu sein, uns näherzukommen. Und wir möchten ja auch erfahren, woran wir bei ihm sind. Mein Gefühl sagt mir, Nina vertraut ihm.

Pfarrer Theo klopft nicht unseren Glauben auf Herz und Nieren ab, er pocht nicht auf streng religiöse Motivationen. Vermutlich ist er letztlich froh um jede Trauung, weil seine Kirche dann ordentlich gefüllt ist. Mit Menschen, die ihn nicht nur ansehen, sondern ihm richtig zuhören.

Mit Pfarrer Theo ist die Ehevorbereitung also kein Verhör, sondern ein lockeres Gespräch.

So, das wäre festgestellt.

Nina schaut auf die Uhr. »Ui, doch schon so spät …«

»Wir sind ja gleich durch.« Pfarrer Theo schaut sie freundlich an.

»Nee, alles gut«, beeilt sich Nina zu sagen, »es ist nur, heute Abend kommen unsere Eltern zum Essen. Ich muss noch einiges vorbereiten. Und zugegeben, ich bin auch etwas nervös: Alle vier zusammen hatten wir noch nie bei uns.«

»Oh klar, verstehe.« Theo checkt die Notizen in seinem Büchlein. »Der 28. August steht als Termin, die Ringe besorgen Sie, auch bei der Traukerze mache ich einen Haken dran. Na, und wegen des genauen Ablaufs und der Liederauswahl sprechen wir dann noch mal, das eilt jetzt nicht.«

Nina nickt eifrig. »Toll. Und mein Gospelchor aus der

evangelischen Kirche ist sehr happy, das Programm zu bereichern.«

»Das ist erfreulich«, sagt Pfarrer Theo.

»Extrem erfreulich«, brumme ich.

Theo, der zwischen uns läuft, klapst uns gleichzeitig auf die Schultern. »Jesus hat Wasser in Wein verwandelt. Auf einer Hochzeit! Also, da werde ich Ihre Beziehung ja wohl in eine Ehe veredelt bekommen.«

Wasser zu Wein. Ich schaue noch einmal auf den Rhein. Das wäre hier wohl etwas viel des Guten.

»Doch, ich muss sagen, bei Ihnen beiden habe ich ein richtig gutes Gefühl.« Theo reibt sich vergnügt die Handschuhe. »Es wird bestimmt ganz wunderbar aussehen, wenn Sie durch den Mittelgang der Kirche schreiten, in Ihrem herrlichen Brautkleid ...«

Nina atmet schnaufend aus und das nicht wegen der Kälte. »Bislang nicht.«

»Bitte?«

»Ich bin leider nicht der Typ für ein Brautkleid. Die stehen mir alle nicht.«

»Aber das, ähm ...« Von ihrer Aussage erstaunt, erlaubt sich der Pfarrer, Nina in ihrem Mantel zu fixieren. »Wem, wenn nicht Ihnen ...?«

»Sehen Sie, Herr Pfarrer, das ist es ja: Alle sagen, ich werde toll drin aussehen. Aber das will ich nicht mehr hören! Weil ich noch kein Kleid habe. Mir will einfach keins passen.«

Die Charmeoffensive des Pfarrers ist komplett krepiert. Ich springe ein. »Nina, bitte, was soll denn das jetzt, wir finden bestimmt bald ...«

»Keins, keins, keins! Alle haben eins, sogar die, die vorm Altar sitzengelassen werden. Total bescheuert so in letzter Sekunde, aber die haben wenigstens ein Kleid. Selbst die Schwangeren haben eins und die mit richtig Oberweite sowieso, was ich von mir ja nun wirklich nicht behaupten kann!«

»Natürlich hast du, Nina …« Mit meinen Händen male ich Riesenbälle in die Luft, Pfarrer Theo schaut rasch zum Himmel.

»Jedes Schneeflöckchen hat ein Weißröckchen. Und mir? Stehen nur Jogginganzüge!«

»Na komm, selbst im Job trägst du weiß und siehst darin sexy aus.«

»Ach, soll ich jetzt im Arztkittel vor den Altar treten? Geht's noch?«

»Mensch, Nina, du warst doch erst in einem Laden«, sage ich energisch.

»Alles durchprobiert, war nix dabei! Und das war auch Simones Meinung. Selbst dem Weihnachtsmann stand sein Kostüm besser.«

Jetzt schaut der Pfarrer richtig irritiert.

Sie atmet scharf aus. »Brautkleid und ich, das passt vermutlich so schlecht zusammen wie deine Eltern und meine.«

Ich lege einen Arm um Nina, sie zittert.

»Alle reisen nach Jerusalem, nur die doofe Nina plumpst zwischen die Stühle.« Sie starrt Pfarrer Theo an. »Wissen Sie, wie das ist, wenn man von etwas ausgeschlossen wird?«

Theo nickt verhalten.

Nina schüttelt sich. »Sehen Sie, das ist so beängstigend: Was, wenn es bei mir nicht der Tag der Tage wird!?«

»Komm, mein Stern, wir müssen jetzt los …«

»Ach lass mich.« Nina entwindet sich meinem Arm. »Ich bin es echt so kleid … leid.«

Sie stapft davon. Wie eine Sternschnuppe, die Reißaus nimmt.

25. Kapitel

Der Mozzarella klebt leicht am Messer, als ich den weißen Klumpen schneide. Über dem Herd dampft es, Nina brät die Schweinefiletmedaillons an.

»Hoffentlich hält der Pfarrer mich jetzt nicht für eine Zicke«, sagt sie verzagt.

»Ach was, nein, er hatte Verständnis.« Das hatte er wirklich. »Bei Pfarrern hat man doch immer das Bild vom Hirten und seiner Herde vor Augen. Ich denke mal, wenn ein Schaf blökt, bringt ihn das nicht aus der Ruhe.«

Nina wendet das Fleisch, es zischt in der Pfanne. »Sorry, weiß auch nicht, was in mich gefahren ist. Ich konnte nicht anders in dem Moment.«

»Ist doch alles gut, Nina.« Mir war die Situation nicht peinlich, eher unbehaglich. Nicht wegen Pfarrer Theo. Meine Nina, so habe ich sie noch nie erlebt. Und ich wusste einfach nicht, wie ich am besten auf sie reagiere.

Heulend habe ich sie zu Hause angetroffen, aufgelöst. Jetzt, drei Stunden später, hat sie sich wieder beruhigt, ist wieder die Nina, die ich kenne.

»Ich meine, das mit dem Brautkleid muss mich doch beschäftigen. Ich kann nicht sagen, dass ich es vermisse, ich hatte ja nie eins, aber natürlich fehlt es mir. Und irgendwann gibt es keins mehr.«

»Nina!«, ich spreche ihren Namen euphorisch aus, »morgen eröffne ich einen Brautladen. Du bist die allererste Kundin, ich empfange dich mit Sekt und schließe die Tür ab.

Dann suchst du dir in aller Ruhe ein Kleid aus, während alle anderen Kundinnen sich noch vorm Schaufenster die Nase plattdrücken.«

Sie lächelt mich einige Sekunden lang verlegen an, dann fängt sie sich wieder. »Papa und Waldiva haben sich seit Jahren nicht gesehen!«, sagt sie resolut.

Die beiden machen mir ehrlich gesagt auch Sorgen. Nicht, weil sie sind, wie sie sind, sondern weil ihr Aufeinandertreffen Nina bedrückt. »Das schon, aber es bleibt ein guter Plan, unsere Eltern zu einem gemeinsamen Essen eingeladen zu haben. Auch auf unserer Hochzeit werden sie sich treffen, und danach wird es so weitergehen.«

Nachdenklich schiebt meine Süße die Schweinemedaillons in den Backofen, ich garniere die Mozzarellascheiben mit dem Rucolasalat.

»Probeessen«, betone ich und grinse sie an, »in unserem Fall …«

»… besteht die Probe darin, ob sich alle vertragen«, ergänzt sie belustigt.

»Ganz genau! Ich meine, nichts gegen unser Dinner, mmh«, demonstrativ atme ich den Fleischgeruch ein, »aber über die Qualität des Essens auf Schloss Schwan lässt sich ja wohl nicht streiten.«

»Über die Qualität der Gäste dagegen …« Nina lässt den Satz offen.

Dingdong. Meine Eltern sind wie immer pünktlich, ich öffne ihnen. Bert drückt mir eine Flasche Wein in die Hand.

»Hmm, das duftet«, schnuppert Sofie.

»Schön, dass ihr da seid, komme gleich«, ruft Nina aus der Küche.

Mein Vater sinkt im Wohnzimmer gleich in die Sofaecke, so selbstverständlich wie immer. Ich glaube, für ihn wäre es auch okay, wenn jetzt Formel 1 liefe. Durch die geöffnete Tür ist das Wohn- mit dem Esszimmer verbunden, hier schaut sich Mama um.

»Oh toll, den Tisch habt ihr sehr schön weihnachtlich gedeckt«, schwärmt Sofie, »aber warum ist der Weihnachtsbaum so mickrig?«

Wieder klingelt es. »Ich mach auuuf«, ruft Nina.

Ich hole tief Luft und ziehe mein Hemd stramm. Es geht los.

»Hallo Papa. Hallo ... Waldiva.« Nina stutzt, weil ihre Eltern gemeinsam die Treppe hinaufgekommen sind.

Paul umarmt seine Tochter. »Wir sind uns schon auf der Straße über den Weg gelaufen«, sagt er und lässt sich keine Begeisterung anmerken. »So habe ich noch mehr von ihr.«

»Ich dachte nicht, dass du mir schmeichelst«, erwidert ihre Mutter.

»Der Abend ist noch jung.«

»Dein Vater ist nicht mit sich im Reinen«, haucht Waldiva. »Hallo, mein Kind.«

Vielleicht hätten sie erst in eine Kneipe gehen sollen, um sich dort abzureagieren.

»Bier«, entscheidet Paul, noch bevor ich fragen kann, was er trinken will.

»Hallo zusammen.« Ich öffne die Flurtür zum Wohnzimmer. »Meine Eltern sind schon hier ...«

»Wir hatten's ja nicht weit«, sagt Bert und steht auf.

»Herrn Lang kennt ihr ja schon von Ninas Geburtstag.« Händeschütteln, Lächeln. »Und Frau Lang-Förster ...«

»Waldiva«, unterbricht sie und reicht meinen Eltern die Hand.

»Wladimir?«, wiederholt meine Mutter erstaunt.

»Waldiva. Ihr spiritueller Name«, erläutere ich.

»Ich bin auch in der Kirche.« Mama lächelt. »Sofie. Willkommen bei uns.«

Bert breitet seine Arme aus, warmherzig und gutmütig. »Wie schön, endlich lernen wir uns mal alle kennen.« Er ist in unserer Familie einfach der Nestbeschmuser.

»Ja, das war unsere Absicht, so kurz vor dem Fest der Liebe«, freut sich Nina.

Papa klatscht in die Hände. »Jau, dann wollen wir mal den Ehevertrag aushandeln.«

Nina, Paul und auch Mama drehen sich ihm verwundert zu.

Er feixt sie an und haut mir kumpelhaft auf die Schulter. »Philipp haftet jetzt mit seinem Privatvermögen.«

»Gerne Papa, sobald ich eins habe.«

Der Small Talk geht zwar auf meine Kosten, aber wenigstens findet er statt.

»Mein Junge tritt auch noch fleißig auf«, sagt Sofie.

»Erzähl von der Firmen-Weihnachtsfeier vor zwei Wochen …« Nina gluckst.

Ich verdrehe die Augen. »… ja ja, der Chef beendete seine Rede an die Mitarbeiter mit der Ankündigung, dass es kein Weihnachtsgeld und keine Gehaltserhöhungen gebe. Dann hat er mich angesagt: ›Und jetzt viel Spaß mit dem Comedian …‹«

»Oh«, macht Waldiva.

»Man hätte eine Feder fallen hören können. Über 30 lange Minuten.«

»Bier?« Paul schaut mich auffordernd an.

»Ja, und wer möchte einen Prosecco?«, frage ich in die Runde.

»Ich mach das schon mit den Getränken«, sagt Bert und läuft in die Küche.

Waldiva sieht durch die offen stehende Tür in unser Esszimmer. »Ein schöner großer Tisch, kommunikativ und energetisch.«

»Ja, das war mir beim Einzug wichtig«, freut sich Nina, »um Freunde einladen zu können.«

»Und nun sind *wir* hier«, nuschelt Waldiva.

Nina hat es nicht gehört. »Setzt euch doch schon mal.«

»Ein Billardtisch hätte aber auch wunderbar hingepasst«, sage ich zu Paul.

Mama schüttelt den Kopf. »Junge, den kannst du doch nicht feucht abwischen.«

»Ich hole die Vorspeise«, erklärt Nina.

»Ich helfe dir.«

Bert kommt uns aus der Küche mit einem Tablett voller Gläser entgegen. »Hoch die Tassen!«

Bevor ich mir die Platte mit dem Rucola-Mozzarellasalat greife, nehme ich Nina in den Arm. »Siehst du, alle schön friedlich.«

Nina seufzt. »Bis jetzt.«

»Wichtig ist, dass wir zusammenhalten.«

»Wie der Mann am Galgen und sein Strick?«

Sie fasst sich an den Hals.

»Die Schweinemedaillons sind einfach zu köstlich«, lobt meine Mutter, »die zarte Kräuterkruste ist ja ein Gedicht. Und die Champignonrahmsoße, genau richtig abgeschmeckt.«

»Lecker«, sagt Paul.

»Wirklich schade, dass Sie nicht probieren können«, sagt Mama mit Blick auf Waldivas Teller, der mit grünen Bandnudeln und gemischtem Salat gefüllt ist. »Aber Kuchen essen Sie doch?«

»Ich bin Vegetarierin.«

»Also nicht«, fühlt sich meine Mutter bestätigt. »Und was ist mit Käseigeln?«

Bert haut sich vergnügt auf seinen Bauchansatz. »Das ist der Vorteil einer Ehe: Vollpension.«

»Hoffentlich nicht nur«, lächelt Nina und hebt ihr Weißweinglas. »Auf euch und unsere gemeinsame Zukunft. Zum Wohl.« Wir stoßen miteinander an.

»Hast du dir das auch gut überlegt?«, fragt mich Waldiva unvermittelt.

»Ähm, was meinst du?«

»Die Ehe. Sie ist so konventionell, so unfrei, eine so schmerzliche Sehnsucht.«

Ich bin sprachlos, Nina verschluckt sich hörbar beim Trinken.

»So ein Unsinn«, poltert Paul. »Waldiva hat einfach keine Ahnung von der Ehe, ich muss es ja wissen. Hört einfach nicht hin.«

Oha. Harmonische Weihnachtsstimmung, bitte lauf nicht weg.

»Möchte noch jemand Soße?«, fragt meine Mutter.

»Es liegt nicht an mir, sondern an der Ehe an sich«, betont Waldiva. »Ein einziges ungestümes Chaos ist sie.«

Ich richte mich auf. »Du, mit Nina ist alles anders, besser, unkomplizierter und fröhlicher.« So war es zumindest bis vor Kurzem. »Ich liebe sie. So.«

Nina blinzelt mir zu, gluckst.

»Und darauf kommt es schließlich an«, sagt Bert jovial in die Runde, »in guten wie in schlechten Zeiten …«

»Bei Flut wie …«, Paul kippt sein noch halb gefülltes Bierglas in einem Rutsch runter, »… Ebbe.« Er deutet auf sein leeres Glas.

»Na ja«, sage ich leutselig, »bei Mama und Papa kriselt es ja auch schon mal.«

»Dann … führen Sie eine Aushalteehe?«, schießt es aus Waldiva heraus.

»Mensch, Mama!«, rüffelt Nina.

»Eine was?«, fragt meine Mutter.

»Es mag schon mal Gefühle geben, die man gerade nicht verspürt«, antwortet Papa besinnlich, »aber deswegen sind sie doch immer noch vorhanden.«

»Mit anderen Worten: Wir sind zufrieden«, bestätigt Sofie ihn auf ihre Weise. »Und satt bin ich auch. Dabei gibt es noch Dessert, stimmt's?«

»Apfelstrudel mit Vanillesoße, Mama.«

Bert fasst die Hand von Sofie, drückt sie. »Leben in der Ehe heißt vor allem, füreinander da zu sein.«

»Man kennt sich, man kratzt sich.« Süffisant schaut Paul Waldiva an.

»Ja, auch das: einander Paroli bieten«, sagt Bert und rutscht auf dem Stuhl hin und her. Ich glaube, ihn drängt sein inneres Bedürfnis, Frieden zu stiften. »Ihr Lieben, wem darf ich denn noch Weißwein nachschenken?«

Waldiva hält ihm ihr Glas hin. »Es gibt so Dinge, danach suche ich mein ganzes Leben.«

Mama stutzt. »Ja ... haben Sie denn schon mal unter dem Sofa nachgeschaut?«

»Jedenfalls kann ich mit einer kirchlichen Trauung nichts anfangen.« Waldiva legt ihre Serviette beiseite. »Dort ist nicht der Kosmos zu finden, der uns göttliche Glückseligkeit beschert.«

»Wo dann?« Mama ist irritiert.

»Es ist unsere Entscheidung, und sie ist fix!«, sagt Nina verärgert. »Das sehe ich ganz klar anders als du.«

»Na, aber es gibt doch auch freie Theologen, die einen im Wald oder auf einer Wiese vermählen.«

Meine Mutter räuspert sich. »Freie Theologen? Entweder man ist in der Kirche oder nicht.«

»Wir haben hier ja die Agneskirche direkt um die Ecke.« Ich will vermitteln.

»Genau, und unser Pfarrer Theo ist wunderbar, ein Teufelskerl«, strahlt Mama.

Ihre Wortwahl scheint mir nicht ganz geeignet, aber es ist klar, was sie meint.

Mama bleibt in Fahrt. »Außerdem ist eine kirchliche Trauung wichtig, wenn dann die Kinder getauft werden.«

»Getauft?«, fragt Waldiva.

»Kinder?«, frage ich. Sieht sie hier irgendwo welche rumlaufen?

»Ja nun«, ereifert sich Mama, »so ist das bei einer katholischen Trauung: Nina ist evangelisch, aber dann streng genommen verpflichtet, ihre Kinder taufen zu lassen und sie im katholischen Glauben zu erziehen.«

»Mama, stopp«, bestimme ich.

»Da sind sie ja wieder, diese Maßregelungen!«, ruft Waldiva. Die Kerze vor ihr flackert bedenklich. »Nicht mit meiner Tochter!«

»Ach, auf einmal!«, murrt Nina höhnisch. Dann wendet sie sich an Mama. »Da habe ich wohl auch noch ein Wörtchen mitzureden.«

»Du kannst mir die Kleinen einfach zum Abendgebet runterbringen.«

»Mama, wir hatten heute unser Ehevorbereitungsgespräch, es ist alles geklärt.« Und warum spricht sie von Kindern in Mehrzahl?

Bert winkt aus dem Wohnzimmer, in das er sich mit Paul abgesetzt hat. Sie trinken gemeinsam Bier und scheinen froh, nicht mehr in der Gefechtslinie zu sein. Die haben's gut.

Ich muss das Thema wechseln, um unsere Mütter zu bremsen. Besser, ich fange noch mal von vorne an. »Schön, euch zu sehen! Erstaunlich gutes Wetter heute, also für einen 22. Dezember auf jeden Fall. Dieser blaue Himmel. Jedenfalls bis es dunkel wurde.«

Waldiva wirft die Arme in die Luft. »Wenigstens das ist ein Pluspunkt!«

Was denn?

»So eine Heirat hat das Potenzial zu einer intensiven Auseinandersetzung mit der Schöpfung, mit Mutter Erde!«

Mist, es geht weiter.

»Und deswegen«, Waldiva bleibt eindringlich, »ist Brautmode aus Naturstoffen so bedeutsam.«

Falsches Stichwort! Ganz falsches Stichwort, das falscheste Stichwort überhaupt heute.

»Naturstoffe, geht das schon wieder los!«, reagiert Nina direkt allergisch.

»Die sind zwar etwas teurer, lassen sich dafür aber einfärben und als Abendkleid weiterverwenden.«

Ich beuge mich zu ihr. »Waldiva, bitte.« Sie hat schon das falsche Stichwort ausgesprochen, jetzt muss sie nicht noch einen Satz draus machen.

»Die Idee ist doch gar nicht so schlecht«, pflichtet Mama ihr bei. »Wissen Sie, ich habe eine klare Vorstellung, wie wir die Hochzeit ausgestalten. ›Mit allem‹ sage ich nur!«

»Mama, ich schick dich gleich nach Hause«, sage ich ernst.

»Gut«, ruft Bert aus dem Wohnzimmer, »dann würden Paul und ich gerne mitkommen. Er kennt doch meinen Kräuterschnaps noch nicht.«

»Jau«, grunzt Paul.

»Ruhe, ihr beiden.«

»Also Philipp, nur damit das klar ist«, Waldiva hebt einen Zeigefinger, »ich zahle das Kleid nur, wenn's nach meinen Vorstellungen ist.«

»So ein Kleid gibt es nicht«, jault Nina auf. »Es gibt ja nicht mal eines nach meinen Vorstellungen!«

»Und natürlich möchte ich es mit aussuchen«, beharrt Waldiva, »schließlich bin ich ihre Mutter.«

»Seit wann das denn?!«, schluchzt Nina.

»Ich komme sowieso mit«, behauptet Mama.

»Augenblick bitte«, entscheide ich. Nina ist verzweifelt, unser Probeessen entgleitet völlig, und das stört mich gerade gewaltig. »Ich möchte draußen etwas mit Nina besprechen.« Ich muss sie beruhigen! »Papa, mach doch bitte Espresso für alle.« Ich nehme Nina an die Hand und…

Dingdong. Es klingelt an der Tür? Dingdong. Tatsächlich.

Wer ist denn das um kurz vor 22 Uhr?

»Wir gehen schon«, sage ich und bin bereits mit Nina im Flur.

»Musstest du denn alle aufwiegeln?«, schimpft sie wimmernd.

Ich… was? Der Zankapfel fällt nicht weit vom Stammbaum.

Dingdong.

»Ja, verdammt! Nina, Liebling, jetzt öffnen wir erst mal die Tür.«

Hiller. Und ich dachte, es könnte nicht mehr schlimmer kommen.

»Ich habe einen Wasserschaden«, sagt unser Nerv-Nachbar.

Jetzt ist er auch noch inkontinent.

»Hiller, Sie haben alle möglichen Schäden.« Ich presse die Lippen zusammen. »Nun also auch noch Wasser.«

Unser Hausältester scheint zu nervös, um meinen Angriff zu bemerken. »Es läuft aus meiner Küchenwand.«

Soll er doch den Daumen auf das Loch halten, ich habe hier gerade echt andere Sorgen. »Blöde Sache, klar, aber was soll ich da jetzt machen?«

»Der Boden ist schon ganz nass.« Seine Stimme klingt immer noch brüchig, seine grauen Haare liegen wirr. Erschöpft wirkt er, angestrengt und aus der Puste. Zwei Etagen ohne Rollator. Nicht wie ein Häufchen Elend steht er da, sondern wie ein gehöriger Haufen.

Nina zieht mich am Ärmel. Ich schnaufe durch. »Das ist ja wohl 'n Fall für den Vermieter. Papa!«

»Espresso kommt ...«, ruft er zurück.

»Ja nee, Hiller ist hier.«

Bert lugt aus dem Wohnzimmer. »Guten Abend, Herr Hiller, was gibt's?«

»Meine Küche steht unter Wasser. Und ich weiß nicht mehr, wo der Haupthahn ...«

»Philipp, Keller!« Papa war Handwerker, und er ist sofort wieder in seinem Element. »Du stellst das Wasser ab.« Dann steckt er seinen Kopf zurück ins Wohnzimmer. »Paul, Waldiva, Hase, bitte alle mitkommen!«

»Was sollen wir denn machen?«, fragt Mama zurück.

»Schlimmeres verhindern.«

»Möchten Sie Apfelstrudel?«, fragt Nina Hiller sanft.

Ich schnappe mir den Kellerschlüssel und laufe die Stufen runter. Ganz toll, Hiller, ganz toll. Sonst ist er schon eine runzelige Plage, und den Abend hat er jetzt auch noch komplett ruiniert. Wenigstens kann er dieses Mal nichts dafür. Hoffe ich für ihn!

Der Haupthahn ist rasch abgedreht. Als ich die Kellertreppe mit Eimern und Wischtüchern wieder hochkomme, stehen die anderen recht unsortiert vor Hillers offener Wohnungstür.

»So eine Sauerei«, erklärt Mama aufgeregt, »alles feucht.«

Hillers dunkler Wohnungsflur wirkt wie ein unterirdischer Kanal, das Wasser rinnt uns schwarz schimmernd entgegen, es riecht modrig. Das ist sie also, die Höhle des Hausdrachens. Eigentlich müsste Hiller nur mal durchfauchen, und sie wäre trocken.

»Auf einmal hat es geknackt, und dann hörte ich es rauschen«, sagt Hiller ratlos.

Waldiva blickt in den Wohnungsflur. »Eigenartiges Energiefeld«, murmelt sie.

In dem Moment jault der Hund verängstigt los. »Ach, die arme Bestie«, ruft Sofie.

»Bestie?« Paul greift sich an den Gürtel.

»Bestie mit Dackelblick«, erläutere ich und stelle die Putzsachen ab.

»So, jetzt gibt es erst mal eine Runde Kräuterschnaps für alle!« Papa kommt die Treppe runter und scheint froh, einen Grund gefunden zu haben, seinen Klaren ausgeben zu können. Er schenkt uns in winzige Plastikbecher ein. Den ersten gibt er Hiller. »Hier, mein Bester, jetzt trinken wir erst mal einen.«

»Bevor wir auf dem Trockenen sitzen, höhö«, freut sich Paul.

»Da hat vermutlich ein Rohr schlappgemacht«, Papa legt eine Hand auf Hillers Schulter, »kriegen wir wieder hin.«

Bevor die Nässe ein Telefonschränkchen aus Holz erreichen kann, rücke ich es von der Wand ab und lege einen großen Lappen davor. »Na dann«, seufze ich und schaue die anderen auffordernd an.

»Barfuß!«, jauchzt Waldiva und schlüpft aus ihren Schuhen.

Zwei Stunden später ist Papas Kräuterschnaps fast leer. Aber auch Hillers Küche und sein Flur: deutlich entwässert. Lappen um Lappen haben wir über den Eimern ausgewrungen.

»Land in Sicht«, ruft Papa erleichtert aus, als die Teppichfliesen wieder frei liegen. Sie sind immer noch ein Feuchtbiotop, Forellen können jedoch nicht mehr durchschwimmen.

Ein ums andere Mal hat Waldiva gejuchzt. »Wie auf einer Blumenwiese am Morgen!«

Na ja, deren Frühtau ist weder dreckig noch stinkt er, aber Waldivas gute Stimmung war ansteckend. Hiller haben wir erst mal auf seinen Ohrensessel gesetzt. Als er sich vom ersten Schock erholt hatte, nahm er sich seine Mundharmonika und spielte uns ›Das Wandern ist des Müllers Lust‹. Seemannslieder hätten auch gepasst.

Gerade Paul packte gehörig zu und rief ein ums andere Mal vergnügt »Platz da« durch den Flur, bevor er seine Eimer wegschüttete. »Dein Vater ist ja immer noch so sexy«, säuselte Waldiva. Nina grinste, während sie die Bestie streichelte. Mama hat von oben eine große Kanne Tee geholt.

Die Tassen mit dem heißen Getränk wärmen jetzt unsere Hände. Hiller sitzt ergriffen im Ohrensessel. Er hat Tränen in den Augen.

»Danke Ihnen allen«, sagt er leise, »Danke für die spontane Hilfe.« Er wischt sich übers Gesicht. »Entschuldigung, ich bin das nicht gewohnt.«

»Wer ist das schon«, tröstet ihn Mama, »Hochwasser in der Wohnung, das gehört da einfach nicht hin.«

»Ich bin es nicht gewohnt«, wiederholt er, »dass sich so nett um mich gekümmert wird.«

Rührend, wie der 74-Jährige da sitzt. Für einen bewegenden Moment herrscht Schweigen.

»Mensch, Hiller«, räuspert sich Bert, »wir sind doch eine Hausgemeinschaft.« Papa ist der Einzige, der dann und wann nach ihm schaut.

Hiller greift zitternd seine Mundharmonika vom Wohnzimmertisch und führt sie erneut an die Lippen.

»Oh wie schön«, Mama klatscht in die Hände, »›Ein Vogel wollte Hochzeit feiern‹.«

Waldiva springt auf. »Nina! Philipp! Ihr müsst dazu tanzen.«

Tanzen? Nö. »Ich … äh … bin doch kein Vogel.«

»Na los, das passt doch jetzt gut«, bekräftigt Papa.

Nina lächelt mich auffordernd an. Ich stehe langsam auf. »Aber hier ist doch gar nicht genug freie Fläche, ich meine, nicht dass ich irgendwas umschmeiße...« Ich habe noch nicht ausgesprochen, da haben unsere Eltern schon Platz gemacht. Jetzt einen Wadenkrampf vorzutäuschen wäre nicht so cool.

Ich greife Ninas Hand. »Darf ich quasi bitten?«

Sie deutet einen Knicks an und gleitet in meine Arme. Es funktioniert, einigermaßen. Nicht, dass ich hölzern wie ein Zombie tanzen würde, den Takt kann ich immerhin halten. Allerdings fehlt es mir ausgerechnet in dieser Disziplin ziemlich an Übung. Dennoch drehen wir uns irgendwie ganz passabel, und keiner lacht. Beim Refrain singen alle lauthals mit. »Fiderallala, Fiderallala, Fiderallalalalaaa!«

Bert nimmt Sofie an die Hand und trällert textsicher weiter. »Die Drossel war der Bräutigam, die Amsel war die Braute, fiderallala...«

Sogar Waldiva und Paul tanzen zusammen, ob freiwillig oder in die Situation gezwungen, so rasch kann ich es nicht beurteilen. Auf einmal kreisen alle vor der rustikalen Schrankwand durch den Raum. Daneben hängen Porzellanteller mit dem Dom an der Wand. Hiller hat doch bestimmt auch irgendwo ein Hirschgeweih? Er bläst die Mundharmonika, was seine Lunge hergibt. Als Hiller nicht mehr kann, schaltet er sein Radio an, das zuverlässig auf *WDR 4* eingestellt ist.

»Helene Fischer, jawoll«, jubelt Papa, »jetzt geht's erst richtig los.« Unsere Eltern tanzen einfach weiter.

»Ich hatte noch nicht die Gelegenheit«, sagt Hiller zu Nina und mir. »Meine Gratulation zur Verlobung.«

Mit einer Hand fahre ich mir durch die Haare. »Danke, nächstes Jahr ist es so weit.«

»Ja, danke Ihnen«, sagt Nina und zeigt auf ein Porträtfoto, das an die Wand gerahmt ist. »Ihre Frau?«

Er nickt. »Meine Hilde.«

Hilde Hiller. Na, wenigstens sie hat einen Vornamen.

»Heute«, sagt er gedämpft, »genau heute wären wir 49 Jahre verheiratet gewesen.«

»Ach? Oh, da dürfen wir jetzt aber gratulieren«, meint Nina.

»Danke, auch in Hildes Namen.«

»Rex Gildo, hossa!«, jubelt Papa hinter uns dem Radio zu.

»Ich würde gerne mit Ihnen tanzen«, sagt Nina auf einmal.

»Ach, das ist sehr freundlich, ich kann jedoch nicht mehr so«, deutet Hiller seine Gebrechlichkeit an.

»Ja ja, das behaupten wir Männer gerne«, erwidere ich, »aber hier wird sich nicht gedrückt.«

Tatsächlich trippeln sie einige Schritte mitten im Wohnzimmer, und in diesem Moment strahlt er eine unbändige Freude, ja Lebenskraft aus. ›Die Bestie‹ springt bellend um ihre Füße herum.

»Nein«, spricht er mit seinem Dackel, »du darfst nicht übernehmen.«

Was für eine skurrile Szenerie, die ich hier aus dem Ohrensessel betrachte. Sechs Erwachsene und ein Hund, die sich bis dahin untereinander kaum kannten, tänzeln zwanglos und harmonisch durch ein Wohnzimmer, das in den 60er-Jahren stehen geblieben scheint, nun aber nach Bewegung lechzt. Ich bin sowieso gerne weihnachtsduselig, und dieser Augenblick rührt mich noch mehr als Heiligabend.

»Hiller hat Ahnung!«, reißt mich Nina auf einmal aus der Trance.

Von Hundefutter, Rollatoren, den Beatles? Ich schaue sie verwirrt an und bin es auch.

»Von Hochzeitskleidern!«

»Haha. Nee, ne?«

Ich rücke einen Stuhl heran, fast verschämt setzt sich Hiller. »Nun ja, ich eigentlich nicht. Aber meine Nichte Natalie aus Bonn ist ausgelernte Schneiderin, oder Jungdesignerin, wie man das heutzutage wohl nennt. Wir haben leider nicht so viel Kontakt, aber wenn ich mich recht erinnere, näht sie gerne Hochzeitskleider.«

»Das heißt, sie würde es mir auf meinen komischen Körper schneidern!« Nina tänzelt schon wieder.

»Auf deinen einmaligen Traumkörper«, rüge ich sie lachend.

»Und bestimmt zu einem günstigen Preis«, ergänzt Hiller und zwinkert mir verschwörerisch zu.

»Das ist ja … toll«, sage ich. Und überhaupt … die Idee. Ich bin baff und erleichtert.

Nina tänzelt immer noch. »Es wird meinen Typ unterstreichen. Nicht durchstreichen!«

Paul klopft Bert auf die Schulter. »Was für ein herrlicher Abend.«

Meine Mutter ist eifrig im Gespräch, gut, wann ist sie das nicht, nun aber schon längere Zeit mit Waldiva. »Ja, wenn das so ist, lass uns wirklich mal zusammen meditieren«, sagt Sofie entschieden.

Als wir uns alle zum Flur wenden, lächelt Nina mich selig an. »Jetzt ist aus unseren Eltern doch noch ein vierblättriges Kleeblatt geworden.«

Und das, obwohl es erst ziemlich dreiblättrig aussah, sofern überhaupt nach Klee. Der Rest vom Dinner dürfte jetzt zwar ziemlich kalt sein, seinen eigentlichen Zweck hat das Probeessen allerdings absolut erfüllt. Ich möchte den Tag nicht vor dem Hochzeitsabend loben, aber für den Moment hat Nina recht. Ausgerechnet Hiller hat uns den Abend gerettet. Ich lächle zurück und muss mir eingestehen, dass ich ihn jetzt in einem völlig neuen Licht sehe. Wenn Hiller nicht meckert und niemanden anschnauzt, wirkt er wie ein richtiger Mensch. So kenne ich ihn gar nicht.

Okay, das mit unserem afrikanischen Nachbarn Yannie müssen wir natürlich noch klären, aber sonst… hey, Nina hat ein Hochzeitskleid in Aussicht. Halleluja und Alaaf!

Als Hiller uns müde verabschiedet, hält er mich noch kurz am Arm fest. »Rücken Sie mir das Telefonschränkchen wieder gerade an die Wand? Ordnung muss sein.«

26. Kapitel

»Bin zurück, Nina«, rufe ich und stelle die Plastiktüten im Flur ab. »Sind schon wieder jede Menge Leute verkleidet unterwegs!« Was nicht verwunderlich ist am Karnevalssamstag, kaum sind die letzten Jecken aus den Kneipen rausgekehrt, wollen die ersten schon wieder hinein.

»Allerdings war's in dem Laden nicht so günstig, wie du gedacht hast.«

Ich war in einem dieser Geschenkeshops, in denen man sich Whisky, Wein, Öl oder Essig aus Fässern in kleine Flaschen abfüllen lassen kann. In meinem Fall: Himbeeressig. Als Geburtstagsgeschenk für meine Mutter.

»Schau mal!« Stolz zeige ich Nina meine Einkäufe.

Sie berührt die knisternde Geschenkfolie und nimmt sich den Kassenbon.

»Du hast Waldhimbeeressig gekauft.«

»Den haben sie mir empfohlen. Macht das 'n Unterschied?«

»Allerdings. Und der beträgt vier Euro. Pro hundert Milliliter!«

»Himbeeressig…Waldhimbeeressig… woher soll ich das denn wissen?«

»Wir hatten doch 20 Euro gesagt. Und du hast glatt das Doppelte ausgegeben!«

»Ich dachte nicht, dass das Zeug so teuer wäre. Darum habe ich erst nicht auf den Preis geachtet.«

»Ach, lieber auf die Verkäuferin!?«

»Unsinn. Außerdem waren die zu zweit.«

»Ach, du Armer! Bestimmt haben sie dich angelächelt.«

»Ja, schon … und wenn?«

»Na toll, mein Verlobter lässt sich übers Ohr hauen!« Nina schaut wieder auf den Bon. »Und seit wann kostet eine Tafel Schokolade 6,50 Euro?«

»Das haben die so nicht gesagt. Sieht ja auch nicht danach aus.« Ich drehe die Verpackung in den Händen. »Obwohl, guck, da steht ›Confiserie‹ drauf.«

»Papperlapapp.«

»Und wie schön die das alles verpackt haben.«

»Was 1,50 Euro extra gekostet hat!«

»Hey, die haben mir noch eine Flasche Grappa angeboten. Die habe ich aber abgelehnt.«

»Toll, wie geschäftstüchtig von dir, wie verdammt clever. Du lässt dich nicht abzocken, neiiin.«

»Mann! Außerdem ist es doch für meine Mutter.«

»Ach, bei ihr spielt Geld keine Rolle? Aber bei unserer Hochzeit, da achtest du auf jeden Cent!«

»Das ist ja wohl was anderes.« Ich knöpfe meinen Mantel wieder zu. »Dann mach's doch nächstes Mal selber!«

»Mach ich auch!«

»Und ich geh jetzt in den Baumarkt. Da weiß ich wenigstens, wo ich dran bin!«

Der Winter hat die Jacke ausgezogen. Ende Februar ist es nicht mehr ganz so fies kalt. Vor allem nicht so frostig wie mit Nina in unserer Wohnung. Auf der Neusser Straße stapfe ich den Bürgersteig entlang. Sie hat mich in den letzten zwei Monaten ganz schön Nerven gekostet. Echt jetzt, viel mehr zu meckern hatte sie. Nichts, was ich gemacht habe, war gut genug, nichts ging ihr schnell genug, nichts war nach ihrem Geschmack.

Klar ist das gerade eine irreale Phase. Und ein Aufwand,

der einfach stresst. Aber das macht es eben auch zu einer ersten Bewährungsprobe als Paar. Ehrlich, wenn du schon gemeinsam keine gute Hochzeitsfeier organisieren kannst, brauchst du auch nicht heiraten. Ich meine, wenn's schon so losgeht …

Nur, vor dem ganzen Hochzeitshokuspokus, da waren wir doch auch kompatibel! Und jetzt verhält sie sich emotional derart ungewöhnlich, also, das ist doch eine bedenkliche Entwicklung.

Toll wäre ein Brautomat: Du schmeißt oben ein paar Münzen ein, tippst deine Vorstellungen ein – und unten kommt die Richtige raus.

Schön wär's.

Dabei hat Nina doch mittlerweile ihr Hochzeitskleid! Na, zumindest in Auftrag gegeben. Bei Natalie, der Nichte von Hiller. Das war wirklich ein Supertipp von ihm. Nina ist zu ihr nach Bonn gefahren, und die Design-Studentin hat sich große Mühe gegeben, hat sie bestimmt genauer vermessen als es bei des Kaisers neuen Kleidern der Fall war. Jetzt schneidert sie es für bezahlbare 700 Euro. Natürlich werden wir Natalie weiterempfehlen.

Die Gemäuer der Agneskirche wirken kahl heute. Wie war das noch in der Schöpfungsgeschichte? Adams Rippenbekenntnis führte zu Eva. Und seitdem haben wir: Mann. Frau. Gedöns.

Ich kehre um, das mit dem Baumarkt war sowieso nur ein Vorwand. Außerdem will ich nicht vor Nina weglaufen, ich brauche nur etwas Distanz. Das gibt mir das beruhigende Gefühl, ich könnte es jederzeit. Weglaufen. ›Nur mal eben Zigaretten holen gehen‹.

Auf dem Bürgersteig liegen Luftschlangen und Konfetti, verschmiert, runtergefeiert, für sie ist die Party vorbei.

Ich bemühe mich doch, so gut ich kann, und es macht mir

auch Spaß. Übernachtungsmöglichkeiten für unsere Gäste habe ich schon reserviert, bevor wir die Einladungskarten erstellt und verschickt hatten. Weil wir überlegt haben, uns Geld für die Flitterwochen schenken zu lassen, habe ich auch den Urlaubsantrag bei meinem Chef eingereicht. Das alles hätte noch Zeit gehabt, aber Nina hat beschleunigt, rasanter als ein Gepard, der die Gazelle ins Visier genommen hat. Und ich watschele hintendrein wie ein Pinguin, der sich verlaufen hat.

Immerhin haben Chris und ich schon meinen Hochzeitsanzug gekauft, nur damit Nina diesen Punkt als erledigt betrachten kann. Natürlich hatten wir eine Stoffprobe von Ninas Hochzeitskleid dabei, sonst hat uns aber nichts aufgehalten: rein in den Herrenausstatter – Größe genannt, drei bis vier dunkle Anzüge anprobiert, die eigentlich alle in Frage gekommen wären, für einen schwarzen entschieden, den ich auch auf Beerdigungen auftragen kann –, raus aus dem Geschäft. Ich weiß wirklich nicht, warum Frauen so eine Theateraufführung daraus machen.

Wie gesagt: Ich bemühe mich. Was Nina nicht anerkennt, sondern als selbstverständlich ansieht. Das macht keinen Spaß, das macht mich sauer. Und dann auch noch doofer Himbeeressig. Ach nein: Waldhimbeeressig!

»Hörst du mich?«, fragt Nina.

»Ich verstehe dich nicht immer, aber ja: Ich höre dich.«

Sie schaut vom Tablet auf. »Es wird Zeit, wir müssen uns jetzt bald auf einen Nachnamen einigen. Wegen der Flugbuchungen in die Flitterwochen.«

»Davon lasse ich mich nicht drängen, das muss reifen.«

»Wir überlegen doch schon seit Monaten.«

»Dann überlegen wir weiter.«

Es liegt auf der Hand, unausgesprochen: Jeder von uns will

seinen Namen behalten. ›Schäfer‹ oder ›Lang‹: wie Kopf oder Zahl, nur wollen wir keine Münze werfen. Einen Doppelnamen hat Nina ausgeschlossen.

»Unter meinem Namen kennt man mich als Stand Upper.«

»Mal ehrlich, King of Comedy, wer kennt dich denn?«, fragt sie lakonisch.

Ich weiche zur Tür aus. »Wir müssen los.«

»Muss mich noch schick machen.« Nina schlendert ins Bad. »Dann nehme ich eben deinen Namen an. Den eines Komikers, na toll.«

Sie darf gerne meinen Namen annehmen. Aber nicht einfach um des lieben Friedens willen.

»Nein, so will ich das nicht. Stell dir vor, der Standesbeamte fragt, warum du dich für den Namen ›Schäfer‹ entschieden hast. Sagst du dann: Um die blöden Flüge buchen zu können?«

Sie schließt die Badtür.

Keine Ahnung, was sie geritten hat, ausgerechnet heute den Termin beim Juwelier zu vereinbaren. Am Karnevalssamstag! Die ganze Stadt versinkt leidenschaftlich im Rausch, Fremdgehen ist eine nicht zwingende, aber absolut denkbare Option – und wir kaufen Hochzeitsringe. Wir Rebellen!

Außerdem glaube ich nicht, dass wir heute in der richtigen Stimmung sind, eine wirklich gute Auswahl zu treffen. Aber wenn ich das jetzt anspreche … sie würde darauf so gelassen reagieren wie ein tollwütiges Tier.

Zerbrochene Sekt- und Bierflaschen liegen in einer splittrigen Spur über den Ebertplatz gestreut. Diese Narren.

Scherben bringen Glück. Und was bringen Scherbenhaufen?

Wir quetschen uns in die Linie 15 Richtung City, die Bahn ist randvoll mit Karnevalisten. Zwischen einer Hexe und einem Piraten stehen wir eingezwängt.

Nina hält sich an mir fest. »Mit Charlotte Hochhausen von Schloss Schwan sollte ich auch bald telefonieren.«

Aha, Lady Lila. Oha, Lady Lila! Nee, das soll Nina mal schön bleiben lassen. Damit sie nicht erfährt, dass das Schloss nebst Catering nicht 7000, sondern 12 000 Euro kostet.

»Du, Nina, das kann ich doch erledigen. Darum musst du dich doch nicht auch noch kümmern.«

»Okay, dann mach du das.«

»Öhm, was eigentlich?«

»Na, Buffet oder Menü, das müssen wir noch entscheiden.«

Die U-Bahn knarzt in eine Kurve, wir werden alle nach rechts gedrückt. Einige Jugendliche johlen. »Wir wollen wippen wippen wippen, wollen wippen wippen wippen, wollen wippen wippen wippen, wollen Bier!«

Untreue Tröten sind sie, pah. Früher haben Chris und ich in den Kneipen aus dem Vollen geschöpft. Wie gut, dass ich das jetzt nicht mehr soll … will … dingens.

Schummrig gelbes Neonlicht erhellt die Haltestelle, auch am Hansaring ist der Bahnsteig überfüllt.

»Buffet ist lockerer«, sagt die Hexe und steigt aus. Außerdem günstiger, vermute ich.

Eine Flasche rollt klackernd unter die Sitze, ein stämmiger Schlumpf blaut sich neben mir auf. Irgendwie passt unser Gespräch gerade nicht zum Umfeld.

Ich nicke. »Genau, Büfett, da ist für alles was dabei.«

»Nö, so einfach kannst du nicht planen«, sagt Nina. »Was es nicht alles zu beachten gilt: Ist genug für alle da, das Richtige für die älteren Herrschaften? Gibt es vegetarische Alternativen? Haben unsere Gäste Unverträglichkeiten? Am besten sind sowieso glutenfreie Gerichte!«

Herrje, es sollte doch besser Nina anrufen. Ach … nee.

»Es haben sich schon Paare komplett zerstritten, weil sie Wachtelbrüstchen wollte und er Schweinebraten«, sagt der Schlumpf. Meine Güte, wir Kölner müssen aber auch überall mitreden. »Sie haben sich dann auf Hasenrücken geeinigt«, erzählt der Blaubär die aufregende Geschichte zu Ende.

»Ich will keinen Hasenrücken«, sagt Nina.

»Ich auch nicht.« Und vor allem will ich zum Eisdessert keine blöden Himbeeren!

Es ist, als würde man in der belebten Fußgängerzone eine Kirche betreten. Sobald man die Tür hinter sich schließt, ist schlagartig Ruhe. Im Juweliergeschäft ist alles freundlich und gepflegt, aber gedämpft. Eine etwa fünfzigjährige Verkäuferin lächelt sich auf uns zu. Sie hat leicht vorstehende Schneidezähne, wie ein Biber. Bereit, Holz zu nagen.

»Guten Tag. Sie sind die Langs?«

Simone nickt.

»Philipp Schäfer«, sage ich und gebe ihr die Hand.

Überall Glasvitrinen, angehäuft mit Ringen. Auweia, wer soll sich denn da zurechtfinden.

Meinen besorgten Blick hat die Biberfrau offenbar bemerkt. »Ich bin ganz für Sie da.«

Wo sind denn die anderen Paare? Sind wir denn die Einzigen, die heiraten?

»Ich heiße Britta Pütz. Bitte nehmen Sie doch Platz.«

An einem Tisch aus Nussbaumholz setzen wir uns gegenüber.

»Möchten Sie Kaffee?«

»Danke, nein.« Die Frage nach einem Bier, ich stelle sie nicht.

Auch Nina schüttelt den Kopf, wobei ihre Augen glänzend durch den Verkaufsraum flitzen.

»Wie schön, dass Sie sich bei dieser wichtigen Entscheidung uns anvertrauen. Haben Sie denn schon eine ungefähre Vorstellung?«

Ring frei.

»Nun«, Nina beugt sich vor, »natürlich soll er nach Hochzeitsring aussehen, soll aber nicht so sein wie alle anderen und dennoch gerne klassisch.«

»Meiner auch«, sage ich lakonisch. Mit der Mehrzahl hat Nina es einfach nicht so.

Die Nussbaumholzdame nickt beflissen. »Ich darf Ihnen mal diese hier zeigen, bei denen der Paarpreis ...«

»Sparpreis?«, frage ich nach.

»Paarpreis, also für beide.«

»Man nimmt immer zwei«, erläutert Nina allen Ernstes.

»Ach, also doch.«

Die Verkäuferin stockt etwas, bevor sie wieder in ihr Fahrwasser findet. »Nun, wir führen Ringe von 150 bis mehreren tausend Euro.«

Uff, mehrere tausend ... halten die länger?

»Also, wir haben etwa 1000 Euro veranschlagt«, sagt Nina.

Ich muss grinsen. »In der Excel-Tabelle auf der Taxifahrt.«

»Philipp ...« Nina schlägt ihr Knie gegen meinen Oberschenkel.

»Das ist sicherlich ein vernünftiger Betrag«, sagt die Buchenholzdame freundlich, »wobei manche Frauen die Vorstellung haben, die Ringe müssten drei Monatsgehälter kosten.«

»Unglaublich.« Ich lasse mich ins weiche Leder des Sessels sinken.

Nina wendet sich mir energisch zu. »Mann, Philipp. Du weißt genau, so denke ich nicht. Aber mein Ring soll perfekt sein, das ist wichtiger als der Preis.«

»Also keine Dosenringe.« Ich mache eine wegwerfende Handbewegung

Ihr entgeht nicht, dass wir ein Paar sind, das gerade nicht in die Luft springen würde vor Glück. Eher aus dem Fenster.

»Sehen Sie«, sie schiebt uns ein Kissen mit Ringen zu, »so ein Ring ist immer auch ein Symbol. Für die Unendlichkeit der Liebe, die ineinanderverschlungen ist, immerwährend ohne Anfang und Ende – wie der Ring selbst.«

Oder ein Symbol dafür, dass man sich im Kreis dreht. Ein Leben lang.

Sie reicht uns zwei Ringe. »Diese aus Palladium gefertigten Exemplare sind sehr individuell, für die Dame dezent mit Steinchen.«

»Oh«, haucht Nina und streift ihn sich über.

»Wichtiger als die Musterung ist: Die Ringe müssen zur Hautfarbe passen.« Die Nussbaumholzdame legt eine weitere Palette mit Ringen vor uns aus. »Die Auswahl ist umso größer, da es natürlich ganz unterschiedliche Materialien gibt: Silber, Edelstahl, Titan, Platin. Dazu die ganze Goldpalette: Gelbgold, Weißgold ...«

»Blattgold.«

»Philipp!«

»... 585er Rotgold oder Roségold. Gold ist eben nicht gleich Gold, was sich auch preislich bemerkbar macht.«

»Klar«, ich winke ab, »das kennt man ja vom Essig: Himbeer, Waldhimbeer ...«

Wieder rammt mich das Knie meiner Liebsten.

»Der ist aber auch schön verziert.« Nina nimmt sich einen weiteren Ring.

»Ja, diese geschwungenen Glanzrillen gefallen mir persönlich auch sehr gut«, sagt die Verkäuferin, »allerdings ist nicht das Design entscheidend. Denn sehen Sie: Was jetzt modern ist, ist es in zehn Jahren nicht mehr.« Sie reckt ihre Zeigefinger in die Höhe. »Entscheidend ist: die Passform! Ein Trauring muss wie eine zweite Haut sitzen, damit er nicht stört und abgenommen werden muss. Etwa beim Sport, zum Hämmern, oder wenn Sie Blumen umpötten.«

»Vielleicht sollten wir uns die Ringe eintätowieren lassen«, überlege ich. »Dann müssten wir uns keine Gedanken wegen der Größe machen. Und hält auch ewig.«

»Interessante Alternative«, bemerkt die Verkäuferin spitz.

»Er gibt gerne den Comedian …« Nina runzelt die Stirn.

»Eingravieren ist das bessere Stichwort. Sie sollten sich überlegen, was sie auf den Ring schreiben wollen: Ihre Namen oder Kosenamen, Ihr Hochzeitsdatum, einen Spruch. Das ist auch alles handschriftlich möglich. Oder wir gravieren Ihren unverwechselbaren Daumenabdruck ein.«

Ich grinse wieder. »Oder: zurück an Eigentümer Philipp. Finderlohn.« Die Angestellte hüstelt. »Nicht? Ach, dann gravieren Sie am besten nur ›In Liebe‹ ein und verzichten auf Namen und Daten, denn wer weiß …«

Ninas Augen verengen sich zu Schießscharten. »Mensch, Philipp, jetzt reicht's mir aber wirklich.«

Die Nussbaumholzdame legt ihr beschwichtigend eine Hand auf den Unterarm. »Hören Sie«, sagt sie zu mir, »ich weiß nicht, warum Sie sich so unkooperativ zeigen. Sind Sie hier zum Ringe kaufen oder Sprüche machen?«

»Kann man sich das aussuchen?«

»Es wäre schön, wenn Sie uns, und vor allem Ihre Braut, unterstützen würden. Die Ringe sind das Einzige, was nach der Hochzeit bleibt.«

»Na, ich hoffe«, seufze ich, »die Liebe bleibt auch.«

Ich habe dann die Klappe gehalten. Mich gar nicht mehr eingemischt. Auch weil ich mich mit Schmuck nicht gut auskenne und mir viele der Ringe gefallen haben. Nichts gegen die Nussbaumholzdame, ich denke, sie hat dafür ein gutes Händchen.

Nur, dann habe ich so ein Ding am Finger – passgenau, also schwer abzustreifen – und wenn's Probleme gibt? Schmeiße ich den Ring ins Feuer? Kein Quatsch, da gibt's ja ganze Filme drüber. Ich will nicht zweifeln, zögern, wanken. Nein, nein, nein. Ich will das doch: Ring, Nina, Hochzeit.

Ach, das ist alles ein so verdammt schmaler Grat. Von ›Trauring‹ zu ›traurig‹ ist es nur ein Buchstabe.

Nina hat sich … hat uns … für ein rotgoldenes Paar entschieden, das ich richtig klasse finde. Es ist eigen, aber nicht prahlerisch. Wie wir selbst. Wie Nina es wollte.

Unsere Heimfahrt verlief schweigsam. Nur am Mediapark, da stieg ein Typ zu, ich konnte es nicht fassen. Grün gefärbte Haare. Und als der mich bei einer Bremsung mit seinem dunkelpinken Plüschstoff auch noch angerempelt hat, da musste es einfach raus: »Wer ist denn so bescheuert und verkleidet sich als … HIMBEERE?!«

27. Kapitel

»Und wehe, unser Standesbeamte ist eine Trockenpflaume!« Nina hopst auf dem Gülichplatz in der Altstadt herum.

Unser Standesbeamte, ja, wir haben einen. Hinter uns liegt das schmucke Gebäude des Standesamtes, unser Trauungstermin ist nun fix. ›Anmeldung zur Eheschließung‹, so romantisch formuliert es das Beamtendeutsch. Glück gehabt, sogar unseren Wunschtermin an einem Samstag im Mai haben wir bekommen. Der Countdown läuft, die Uhr tickt.

»In knapp drei Monaten!« Die Pflastersteine ducken sich unter Ninas Sprüngen.

»Ja, endlich!« Ich erwidere ihr Lachen.

Positiv, immer positiv. Das habe ich mir fest vorgenommen. Denn vor einer Woche bei der Juwelierin, zugegeben, da habe ich ziemlich rumgeknöttert. Das war keine Absicht, war nicht böse gemeint, entsprach allerdings meiner Stimmung. Zwei Tage lang war Nina vergrätzt, absolut eingeschnappt. Da habe ich beschlossen, mich ab sofort über alles zu freuen. Selbst wenn es nicht meiner Gemütslage entspricht, ich bin fröhlich dabei. Druckfehler auf der Einladungskarte, schnickschnack, ich find's super.

Wir müssen an einem Strang ziehen. Nicht an einer Schlinge.

Nina schaut auf die Uhr. »Das ging echt fix, nur 'ne halbe Stunde.«

»Wir sind für die ja auch ein einfacher Fall, weil nicht vorbestraft: mit Kindern oder Exehepartnern.«

»Vorbelastet heißt das. Aber was für eine ulkige Frage, ob wir verschiedene Eltern haben.«

»Tja, wer weiß, ob die Frage in den abgelegenen Stadtteilen nicht durchaus berechtigt sein könnte.«

»Und die Entscheidung für das Historische Rathaus war doch richtig, ne?«

»Absolut, Nina. Weil's exakt die Atmosphäre hat, die wir wollen.«

Das haben wir uns vorher genau überlegt. Sonst hätten wir uns auch an über 25 anderen Orten das Jawort geben können: etwa im Elefantenpark des Kölner Zoos, im FC-Stadion oder in einer Seilbahn-Gondel über dem Rhein. Wie das eben so ist in Pappnasenhausen.

Was wir uns noch nicht genau überlegt haben: unseren Nachnamen. Darum haben wir im Amt festgelegt, bei ›Lang‹ und ›Schäfer‹ zu bleiben. Eine spätere ›Ehenamenbestimmung‹ sei dann immer noch möglich, versicherte der Mitarbeiter.

Nina stupst mir mit einem Zeigefinger auf die Brust. »Ein gemeinsamer Name steht für eine gemeinsame Zukunft!«

»Richtig, Nina, richtig.« Positiv, Philipp, positiv. »Dann entscheiden wir danach, welche Familie uns näher ist.«

»Wie jetzt?«

»Na, wen wir lieber mögen.« Was ja eigentlich keine Frage ist, wir wohnen ja quasi bei meinen Eltern. Und ihre Mutter Waldiva … nun ja.

Nina stutzt. Ha, mit so einer unkonventionellen Herangehensweise hat sie wohl nicht gerechnet. »Also Philipp, deine Berliner Tante Gundula, die sich das Botox selbst gespritzt hat, ist ja wohl bekloppt. Das sagst du selber.«

»Stimmt.«

»Okay, dann hast du da schon mal 'n Minuspunkt.«

Mist. Aber ich bin nun mal ein ›Schäfer‹, immer gewesen, und dabei bleibt's auch.

»Außerdem, Philipp: Dann steht an den Klingelschildern weiterhin zweimal ›Schäfer‹. Wie oft der Postbote das schon verwechselt hat. Wäre echt blöd bei Beate-Uhse-Paketen.«

»Och, die bringe ich Papa einfach runter, und gut ist.«

»Soo lustig.«

Sie ist doch sonst nicht so unnachgiebig! Ich meine, Nina kann doch auch keinen Mann wollen, der sich wie ein Waschlappen auswringen lässt. Einen Prinzen küssen, der dann zum Frosch wird, das wäre doch die völlig falsche Reihenfolge.

»Philipp, woran denkst du?«

»An dich, Nina, an dich. Du bist mein Schmuckstück.«

»Auch Schmuck kann rosten.«

»Dann nehm ich Rostentferner.«

Kurz vor dem Gürzenich-Parkhaus reibt Nina sich die Hände. »Und jetzt fahren wir zum Handelshof und holen uns die leckeren Chicken Wings mit Barbecuesoße und Honig!«

Ja, für uns sind die knusprigen Hähnchenstücke ein Festmahl. Mit Kroketten und Soße schmecken die herrlich lecker. Genüsslich stopfen wir sie in uns rein, zur Feier des Tages mit Rotwein.

»Ein tolle Idee von Simone und Chris, dass wir unseren Junggesellenabschied gemeinsam feiern. Mit einem extra angeheuerten Tanzlehrer, wow«, freut sich Nina.

Gemeinsam und dann auch noch ein Tanzkurs: wirklich eine ganz tolle Idee, bei der ich nicht ausschließen würde, dass sie sich von Nina zu Simone geschlichen hat, klammheimlich natürlich. Dass Chris sich derart hat breitschlagen lassen, ist entwürdigend, ist unverzeihlich. Na, wenigstens kommt der Tanzlehrer zu uns und unseren Freunden ins Autohaus, in dem Chris arbeitet. Da ist Platz, und die Autos drumherum versprühen zumindest etwas männlichen Duft.

»Hm ja«, sage ich, »schadet wohl nicht, die Grundschritte souverän zu beherrschen.«

»Alle lernen sich besser kennen, und es hat den netten Nebeneffekt, dass die werten Herren sich am Hochzeitsabend nicht damit rausreden, sie könnten gar nicht tanzen. Und dann wäre da ja noch unser Eröffnungstanz …«

Ihre Idee, da haben wir's!

Den DJ für Schloss Schwan haben wir heute auch gleich gebucht und eine dreistöckige Hochzeitstorte bestellt. Vor allem aber haben wir uns auf dem Standesamt angemeldet – die Eheurkunde ist im Gegensatz zu den meisten Jobs ein Vertrag, der noch unbefristet ausgestellt wird.

Was wir dem lieben Gott zu verdanken haben, der – wer auch sonst – damit angefangen hat. Nämlich als er zu Adam und Eva sagte: Hiermit erkläre ich euch zu Mann und Frau. Das war dann einfach so für Adam. Wenn Gott dich traut, sagste ja auch nichts. Klar, Adam hatte keine Wahl, von den fehlenden Alternativen ganz zu schweigen. Also fügte er sich gerne in sein unbeflecktes Verhängnis.

»Adam und Eva hatten die erste arrangierte Ehe der Weltgeschichte.« Ich grinse Nina zu.

»So betrachtet«, sagt sie und lächelt über den Tisch zurück, »stimmt's eigentlich.«

»Ich dagegen konnte eine Wahl treffen. Und sie ist gut, supergut, die beste!«

»Danke, mein Schatz.« Sie küsst mich. »In den Hochzeits-Dokus, die ich gerade alle schaue, da gibt's so einige Bräute, die sich wie Monster aufführen. Bridezillas heißen die, hihi. Dagegen hast du wirklich Glück mit mir.« Nina steht auf. »Ich putz mir noch das Hähnchen aus den Zähnen. Leg doch schon mal die DVD ein.«

Die Braut, die sich nicht traut. Was für eine Memme.

Nina und ich verstehen uns prächtig. Als wenn da jemals

Kleinigkeiten eine Rolle spielen könnten. Wie die Zahnpastatube, der Klassiker. Ich lache in mich hinein. Niemals nie würde ich etwas dazu sagen, wie die ausgedrückt werden soll. Schnurzpiepegal. Wie lausig sind Beziehungen, in denen das ein Thema ist.

Ich puste die rote Kerze auf dem Esstisch aus. Der Docht glimmt noch etwas, dünne weiße Rauchfäden schlängeln zur Decke.

»Scha-atz«, ruft Nina aus dem Bad, »die Zahnpasta ist neu. Denk doch bitte daran, hinten draufzudrücken.«

28. Kapitel

Frische Blätter sind aus den Knospen geschlüpft, erwartungsfroh wie Schmetterlinge aus ihrem Kokon. Triebe, die weich und zerknittert schienen, recken sich an diesem Maisamstag sehnsüchtig der milchig hellen Sonne entgegen. Kräftige Blüten haben die Neusser Straße eingefärbt, die blassen Monate sind nun endgültig vorüber.

Warmer Brotduft weht uns hinterher, als wir aus der Bäckerei treten. In Chris' Händen raschelt eine große Brötchentüte.

»Die Frauen sind nie zufrieden! Sie sind unsicher! Sie sind nervös, selbst wenn sie es nicht sein müssen!«, poltert er, als wir beim Blumengeschäft um die Ecke biegen.

»Klingt übertrieben, aber letztlich kommt es wohl hin«, stimme ich zu.

Nina erschien mir in den letzten Wochen noch durcheinanderer als ein Haufen Mikadostäbchen. Was mit ihrer Mutter begann, setzte sich mit dem Hochzeitskleid fort … die Ringe … die Zahnpastatube … und als ich dieser Tage Mineralwasser versehentlich nicht ›medium‹ sondern mit ordentlich Kohlensäure gekauft habe, hielt sie mir einen langen Vortrag über den Unterschied.

Kurzum: Je näher wir der standesamtlichen Hochzeit rücken, desto schlimmer wird es.

Chris will sich nicht beruhigen. »Es ist reizvoller, Frauen kennenzulernen – als sie zu kennen.« Theatralisch hebt er die Augenbrauen. »Sex ist einfacher als Liebe!«

»Das sagst du mir sieben Tage, bevor ich heirate.«

»Das wusstest du auch vorher.«

»Will ich es jetzt noch hören?«

»Hey.« Mit einer Hand stößt er mir vor die Brust. »Ich bin dein Trauzeuge. Also wie der Polizist, der dir vor der Verhaftung noch deine Rechte vorliest.«

»Danke, toller Vergleich.« Er könnte mich nicht besser unterstützen.

»Frauen quatschen, quatschen, quatschen den ganzen Tag. Und das hört ja abends auch nicht auf«, setzt Chris seine Motivationsrede fort.

»Was ist denn heute los mit dir?«

»Gestern in 'nem Club haben mich gleich zwei abblitzen lassen.«

»Ah.«

Papa öffnet die Wohnungstür. »Guten Morgen, Männer.«

»Hallo, Bert!«

Er nimmt Chris die Brötchentüte ab. Mama läuft mit einer Glaskanne voll Kaffee ins Wohnzimmer. »Hereinspaziert, dann kann's ja losgehen.«

Simone schenkt Orangensaft ein, und Nina verteilt eine ihrer To-do-Listen. Diese trägt die Überschrift: ›Die Planung meiner standesamtlichen Hochzeit‹.

»Hiller kommt übrigens auch«, sagt Mama.

»Den haben wir nicht eingeladen«, bemerke ich verwundert.

»Aber ich hatte ihm schon von der Fete erzählt.«

»Er ist unser Nachbar«, beschwichtigt Papa, »und wir können doch keine Gartenparty unter seinem Balkon feiern, ohne ihn dabeizuhaben.«

»So, zum zeitlichen Ablauf«, meldet sich Simone, »nach der Trauung fahren wir vom Historischen Rathaus hierher zurück, mittags startet dann die Party im Garten.«

»Gemüsespieße und Tischdecken sind besorgt!« Vorbildlich, Mama.

»Grillfleisch und Bierbänke?«, fragt Chris.

»Ja sicher, das auch.«

»Hoffentlich ist ausreichend Platz für alle«, sagt Nina.

Meine Mutter nickt. »Diese Sorge wollte ich mir auch gerade machen.«

»Sonst stellen wir das Fass ins Gemüsebeet, Mama.«

»Nein, so habe ich das nicht gemeint!«

»Sofie, geht es nicht darum, wie Philipp und ich es wollen?«, fragt Nina spitz.

Papa lächelt beruhigend. »Wir sind doch nur knapp 20 Leute, wie ihr's wolltet.«

»Bringst du denn deinen neuen Freund mit?«, fragt Mama Simone.

»Er ist nicht mein Freund, noch nicht, ich habe ihn doch erst dreimal getroffen. Für die Hochzeit meiner besten Freundin muss er sich erst noch bewähren. Wenigstens speichelt er mich nicht ein beim Küssen.«

»Und solange er nicht zu allen Auswärtsspielen seines Fußballvereins fährt ...«, grinst Nina.

»Aha.« Mama überlegt. »Sonst wären du und Chris aber auch ein hübsches Paar.«

»Mama.« Wieder dieses Thema.

»Auf keinen Fall!« Simone ist da sehr energisch. »Ich will einen Platzhirsch, keinen Zigeuner.«

Chris grinst sie breit an.

Simone winkt ab. »Party, Party, Party. Du wirst wohl nie sesshaft?«

»Ich feier eben gerne ohne Einschränkungen.«

»Das kann Philipp auch noch«, erklärt Nina.

»Hm, ah ja ...« Jetzt wird's interessant.

»Ja, du hast doch alle Freiheiten.«

Das stimmt. Einerseits. Andererseits ist das totaler Quatsch. Denn mit einer Partnerin ist es immer etwas anderes. Sowieso, wenn sie mitfeiert. Und auch wenn du nur mit deinen Jungs unterwegs bist, bleibst du eingeschränkt. Schon weil flirten keinen echten Sinn mehr macht.

Ich schaue Chris an, er lächelt, weiß genau, was ich gerade denke. Frauen würden das gerne verstehen, klappt aber nicht.

»Jedenfalls enge ich dich nicht ein«, sagt Nina noch einmal, und ich nicke manierlich.

Simone deutet mit einem Zeigefinger auf Chris. »Und wenn du noch so erfolgreich durch die Nachtclubs tigerst – irgendwann biste der Opa in der Disco.«

Sein Siegerlächeln verfängt sich zwischen seinen Lippen, für einen Moment schnappt Chris wie ein Karpfen nach Luft.

»Ja, also, ihr Lieben, dann sollten wir noch festlegen, was genau wir an Getränken benötigen.« Dabei rudert Papa mit den Armen. Ich glaube, Bert weiß nicht so recht, ob wir uns zoffen, hält einen Themenwechsel aber auf jeden Fall für ratsam. »Ein 20 Liter-Fässchen Kölsch und Sekt für die Damen?«

»Dazu mindestens drei Zehner auf Kommission plus Flaschenbier«, bekräftigt Chris. »Das will genau geplant sein.«

»Ich dachte, es gibt vor allem Kaffee und Kuchen?« Mama schaut erstaunt in die Runde.

»Schreib's dazu«, sagt Papa zu Chris. »Ein Liter Milch. Für den Kaffee.«

»Bert, das habe ich mir anders vorgestellt.« Mamas Miene bleibt verwundert. »Es soll doch kein Besäufnis werden.«

»Nein, aber ein Grund zu feiern ist es allemal. Natürlich nur mit Doris' Nudelsalat und Grillmeister Paul!« Als ich den Namen ihres Vaters ausspreche, lächelt Nina.

»Die Fässer und Wasserkästen hole ich Samstagfrüh vom Getränkemarkt.« Papa ist der Beste.

Nina schenkt mir einen warmherzigen Blick. »Ich mache noch das Tiramisu, das du so gerne isst.«

»Verwöhn ihn aber nicht zu sehr«, sagt Mama, »vielleicht kommt er ja irgendwann zu mir zurück.«

Plötzlich ist es still im Wohnzimmer. Nur ein Vogel zwitschert durchs offene Fenster.

»Was sollte das denn jetzt!?« Nina steht aufgebracht im Treppenhaus.

Ich habe keinen Schimmer, was meine Mutter damit sagen wollte. Da wir jedoch mit der Planung durch waren, hielt ich es für angebracht, so schnell wie möglich zu verschwinden, um eine Woche vor der Hochzeit eine offene Eskalation zu vermeiden.

»Was, verdammt? Nun sag schon!« Jetzt kriege ich es eben ab. »Denkt sie, du willst mich verlassen? Willst du das?«

»Natürlich nicht. Keine Ahnung, warum Sofie das gesagt hat. Bestimmt hat sie es nicht so gemeint.«

Unsere Trauzeugen laufen einige Stufen hinter uns, auch ihnen scheint es unangenehm. Simone begleitet Nina zu ihrem Probe-Friseurtermin am Ebertplatz, Chris hat dort geparkt.

»Du musst deine Mutter nicht in Schutz nehmen, du stehst jetzt auf meiner Seite!«

»Hey klar, ich…« Ich stoppe unten an der Treppe. »Guten Tag, Hiller.«

»Guten Tag, die Herrschaften. Ich wollte nur mal hören, warum es im Treppenhaus so laut ist.«

»Wegen seiner Mutter!«, keift Nina.

»Hey, das gehört jetzt nicht hier…«

»Verwöhn ihn nicht zu sehr«, äfft sie Mama nach, »vielleicht kommt er ja irgendwann zu mir zurück.«

»Das hat sie gesagt?« Hiller reibt sich die Nase.

»Aber nicht so gemeint …«, sage ich schnell.

»Weißt du doch gar nicht!«

»Sehen Sie, überwiegend ist es so …« Nachdenklich stützt sich Hiller auf seinen Rollator. »Wenn Mütter ihre Töchter verheiraten, denken sie: Hoffentlich ist er nett und ein schnuckeliges Kerlchen. Wenn Mütter sich dagegen von ihren Söhnen lösen müssen, beschäftigt sie: Kann sie kochen? Bügelt sie ihm die Hemden wie ich? Was kann sie ihm bieten, was ich nicht kann? Im Zweifel ist ihr keine gut genug.«

Ninas Erregung verraucht zwar nicht sofort, doch sie scheint dankbar zu sein für Hillers 74-jährige Lebenserfahrung.

»Ich wüsste schon, was Nina dir bieten kann, was deine Mutter nicht …«

»Chris!«

»Ich sag's ja nur.«

Er hat ja recht, natürlich entscheide ich mich für die Frau, die ich unbekleidet sehen will. Erleichtert sehe ich unseren Nachbarn an, der die Situation so rasch entspannt hat. Trotz der unverhofften Wasserschlacht vor Weihnachten ist er nicht mein bester Freund geworden. Aber er macht sich. »Danke, Hiller, bis nächsten Samstag.«

»Aber irgendwie«, sagt Simone auf der Straße zu Nina, »ist das 'ne krasse Ansicht. Also ich wäre nicht so als Mutter.«

Chris dreht sich zu ihr um. »Dafür musste erst mal einen finden, der dich schwängert.«

»Klappe, du Kuckuck!«

»Kuckuck?«

»Der legt auch seine Eier in fremde Nester.«

»Schaut mal, der Kirschbaum.« Nina sieht zur Straßenseite. »So viele weiße Blüten. Sieht aus wie Schnee auf den Ästen.«

»Nee, schau lieber mal nach links«, raune ich Chris zu. »Ziemlich süß, die Frau.«

»Wo?«

»Na, vor uns, die mit den beiden Kleinen.«

»Ach so, darum hab ich sie nicht gesehen.«

Wir laufen vorbei.

»Habt ihr der Frau hinterhergeschaut?«, fragt Nina spitz.

»Auf jeden Fall.« Danke, Simone.

»Philipp! Eine Woche vor der Hochzeit, und du gaffst andere Frauen an!«

»Ja Nina, tue ich, und ich habe ihr sogar auf den Hintern geglotzt! Weil das in uns Männern drin ist. Da können wir noch so lange verheiratet sein und drei bis vier Kinder haben. Das hört nie auf! Trotzdem spricht das nicht gegen die eigene Freundin oder Frau. Weitere Fragen vor dem Jawort?«

Nein. Nina und Simone überholen uns wortlos, jedoch eilig, überqueren die Schillingstraße und gehen in den Friseurladen.

Chris sieht mich beeindruckt von der Seite an. »Alter!«

Ich bleibe stehen. »So viel zu meinen Freiheiten ...«

Es riecht nicht mehr ganz so lecker nach Mai.

Die kleine Omi vor mir legt ihre Einkäufe bedächtig aufs Band, in aller Seelenruhe, so als hätte sie noch alle Zeit der Welt. Ich bemühe mich, mir meine Ungeduld nicht anmerken zu lassen.

Jetzt macht sie auch noch Pause, um mich anzusehen. »Och jo, junger Mann. Wissen Sie was, ich bin diese Woche 88 Jahre alt geworden, da kann man nicht mehr so springen.«

»Glückwunsch.«

»Tolle Zahl, gell? 88, das kann man drehen und wenden, wie man will, es bleibt dabei.«

»Toll.«

Mein Handy klingelt. »Ja, Nina?«

»Ich… ich…« Sie flennt.

»Du, ich bin noch im Supermarkt, stehe gerade an der Kasse…«

»Mir… mein…« Sie heult richtig.

»Nina, sorry. Tut mir leid, dass ich der Frau hinterhergeguckt habe. Und ich wollte dich auch nicht anblaffen.«

Die kleine Seniorin räuspert sich, stemmt ihre Fäustchen in die Hüfte und sieht entrüstet an mir hoch.

»Meine… meine Haare sind total verschnitten!« Nina plärrt so herzzerreißend laut durchs Telefon, dass alle Umstehenden es hören können.

Die Kassiererin hält inne und schaut mich besorgt an.

Alarmiert deutet die 88-Jährige auf mein Handy. »Nun sagen Sie doch etwas!«

»Warte, Nina, ich komme gleich rüber.«

»Nein, sofort! Ich lasse den jungen Mann vor«, sagt die Seniorin zur Kassiererin.

Klar, mit ihren 88 darf sie es drehen und wenden, wie sie will.

Ein Mann verlässt gerade den Friseurladen, streicht sich über die Glatze und spricht mit sich selbst. »Rein und gleich wieder raus. Einfach ein gutes Gefühl, Geld gespart zu haben.«

Simone sitzt neben Nina und tröstet sie. Ninas Augen sind gerötet, in ihrem Gesicht regnet es.

»Nina! Was ist denn…?«

Kraftlos führt sie beide Hände zum Kopf. »*So* kann ich nicht heiraten!«

Ihre Haare sind kürzer, ja, viel mehr Unterschied erkenne ich eigentlich nicht. Aber ich halte es für angemessen, Simone vorwurfsvoll anzusehen. Sie zuckt mit den Schultern.

»Ich bin ihr Verlobter«, wende ich mich an die Friseurin. »Was ist hier los?«

»Ich habe ihr die Haare so geschnitten, wie sie es wollte«, stellt die Mittvierzigerin sachlich fest.

»Nein, hat sie nicht!«

»Sieht ja wohl jeder«, bekräftigt Simone.

Ich nehme Nina in den Arm. »Mein Stern, wie wäre es, wenn du jetzt erst mal mit Simone einen Cappuccino trinken gehst? Ich regle das hier.«

Sie schnieft. »Danke, ja.«

Die Bimmel der schließenden Ladentür läutet meine erste Runde mit der Friseurin ein. Entschlossen wie ein Cowboy beim Duell stehe ich vor ihr. Zufällig ist es genau 12 Uhr mittags. Sie kehrt Haarbüschel zusammen, die ich mir als vorbeiwehende Heuballen vorstelle. Ich weiß nicht so recht, wie ich anfangen soll.

»Sie … Sie schneiden hier also die Haare mit der Axt?«

Die Friseurin hält den Besen in beiden Händen und fixiert mich gelassen. »Viele Frauen wollen eine Frisur, die nicht dem Volumen oder der Struktur ihrer Haare entspricht. Wenn ich ihnen das sage, fühlen sie sich minderwertig, sind unzufrieden und werden zickig.«

Das sagt sie freundlich und mit der größten Selbstverständlichkeit, so als würde es auch auf meine Nina zutreffen.

»Aber es können nicht alle aussehen wie ein Hollywoodstar. Man sollte mit dem zufrieden sein, was Gott einem mitgegeben hat. Wenn man daraus das Beste macht, ist jede Frau schön.«

Ich nehme meine Hände vom Gürtel. »Dann … dann hätten wir das ja geklärt.«

Ich zahle, tippe mir an meinen imaginären Cowboyhut, öffne die Ladentür … und halte sie auf. Die 88-Jährige rauscht herein, nickt mir kurz wohlwollend zu. »Einmal färben, bitte. Friedhofsblond!«

Nina und Simone entdecke ich in einer der hinteren Ecken des Stehcafés.

Ich blicke betrübt drein. »Es tut ihr unendlich leid, sie hat sich tausendfach entschuldigt. Natürlich hat sie keinen Cent bekommen.« Als Trinkgeld, ähem.

»Die blöde Tussi«, sagt Simone.

Ninas Tränen sind getrocknet, ihre Trauer ist Groll gewichen. Sie bläst sich eine ihrer lockigen Strähnen aus dem Gesicht. »Da siehste, die Haare stehen mir ab, als wollten sie mit meinem Kopf nichts zu tun haben.«

»Soo schlimm ist's nun auch wieder nicht.«

»Doch!«

»Jaa ... aber dafür geht's.«

»Ich seh aus wie ein Königspudel!«

Simone bestätigt sie in ihrer Meinung, wie man es in so einem Fall als beste Freundin wohl macht. »Und wie die Tussi selbst ausgesehen hat! Blondiert, das ist doch keine Haarfarbe.« Mir versagt sie somit jede Unterstützung.

»Gut, Nina, dann gehen wir jetzt zu einem anderen Friseur, einem richtig guten mit Typberatung und ...«

»Was soll das jetzt noch bringen? Wenn die Bombe eingeschlagen hat, muss erst wieder alles nachwachsen.«

Ich gestikuliere unbeholfen. »Alles neu macht der Mai ...?« Halte aus, Nina, es sind doch nur noch verflixte sieben Tage bis zum Standesamt!

Meine Braut fixiert mich mit einem melancholischen Blick, der mich an Hillers Dackel erinnert. Dann sagt sie leise: »Philipp, ich meine es ernst. Mit Pudelklappen über den Ohren heirate ich nicht.«

29. Kapitel

Muffensausen: Wenn du an der offenen Flugzeugtür stehst und abspringen sollst – Fallschirm hin oder her.

Auch jetzt gerade wieder, vor meinem Auftritt. Ich kenne die Zuschauer kaum, sie mich schon. Umso größer ihre Erwartungshaltung, umso größer mein Druck. Aus der kleinen Garderobe hinter der Bühne linse ich am dunklen Vorhang vorbei. Schwer zu erkennen, wie gefüllt der Saal der Dorfgemeinschaft bereits ist. In den Minuten unmittelbar vor dem Auftritt ist das Lampenfieber am schlimmsten.

Momentan habe ich so viel Bammel wie noch nie. Vor der Ehe. Vor dem Rest meines Lebens. Vor Nina!

Sie hat sonst keine Jammerlippen, wirklich nicht. Nur hat ihr diese vermaledeite Frisur komplett den Boden unter den Füßen weggezogen und einen steilen Abgrund offenbart. Liegen dort unten tiefere Ursachen, sich derart unberechenbar zu verhalten – oder kann einen die bevorstehende Hochzeit so sehr verändern?

Weglaufen ist die falsche Richtung. Das hat mein Vater mir so oft gesagt. Schon als Kind, als der Hund vor mir noch riesengroß wirkte. Und dann seine schaurig rote Haut ums sabbernde Maul.

Wir sind ja auch nicht weggelaufen, sondern nach Fassbüttel gefahren. Vor drei Tagen im Stehcafé wurde mir schlagartig bewusst, dass wir ausbrechen müssen. Nicht nach Paris, nicht nach Rom. Sondern nach Fassbüttel. Hin zu dem Ort, der Nina Halt gibt, weil er ihre Heimat ist. Weil Papa Paul ihr immer ein gutes Zuhause geboten hat. Bei Carmen, Tim und Schwester Doris.

Klar haben die sich gewundert, als wir auf einmal vor der Tür standen. Komische Fragen stellten sie allerdings keine, nicht ein anklagender Blick an mich. Zumal sie die ›Pudelklappen‹ ebenfalls nicht als solche erkannt haben, was sie aber für sich behielten, damit Nina nicht denkt, es sei ein abgekartetes Spiel, um sie unter allen Umständen vor den Altar zu stupsen.

Paul hat sich sofort frei genommen und morgens Brötchen geholt. Ich habe ihr einen Tee nach dem anderen gekocht, irgendwas musste ich ja tun. Doris machte ihren Nudelsalat, was mich erst wunderte, der hatte jedoch eine erstaunlich beruhigende Wirkung auf Nina. Aber eigentlich hat sie seit unserer Ankunft fast nur geschlafen. Sie lag da wie Dornröschen, fix und alle mit der Welt. Ja, hier wird sich Nina am ehesten fangen können.

Aber kann das so schnell gehen? Ich glaube nicht. Jetzt ist Dienstagabend, für Donnerstag war unser gemeinsamer Junggesellenabschied geplant. Den müssen wir als Erstes absagen, gleich nach dem Auftritt werde ich Chris anrufen. Und am Samstag wäre eigentlich unsere Trauung.

»Entschuldigen Sie, die Kuh hat gekalbt!« Ein Mann betritt die Garderobe und läuft mit ausgestreckter Hand auf mich zu. Die er hoffentlich gut gewaschen hat. »Sonst wäre ich doch längst hier gewesen, absolut. Ich bin's, Achim, der Dorfgemeinschaftsvorsitzende.«

Zögerlich schüttle ich seine Hand. »Philipp Schäfer. Hallo.«

»Der Ehemann in spe von der Lütten vom Paul!« Danach sieht's gerade nicht aus. »Danke, dass Sie so kurzfristig einspringen konnten.«

»Rüdiger Hoffmann hätten Ihre Leute bestimmt lieber gesehen.«

»Krank ist krank, da machste nix. Und Sie kennen wir doch alle, vom letzten Sommer. Wie Sie im Garten vom Paul um Ninas Hand angehalten haben, nicht wahr, Ihr Auftritt auf dem Bierfass: absolut amüsant!«

Sehr lustig, da habe ich mich ja toll ›qualifiziert‹, knülle wie ich war.

»Drum war ich doch heilfroh, als Paul erwähnte, dass Nina und Sie in Fassbüttel sind. Sonst hätte ich den Kleinkunstabend absagen müssen.«

Und jetzt stehe ich in der Garderobe von Rüdiger Hoffmann. Muffensausen.

Aber Nina wollte unbedingt, dass ich es mache. Außerdem besteht die Gage aus ein paar unverhofften Hundertern, die mein Geldproblem mit Schloss Schwan lösen helfen.

Der Dorfgemeinschaftsvorsitzende schaut sich um. »Ist hier alles zu Ihrer Zufriedenheit?«

Ein Plastikstuhl, die Flasche Wasser, ein Teller mit Mettbrötchen. Passt. »Danke, ja.«

Er deutet auf die Brötchen und lacht. »Nehmen Sie doch drei, dann können Sie jonglieren.«

Ich lächle. »Gut, dann müsste ich mich jetzt etwas konzentrieren …«

»Ein paar Minuten haben wir noch. Wissen Sie, ehrlich gesagt, machen wir mit der Kleinkunst eher ein Minus, aber beim Schützenfest sind hier 500 Leute, da verkaufe ich an die 1500 Bratwürste. So kommt das Geld wieder rein.« Er schmunzelt. »Man kann sagen, ich bin hier der Bratwurstsupermann.«

»Da sind Sie aber gesegnet.«

»Ab-so-lut!« Die Dorfgemeinschaftsbratwurst schlägt sich vor die Brust. »Ich bin stolz auf Fassbüttel, auch weil's hier so viele freistehende Bäume gibt. Freistehende Bäume, ja, und nicht so ein Gedränge wie im Wald.«

Was für ein absonderliches Abenteuer das hier doch ist. Aber es soll ja gut für eine Beziehung sein, gemeinsam Unbekanntes zu entdecken. Nina hat sich den ganzen Tag weiter ausgeruht, will aber mit den anderen zum Auftritt kommen. Trotz ihrer Haare, hat sie gesagt.

»Wunderbar, dann kündige ich Sie gleich an«, strahlt der Bratwurstvorsitzende, verharrt aber weiter im Raum.

»Danke Ihnen. Bis gleich …«

Jetzt, endlich, geht er.

Mein Vater hat mal zu mir gesagt: Wenn wir die erstaunlichen Gefühlsregungen unserer Frauen aushalten, sind wir wahre Helden. Stimmt wohl, nur wenn wir auch diese Gefühle erdulden, können wir ihre Liebe tatsächlich und vollständig genießen.

Und hey, Hand aufs Herz, wann habe ich zuletzt wirklich etwas riskiert?

»… vom Paul, Ihr wisst schon, hier im Gemeindehaus: Phil-ipp Schä-fer!«

Händeklatschen. Lächelnd betrete ich die Bühne.

Wenn du nicht bremsen kannst, dann fahr halt weiter.

Die grellen Scheinwerfer blenden, ich schwitze. Mehr noch, ich glühe innerlich. Seit über einer Stunde erzähle ich meine kurzen Geschichten und mache Gags, habe mich in einen richtigen Sog gespielt. Die Fassbütteler tragen mich mit ihren Lachern und sind offen genug, um spontan mitzumachen.

Längst stehe ich nicht mehr auf der Bühne, sondern im Publikum, spreche über Beziehungen. Als ich das Thema Erotik anschneide, bitte ich eine etwa 20-Jährige, ein ›lustvolles Geräusch‹ zu machen.

Sie zögert nur kurz. »Ich bin doch noch nicht verheiratet.«

Was für eine clevere Antwort, erst recht in der Dorfgemeinschaft, wo sie jeder kennt. Aber gerade weil sie untereinander alles über sich wissen, können sie über meine Contact Comedy lachen. Jetzt habe ich keinen Bammel mehr, bin fieberhaft mittendrin, schwitze meine Ängste aus.

Zwei Reihen weiter sitzt ein glücklich wirkendes Paar. »Sie beide wirken so vertraut miteinander. Verheiratet?«

»Nein«, antwortet er, »meine Frau sitzt hinter mir.«

»Hinter ... bitte?« Großes Gelächter. Weil allen klar ist, was ich nicht wissen kann und erst später erfahre: Neben ihm sitzt seine Chefin. Und die beiden verstehen sich so gut, dass gemunkelt wird, sie hätten was miteinander.

Diese Ausgelassenheit freut und erleichtert mich natürlich, am meisten berauscht mich allerdings, dass Nina schallend mitlacht. Über mich! Sie sitzt in der ersten Reihe, gleich neben Paul, und beömmelt sich. Immer wieder tasten meine Augen sie ab, und ich ziehe Kraft daraus, sie so gelöst zu sehen.

»Und wie lange sind Sie zusammen?«, frage ich ein sympathisch wirkendes Pärchen.

Er grinst. »Mit 20 haben wir geheiratet, schon sehr früh. Aber wir haben uns geliebt ...«, gefälliger Seitenblick auf seine Frau, »... damals.« Sie haut ihm lachend auf den Hinterkopf.

Die Fassbütteler sind großartig und applaudieren, verlangen sogar eine Zugabe. Was nett ist, zweifellos – blöd nur, dass ich dafür kein Programm mehr habe, ich bin komplett leergespielt. Entsprechend ratlos stehe ich hinter der Bühne.

»Absolut amüsant!« Der Dorfgemeinschaftsvorsitzende läuft fröhlich auf mich zu.

Da fällt mein Blick auf ein Kabuff hinter ihm, dessen Tür halboffen steht, alles ist mit Requisiten vollgestopft.

»Sagen Sie mal«, frage ich, »haben Sie da drin auch ein Weihnachtsmannkostüm?«

»Aber ja, im Fundus sind auch die Kostüme unserer alljährlichen Weihnachtsaufführung.«

»Top. Machen Sie doch noch ein paar Ankündigungen, ich bin gleich wieder oben.«

Die Zuschauer sind einigermaßen überrascht, als ich zurück auf die Bühne trete. »Ho-ho-ho.« Ein Weihnachtsmann im Mai, in einem Kostüm, dem von ›Dieters Damen Dessous‹ nicht unähnlich.

»Alter!«, ruft Tim. »Abgefahren!«

»Liebe Fassbütteler, viele von euch haben es ja in Pauls Garten mitbekommen: Ich erlebe bald meine ganz persönliche Zugabe. Weil ich das Glück habe, Nina heiraten zu dürfen.«

»Wie süß.« Doris schlägt die Hände zusammen.

»Denn mit dir, meine Liebste«, ich zwinkere Nina heftig zu, »fühle ich mich ›pudelwohl‹.«

Sie fährt sich unwillkürlich durch die Haare. »Philipp, hör auf, erzähl's nicht…«

Ich steige von der Bühne und greife ihre Hand. »Du bist nicht nur mein Stern, sondern auch meine Horizonterweiterung, mein Firmament.«

Einige Frauen im Publikum seufzen. Darauf war ich nicht aus, es ist jedoch nichts dagegen einzuwenden. »Nina, wenn du strahlst, hat die Sonne Pause.«

»Philipp«, ganz gerührt steht sie auf. »Du…? Du warst das im Brautmodengeschäft?«

Sie ist völlig perplex.

Unter meinem roten Bommel grinse ich verschmitzt und hebe noch einmal das Mikro. »Du bist die Braut, die mir den Atem raubt.«

Sanft streiche ich ihr Haar aus den Schläfen. Unsere innige Umarmung wird von einer Applauswelle umspült.

»Hast du am Samstag schon was vor, Baby?«

»Ja. Heiraten.«

Die Stühle im Saal sind bereits weggestapelt, als ich zwei Stunden später noch immer im Gemeindehaus sitze: mit Nina, Doris, Carmen, Paul, Tim und weiteren Fassbüttelern. Mittlerweile bin auch ich mit allen beim ›Du‹. In einem Kreis hocken wir, bereits geleerte Bierflaschen stehen in der Mitte, was fast einem Lagerfeuer gleicht. »... natürlich, ihr beiden wärt eine Bereicherung für den Ort.« Der Bratwurstboss strahlt Nina und mich an. »Wobei Zugezogene sich einbringen sollten.« Jetzt schaut er nur noch mich an. »Absolut, um akzeptiert zu werden. Komm doch einfach in den Schützenverein, den Chor und die Freiwillige Feuerwehr. Auch für die Weihnachtsaufführung hast du dich heute empfohlen.«

»Klingt spannend«, sage ich, meine aber: Ich bleibe in Köln, basta, ganz ohne Vereinsmeierei.

»Vor Jahren hat sich ein zugezogener Anwohner mal über den Lärm beim Schützenfest beschwert«, schwadroniert die Chefwurst weiter. »Dem hat sein Vermieter gekündigt.« Später lallt er nur noch, wohl wegen der Schnapsflasche, die schon länger die Runde macht. »Herjeejaaeieihups.« Ich gucke ihn fragend an. »Das war plattdüütsch«, behauptet er.

Nina lehnt ihren Kopf an mich. »Schöne Haare«, sage ich.

Sie legt mir ihren Zeigefinger auf die Lippen. »Ich fasse es immer noch nicht. Du warst der Weihnachtsmann, der mich bei den Brautkleidern so gut beraten hat.« Sie schüttelt den Kopf. »Unglaublich, dass ich dich trotz des Kostüms nicht erkannt habe! Warum hattest du es überhaupt an?«

Fuck!

»Das, ach Ninchen, so ’ne Art Probe-Karneval, weißt du, öhm ...«

»Oh nein!«, ruft ein Fassbütteler aus und lenkt damit die Aufmerksamkeit schlagartig auf sich, genau zum rechten Zeitpunkt, puh. »Schiet, ganz vergessen, ich bin mit’m Wagen hier, muss noch die drei Kilometer heim.« Er schaut den Mann neben mir an, dessen Gesicht mir bekannt vorkommt. »Sach ma, Hermann, Gegenverkehr is doch um die Zeit nich mehr, nech?«

»Nee«, antwortet der, selbst schon mit der Tendenz zu hackenstramm, »aber pass auf mit'n Rehen.«

»Jau«, sagt der andere und zieht die Schnapsflasche wieder zu sich ran.

»Sie kennen sich ja gut aus«, grinse ich meinen Nachbarn Hermann an.

Er nickt. »Ich bin der Dorfpolizist.«

Richtig, ja, jetzt erkenne ich ihn, er hat bei Paul den Rasenmäherweitwurf gewonnen.

»Leute, wir machen uns jetzt auf den Weg.« Paul erhebt sich, seine Familie und ich mit ihm.

»Tschüss, war spitze«, verabschiedet mich der Dorfdirektor.

»Absolut.« Ich gebe ihm die Hand.

»Fahrt ihr mit?«, fragt Carmen uns vor der Tür.

»Die paar Hundert Meter laufen Philipp und ich lieber«, sagt Nina. »Ach Papa«, sie umarmt ihn auf dem Parkplatz, »ich freue mich so sehr, von dir zum Altar geführt zu werden.«

»Ich freue mich auch, mein Sonnenschein«, flüstert Paul ergriffen und steigt langsam zu den anderen ins Auto.

Wir laufen im Dunklen über die Dorfstraße, der abnehmende Mond leuchtet blass durch die Wolken. Nina hat sich bei mir eingehakt. Mir fällt die irre Stille auf, die es nur auf dem Land gibt.

»Du, Philipp ... da sich gerade alles so schön klärt ...« Sie hält inne. »Ich sollte ... muss dir noch etwas sagen.«

»Ja?«

»Ich will das unbedingt vor unserer Hochzeit loswerden.« Nina druckst herum.

»Was es auch sei, liebe Nina, wir sind jetzt so gut wie verheiratet. Und überhaupt, man soll sich an dem erfreuen, was man hat.« Mir gefiel der Spruch der Friseurin, und ich wollte ihn unbedingt noch mal bringen.

»Philipp…« Ihr schießen Tränen in die Augen. »Ich habe mit Chris geschlafen.«

30. Kapitel

Chris, die Sau. Mein bester Freund hat mit meiner Verlobten geschlafen! Er weiß, wie sie nackt aussieht, sich anfühlt, wie sie stöhnt… wie konnte er Nina nur so besudeln!

Auf der Rückfahrt nach Köln schweigen wir, es ist die Ruhe nach dem Sturm. Trotzdem kocht und brodelt es seit gestern Nacht in mir. Meine Finger krallen sich in das Lenkrad. Mannomann, ich könnte platzen!

Nina scheint froh, es mir gesagt zu haben, ist nun allerdings unglücklich. Welche Reaktion hat sie denn erwartet?

Es geschah bei der Talentprobe, wo wir uns im Freundeskreis kennengelernt haben. Chris ist als Udo Jürgens aufgetreten. ›Ich war noch niemals in New York‹ hat die Sau gesungen. Aber gedacht hat er sich wohl: ›Ich war noch niemals in… Nina‹. Es lag auch am Alkohol, erklärte mir Nina, vor allem aber sei Chris an diesem Abend ein richtiger Rockstar gewesen. Lächerlich! Er hat ganz gut abgeräumt, ja… na und? Gewonnen hat er nicht.

Die beiden waren Singles, okay, nur: Nina und ich haben uns nach der Talentprobe auf der Aftershowparty super unterhalten, ach was sag ich: geflirtet wie die Weltmeister haben wir! Den ganzen Abend haben wir getanzt und gelacht, sie hat mich auf Anhieb fasziniert!

Und dann kommt dieser Idiot mit seinem souveränen Siegerlächeln daher und greift sie sich ab. Was er nur konnte, weil ich mich vorher bei Nina anständig verabschiedet habe. Wir haben nur unsere Nummern ausgetauscht. Natürlich wollte ich nicht direkt mit ihr ins Bett. Und wenn es mich noch so gereizt hätte, das macht man einfach nicht mit der Frau seines Lebens!

Rockstar… pah. Seit wann hat Chris Groupies? Die habe ich als Comedian doch auch nicht.

»So toll kannst du mich an dem Abend also gar nicht gefunden haben«, sage ich gepresst.

»Wir waren doch noch nicht zusammen.«

»Ich schon!«

Lautstark schnaube ich gegen die Windschutzscheibe. Nina legt mir eine Hand aufs Knie. Ihre Berührung schmerzt.

»Philipp, es war einmalig.«

»Auch das noch!«

»Also dieses eine Mal, meine ich, danach haben wir uns nie wieder berührt.«

»Zwei Tage später haben wir beide uns im Café getroffen.«

»Deswegen ja.«

»Ach, und sonst hättest du munter mit ihm weitergevögelt?«

»Nein, es war nur diese eine Nacht. Ich sage doch, es tut mir leid.«

Nina kullern Tränchen über die Wangen. Nein, davon darf ich mich jetzt nicht erweichen lassen.

»Und warum…warum habt ihr mir nie etwas gesagt?«

»Weil's peinlich gewesen wäre? Aus Verlegenheit? Und irgendwann war's für uns auch einfach kein Thema mehr.«

»Für mich aber schon!« Ich setze den Blinker und fahre auf den Rastplatz ab. Dann knalle ich die Autotür zu, zücke mein Handy und wähle. »Chris, du verdammte Sau!«

Einen Tag später, auf der Oskar-Jäger-Straße in Ehrenfeld. Ich verlangsame meine Schritte. Ich will da nicht hin.

»Ich gehöre da nicht hin.«

»Du bist der Bräutigam.«

»Ich bin der Gehörnte, noch bevor ich überhaupt der Ehemann bin.«

»Es weiß doch sonst keiner.«

»Simone?«

»Sie schon.«

»War ja klar!«

Ich hätte den Junggesellenabschied absagen sollen und den ganzen Rattenschwanz, der da mit dranhängt. Ein Tanzkurs in einem Autohaus, was für eine beknackte Idee ist das denn? Organisiert hat es natürlich Chris.

»Diese Pussy.«

»Versuch bitte, nicht daran zu denken und den Abend zu genießen.«

»Ich hau ihm auf die Fresse!«

»Philipp, bitte.«

Das verzeihe ich Chris nie. Natürlich habe ich überlegt, ihn wegen seiner Schandtat als Trauzeugen zu canceln. Denn was, wenn er darauf spekuliert, Nina bei Ehekrisen zu ›trösten‹? Mein Vater Bert oder Ninas Halbbruder Tim, die kämen doch auch als Trauzeugen in Frage und sind wenigstens ehrliche Typen. Aber wenn es mit Nina hart auf hart käme, wären beide parteiisch. Für sie.

»Huhu, da seid ihr ja endlich!« Simone läuft uns aus dem Autohaus entgegen. »Schön, dass ihr zurück seid.« Sie kramt eine Verkleidung aus ihrer Tüte. »Hier Philipp, anziehen.«

›Primaballerina‹ steht auf der Verpackung. Rosa Tütü, weißer Body, Silberkrönchen.

»Spinnst du jetzt völlig?«

»Ist doch witzig«, sagt Simone. »Was bist du denn so bockig?«

»Ich weiß, dass du es weißt!«

Simone zuckt mit den Achseln. »Ist ja gut.«

Nicht mal als Weihnachtsmann kostümiert würde ich jetzt noch vor meine Freunde treten. Es ist schon alles schlimm genug, da lasse ich mich nicht noch als Miss Piggy durchs Dorf treiben.

Felix ist dabei, Yasemin, Sabine, unser afrikanischer Nachbar Yannie, Ellen und Matthias, weitere alte Kumpel, Jessi aus meiner Massagepraxis, einige Leute von Nina aus der Klinik. Bestimmt zwanzig unserer Freunde.

Und Chris.

»Hi, Philipp.«

»Hey, Spacko!«

»Philipp, lass …« Nina zupft mir an der Jacke.

»Ach? Ist Madame jetzt auf seiner Seite?«

Dieses Mal küsst sie ihn zur Begrüßung nicht auf die Wange. Wäre ja auch noch schöner.

»Du hast mich am Telefon schon genug beleidigt«, erwidert Chris. »Ich denke, wir können das wie Männer klären.«

»Dann gehen wir wohl besser noch mal vor die Tür!«

»Es geht gleich los«, sagt er und deutet hinein.

Im großen Verkaufsraum riecht es wie im Innenraum eines Neuwagens. Chris hat einige der Modelle zur Seite gefahren, sodass jetzt in der Mitte ordentlich Platz ist.

»Hey, hey, hey!« Alle jubeln, als wir näher kommen.

Nina freut sich verhalten, ich tue nur so als ob. Klar gefällt es mir, unsere Freunde zu sehen. Aber nicht heute, nicht unter diesen Umständen.

»Hallo zusammen, schön, dass ihr alle da seid«, ruft Nina in die Runde. »Dann lasst uns mal starten.«

»Bringen wir's hinter uns«, maule ich vor mich hin.

»Hallo, ihr seid also das Brautpaar. Ich bin Marcello und heute gerne euer Tanzlehrer«, sagt der Typ mit den geligen

Haaren und den eng anliegenden Klamotten. Seine schwarzen Schuhe glänzen noch gelackter als die Autos um uns herum.

»Hallo«, grüßt ihn Nina freundlich.

»Bier?«, fragt Felix gewohnt wortkarg.

Auf den Mann ist Verlass. Er hält mir eine geöffnete Flasche hin, die ich direkt ansetze. »Aaah … sonst ist das alles hier ja nicht zu ertragen.«

»Ja. Tanzen. Echt ungewöhnlich. Als Junggesellenabschied.« Vom Wortschwall erschöpft prostet Felix uns zu.

»Wem sagst du das?« Ich stoße mit ihm an.

Tanzlehrer Marcello klatscht in die Hände. »So, ihr Lieben, wir konzentrieren uns heute Abend auf Walzer und Discofox, die Klassiker auf Hochzeiten.«

Wir Deutschen haben nicht gerade den Rock'n'Roll im Blut. Oder den Salsa. Walzer und Discofox, das sind unsere Tänze. Planbar, geordnet, reduziert. Und wenn es doch mal mit uns durchgeht: Ententanz.

Marcello schaut in die Runde. »Welche Dame stellt sich mir denn als Tanzpartnerin …«

»Ich!«, schreit Simone.

»… ah, prima, dann komm bitte an meine Seite.«

Fragt sich, wer jetzt das Opfer ist.

Marcello klatscht in die Hände. »Alle herhören, bitte: die Grundstellung zum Walzer! Der Herr umfasst mit der linken Hand die rechte Hand der Dame.« Er sieht sich um. »Nicht zu hoch, ganz bequem.« Dann greift er Simone an den Rücken. »Wir halten die Dame mit der rechten Hand, zwischen Schulterblatt und Hüfte.« Sie lässt es sich gerne gefallen. »Dann der nächste Kontaktpunkt: Die Dame legt nun die linke Hand auf den rechten Oberarm des Partners.«

Was redet der denn so geschwollen? Soweit ist das ja wohl alles klar, dafür brauche ich keine Anleitung. Mann, was mache ich überhaupt hier? Nina fasst mir zaghaft an den Oberarm, angespannter als ich es sonst von ihr kenne.

»Dreivierteltakt! Die Herren führen, die Damen reagieren.«

»Wie in der Ehe, ne!«, ruft Yannie.

Gelächter. Wolli und Toni sitzen lässig am Rand und stoßen mit ihren Bierflaschen an. Allerhand, die dürfen das. Ich will auch Spaß haben auf meinem Junggesellenabschied.

Der Tanzlehrer schiebt Simone sanft von sich. »Die Dame beantwortet den Vorwärtsimpuls mit einer Rückwärtsbewegung.«

Ja, ach!?

»Schrittfolge! Die Männer beginnen mit rechts.« Er legt los. »Vor… seit… Schluss, rück… seit… Schluss. Eins zwo drei, eins zwo drei.«

Eins… dingens… Schluss. Ich stehe Nina auf den Füßen. »Sorry, das hat er nicht gut erklärt.«

»Wird schon.« Sie lächelt charmant. »Hauptsache, wir gehen wieder aufeinander zu.«

»Reicht jetzt«, nörgelt Felix. Auch ein paar andere Kumpels tanzen nicht, sondern strampeln und zappeln wie Fische im Boot. Mein Verständnis haben sie.

»Sieht schon ganz gut aus«, sagt Marcello, als er den Stil von Chris prüft. Klar, der Verräter kriegt es natürlich auf Anhieb sexy hin. »Okay! Die Herren stellen sich einfach vor, sie tanzen auf einem Bierkasten. Und jetzt das Ganze mit Musik.«

Chris klickt am Laptop. Mit dem Aufbau der Anlage hat er sich immerhin Mühe gegeben.

Nach einigen Versuchen klappt es mit dem Walzer bei den meisten recht passabel. Felix grinst mir über die Schulter von Sabine zu. Das mit den Bierkastenschritten war allerdings auch ein wichtiger Tipp.

»Sehr gut! So, und jetzt bilden Bräutigam und Trauzeugin ein Paar sowie Braut und Trauzeuge.«

»Auf keinen Fall!« Ich halte Nina fest. »Soll Chris doch mit dem Tanzlehrer rumhopsen.«

»Philipp, auf der Hochzeit müssen wir auch mal wechseln.« Nur widerspenstig lasse ich sie los.

Simone kommt zu mir rüber. »Puh, endlich, Marcello hat Mundgeruch.«

»Jaa«, lobt der Tanzlehrer Nina und Chris, »ihr macht das toll.«

»Aber nicht so toll wie wir vorher!« Ich verrenke meinen Kopf immer so, dass ich die beiden genau vor Augen habe. Nur ein lüsterner Blick von ihm, nur einer, dann …

Auch Marcello achtet auf Chris. »Du musst deine Hüfte noch stärker zum Einsatz bringen.«

»Nee, muss er nicht!« Ich lasse Simone aus den Armen gleiten, fast fällt sie mit ihren Stöckelschuhen hin.

»Bitte?« Der Tanzlehrer schaut irritiert aus seinem straffen schwarzen Hemd.

»Ja nee, nicht noch mal!«

»Ist wohl Zeit für ’ne Runde Bier«, signalisiert Chris dem Tanzschiedsrichter. Mistkerl, sich jetzt auch noch so geschickt aus der Affäre zu ziehen.

Spiegel gibt es nur in der Tanzschule. Also begutachten sich die Frauen in den polierten Fensterscheiben der Fahrzeuge, die unsere Tanzfläche begrenzen. Allerdings scheint mir, sie kontrollieren eher ihr Aussehen als ihren Stil.

»… und Tap! Ganz legere Haltung, achtet auf die Taps.« Der Tanzlehrer zeigt uns mittlerweile den Discofox. Wie enorm entzückend von ihm.

Wehe, es wird ein Titel von Michael Wendler gespielt, dann raste ich aus. Und nicht vor Freude.

Ich bin entnervt. Offenbar hat das Pausenbier dazu beigetragen, die Bewegungen unserer Freunde fließender zu machen, ihnen scheint es zu gefallen. Ich fühle mich kraftlos. Der Tanztrainer hat uns zum Hochzeitstanz noch einige Tipps gegeben, ich habe gar nicht richtig hingehört. Ich will nach Hause.

Unseren ersten Abend haben Nina und ich durchgetanzt, ich kann das, wir können das. Da war's allerdings im Freistil, der flutscht mir auch viel besser aus den Beinen, herrlich unspießig haben wir uns umkreist. Nur wegen der Hochzeit meint Nina jetzt, Standard tanzen zu müssen. Werden wir dann auch eine ›Standard‹-Ehe führen?

»Schalalala!«, singen Wolli und Toni. Von den Bierkästen, auf denen sie stehen, begutachten sie uns wie die beiden Alten vom Balkon der *Muppet Show*.

»Macht gefälligst mit, faule Bande.« Nina winkt sie aufs Autohausparkett. Vergebens.

Chris ein Rockstar, pah, es ist und bleibt lachhaft. Und wenn, ein Musiker stellt doch nicht mehr dar als ein Comedian, wie absurd. Andererseits hat Nina nicht mit mir geschlafen, als ich endlich meinen ersten guten Auftritt hatte. Wie stolz bin ich da heimgekommen. Sie hat sich alles angehört, so etwas gesagt wie ›du bist echt witzig‹ und sich dann müde zugedeckt.

Na und ob ich witzig bin! Was ich nicht überall zeigen muss, das wäre mir zu anstrengend, und allen anderen wohl auch, allerdings fällt mein Blick gerade auf einen Alfa Romeo. Ein schicker roter Renner ist das und sowieso ein Kollege von mir. Weil ich ja selbst auch ein Alpha Romeo bin, der sich seine Julia nicht streitig machen lässt. Schon gar nicht von der Stoßstange eines windigen Schmusesängers. Es ist an der Zeit, mal wieder meine Stärke als Comedian zu zeigen, hier und jetzt und sofort.

Einmal lasse ich Nina noch drehen. »Philipp, wohin…?« Dann kann sie mir nur noch hinterherschauen.

»Hey Leute!« Ich laufe auf den Wagen zu, öffne seine vordere Klappe und lege meinen Kopf auf den Motorblock. »Seht her: Ich bin jetzt unter der Haube!«

Auf einmal ist es eigentümlich ruhig im Autohaus, kein Getrampel mehr, kein Gebrabbel. Perplexes Schweigen. Allein der Discofox-Song spielt weiter »It's my life«.

Der schleimige Tanzlehrer hat dann doch einen guten Job gemacht, wir applaudieren Marcello zum Abschied.

»Danke! War schön mit euch. Viel Spaß auf der Hochzeit. Tschüs.«

Simone legt einen Arm um Nina. »So, Mädels, jetzt kommen wir zum eigentlichen Junggesellinnenabschied. Wir machen jetzt eine Pyjamaparty bei mir! Ohne die Männer. Dafür mit Schampus, Schnulzen und Schokolade!«

Alle Frauen jubeln, Nina lächelt verdutzt. Simone beginnt, lila T-Shirts an die Frauen zu verteilen.

»Ja«, übernimmt Chris das Wort, »da waren sich das Simönchen und ich mal einig: 'ne nette Idee das mit dem gemeinsamen Tanzkurs. Aber, Männer, jetzt kommen auch wir zum gemütlichen Teil des Abends. Auf geht's zum… Tabledance!«

Wolli und Toni grölen los, die anderen stimmen ein.

Allein Matthias blickt unentschlossen. »Äh, darf ich mit den Mädels?«

»Nein!«, bestimmt Ellen, seine Frau.

Tabledance. Was für eine riesige Überraschung bei einem Junggesellenabschied. Ich gähne.

»Och«, sagt Nina. »Du musst da nicht mit.«

Chris will sich auch heute Abend eine geeignete Startrampe verschaffen, um sein flüssiges Hüftgold abzufeuern.

Moment, was soll das heißen, ›du musst da nicht mit‹? »Wieso das denn nicht?«

Wird Madame dann etwa eifersüchtig? Befürchtet sie womöglich, ich könne mich nicht beherrschen? Womöglich zu Recht! So ist das also: Sie darf sich fremdgehen lassen, und ich darf mir noch nicht mal die aktuelle FKK-Mode ansehen? Nö, also so erschöpft bin ich nun auch wieder nicht.

»Attacke! Männer, ran an die Girls!«

31. Kapitel

Strippen ist eine Dienstleistung, und wir haben sie gerne in Anspruch genommen. Allein Chris und ich haben es trotzdem verpasst. Direkt vor unseren Augen gingen total scharfe Frauen in die Nacktoffensive, und was machten wir? Wir redeten.

Keineswegs sofort, erst haben wir geradeaus gestarrt. Gar nicht mal auf die Tänzerin, die ihren glitzernden Körper geschmeidig vor uns räkelte. Nein, auf die Wand, angespannt und gedankenverzettelt, wie wir waren. Nach dem dritten Bier hat Chris sich mir ruckartig zugewandt und betont, er habe nach seinem Auftritt auf der Aftershowparty doch gar nicht mitbekommen, dass Nina und ich heftig geflirtet haben.

»Sonst wäre sie für mich tabu gewesen, keine Frage!«, hat er gesagt.

Das glaubte ich ihm auch, schon weil ich ihn für jede andere Antwort auf den Mond hätte schießen müssen. Wo er nicht hingehört, und ich wäre meinen besten Freund los.

»Du Lump.« An jenem Abend hatte Chris seinen Höhepunkt mit Nina. Übermorgen bis in alle Ewigkeit jedoch liegt die Ekstase bei mir. Also habe ich ihn getoppt. Mit dieser Erkenntnis entwich mir ein abschätziges Grinsen.

»Ganz ehrlich, ich war so abgefüllt«, raunte er mir zu. »Ich kann mich gar nicht mehr so recht erinnern, wie es mit ihr war.«

»Brauchst du auch nicht!«

»Siehste, so grandios wird's schon nicht gewesen sein.«

»Was? Willst du damit sagen, Nina sei schlecht im Bett? Du beleidigst sie nicht, du…!«

»Sagt mal, seid ihr schwul oder was?« Brüste baumelten direkt vor unseren Gesichtern, die dazugehörige Stimme wirkte genervt. »Ich gebe hier oben alles, und ihr seid nur am Quatschen.«

»Sorry«, sagte Chris und steckte ihr einen Schein zu. Die Stripperin tanzte sich wieder einige Schritte zurück.

Dabei stierte Chris ihr voll auf die Logen. »Ninas Brüste sind schöner.«

»Stimmt. Wobei dich das überhaupt nichts angeht.«

Was redete ich überhaupt mit Chris? Es war mein Junggesellenabschied, der letzte Abend in Freiheit! ›Gewollter Absturz‹ lautete die Losung! Ich musste hier noch mal auf die Pauke hauen, danach hätte ich es ja für immer vergessen können!

Aufmunternd schaute ich in meine Männerrunde. Wolli gähnte. Felix fragte die Stripperin nach ihrer Telefonnummer. »Ich will nach Hause«, nörgelte Matthias. »Ellen wartet vielleicht auf mich.«

»Männer! Was ist denn los mit euch?«, rief ich motiviert. »Spiel mit dem Feuer, man lebt nur einmal!«

Die Stripperin hatte sich gerade wieder genähert. »Yieehaa!« Ich patschte ihr auf den glänzend runden Po.

»Schatzi, das hier ist kein Streichelzoo.« Ihre Ermahnung klang immerhin charmant.

Stunden später: Natürlich hätte Felix nicht seinerseits die Hosen runterlassen müssen, hackenstramm wie er war, denn so sind wir aus dem ›Stardust‹ rausgeflogen. Noch unhöflicher ist es wohl nur, vor einer Stripperin einzupennen. Aber es war eh schon spät, und wir anderen hätten Kermit den Frosch auch nicht mehr von Shrek unterscheiden können. Bevor wir rausgeworfen wurden, haben wir Wolli geweckt.

Ich bin es, der Nina heiratet. Sie hat sich für mich entschieden. *Ich* bin der Erwählte. Alles andere sollte der Vergangenheit angehören, gehört der Vergangenheit an. Heute im Standesamt wird die Zukunft besiegelt. Ich wundere mich selbst, wie schnell ich das so klar sehe. Vernünftig zu sein ist einfacher, wenn einem das Herz folgt.

»Ganz weg ist mein dicker Kopf immer noch nicht«, sage ich zu Chris, als ich mit dem duftenden Blumengebinde, das ich gerade abgeholt habe, zurück in den Wagen steige.

»Ich hab gestern komplett platt gelegen«, grinst er und fährt los.

Das hier ist nicht einfach eine Autofahrt. Es ist mein Weg ins Glück, mein Triumphzug ins Entzücken, mein Aufbruch ins Vergnügen. Aber es ist auch … Muffensausen.

Natürlich habe ich nicht geschlafen. Unsinn. Nina, sie hat friedlich geschlummert, ein Bein um mich geschlungen, ihren Kopf an meinen Arm gekuschelt, eine Hand auf meiner Brust.

Mein Hinterkopf dagegen hat sich ins Kissen gepresst, mein Körper lag starr unter der Decke. Mein restliches Leben lief über mich hinweg, packte mich, zog mich mit. So weit im Voraus habe ich mich noch nie festgelegt.

»Nina ist noch beim Friseur«, sage ich.

Bei einem ›richtigen‹ Friseur, wie sie betonte, der sie zudem mit Make-up stylt. Nicht auszuschließen, dass er auch noch ihre Füße knetet.

»Dieses Mal werden ihr die Haare nicht verhunzt.« Chris will mich beruhigen.

»Für den Fall hab ich ’n Fahrradhelm eingepackt.«

In einer halben Stunde sind wir dran, um 11:20 Uhr. Noch sitze ich im Sportwagen, an der nächsten Ausfahrt werde ich wohl umsteigen: auf Kinderwagen.

Die Reifen rappeln über das Kopfsteinpflaster der Altstadt, Chris biegt auf den Rathausplatz ein. Gegenüber der wuchtigen Renaissancefassade zieht er die Handbremse und sieht mich von der Seite an.

»Bist du bereit?«

»Ich guck mir das erst mal an. Lass den Motor laufen.«

Sie sind schon alle da. Mama und Papa mit den Nachbarn und Waldiva. Paul, Carmen und Tim. Schwester Doris mit ihren Zwillingen Max und Moritz. Unsere Freunde. Und ein paar Onkel und Tanten von Nina aus Fassbüttel, die ich wohl kennen sollte. Eben der kleinste Kreis. Außerdem die Sonne und ein wolkenlos blauer Himmel, perfekt für unsere Gartenparty hinterher. Nacheinander begrüße ich alle, freue mich, dass sie da sind, schüttle ihre Hände, bin glücklich, dass sie diesen wichtigen Tag mit uns teilen. Alle sind da, alle außer Simone und ... meiner Braut?

Noch elf Minuten, eigentlich zehn, ich kann schon abrunden. Glückwünsche ertönen, ein frisch vermähltes Pärchen kommt aus dem Historischen Rathaus und wird von seiner Hochzeitsgesellschaft umschlungen. »War gar nicht so schwer«, höre ich den Bräutigam noch japsen.

Neun Minuten. Max und Moritz kauern auf dem Rathausplatz und wollen offenbar einen Pflasterstein aus dem Boden befreien. Das kann nicht gut gehen, aber ich habe andere Sorgen.

Acht Minuten. Hier zu heiraten ist beliebt, sowieso samstags und im Mai. Alle 20 Minuten wird in der Rentkammer getraut, quasi im S-Bahn-Takt. Wer nicht pünktlich erscheint, für den ist der Zug abgefahren.

Sieben Minuten. Mein Handy klingelt, nervös fingere ich es aus dem dunklen Anzug. »Nina! Alles okay bei euch? Deine Haare ...?«

»Die sitzen perfekt. Ich bin die schönste Frau der Welt!«

Puh. »Absolut, das bist du. Und wann darf ich euch sehen, dich und deine Haare?«

»Gleich.«

Es sind noch sechs Minuten, verdammt. »Meinst du jetzt gleich oder gleich gleich ...?«

»Wir sitzen doch noch im Taxi. Es hat sich alles verzögert, weil der Strom ausgefallen ist. Fön, Trockner, Kaffeemaschine, nichts ging mehr. Dann haben wir nicht direkt ein Taxi bekommen, ist wohl wieder eine Messe in Deutz. Und jetzt ist gerade ›rot‹.«

»Wo?«

»An der Ampel natürlich.«

»Wo ihr steht?«

»Am Neumarkt.«

Fünf Minuten. Ich atme tief aus. »Aber ... ihr ... du ... kommst doch?«

Schweigen. Längeres Schweigen. Im Hintergrund ist ein Martinshorn zu hören.

»Äh, Philipp, ich hab dich gerade gar nicht verstanden, der Rettungswagen war so laut.«

»Ist gut, mein Brautstern, sag dem Fahrer bitte, wenn er sich beeilt, hab ich nichts dagegen.«

Unsere Familien und Freunde sind bereits ins Historische Rathaus vorgegangen. Auch Chris schaut jetzt hektisch auf die Uhr. Keine zwei Minuten mehr.

Endlich! Ich höre das typische Dieselgeräusch, ein Taxi stoppt. Rasch reiche ich dem Fahrer einen Schein durch die Scheibe. »Danke, stimmt so.«

Erleichtert küsse ich Nina. »Da bist du ja, meine Braut!«

»Wir haben noch genau eine Minute«, drängt Chris.

»Oh, jetzt müssen wir aber ...« Nina stöckelt hektisch über das Kopfsteinpflaster.

»Nun warte doch mal.« Ich stocke, begeistert. Gerade

noch voller Ungeduld, muss ich sie nun in Ruhe auf mich wirken lassen. »Du siehst hinreißend aus. Sensationell!«

Sie strahlt. »Haare schön, Blazer schön, Schuhe schön. Nina schön!«

»Deine Handtasche!« Das Taxi ist schon angefahren. »Stopp!« Simone hechtet hochhackig zur hinteren Tür.

»Okay, Ladies, und jetzt...« Chris läuft hinter uns her wie ein Schneeschieber.

»Diese tollen Bögen in der Fassade«, Simone bleibt vor dem Eingang stehen. »Eines der ältesten deutschen Rathäuser. Beeindruckend.«

»Absolut, Simone.« Ich lächle so charmant, wie es der Anlass gebietet, die Zeit es aber nicht mehr zulässt. »Los jetzt!«

Hand in Hand hasten wir durch die Eingangshalle, Nina winkt mit dem Blumengebinde in die Runde. Im Nebenzimmer weisen sich Chris und Simone ruckzuck als Trauzeugen aus. Ich halte meinen Pass schon in der Hand und warte darauf, dass mir Nina ihren gibt.

»Der kann ja nur hier drin sein.« Sie hat ihre Handtasche abgestellt und fingert darin herum.

Bitte nicht jetzt. Ich kenne diese Wühlerei, als wolle sie einen Hering aus der Tiefsee fischen. Das kann dauern!

»Aber ich habe ihn doch heute Morgen eingepackt.«

Die Sekretärin lässt sich keinen Unmut anmerken. Nina hat mittlerweile Taschentücher, Labello, Schlüssel, Lippenstift, Kugelschreiber, Puder, Haarspray, Mascara, Ersatzstrumpfhose, Kajalstift und ihren kleinen Glücksbringerteddy auf dem Schreibtisch ausgebreitet.

»Oh... Flohmarkt?«, fragt der Mann hinter uns fröhlich.

»Mein Pass ist futsch, ich hab ihn in der Handtasche verloren«, sagt Nina achselzuckend.

Das darf doch nicht wahr sein. Seit Monaten organisiert

sie wie wild, erstellt To-do-Listen, achtet auf jedes Detail und jetzt …!

»Wie heißt Ihre Mutter mit Vor- und Geburtsnamen?«, fragt der Mann hinter Nina.

Was soll die Frage? Was will der Typ? Meinen unwirschen Blick hat er bemerkt.

»Mein Name ist Günter Stommel, ich bin Ihr für die Eheschließung zuständiger Standesbeamter. Juten Tach.« Wir geben uns die Hand, wobei er mich anraunzt. »Sie haben jrad Ausnahmezustand, klar. Aber Sie müssen hier nit so mackermäßig reinrauschen wie Ben Hur beim Wagenrennen. Dat macht die Braut nur noch nervöser.« Was, wieso, ich wollte doch nur pünktlich …

Sein Unmut gilt nur mir, Nina strahlt er an, als wolle er sie am liebsten selbst heiraten. »Sagen Sie mir den Namen Ihrer Mutter, den kann ich in den Akten abgleichen. Dat gilt dann wie Ihr Ausweis.«

Nina lächelt erleichtert. »Waldiva … äh … Hanf-Hanna … äh … Lang-Förster.«

»Da könnte man sie ja gleich ›Frau Grünzeug von und zu Wald und Wiesen‹ nennen.« Stommel schaut amüsiert in einen Ordner. »Jot, alles klar, loss jonn.«

Stattlich ist er, jedoch nicht sehr groß. Dynamisch, aber vermutlich kurz vor der Pensionierung. Unser Standesbeamte dirigiert uns in die Rentkammer, dort brauen sich unter seinem buschig kölschen Schnäuzer schon die nächsten Worte zusammen.

»Meine Damen und Herren, liebe Kinder, simmer komplett? Ich bitte, die Tür zu schließen.«

Erwartungsvolles Lachen und kurzer Applaus. Als hätten wir die Ziellinie bereits überschritten. Mein Herz pocht. Stolz schaue ich Nina an. Mein Herz hüpft. Sie sieht umwerfend aus.

»Filmen und Fotografieren ist bei mir kein Thema«, betont Stommel. »Holt alles raus, haltet drauf.«

Nina bibbert auf einmal am Trautisch. Der Brautstrauß in ihrer Hand zittert wie Espenlaub. Gerade will ich sie an den Schultern fassen, da kommt der Standesbeamte um den Tisch herum und nimmt sie in den Arm. »Liebchen.« Mehr sagt er nicht, aber die Wirkung ist erstaunlich. Augenblicklich beruhigt sich Nina. Und wer besänftigt mich?

»Dat is schön, dat mäht nix«, brummelt Günter Stommel auf kölsch und läuft dabei wieder um den mächtigen Tisch. »Liebes Brautpaar, liebe Hochzeitsgesellschaft, leev Lück! Isch han bald 7000 Trauungen vollzogen und janz ehrlich, Sie haben mir in meiner Sammlung jrad noch jefehlt.« Gelächter. »Bevor wir nun Nina Lang und Philipp Schäfer feierlich vereinen, bitte ich zunächst die Mütter, ebenfalls nach vorne zu kommen. Setzen Sie sich bitte auf die Stühle neben den Trauzeugen.«

Waldiva scheint verdutzt, sie setzt sich rechts von Nina und Simone, Sofie platziert sich stolz links von mir neben Chris. Unser Vollzugsbeamte strahlt zufrieden und schaut unsere Mütter nacheinander an.

»Haben die beiden sich das gut überlegt?«

»Ich hoffe«, sagt Waldiva leise.

»Ich bin bereit.« Mama nickt eifrig.

»Wer ›Nee‹ sagt, fliegt raus«, zwinkert er ihnen zu.

Ein Handy klingelt.

»Entschuldigung!«, ruft einer von Ninas Onkeln und greift sich ins Jackett.

»Gehen Sie dran, es könnte ja was Wichtiges sein. Aber Einsprüche kommen zu spät!«, sagt Günter Stommel und breitet seine Arme aus. »Vor mir sitzen Nina Lang und Philipp Schäfer aus dem Agnesveedel, sie sind zum Zwecke der Ehe erschienen.« Jetzt ruht sein Blick auf uns beiden.

»Sie leben schon zusammen, gratuliere, dann müssen Sie sich wegen der Wohnungseinrichtung nicht mehr die Köppe einhauen.« Er beugt sich noch weiter vor. »Haben sich seit der Anmeldung irgendwelche Veränderungen im persönlichen Verhältnis ergeben?«

Kurz überlege ich zu fragen: Ist es überhaupt rechtlich zulässig, dass der Trauzeuge mit der Braut geschlafen hat? Müsste er nicht ins Gefängnis?

»Nein«, sagt Nina.

»Gut, dann kommen wir jetzt zur tränenreichen Trauung. Ich darf hervorragend vorbereitete und grundehrliche Ja-Worte unterstellen.« Nina und ich nicken unmerklich, meine rechte und ihre linke Hand liegen auf dem Trautisch vereint. »Passt op, neulich habe ich einen Soldaten getraut, in voller Uniform. Ich hatte noch nicht ausgesprochen, da antwortete er mir mit einem zackigen ›Jawohl!‹« Gelächter, das unser Standesbeamte zu genießen scheint. »Jedenfalls sind Sie das Toppaar des Tages! Jot, zugegeben, wir sind froh über jeden, der kommt, die Stadt braucht ja Geld für den Neubau der U-Bahn...« Wieder brabbeln unsere Gäste amüsiert. »Sie haben den Schritt zu zweit gemacht, sich gemeinsam entschieden.«

»Wie ein Doppelklick auf die Maustaste«, grinse ich schwitzend.

Stommel ignoriert mich. »Somit wäre die Ehefähigkeit festgestellt.« Er setzt seine Lesebrille auf. »Ich sehe, Sie haben sich noch für keinen Namen entschieden?«

»Babette, wenn's ein Mädchen wird«, ruft Mama.

»Und bei Zwillingen?«, fragt Schwester Doris etwas zu laut.

»Er meint den Nachnamen«, erläutert Chris.

Stommel runzelt die Stirn. »Es bleibt also dabei, Sie behalten Ihre jeweiligen Namen?«

Ich drücke Ninas Hand. »Nein.«

Sie blickt mich irritiert an. Ihr Blick sagt: ›Doch!‹ Hinter uns setzt Gemurmel ein.

Ich räuspere mich. »Ich möchte den Namen meiner Frau annehmen. Ich möchte Philipp Lang heißen.«

Totenstille. Für einen Moment stehen alle so erstarrt wie die mächtigen Stützpfeiler.

Dann braust ein Stimmensturm durch den Gewölbekeller.

»Buuuh!«, tönt es von den Männern wie aus einem Mund. Nur Ninas Papa Paul steht er offen.

»Bravooo!«, hallt es von den Frauen einhellig zurück.

Ein Pflasterstein kullert krachend von den Steinstufen. Oben auf der Treppe hocken Max und Moritz.

Papa lacht. Mama wirft mir einen fragenden Seitenblick zu: ›Aber wieso das denn?‹

Nina kniept mit den Augen, aufgewühlt, überwältigt, und umarmt mich. »Bist du dir auch wirklich sicher?«

»Ja.« Ich hoffe es.

Es ist ein ebenso rührender wie unvorhergesehener Moment.

»Dann haben wir ein Problem.« Stommel fährt mit einer Hand über die Papiere. »Ich muss abbrechen und alles neu ausdrucken.« Erneut lähmende Stille. »Nee, Quatsch, ich streiche das handschriftlich im Register«, sein Schnäuzer wippt vor Vergnügen, »schön, wenn ein deutscher Beamter sich mal flexibel zeigen kann.«

Befreites Gebrabbel ringsum, ich atme erleichtert aus.

»Warum haste nix gesagt?«, raunt Chris mir zu. »Weichei!«

Sackgesicht! »Weil ich mir das erst die Tage überlegt habe. Quasi als Hochzeitsgeschenk. Außerdem ist's jetzt einfacher für den Pizzaboten, nur noch eine Türklingel mit ›Schäfer‹.«

»Ich trage hier also ein: Philipp und Nina Lang.« Unser Standesbeamte übernimmt wieder die Regie. »Liebes Brautpaar, liebe Familien und Freunde, is dat nit herrlich?« Jetzt schaut er mich anerkennend an. »Dat ist doch ein janz wunderbares Beispiel dafür, dat man sich dem Partner voll und ganz anvertrauen soll. Von nix kütt nix. Ich genieße jetzt schon Ihre Ja-Worte und prophezeie Ihnen eine traumhafte schöne Zeit mit ganz viel Nähe und Zärtlichkeit.«

»Schön«, schlüpft es Simone über die Lippen.

»Hach«, entfährt es sogar Waldiva.

Günter Stommel verkauft die Trauung mit hemdsärmeliger Eleganz. Ihm sprudeln die Worte nur so über die Lippen, hochdeutsch und kölsch verknubbelt.

»Ich stehe hier vor zwei hoch emotionalisierten Menschen, die voller Gefühl und Harmonie …«

Ich atme pfeifend aus.

»Wat denn, doch nit so harmonisch?«

»Doch, doch«, sage ich.

»Und warum prusten Sie dann die Luft so raus?«

»Die habe ich vorher die ganze Zeit angehalten.«

Nina sieht mich gerührt an. Meine Hand, die Ninas bedeckt, wird immer feuchter.

»Liebes Brautpaar, ich wünsche Ihnen beiden, dass Ihre Liebe zueinander, Ihre Verantwortung füreinander und Ihr Glück miteinander ewig hält.« Stommel läuft bei seiner Ansprache immer wieder rot an, scheint selbst ganz rührselig und dirigiert unsere Hochzeitsgesellschaft mit seinen Armen, so beseelt, als wäre sie ein Orchester. »Um diese Liebe zu vollziehen, bitte ich Sie nun, sich zu erheben. Und nit nur dat, meine Damen und Herren, kommen Sie all nach vorne an den Trautisch, seien Sie hautnah dabei mit Ihren Kindern und Enkeln.«

Kleider rascheln, Schuhe klackern über den Steinboden. Mama wedelt sich mit den Händen Luft zu. »So, wie ihr meine Liebe ertragt, müsst ihr auch meine Tränen ertragen«, schnieft sie.

Stommel wartet die Ruhe ab. »Und so frage ich zuerst Sie, Philipp Schäfer: Wollen Sie aus eigenem Entschluss mit der hier anwesenden Nina Lang die Ehe eingehen? Dann antworten Sie mit ›Ja‹.

Schluck. Ich spüre einen Kloß im Hals, der rasch anschwillt und mir die Luftröhre zu verstopfen droht. Doch aus tiefstem Herzen stößt sich *das* Wort empor, springt mir über die Lippen und explodiert wie ein Feuerwerk: »Ja!«

Ich sehe Silvestersterne, sie umkreisen Nina.

»Dann frage ich auch Sie, Nina Lang: Haben Sie sich frei entschieden, mit dem hier anwesenden Philipp Lang die Ehe einzugehen, so antworten Sie mit ›Ja‹.

»Ja!«

»Da Sie mir beide diese Frage überzeugend mit ›Ja‹ beantwortet haben, erkläre ich Sie ab diesem Moment …« – Mama schnäuzt laut in ihr Taschentuch – »… in meiner Eigenschaft als Standesbeamter kraft Gesetzes« – er hebt seine Stimme – »für rechtmäßig verbundene Eheleute!«

Jaaa! Geschaaafft!

Überwältigt stehen wir da, Hand in Hand, gerührt und schwitzend, felsenfest wie die Domtürme. Es ist unbeschreiblich ergreifend. Mein Körper bebt vor Anspannung. Unsere Lieben wickeln eine Applausschleife um uns.

»Schnapp dir dat Mädchen, ihr seid jetzt verheiratet!«

Wir küssen uns. Innig, leidenschaftlich, ungehemmt. Papa versteckt seine Tränen hinter der Digitalkamera, Paul hat die Hände wie zum Gebet gefaltet.

»Uff«, sage ich, meine Anspannung purzelt in sich zusammen.

»Ich liebe dich, du Jeck«, schluchzt Nina, die Tränen schlingern ihr rechts und links die Wangen herab und tropfen auf den Trautisch.

»Und ich liebe dich.«

Mama stöbert in ihrer Handtasche. »Ich habe neue Taschentücher, jetzt kann's weitergehen.«

»Dat Sie mir nit in Ihren Tränen ertrinken.« Stommel sieht uns sanftmütig an. »Und nun bitte die Ringe …«

»Hier«, sagt Stefan Fuß, der Nachbar über uns. »Bring sie nach vorne, Leon.«

Der Vierjährige tapst durch die Reihen und stellt sich neben mich. »Habt ihr gehochzeitet?«

»Ja, Leon. Wir sind jetzt für immer zusammen.«

»Auch wenn sie dich ärgert?«

»Ja, auch dann.«

Leon hält einen FC-Geißbock aus Stoff hoch, die Ringe hängen über den Hörnern.

»Super Überraschung!«, lacht Nina.

»Auf die Hörner genommen, hat dat wat zu bedeuten?«, fragt Stommel belustigt.

Mit der linken Hand umgreife ich ihre Hand, mit der Rechten streife ich ihr den Ring über. »Mein Stern …« Meine Finger zittern.

Sie küsst mich. Erneut Applaus und Lachen.

»Halt doch mal still«, lächelt sie mich an.

»Du wackelst ja selber.«

Nina manifestiert ihren Ehewunsch an meinem Finger, was sich großartig anfühlt. Mit dem Daumen drehe ich den Ring.

»Herr Lang.« Wir umarmen uns. »Herr Lang.« Oh, ich dachte, er meint Ninas Vater. »Herzlichen Glückwunsch, liebe Jung.« Günter Stommel reicht mir seine rechte Hand. Nina nimmt er zum Gratulieren in den Arm.

»Ja, wow, Glückwunsch!« Chris schlägt seine Hand in meine und drückt mich, danach herzt Simone Nina und andersrum und wieder von vorne und noch einmal.

»Mein Großer«, meine Mutter nimmt mein Gesicht in beide Hände, dann scheint ihr entfallen, was sie sagen wollte.

Waldiva umfasst uns gleichzeitig und schließt ihre Augen. »Euer Ablöseprozess hat einen intensiven Effekt auf der emotionalen Ebene, ein neuer Energiezyklus beginnt.«

Dieser Hochzeitstag ist ein Anfang, ja, aber ist er auch schon das Ziel? Mein Gefühl sagt mir, es ist ein gemeinsamer Etappensieg mit mutigem, optimistischem Blick nach vorn. Volle Kraft voraus auf ein Leben zu zweit. Uff! Ich hätte nicht gedacht, dass ich das schaffe.

Glückstrunken unterschreiben wir Eheregister und Heiratsurkunde, ich noch ungelenk mit meinem neuen Namen. Günter Stommel winkt uns hinterher: »Ein wunderbares Jawort, ich hab's jenossen, maacht et jot, ich will Sie hier nit wiedersehen!«

Völlig berauscht erlebe ich die nächsten Minuten. Papa stürmt auf mich zu, unsere Brustkörbe beben aneinander, vibrieren in Zeitlupe nach. Wie in einem Tunnel hallen Stimmen unwirklich durcheinander: Paul bei Carmen, Tim mit Chris, Schwester Doris über Max und Moritz, Simone in Papas Armen. Ein einziges Gratulantengewühl, das die Stufen hinaufwabert, durch die Eingangshalle wogt, draußen von der Sonne ergriffen wird. Mittendrin Nina, mein heller Fixstern, engelhaft weichgezeichnet. Wir recken unsere Rotgoldringe himmelwärts, triumphierend, die Stimmung verfärbt sich ins Erdbeerige: Rote Rosen regnen auf uns hernieder, daneben steigen rote Luftballons herzförmig auf. Wallendes Herzblut, das nach oben tropft.

Unsere Lieblingsmenschen fassen sich fröhlich an den Händen und tanzen Ringelreihen um uns herum. »Fiesta Familia!«, ruft Tim verklärt aus. Wir rumsen gegen die nächste Gesellschaft, die den Eingang erreicht.

»Wohl Drogen genommen«, murrt der Bräutigam.

Wenn ich jetzt etwas rauchen würde, wüsste ich gar nicht

mehr, wo oben und unten ist. Waldiva löst sich aus dem Kreis und schwirrt über die glänzenden Pflastersteine barfüßig auf uns zu. »Miteinander statt nebeneinander! Füreinander!«, käut sie die gerade gehörten Ehe-Ehrenworte wieder. »Und darum ziehe ich nächste Woche bei euch ein!«

32. Kapitel

»... von wegen, du bist doch aus unserer Familie geflüchtet! Papa und Carmen haben mich großgezogen.« Zur Bekräftigung stampft Nina auf unserem Wohnzimmerteppich auf.

»Carmen ist ein Bauerntrampel!« Waldiva poltert nicht eben leiser zurück.

»Carmen war für mich da. Du nicht!« Ninas Stimme bebt. »Du tust immer so, als wolltest du die ganze Welt umarmen. Nur für mich warst du nie eine Schmusemama.«

Waldiva setzt sich aufs Sofa. »*Jetzt* will ich mich um dich kümmern.«

»Jetzt.« Nina atmet lange aus. »Ausgerechnet jetzt.«

Waldiva hat es wahr gemacht, sie ist eingezogen. So selbstverständlich wie Creme in die Haut. Sie blockiert das Wohnzimmer, wo sie auf dem Sofa schläft, und auch im Rest der Wohnung kann ich mich nicht mehr frei bewegen. Überall hat Waldiva ihre Sachen ausgebreitet – »Aura verstreut«, wie sie es nennt. In der Küche komme ich mir vor wie in einem Gewächshaus, nein, wie im undurchdringlichen Dschungel: Schnittlauch bis zur Decke, Basilikumblätter groß wie Pfannen, Salbei wuchert aus dem Waschbecken. Ringsum nur noch Grünzeug, schrecklich.

Mein Nutellaglas musste ich aus dem Müll fischen, die Tiefkühlpizzas lagen dort ebenfalls, leider bereits aufgetaut. »Falsche Lebensphilosophie«, so hat Waldiva ihre Aufräumaktion begründet. Wie kann man nur etwas gegen leckeres Essen haben?

Warum ich die Situation dennoch ertrage? Damit sich Nina und ihre Mutter näherkommen können. Im Moment treten sie sich allerdings auf die Füße, und das gewaltig.

Waldiva bringt einen Satz gestikulierend zu Ende: »... auf verschlungenen Pfaden verläuft der Weg zur Selbstfindung.«

»Du meinst wohl: Egotrip!«, lärmt Nina.

So fauchen sie sich schon seit Tagen an. Waldiva ist ihrer Verantwortung gegenüber Nina nie gerecht geworden, sie hat sich nur wenig um sie gekümmert. Und das holt sie jetzt volle Breitseite nach. Zehn Wochen vor unserer kirchlichen Trauung, mitten im Vorbereitungstrubel. Ninas erster Impuls war, sie gleich wieder vor die Tür zu setzen. Doch so wie sie gerade um Fassung ringt, ringt sie auch um die Aufmerksamkeit ihrer Mutter. »Extraurlaub« habe sie sich für ihren Besuch genommen, wie Waldiva immer wieder betont. Wofür ihre Esoterik- und Yogakunden volles Verständnis hatten und sie mit Blumenkränzen feierlich zu dieser ›Heilreise‹ verabschiedeten.

Mich wundert nicht, dass ich jetzt abends häufig länger in der Massagepraxis bin und Extratermine mache. Gut, natürlich auch deswegen, weil ich immer noch Geld für die Hochzeitsfeier auf Schloss Schwan verdienen muss. Nina scheint meine Abwesenheit noch gar nicht aufgefallen zu sein. Na, sie ist eben mit ihrer Mutter beschäftigt. Ich sehe das so: Wenn die beiden sich näherkommen, ist das langfristig von Vorteil, auch für mich. Außerdem ist Waldiva nur vorübergehend hier.

Unter diesen Umständen fällt es wirklich nicht leicht, unsere Ehe zu genießen. Wir sind jetzt zwar standesamtlich verheiratet, und ich trage einen Ring, der mir noch etwas ungewohnt am Finger ist, sonst aber hat sich wenig verändert. Was natürlich echt kurios ist, gerade jetzt, da unsere Zweisamkeit ganz oben auf dem Siegertreppchen angelangt ist. Jedenfalls sollte es so sein!

Dumm nur, dass wir noch nicht dazu gekommen sind, unsere Ehe auszuleben. Liegt es nur an ihrer Mutter?

Wobei, es schweißt schon ungemein zusammen, diesen Schritt überhaupt geschafft zu haben. Außerdem ist Nina extrem stolz, dass ich ihren Namen trage. Und ich finde es toll, sie ›meine Frau‹ nennen zu können. Nicht meine Nina, meine Freundin oder Lebensgefährtin, sondern: meine Frau!

Unsere Hochzeitsparty auf der kleinen Rasenfläche hinterm Haus war richtig schön. Da machte es auch nichts, dass noch ein warmer Mairegen vorbeischaute und auch so schnell nicht wieder gehen wollte. Erst haben wir auf der Wiese getanzt, dann sind wir rein ins Trockene, feierten einfach im ganzen Haus weiter. Am Schluss habe ich Nina über die Fußmatte getragen, wobei ich den Türrahmen falsch eingeschätzt habe. Nina hat sich den Kopf gerieben und gemeint, schon die Geste zählt. Und dann war der Tag, auf den wir so lange hingearbeitet haben, auch schon vorbei. Im Schlafzimmer fehlte uns die Kraft, noch übereinander herzufallen. Wir sind direkt eingeschlafen, glücklich, Hand in Hand.

Eine Woche ist das her.

Waldivas Handbewegung durchschneidet die Luft. »Wenn du das so hingebungsvoll empfindest, muss eben die Kindheit aufgearbeitet werden.«

»Ja, aber deine. Nicht meine!«, ruft Nina aus.

Ich würde meinen Stern gern unterstützen, glaube aber, dass das nicht klug wäre. Zumal sie mir das Gefühl vermittelt, dieses Gefecht eigenständig gewinnen zu wollen. Als Ehemann bin ich ja eigentlich an allem beteiligt, zweifellos, in diesem Fall scheint es mir jedoch klüger abzuwarten, ob Nina meine Unterstützung wünscht. Bis dahin halte ich mich von diesem Minenfeld fern.

Der Schlüsselbund klimpert in meiner Hand. »Ich bin mal eben raus, den Brautstrauß bestellen.«

»Ja ja«, erwidert Nina und wendet sich schon wieder ihrer Mutter zu.

Keine Ahnung, warum der Bräutigam für die Besorgung des Blümchenbüschels zuständig ist. Woher auch immer dieser Brauch stammt, bestimmt nicht von den Wikingern.

Ich laufe im Treppenhaus eine Etage tiefer, als just meine Mutter die Tür öffnet.

»Muss ich mir Sorgen machen?«

»Nö. Wieso?«

»Na, wegen des Lärms. Es rumst ganz schön bei euch.«

»Das sind Friedensverhandlungen. Waldiva ist doch noch da.«

»Oh.« Mama reibt sich den Kopf. »Und deswegen haust du ab?«

»Ich besorge Joints, die sie hinterher als Friedenspfeife rauchen können.«

Wenn ich ihr sage, dass ich den Brautstrauß aussuchen gehe, will sie nur mit.

»Mal ehrlich, willst du lieber wieder bei uns einziehen?«

Das ist nett gemeint, wäre aber vom Sturzregen in den Wolkenbruch.

»Danke, Mama, alles bestens.« Ich habe lange genug auf ihrem Schoß gesessen.

Die Floristin ist jünger als ich, scheint alternativ unterwegs zu sein, und sie blickt mich fragend an. »Du kennst eure Hochzeitsfarben nicht?«

»Ich denke, Weiß ist dabei.«

»Ist das nicht immer so?«

»Ja cool, dann hätte ich gerne so einen allgemeingültigen Einheitsstrauß.«

»Einen was?«

Meine Güte, muss diese Floristin alles so kompliziert

machen? Seit ich im Blumenladen bin, hat sie mir nur Fragen gestellt. »Na, ich möchte halt einen Strauß, mit dem ich nichts falsch machen kann.«

»Der Strauß muss farblich zum Stil der gesamten Hochzeit passen: vor allem zum Brautkleid, aber auch zur Saaldeko und zu deinem Anzug, ne?«

»Also schwarz-weiß.«

Sie knetet ein Kaugummi zwischen den Zähnen. Lässig, nicht gelangweilt. »Wenn du keinen Plan hast, solltest du das erst mit deiner Frau besprechen, oder?«

»Okay.« Ich ziehe mein Smartphone aus der Hose. »Sekunde bitte.« Siegessicher tippe ich die Nummer ein. »Kommt sofort, die Farbe.«

»Was denn, Philipp?«, bellt Nina mir direkt ins Ohr, »ich bin hier doch mit Waldiva …«

»Wenn sie dich nervt, schick sie weg.«

»Aber sie war mein ganzes Leben lang weg!« Ach ja. »Philipp, wo steckst du überhaupt?«

»Im Blumenladen an der Ecke.«

»Warum?«

»Hab ich doch gesagt: den Brautstrauß bestellen.«

»Ganz alleine?«

Schön, wie sie meinem Geschmack vertraut.

»Ich wollte nur fragen …« Halt, stopp, wenn ich mich jetzt nach der Farbe erkundige, bestätige ich Nina ja darin, dass ich nicht alleine zurechtkomme. »… nur fragen, ob es dir gut geht.«

Für einen Moment ist es still in der Leitung.

»Es geht«, sagt sie freundlich. »Lieb, dass du fragst.«

»Alles klar, bis gleich.« Betont grinsend stecke ich das Handy ein.

Die Floristin presst ihre Frage zwischen zwei schmatzende Kaugeräusche. »Schlauer?«

Eben nicht, verflucht. Aber lieber stehe ich vor ihr doof da als vor Nina. »Es … ich …«

»Lavendel«, sagt eine Frauenstimme hinter mir.

»Mama.« Sie ist mir gefolgt. Was ich ihr wegen der guten Info spontan nicht verüble.

»Lavendel … ja ganz genau.« Na also, ich hab's doch im Griff. Läuft.

Meine Mutter sieht an mir vorbei zur Ladentheke. »Stimmt das, Sie verkaufen Joints?«

Die Floristin blickt erstaunt zurück. »Was …? Was brauchen Sie denn?«

Für einen Augenblick ist es still im Geschäft … 21,22 … dann schnappt meine Schlagfertigkeit zu. »Och Mama, beim letzten Mal hast du 'n Yeti im Tiefkühlfach gesehen, weißt du noch?«

Sie schaut mich sprachlos an. Natürlich hat sie in ihrem Leben niemals einen Zug inhaliert.

»Außerdem sehe ich es gar nicht gern, wenn du dieses Kraut rauchst. Kinder haften für ihre Eltern.« Ich deute durch den Laden. »Sieh mal, diese Pflanzen hier, allesamt viel gesünder.« Lächelnd trete ich auf sie zu. »Aber du kommst genau richtig, wie vereinbart.« Ich wende mich an die Floristin. »Und du empfiehlst uns jetzt bitteschön einen Topbrautstrauß. Ideal zu weiß und lila …«

»Lavendel«, korrigiert Mama.

»… Lavendel, exakt, und passend zur übrigen Blumendeko. Aber hallo, wir haben nämlich die komplette Palette gebucht! Der Strauß muss mit der Limousine harmonieren, in der Kirche glänzen, sich stilgerecht zu den Tischen im Festsaal einfügen, die Beete vor dem Schloss übertrumpfen und und und. Kriegste das hin? Natürlich nix mit Dornen.«

Zum dritten Mal innerhalb kurzer Zeit könnte man ein

Blütenblatt fallen hören, dann lacht die Floristin laut los. Laut und schräg, wobei sie ihr Kaugummi verschluckt. Sie stützt sich mit einer Hand auf der Theke ab. Ihr stehen die Tränen in den Augen.

»Sie sind aber eine fröhliche Verkäuferin«, erklärt Mama.

»Gut für uns«, sage ich knapp.

»Haaach …«, die Floristin kriegt sich wieder ein und wischt sich übers Gesicht. »Wenn die Hochzeit noch im Sommer ist, müssen die Blumen also wärmeverträglich sein?«

Meine Mutter nickt. »Damit die vor dem Altar nicht schneller einknicken als mein Sohn.«

»Mama.«

»Ja was, ich werde doch wohl auch mal einen Spruch machen dürfen.«

Die Floristin lacht schon wieder. »Voll cool … also: Jasmin drückt Bezauberung und Anmut aus, Adonisröschen stehen für schmerzliche Erinnerungen, gelbe Nelken für Verachtung …«

»Jasmin!«, rufen Mama und ich wie aus einem Mund. Ha, wir haben ihr im Satz das Fragezeichen abgeschnitten.

»Klassisch in Kugelform?«

Ich schaue meine Mutter an, sie nickt. »Der Strauß soll doch ein Blickfang sein.«

Ich nicke ebenfalls. »So frühlingswiesenmäßig.«

»Wünschst du einen Zweitstrauß?«

»Nee, ich heirate doch nur eine Frau.«

»Wünschen wir«, sagt Mama. »Philipp, sie meint einen Ersatzstrauß.«

»Für den 28. August.« Die Floristin notiert sich alles auf einen Block. »Alles klar, ne?«

»Meinst du wirklich?«, frage ich sie lakonisch.

»Tschüs, Sie Fröhliche«, sagt Mama.

Beim Rausgehen drehe ich mich noch mal um. »Nur so

als Tipp: Gelbe Nelken würde ich nicht als Hochzeitsblumen anbieten.«

»Du solltest Komiker werden«, antwortet sie ironisch.

Und du Floristin.

Ich kicke eine Kippe vom Bürgersteig. »Danke für deine Hilfe. Aber woher wusstest du denn, dass ich den Brautstrauß bestellen wollte?«

»Das wusste ich doch gar nicht«, erwidert meine Mutter. »Aber irgendetwas hat mich beunruhigt, darum bin ich dir gefolgt.«

»Du sollst mir nicht nachspionieren!«

»Versprich mir, dass du auf dich aufpasst.«

»Ich möchte trotzdem nicht …«

»Philipp!« Sie bleibt abrupt stehen. »Du bist mein Sohn, mein einziges Kind, also darf ich mich um dich ängstigen so viel ich will. Du, du bist doch mein Lebenswerk.«

Ich fahre mir durch die Haare. »Danke, Mama.«

»Außerdem habe ich vergangene Nacht diffuses Zeug geträumt, genauer weiß ich es nicht mehr, aber am Schluss hat jemand geweint.«

Meine Mutter und ihre unnötigen Sorgen. Meistens hilft es, sie direkt davon abzulenken. »Schau mal da vorne, Avela und Tando.«

Die Kinder unseres afrikanischen Nachbarn Yannie spielen auf der Garagenzufahrt vor ihrem Haus. Dabei wirken sie wie immer quietschvergnügt.

»Hach, sie sind aber auch süß mit ihren schwarzen Wuschelhaaren.« Mama freut sich jedes Mal über die beiden. »Da kommt ja auch Hiller aus dem Haus. Zeit fürs Gassi gehen.«

Die Hundeleine hängt locker über dem rechten Griff des Rollators, seine Bestie trottet ihm auf dem Bürgersteig hinterher. Tando und Avela unterbrechen ihr Spiel auf der anderen Straßenseite und sehen die beiden an. Von hinten bemerke ich einen Kleinwagen durch die Straße rollen, wohl auf der Suche nach einem Parkplatz.

Plötzlich gibt der Fahrer mehr Gas. Was Avela und Tando hinter einem abgestellten Auto nicht sehen können. Sie haben ihre Blicke starr auf den Dackel gerichtet und laufen geradewegs auf die Straße!

»Hey ... stopp!«, brülle ich.

Mama erschrickt. Hiller sieht zum Auto und steuert ebenfalls auf die Straße. Der Hund kläfft, der Rollator klappert auf dem Asphalt.

Es sind 50 Meter, ich spurte los. Schon höre ich ein scharfes Bremsgeräusch, dann einen hässlichen Knall! Als ich zur Stelle bin, liegt Hiller komisch verkrümmt auf der Straße. Wie eine Marionette mit gekappten Fäden.

»Fuck!«, schreie ich heraus.

Der Rollator liegt verbogen auf der Seite, ein Rad dreht sich noch leicht. Die Kinder stehen erstarrt und schreien. »Papa, Papa!«

Eine Frau mittleren Alters steigt aus dem Auto. »Oh mein Gott! Ich habe ihn nicht ... er kam so unerwartet ... oh mein Gott!« Sie schlägt die Hände vors Gesicht.

»Hiller, sind Sie bei Bewusstsein?« Ich habe seinen Kopf bereits in meinen Armen gebettet.

Er sieht mich schwach an und röchelt. »Die ... die Kinder?«

»Denen ist nichts passiert. Haben Sie Schmerzen?«

Er ächzt nur.

»Ach du liebe Güte, nein nein nein!« Mama steht jetzt neben mir, geschockt und unentschlossen, was sie machen soll. »Er wollte sich doch nichts antun?«

»Mama! Er hat die Kinder gerettet und wurde dabei angefahren. Hol Nina, schnell!«

Hiller ist ein Held. Momentan allerdings ein ziemlich abwesender.

Yannnie kommt aus seiner Haustür gestürmt und nimmt seine Kinder in die Arme. »Ich habe schon einen Rettungswagen gerufen. Wie geht's ihm?«

»Er lebt, alles andere ist schwer zu sagen.«

Der Dackel läuft kläffend an seinem Herrchen auf und ab. Die beiden Kleinen drucksen um ihren Vater herum. »Wir wollten doch nur den Hund streicheln.« Yannie bringt sie ins Haus.

»Oh mein Gott«, sagt die Unglücksfahrerin wieder.

Hiller hebt fast unmerklich seinen Kopf, ich stütze ihn ab. »Die... die Bestie.«

»Ja, ich kümmere mich natürlich um sie.«

Sein Dackel winselt ihn traurig an. Hiller bemüht sich um ein Lächeln, dann weint er. Kraftlos sinkt sein Körper in sich zusammen. In der Ferne hört man schon den Rettungswagen.

33. Kapitel

Die Bestie verharrt vor der untersten Stufe, sie blickt mich aus ihren treuherzigen Augen an. Ich seufze und nehme das kurzbeinige Knäuel auf den Arm. Jedes Mal lässt sie sich die Treppe hochtragen. Sie ist eben nur Hochparterre gewöhnt. Oder eine faule Sau.

Natürlich haben Nina und ich sie aufgenommen, damit sie nicht vor die Hunde geht. Beinahe wäre aus ihr Dackelpudding geworden, wäre sie nicht im letzten Moment zur Seite gehopst. Dafür hat es ihr Herrchen arg erwischt, als er sich, gestützt auf seinen Rollator, mit dem Auto anlegte. Nina ist gleich mitgefahren im Rettungswagen, sie brachten Hiller nach Nippes ins Hospital, wo er umgehend operiert wurde. Seine Regeneration läuft so lala, denn in seinem Alter dauert ein Oberschenkelbruch seine Zeit. Wir alle besuchen ihn regelmäßig, Nina setzt sich häufig noch nach Schichtende zu ihm ans Bett. Und seit diesen drei Wochen kümmern wir uns eben auch um seinen Dackel. Dabei haben wir doch schon eine Bestie in der Wohnung.

Ja, Waldiva ist immer noch da und mischt sich überall ein. Aber die Streits werden leiser.

Ich lege die Brötchentüte auf dem Flurschrank ab. »War mit dem Hund draußen!«

Keine Reaktion. Waldiva liegt nicht mehr auf dem Sofa im Wohnzimmer, allerdings scheint Nina noch zu schlafen. Mich hat die Bestie wach gewinselt, viel zu früh, erst nach einem 12-Stunden-Tag in der Massagepraxis kam ich gestern ins

Bett. Meine belasteten Handgelenke schmerzen noch immer. Bei unseren Medikamenten im dritten Zimmer habe ich ein kühlendes Gel, das … was … was ist das denn?

Ich erstarre, als ich den Raum betrete und durch die offene Tür auf den Balkon schaue. Dort steht Waldiva. Splitterfasernackt! Ein Bein angewinkelt, die Hände vor dem Körper gefaltet – mehr will ich gar nicht sehen. Ich purzle rückwärts in den Flur, dabei knalle ich die Tür zu.

»Philipp?«, ruft Nina aus dem Schlafzimmer.

»Nina, Nina!« Ich laufe zu ihr. »Da … da … draußen …!«

»Guten Morgen, mein Süßer. Du klingst, als hättest du ein Ungeheuer gesehen.«

Ich nicke heftig. »Deine … deine …« Ich deute zur Tür in Richtung drittes Zimmer.

Der Dackel jault. Zu Recht.

Nina schiebt die Decke zur Seite und steht auf. »Was ist denn los?« Im Vorbeilaufen streicht sie mir übers Gesicht.

»Mama!« Da hat sie die Antwort. »Mama, was zur Hölle machst du da?«

»Ich meditiere«, erklärt Waldiva durch die Balkontür.

Nina läuft raus. »Nackt?«

»Es ist ein so schöner warmer Sommermorgen.« Sie wechselt ihr Standbein. »Das mache ich zu Hause auch immer.«

»Du bist hier aber nicht zu Hause.«

»Ich dachte schon.«

»Guten Morgen, die Damen!« Rentner Behrendt grüßt von seinem Balkon schräg gegenüber. »Was für ein herrlicher Tag!« Er legt hörbar Körnerfutter in seinem Vogelhäuschen nach. »Ich beobachte das muntere Treiben schon seit geraumer Zeit. Durch den offenen Spalt in der Balkontür habe ich die beste Sicht. Das ist was Herrliches, wenn die Piepmätze geflogen kommen!«

Ich kann ihn im dritten Zimmer nur hören, muss mir aber den Mund zuhalten, um nicht laut loszulachen.

»So, jetzt muss ich endlich meine Brille suchen. Ich wünsche den Damen einen schönen Tag!«

»Ihnen auch, Herr Behrendt«, ruft Nina zurück.

Endlich wickelt sich Waldiva ein Handtuch um. »Hallöchen Philipp, warum bist du denn nicht rausgekommen?« Sie bemerkt unsere entnervten Gesichter. »Och Kinder, nun seid doch nicht so verklemmt.«

»Mama, das machst du nicht noch mal!«

»Philipp.« Waldiva zeigt auf das Gel in meiner Hand. »Ist das gut für die Haut?«

Wortlos reiche ich es ihr. Jetzt bin ich auch noch ihr Faltenpfleger.

»Und dann denkst du bitte noch an die Hochzeitskerze und das Ringkissen.« Wir frühstücken zwar noch, aber selbst jetzt organisiert Nina schon wieder.

»Ja, Nina.«

»Außerdem will Pfarrer Theo wissen, wer die Fürbitten liest.«

»Es muss nicht sein, aber ich könnte …«, sagt Waldiva.

»Nein!«, bestimmen Nina und ich synchron. Offenbar haben wir gerade dasselbe Bild im Kopf: ihre Mutter nackt an der Kirchenkanzel, einen Sonnengruß entbietend. Dann lieber Tante Lisbeth mit dem Sprachfehler.

»Also«, Nina blickt wieder auf ihren To-do-Zettel, »Mama und ich fahren gleich nach Bonn zur letzten Anprobe.« Die Erleichterung ist ihr deutlich anzumerken: Statt Dress-Desaster bekommt sie nun ein maßgeschneidertes Hochzeitskleid von Natalie, Hillers Nichte. »Sag Hiller viele Grüße, und mach dir auf dem Weg ins Krankenhaus schon mal Gedanken, was wir unseren Gästen schenken.«

»Reicht doch, wenn wir etwas kriegen?« Ich sehe sie an und nicke müde. »Reicht nicht.«

Waldiva streicht sich ihre Biomarmelade aufs Dinkelbrot, etwas Ingwergelee tropft am Rand herunter. »Du bist ja gestern wieder so spät nach Hause gekommen«, sagt Waldiva, es klingt leicht vorwurfsvoll.

Da ich gerade in mein Brötchen beiße, ziehe ich nur eine Augenbraue hoch. Das soll heißen: ›Du bist nicht meine Mama. Und selbst der wäre ich keine Rechenschaft schuldig.‹

Nina zuckt mit den Schultern. »Was soll Philipp machen, wenn seine Kollegen alle im Urlaub sind.«

Das ist nicht ganz richtig, nur meine Ausrede. Allerdings eine, die mich den 5000 Euro näher bringt, von denen ich Nina weiterhin nichts erzählen kann.

»Ich mein ja nur«, spricht Waldiva weiter. »Könnte ja sein, dass du eine Affäre hast.«

»Spinnst du?« Mir schießen Wurstreste und Brötchenpampe aus dem Mund, sie rollen auf dem Tisch aus.

»Mama!«

»Wäre doch möglich«, beharrt sie.

»Wäre es nicht, stimmt's?«, fragt Nina. Natürlich nicht, was ist denn das für eine Frage? »Nein, Philipp lügt mich nicht an.« Das schon, aber anders, als du gerade denkst.

»So einen Mist höre ich mir nicht an«, knurre ich und wische mir den Mund ab.

»Du, ich sehe das flexibel, ich fände es nicht schlimm …«

»Mama!«

»Hallo, immerhin massiert er! Und manchmal drängen eben fremde Energien kraftvoll gegen unser Ego.«

»Ich bin frisch verheiratet – mit deiner Tochter!« Brüskiert stehe ich auf. »Und auch wenn du dich all die Jahre schwer damit getan hast: Ich liebe Nina!« Ich stampfe in die Küche und pfeffere den Putzlappen gegen das Fenster. Die Bestie blickt verwundert von ihrem Wassernapf hoch. Nina läuft mir hinterher.

»Sorry, Philipp, das hat sie bestimmt nicht so gemeint.« Wir schauen uns an und wissen beide, dass sie das absolut so gemeint hat.

»Nina, wir haben darüber gesprochen.« Ich hole tief Luft. »Ja, ich bin für Familienzuwachs. Aber deine Mutter habe ich damit nicht gemeint!«

Es ist dieser typische Klinikgeruch, der in meiner Nase kribbelt, als ich Station 13 betrete. Durch die halboffene Zimmertür sehe ich eine süße junge Schwester, die vor Hillers Bett steht.

»Dann schaue ich mal nach dem Fieberthermometer«, sagt sie und marschiert in den Flur.

»Ja Schätzelein, hol's Stöckchen!«, ruft er ihr hinterher. Er scheint seinen Hund wirklich sehr zu vermissen.

»Hallo, Hiller.«

Mühsam umfasst er den Dreiecksgriff über seinem Bett und zieht sich etwas hoch. »Philipp! Sie stören, ich bin gerade am Flirten.«

Oha, mit welch raffinierter Strategie. »Und wie stehen die Chancen?«

»Immer besser, will ich meinen. Sobald mein Körper wieder ganz mitspielt, mache ich ihr einen Heiratsantrag.«

»Dann fühlen Sie sich etwas besser?«

»Na ja, es geht so.«

»Hol's Stöckchen?«, wiederholt eine Stimme im Türrahmen schneidend scharf.

Oberschwester Molly! Ausgerechnet die. Sie hat mich nicht zu Nina gelassen, als ich mich wegen des verpatzten Heiratsantrags entschuldigen wollte. Es ist *ihre* Station.

Sie steht da wie John Wayne in der Saloontür. Ach was:

wie die grimmige Mutter von John Wayne, die ihren Jungen nach Hause holen will. Ihre Fäuste sind in den Hüftspeck gestemmt.

Jetzt bin ich auf Hillers Flirtstrategie gespannt.

»Sie meine ich doch nicht! Die Hübsche soll's holen.« Autsch.

»Ich schiebe Ihnen das Fieberthermometer gleich höchstpersönlich ichweißwohin!«

»Noch ein Wort«, sage ich und halte mein Smartphone hoch, »dann wird ein Facebook-Filmchen draus.«

Hiller weiß sicherlich nicht, was ich damit meine, merkt allerdings, dass ich die Obermolly verunsichert habe.

»So ist das. Und jetzt gib Pfötchen, grüß meinen Nachbarn Philipp Schäfer … äh … Lang.«

Die Stationsstute schnaubt, den Vergleich mit Pferdenüstern erspare ich mir jetzt, und zieht sich in den Flur zurück. Nina hat sie sogar zur Hochzeit eingeladen, unverständlicherweise, dennoch bin ich Luft für sie, wenn ich Hiller besuche.

»Wie geht es meiner Bestie?«

»Gut. Sie fragt jeden Tag nach Ihnen.«

Hiller nickt zufrieden, dann deutet er mit dem Kopf nach rechts. »Gestern haben die meinen 90-jährigen Nachbarn rausgetragen. Wie hat der Arzt vor sich hin gemurmelt … ›Entlassungsgrund: Tod.‹« Das Bett nebenan ist frisch bezogen, unschuldig weiß. Hiller schüttelt den Kopf. »Na, der muss wenigstens nicht mehr ins Altersheim.« Er fällt matt auf das Kissen zurück. »Gestern hat mich Yannie mit Tando und Avela besucht. Sie sind die Zukunft, diese fröhlichen Negerkinder.«

»Hiller …«

»Aber früher waren es doch Neger.«

»Ja … nein … früher wie heute, sie sind Menschen wie wir alle.«

»Jedenfalls«, die Matratze knarzt unter ihm, »muss ich weg, Platz machen. Ich bin ein Auslaufmodell.«

Ich lehne mich auf meinem Stuhl vor. »Ach was, Hiller! Wenn alles verheilt ist, melde ich Sie zum Bauchtanz an.«

Hiller schmunzelt nicht, sondern starrt auf das Holzkreuz an der weißen Wand. »Ich kann nicht mehr, wie ich früher konnte.« Seine Arme liegen schlaff an seinen Seiten. »Ich bin körperlich entmündigt.« Er richtet seine blassen Augen auf mich. »Seine Selbstständigkeit abgeben zu müssen, das ist beschissen.«

Sekundenlang verharren wir still an unseren Plätzen.

»Philipp, warum wohl war ich manchmal ein Ekel zu Ihnen?«

»Weil ich manchmal auch nicht nett zu Ihnen war.«

»Ja, in der Tat, vor allem jedoch bin ich neidisch auf Sie. Weil Sie durchs Treppenhaus springen können. Oftmals zu laut, was nicht sein muss, aber: Sie springen!« Er seufzt. »Ich dagegen kann nicht mehr das Geländer runterrutschen. Mit dem Rollator fing alles an. Erst habe ich ihn gar nicht benutzt, bin lieber auf dem Sofa sitzen geblieben.« Er hält inne. »Ich wollte mir einfach nicht eingestehen, alt zu sein.«

»Na ja, immer noch besser als ein Rollstuhl.«

»Ein Rollstuhl, pah! So alt bin ich nun auch wieder nicht«, brummt Hiller. »Wer sollte mich auch schieben? Der Hund?«

Ich grinse gezwungen. »Was ist mit Ihrer Nichte Natalie?«

»Ach, sie arbeitet viel, hat keine Zeit für mich. Das verstehe ich.«

Rasch bin ich wieder ernst, schaue nachdenklich zum Fenster. Stimmt schon. Wen hat er denn noch, außer seinem Dackel?

Hiller ist ein einsamer alter Mensch.

Ein Abstellgreis.

»Da bin ich wieder«, lächelt die süße Krankenschwester.

»Mit dem Stöckchen!« Sie hält das Fieberthermometer hoch. Es wirkt leicht bedrohlich, wie eine übergroße Spritze.

Eine Spritze? Das ist doch *die* Idee als Geschenk für unsere Feiergäste! Die kann sich am Hochzeitsabend jeder selbst aufziehen und so unsere einzigartige Partyluft mit nach Hause nehmen. Und Nina hat hier doch bestimmt unbegrenzten Zugang zum Materialschrank...

»Aufgepasst«, sagt die Schwester, »jetzt... uups.« Ihr fällt das Thermometer am Bettende auf die Decke. Absichtlich, wie mir scheint.

»Sie ungeschicktes Fräulein«, grantelt Hiller und richtet sich auf, »wo ist es?«

»Bei Fuß«, betont sie keck grinsend. »Bei Fuß!«

Eine smarte Revanche. Die Hiller für einen Moment verarbeiten muss. Dann lacht er laut los.

Ich kann mich nicht erinnern, ihn überhaupt schon mal lachen gesehen zu haben.

»Sieee!« Er droht ihr zum Spaß mit dem Zeigefinger. »Nachher kommen Sie bitte mit zwei Tabletts. Dann kann ich Sie zum Abendessen einladen.«

»Da haben Sie aber Glück«, sagt sie lächelnd, »ich hab mich gerade von meinem Freund getrennt.« Sie zwinkert uns neckisch zu. »Nennen Sie mich Susi.«

»Philipp.«

»Hiller!«

»Zuerst aber müssen wir Ihre Mobilität vollständig wiederherstellen«, sagt sie, ganz engagierte Krankenschwester. »Morgen geht's endlich mit Ihrer physikalischen Therapie weiter. Tut mir leid, die letzten zwei Tage waren keine Termine frei. Wir haben im Moment einfach zu wenig Fachkräfte.«

Ich horche auf. »Euch fehlen medizinische Bademeister?«

»Genau die werden gesucht. Zur Aushilfe.«

Für Fango, Reizstrom, Wasseranwendungen und Strahlentherapien … diese Dinge. Die habe ich schon in meiner Ausbildung gelernt.

»Sag mal, Susi, wo geht's zu eurer Verwaltung?«

34. Kapitel

»Spritzen mit Hochzeitsluft?« Nina blinzelt in die untergehende Sonne.

»Das ist doch nicht einfach Luft, das ist das pure Aroma unserer Hochzeit!«

»Du bist bekloppt.«

»Wir könnten noch Schleifen drumbinden.«

»Philipp, als Geschenk für unsere Gäste scheiden außerdem aus: Hochzeitsmandeln im Säckchen!«

»Dann Datteln im Speckmantel?« Ich liebe Tapas.

Unwirsch winkt sie ab. »Die Mandeln sind zwar der Klassiker, mir aber nicht kreativ genug.«

»Wie wäre es mit *Nina & Philipp*, in Kölschgläser graviert?«

»Unsere Namen, das finde ich schön. Aber lieber auf Hochzeitskeksen in Herzform.«

»In Herzform, natürlich.«

Das gehört zu den kleinen Kompromissen, die ich gerne eingehe, um uns Energie zu sparen – für die wirklich wichtigen Gefechte. Die ich gar nicht will, natürlich nicht, nur ploppen die unweigerlich auf. So wie gestern Abend – einmal mehr wegen Waldiva und ihres Verhaltens.

Von der Verlobung zur Hochzeit, das ist die wohl ehrlichste, nervigste und rasanteste Phase des Lebens. Darum muss man hin und wieder Fahrt rausnehmen, um sich, oder vielmehr die Braut, aus ihrer allzu starren Hochzeitsspur zu bringen.

Ja, ich muss sie ablenken. Wie ein Kleinkind, bei dem man nicht weiß, warum es seit Stunden plärrt und neben dem man dann den Staubsauger einschaltet: ›Du, was ist das denn, hör doch mal …‹ (Ich habe ja keine Ahnung von Kindern. Nachbar Stefan erzählte mir, er habe diese Taktik bei seinem kleinen Leon einige Male erfolgreich angewendet. Wenn die Mama aus dem Haus war.)

Jedenfalls muss ich als Bräutigam Oasen schaffen in der Hochzeitswüste. Oasen der Ruhe und Romantik, damit die Holde nicht kollabiert, noch bevor der Traualtar in Sicht ist.

Darum waren Nina und ich zuletzt in Fassbüttel, und deswegen stehen wir jetzt auf der Hohenzollernbrücke. Unter uns fließt der Rhein gemütlich vor sich hin, auch er scheint den letzten Sonnenzipfel zu genießen, bevor der sich diesem warmen Julitag farbenfroh entzieht. Die letzten Strahlen kitzeln an den Kranhäusern im Süden, aus der Altstadt schwingt sich Straßenmusik herauf.

Ich hole ein rotes Schloss hervor, verziert mit der Gravur *Nina & Philipp* und zwei sich überlappenden Herzen.

»Das ist wirklich schön, hast du gut ausgesucht«, sagt Nina süß.

Na klar ist es etwas kitschig – aber nicht so kitschig wie auf Hochzeitskeksen –, außerdem ist die Hohenzollernbrücke übersät mit diesen kleinen Liebesschlössern, weit über hunderttausend baumeln herzförmig, eckig oder oval am Metallgitterzaun, der den Gehweg von den Schienen in der Mitte abgrenzt.

»Was meinst du, Nina? Wo sollen wir es hinhängen?«

»Mal gucken, wo noch ein schöner Platz frei ist …«

Wir schlendern an der Wand aus Schlössern entlang, ein Radfahrer eilt klingelnd ans uns vorüber, einige Asiaten fotografieren sich neckisch, auch Amerikaner und Holländer scheinen sich hier zu tummeln.

Ja, hier wird Köln touristisch wahrgenommen. Nicht wegen der bedeutenden Historie der Hohenzollernbrücke mit ihren Rundbögen, sondern wegen der knallbunten Liebesschlösser. Es werden viele Bilder gemacht, gerade jetzt im Dämmerlicht, weil die Perspektive auf den Dom von hier besonders beeindruckend ist. So oft wie ich hier schon drüber gelaufen bin, frage ich mich, auf wie vielen Touri-Fotos ich im Hintergrund schon abgelichtet wurde: die Haare, die Schultern und der Hinterkopf, ein Arm … also immer nur stückweise.

»Hier, mittenrein«, sagt Nina und hält einen Finger auf das Metallgitter, als wolle sie die Stelle für uns reservieren.

»Ja, prima.« Ich führe den Bügel durch den Zaun. »Achtung … und …« Klack. Das Schloss rastet ein. Wir umschlingen uns und knutschen.

»Soo schön«, haucht Nina und meint damit: Wir teilen unsere Liebe mit dieser Brücke. Mit dieser Brücke, die über 100 Jahre alt ist – da fühlt man sich geborgen.

»Und damit unsere Liebe hier für immer verewigt bleibt …« Feierlich halte ich den Schlüssel hoch.

»Lass mich ihn reinwerfen!« Aufgeregt greift Nina danach.

Wir drehen uns um, weichen noch einem Radfahrer aus, dann stehen wir am Geländer.

Nina schaut auf den Rhein hinunter. »Gut, es kommt kein Schiff. Nicht dass der Schlüssel in eine Ladung Kohle fliegt.« Sie wirft ihn von sich, das dünne Metallstück segelt leicht seitwärts, dann landet es im Wasser. Nina winkt munter hinterher. »Hey Fische, Köpfe einziehen!«

Ich grinse. »Die müssen da unten ja schon einen riesigen Schlüsselberg haben.«

»Apropos Schloss. Philipp, du wolltest doch auf Schloss Schwan anrufen.«

»Ja, wollte ich.« Aber irgendwie bin ich noch nicht dazu gekommen.

»Und?«

»Die freuen sich auf uns.«

Nina mustert mich argwöhnisch. »Ich meine, wegen der letzten Änderungswünsche. Und wegen der Anordnung der Tische.«

»Du sagst es.«

Ein Regionalexpress rattert über die Brücke.

»Gut, ich muss mich auf dich verlassen können. Ich hätte dir auch den Kopf abgerissen, wenn das vier Wochen vor meinem großen Tag noch nicht erledigt gewesen wäre!«

Heiß und kalt läuft es mir den Rücken runter. Die Oase der Ruhe und Romantik ist versiegt.

»Ach, alles Idioten! Und dann noch diese Typen, die beim Küssen den Mund aufsperren wie beim Zahnarzt, aaah! Und deswegen komme ich ohne Begleiter. Punkt.« Genervt deutet Simone drei Biertische weiter. »Da drüben, gutes Beispiel, der Typ im blauen Shirt sieht nett aus. Trotzdem wird er sich früher oder später als Vollidiot herausstellen!«

»Simone…« Nina versucht, beruhigend auf sie einzureden. »Der hatte dich einfach nicht verdient. Aber zurück zur Sitzordnung…«

»Warum sagt der zu mir ›Ich liebe dich‹ und meldet sich dann nicht mehr? Warum?« Eben weil er sich nicht mehr gemeldet hat, konnten wir Simones letzten Typen nicht mehr kennenlernen, ihre Frage lässt sich also kaum beantworten. »Es ist ja nicht so, als wären Brautkleidmagazine meine Klolektüre. Klar, das würde die Kerle abschrecken!« Simone redet sich weiter in Rage. »Ein Glück, dass ich Trauzeugin bin. Sonst müsste ich noch am Singletisch sitzen!«

»Wir haben gar keinen…«

»Nina, hör auf! Jede Hochzeit hat doch eine Resterampe, ob man es nun so nennt oder nicht. Einen Tisch, an dem wir vorgeführt werden: wir Simones, Ausgestoßenen und sonstigen Freaks, die keiner kennt oder kennen will.«

»Eher für die emotional entfernten Verwandten.« Ich muss grinsen.

»Meinst du jetzt meine?«, fragt Nina spitz.

»Emotional entfernt, nicht räumlich.«

Wobei das eine das andere nicht ausschließt.

Chris kommt von der Theke zurück. »Alter, die haben sogar noch Maibock-Flaschen da, das ist superlecker.« Ich nicke zufrieden.

»Ganz toll, der Volksgarten.«

Simone schaut demonstrativ um sich. »Ein schmucker See mit Tretbooten und Wasserfontäne, Vogelgezwitscher, alte Laternen: Das hier ist ein Biergarten für Verliebte. Nicht für Verlorene!«

»Simone, ist gut jetzt.« Chris reagiert zunehmend genervt. »Es geht gerade nicht um dein Liebesleid, sondern um die Hochzeit unseres Dreamteams. Also lass dein Gezeter, sonst werden wir noch rausgeschmissen.«

»Wir sind doch schon draußen!«

Wir sitzen im Grünen, und Simone sieht rot. Das ist nix für Farbenblinde.

Nina merkt man an, dass sie gerne auf die Probleme ihrer melancholischen Freundin eingehen würde. »Philipp, jetzt sag doch auch mal, wie ist deine Meinung zur Sitzordnung?« Noch wichtiger scheint ihr allerdings, die letzten Ideen einzutüten.

»Na, ich bin für Tische mit Stühlen dran. Und ich weit weg von meiner Tante Gundula.«

»Toll, du Schlaumeier, und was ist, wenn an einem Tisch zehn Verwandte sitzen wollen und nur Platz für acht ist?

Dann fragen sich zwei, warum sie nicht bei den anderen sitzen dürfen – und ob sie weniger wichtig sind!«

»Dann sage ich Lady Lila, wir wollen alle auf dem Boden essen.«

»Wie, du hast also noch gar nicht mit ihr gesprochen?«

»Ja … nee.«

»Das gibt's doch nicht! Du hast mich angelogen!«

»Habe ich nicht«, sage ich verkniffen. Ich habe die Wahrheit nur verknotet.

»Lady Lila, ah yeah.« Chris reibt sich die Hände. »Das Luxusluder!«

Der Kellner stellt sein Tablett bei uns ab. »Das Wasser?«

»Für mich«, sagt Nina. »Ich darf keinesfalls zunehmen.«

Chris schnappt sich eine der Bierflaschen. »Das ist mein Element.«

»Mittlerweile sind alle Zu- und Absagen eingetroffen. Glücklicherweise nur ganz wenige Absagen«, fügt Nina hinzu. »Damit steht die endgültige Gästeliste, wir können uns also an die Sitzordnung machen.« Sie zieht ein Blatt aus ihrer Handtasche. »Um es zu vereinfachen, habe ich schon mal einen Entwurf gemacht …«

Aha! Ohne mich einzubeziehen. »Zeig her.«

Klar, so eine feste Sitzordnung hat Vorteile: Du musst dir keinen Platz suchen und sitzt bei Leuten, die du kennst. Dennoch habe ich Nina gleich gesagt: Ich brauche so etwas nicht. Schon das Wort klingt doch so, als wäre es nicht gepolstert. ›Sitzordnung‹, wie hat sich dieser steife Behördenausdruck nur ins fidele Hochzeitsvokabular eingeschlichen? Hätten wir eine Sitz*un*ordnung, ein Sitzdurcheinander, alles wäre viel lockerer. Man würde sich eh nicht zu den ›falschen‹ Leuten hocken. Und vor allem hätten wir als Brautpaar nicht den Stress, überhaupt einen solchen Plan erstellen zu müssen.

»Ein Seniorentisch?« Ich sehe Nina fragend an.

»Ja. Der, der dem Klo am nächsten ist.«

»Cool, dann kommt's zum Duell der Blasenschwachen«, feixt Chris.

»Das war ein ziemliches Puzzlespiel. Ich habe alle 98 Gäste auf roten und grünen Kärtchen hin und her geschoben, bis es gepasst hat.« Nina packt das Blatt wieder weg. »So wie ich's mir ausgedacht habe, ist es fein.«

Wenn ich nicht widerspreche, habe ich auch keinen Stress.

Nina trinkt einen Schluck Wasser. »Frisur und Stylist bespreche ich alleine mit Simone.«

»Puuh«, sagen Chris und ich zeitgleich und prosten uns zu.

»Mit Dolf ist übrigens alles klar«, erwähnt Chris. »Er hat schon auf vielen Hochzeiten aufgelegt und spielt immer die richtigen Songs, je nach Stimmung.«

Unser DJ ist ein guter Bekannter von Chris und hat daher einen Freundschaftspreis gemacht.

»Sieht er gut aus?«, fragt Simone interessiert.

»Seine Frau meint: ja.«

»Außerdem erstellen wir Dolf eine Playlist«, erläutert Chris, »und sagen ihm, was er definitiv nicht spielen soll.«

»Bloß keinen Technoschrott«, betont Nina. »Hat er unseren Eröffnungstanz?«

»Welchen Titel?«, fragt Chris.

»Welchen Eröffnungstanz?«, frage ich.

»Wir haben unseren Tanz doch mit Marcello besprochen.«

Ich seufze. »Ist das denn wirklich nötig?«

»Jetzt reicht es mir aber mit deinem blöden Getue! Du weißt genau, dass ich noch nie 'ne große Tänzerin war. Aber an meinem Tag, an dem alle Augen auf mich gerichtet sind, will ich einfach, dass wir gemeinsam perfekt über das Parkett wirbeln! Und wenn du es nicht hinkriegst, mache ich eine noch schlechtere Figur!« Sie schnauft. »Aber nein, statt mit mir zu üben und mich zu bestärken, gibst du mir das Gefühl, dass du dir lieber ein Bein abhackst, als mit mir einen Eröffnungstanz zu machen.«

Eine Träne glänzt in ihrem Auge.

»Ich kann's halt nicht.« Ich will's halt nicht. Seit ein Mädchen beim Tanzabschlussball zu mir meinte, ich tanze wie Frankenstein. Und würde auch so aussehen.

Na ja, was soll's, Nina zuliebe ein bisschen hin und her wippen, die fünf Minuten gehen auch vorbei.

Nina prustet frustriert in den nächtlichen Sommerhimmel. »Klar. Gerade erst haben wir den Kurs gemacht – und du kannst nicht tanzen?«

»Frauen nehmen doch auch Fahrstunden – und können nicht einparken«, grinst Chris.

Ich muss lachen. Nina haut Chris. »Hauptsache, der feine Herr Trauzeuge hat's drauf.« Dann funkelt sie mich böse an. »Kommen von dir jetzt auch wieder doofe Machosprüche wie gestern?«

Ich weiche ihrem Blick nicht aus. »Gestern war ich wütend!«

»Ohne guten Grund.«

»Wir haben Waldiva in unserer Wohnung erwischt! Nackt! Mit dem Eichhörnchen!«

»Hä?« Chris stehen fette Fragezeichen auf der Stirn.

»So nennt sie den Kerl«, erkläre ich. Wobei er kein Kerl ist, sondern eben ein Eichhörnchen.

Simone hebt den Kopf. »Hat der 'n netten Bruder?«

»Mama hat auch ihre Bedürfnisse.«

»Aber doch nicht auf dem Sofa! Da guck ich die Sportschau drauf!«

»Ich war auch überrascht, ja, aber deswegen hättest du doch keine Live-Reportage draus machen müssen: ›Ah, das Eichhörnchen bringt seine Nüsse in den Bau‹«, äfft sie mich nach.

»Du hast doch auch sein buschiges Hinterteil gesehen!«

Nina winkt ab.

»Und danach hat deine Mutter nur noch über ihr Sexleben geplappert!«

»Nicht über Sex, über Gefühle, Liebe und Heiraten. Wir waren gefühlsduselig. Sogar von meinem ersten Liebeskummer habe ich ihr erzählt. Wann haben wir schon mal so miteinander gelacht, uns so gut verstanden? Endlich sind wir so etwas wie Freundinnen.«

Ich atme tief ein. »Aber nur weil ich Sprüche gemacht habe, hättest du mich hinterher nicht kastrieren müssen!«

»Ach komm, Waldiva sieht das locker.«

»Ich aber nicht! Und das Eichhörnchen hat über mich gelacht. Mit einem Bier aus meinem Kühlschrank in der Hand.«

Kein Problem, wenn ihre Versöhnung auf meine Kosten geht. Hauptsache, sie vertragen sich. Aber wenn Nina dummes Zeug erzählt, reicht's mir! »Du hast ihr gesagt …«

»Nur weil ich deine Sprüche kontern wollte, also stell dich nicht so an.«

»Aber du hast ihr gesagt …«

Nina steht auf. »Liebe Biergartengäste, es folgt eine wichtige Durchsage meines gekränkten Ehemannes. Bitte alle zuhören.« Sie setzt sich wieder, das Stimmengemurmel ringsum verstummt glücklicherweise nicht.

»Verdammt«, zische ich über den Tisch, »du hast zu ihr gesagt, ich hätte einen kleinen Schniedel!«

»Ich habe nicht klein gesagt, sondern mini.«

Simone kiekst. »Also rudimentär?«

»Rudimentär hieße ja, dass im Ansatz etwas vorhanden ist«, erläutert Nina.

Die beiden giggeln. Ich verschränke die Arme.

Chris gluckst. »Ihr müsst jetzt nicht unbedingt bis ins kleinste Detail gehen.«

»Mit ’nem Zahnstocher kannste keine Sahne schlagen.« Unverhofft strahlt Simone wieder.

»Und deiner«, Nina zeigt auf Chris’ Hose, »ist noch mickriger.«

»Waas?«, murrt Chris ungläubig.

»Hoppela ... Häschen hüpf ... aber aufgepasst mit dem Stummelschwänzchen!« Simone applaudiert.

Ich möchte nicht daran erinnert werden, dass Nina das beurteilen kann! »Sorry, ich muss weg.« Ich stehe auf und laufe durch den Biergarten an den Rand des Weihers. Rein rechtlich sind wir doch schon verheiratet, daran ändert die kirchliche Hochzeit auch nichts mehr. Also kann ich sie genauso gut abblasen. Erst recht, wenn Nina jetzt als Ehefrau so fiese Seiten zeigt!

Bräute sind eine seltsame Spezies. Wenn ich bedenke, wie Nina sich gewandelt hat: von der Freundin zur Verlobten zur Ehefrau. Was kommt langfristig dabei heraus? Was?

Ich starre auf das Gewässer, das so dunkel ist wie meine Gedanken.

35. Kapitel

»Du bringst mich zum Lachen und zum Weinen…«, brabbele ich vor mich hin. Das stimmt zwar, klingt aber nicht so richtig emotional. »Du bist die heißeste Braut…« Das stimmt zwar auch, aber das kann ich besser, eigentlich. Ich stiere auf den Kuli, dann auf den Schreibblock. Wenn man vor einem weißen Blatt Papier sitzt, warum nennt man es Blackout? »Nina, du weißt um meine Schwächen, und trotzdem hast du mich geheiratet…« Nee, da würden ihr alle Gäste einen Vogel zeigen: Wie konntest du nur so blöd sein?

Erst hatte ich jede Menge Zeit, das Eheversprechen für die Kirche vorzubereiten, also habe ich es auf später verschoben. Jetzt ist ›später‹, und ich habe gar keine Zeit mehr. Was übrigens auch für meine Hochzeitsrede gilt. Okay, genau eine Woche bleibt mir, aber in der gibt es noch so viel zu erledigen. Drum wäre es mir lieber, die guten Ideen würden gerade Schlange stehen. Ich laufe im Wohnzimmer auf und ab. Natürlich weiß ich, was Nina mir bedeutet, was uns beide ausmacht – nur wie drücke ich am besten aus, was ich empfinde?

Alles Mögliche habe ich im Kopf, nur nicht die richtigen Worte. »Ich möchte mit dir im Altersheim in den Sonnenuntergang trinken…« Nö, ich will es ja nicht verblödeln. Eine Hochzeitsrede ist kein Comedyauftritt. Gefühlsbetont und feinsinnig muss sie sein, innig und herzlich. Hochleben will ich Nina lassen!

Die Bestie wackelt mit dem Schwanz, was mir auch nicht

weiterhilft. Außerdem hat der Dackel das Sofa besetzt. Kaum war Waldiva ausgezogen, ist er da hochgehopst und thront seitdem auf seinem Platz, der eigentlich meiner ist. Tja, ich bleibe also Gast in meinem Wohnzimmer. Wir beide waren schon draußen, und es ist erst 8 Uhr morgens. Ausschlafen kenne ich nur noch aus meinem früheren Leben. Gleich muss ich wieder in den Keller der Klinik. Geld verdienen, was sonst. Heute ist der letzte Tag meiner zweimonatigen Sonderschicht als physikalischer Therapeut. Ein unglaubliches Glück, dass mir Nina in der Bäderabteilung nie begegnet ist. Sonst schon, klar, aber auf den Krankenhausfluren konnte ich immer behaupten, ich wäre auf dem Weg zu Hiller.

Die Bestie hechelt wohlig, als ich sie streichle. Ich muss mich setzen, meine linke Ferse schmerzt wieder. Seit etwa zwei Wochen habe ich einen Hubbel unter dem Fuß, der einfach nicht weggehen will und im Schuh echt unangenehm scheuert. Ich lahme deswegen schon. Es ist wohl besser, das mal einem Arzt zu zeigen. Nina zu fragen, traue ich mich nicht, sonst kriegt sie die Panik, dass sie mich im Rollstuhl zum Altar schieben muss. Vom Hinkebein beim Eröffnungstanz ganz zu schweigen.

»Ausgerechnet dieses Wochenende habe ich Rufbereitschaft.« Nina stellt ihre Kaffeetasse ab. »Sei doch so gut und hol nachher in Bonn mein Hochzeitskleid ab.« Sie klatscht in die Hände. »Nach der Anprobe vor zwei Wochen hat Natalie die allerletzten Änderungen gemacht. Es ist einfach perfekt!«

Ich lächle, auch um ihr meine Einsicht zu zeigen, dass ihr Kleid das Highlight der Hochzeit ist. Daneben kannst du als Bräutigam einfach nicht mithalten. So perfekt bin ich längst nicht.

»Mein Stern, das mach ich gern. Gleich nachdem ich Hiller besucht habe.«

»Heute?«

»Ja. Warum nicht?«

»Weil heute der Samstag vor meiner Hochzeit ist, und wir noch alle Hände voll zu tun haben?«

Genau das habe ich bei meinen Wasseranwendungen in der Klinik allerdings auch. »Mit Pfarrer Theo ist doch alles geklärt, und den genauen Ablaufplan für die Feier haben wir auch festgelegt.«

»Das schon. Aber ich muss doch noch meine Brautschuhe einlaufen, meinem Vater erklären, wie er mich in die Kirche führen soll und den Stylisten für Samstagmorgen klarmachen!«

Sie schaut mich an, als könne ich ihr dabei helfen.

»Jau, ich besorg dann noch Viagra und Kondome für Chris.«

Als wir aus dem Becken steigen, trockne ich meine Arme mit einem Handtuch ab. »So, Hiller, in etwa 15 Minuten sollte Ihr Körper wieder komplett durchgewärmt sein. Nächste Woche werden Sie entlassen, genau richtig zur Hochzeit. Und weil Sie jetzt wieder so schön beweglich sind, müssen Sie natürlich tanzen. Sonst gibt's nämlich Ärger mit Nina.«

»Tanzen, na, na, dafür reicht's wohl noch nicht«, schmunzelt er.

Witzig, ausgerechnet unseren Nachbarn habe ich als letzten Patienten. »Tun Sie mir bitte den Gefallen und sagen Sie Nina nicht, dass wir beiden uns hier unten ›getroffen‹ haben.«

»Sie wird von unserem Rendezvous nichts erfahren.« Hiller richtet sich in seinem Bademantel auf, ich stütze ihn. »Haben Sie denn jetzt das Geld zusammen?«

»Bis auf 500 Euro, ja.«

Anerkennend drückt er mir den Unterarm. »Sie müssen Nina sehr lieben.«

»Von ganzem Herzen.«

»So wie ich meine Hilde.« Hiller nickt nostalgisch vor sich hin. »Frauen sind zum Lieben da.«

»Bei Nachbarn sehen Sie das ja anders …«

»Jetzt aber raus hier, Sie Lümmel!«

Lachend laufe ich vor seiner gespielten Drohgebärde weg. Schwester Susi wartet oben in der Ambulanz schon auf mich. »Du hast Glück, ich kann dich bei Dr. Angelus zwischen zwei Termine packen.«

»Super. Er soll ja auch nur mal eben schauen …«

»Komm.« Sie läuft mit mir durch den rappelvollen Warteraum. Alle Plätze sind besetzt, ein Kind hustet keuchend, ein Mann hat eine Hand komplett mit weißen Binden umwickelt. Ich blicke Susi betreten an.

Sie zuckt mit den Schultern. »So ist es meistens.«

Heute Morgen beim Reinkommen habe ich ihr erzählt, dass ich es eilig habe, weil ich das Hochzeitskleid abholen muss. Ich hatte ›Hochzeitskleid‹ noch nicht ganz ausgesprochen, da weiteten sich ihre Augen, und sie versprach mir sofort, mich vorzulassen. Jetzt ist es mir etwas unangenehm. Susi bringt mich in ein Behandlungszimmer. »Setz dich schon mal auf die Liege und mach dich ganz frei.«

»Wie, echt?«

»Nee, war nur gerade ’ne nette Vorstellung. Warte eben, ich hole ihn.«

»Äh, danke.«

Der Arzt strahlt die pure Erfahrung aus, er ist schon älter und hat wallend weiße Haare, wirkt jedoch spitzbübisch.

»Guten Tag, ich bin Dr. Angelus«, stellt er sich mit einem gutmütigen Lächeln vor, »Sie sind also der Ehemann meiner geschätzten Narkosekollegin Nina Lang?«

»Philipp Lang, ganz genau.«

»Ach, Sie haben ihren Namen angenommen?«

»Sie hat einfach den besseren Ruf.«

»Den hat sie«, lacht er. »Ich frage nur, weil es das früher nicht gegeben hätte. Na ja, ›früher‹, da durften wir auch noch richtig operieren, nicht so endoskopisch. Wie ein berühmter Chirurg mal so schön gesagt hat: ›Warum durchs Schlüsselloch operieren, wenn ich doch den Schlüssel zur Tür habe?‹« Er grinst schelmisch. »Was kann ich denn für Sie tun?«

Oha, besser nicht zu viel. »Mein linker Fuß, ich habe da eine Beule an der Sohle. Die nervt.«

»Zeigen Sie mal.« Er nimmt mein Bein in die Hand. »Holla, das nenne ich mal ein Prachtexemplar von Warze! Na, da fackeln wir nicht lange.«

»Fuß ab?«, frage ich mit künstlichem Lächeln.

»Nein, man bringt Patienten nicht wieder auf die Beine, indem man sie amputiert. Schwester …« Er deutet auf eine der Spritzen, die auf dem Ablagetisch bereitliegen.

Susi ergreift sie, sieht mich dabei allerdings merkwürdig alarmiert an.

»Ein einfacher Schnitt«, sagt er beschwichtigend, »kein Grund zur Sorge.«

Sicherlich nicht, was soll erst ein Warzenschwein sagen. Aber warum verdreht Susi die Augen? Er wird doch wohl wissen, was er macht.

»Herr Doktor …«, sagt Susi zurückhaltend, aber auch angespannt.

»Einen Moment bitte.« Routiniert desinfiziert er meine Sohle und setzt die Nadel an. »Ich betäube Sie örtlich, das kann jetzt etwas pieken.«

Der Einstich ist erträglich, die Flüssigkeit jedoch gibt mir das Gefühl, dass sich alles im Fuß zusammenzieht. Ich zucke unwillkürlich.

Dr. Angelus sieht mich entspannt an. »Sie dürfen ruhig

schreien. Das verscheucht bestenfalls einige Patienten aus dem Warteraum.« Susi lacht. »Was wollten Sie, Schwester?«

»Hat sich erledigt.«

»Gut, Herr Lang, die Betäubung wird in wenigen Minuten eintreten. Ich bin gleich wieder bei Ihnen.« Er geht zur Tür.

Susi folgt ihm, bleibt am Eingang aber noch kurz stehen. »Sorry, das ist jetzt irgendwie blöd gelaufen.«

»Was?«

»Das mit dem Hochzeitskleid.« Sie zieht eine Schnute. »Nach dem Eingriff darfst du das Bein keinesfalls belasten.«

Verdammt! Ich sollte einen Schuh nach ihr werfen. Nein, ich sollte *mich* ohrfeigen. Es ging gerade alles so fix, ich habe nicht daran gedacht, dass ich hinterher nicht direkt wieder laufen kann. Und mit einem noch betäubten Fuß kann ich ja noch nicht mal Auto fahren. Was für ein Mist! Was mache ich jetzt nur? Unruhig rutsche ich auf der Behandlungsliege hin und her, das aufgelegte Papier reißt ein. Einfach abhauen geht nicht, der Fuß wird schon merklich tauber. Nina kann ich unmöglich anrufen, sie würde ausflippen. Weil ich ihr Kleid nicht abholen kann und auch sonst außer Gefecht gesetzt bin. Was soll ich nur … Chris! Ha, natürlich, Chris! Schnell ziehe ich mein Handy aus der abgelegten Hose und drücke die Kurzwahltaste. »Hi, Trauzeuge! Großalarm!«

»Ist die Heirat geplatzt?«, fragt er sofort.

»Könnte passieren. Es sei denn, du fährst sofort nach Bonn und holst Ninas Brautkleid ab! Ach … du bist eh gerade in der Ecke? Perfekt! Ja genau … bei Natalie. Ich kann's dir gerade nicht erklären, ruf dich später wieder an. Danke und tschüs.«

Im nächsten Moment steht Dr. Angelus mit seinem charmanten Lächeln wieder im Zimmer. Susi hinter ihm wirkt immer noch peinlich berührt.

Der Chirurg tastet meinen Fuß ab. »Spüren Sie etwas?«

»Nichts.«

Erfreut reißt er die Augen auf. »Trotz der ärztlichen Behandlung hat die Betäubung funktioniert.«

Ich lehne mich zurück und kralle meine Hände in die Nackenrolle. Auf einmal wird mir doch mulmig. Nichts gegen die Jokes des Arztes, die gefallen mir. Aber er schneidet mich gleich auf, eine Woche vor der Hochzeit. Das wird ja wohl gut gehen? Und Chris besorgt gerade Ninas Kleid. Dass das gut geht, ist noch wichtiger.

»Sie müssen keinen Bammel haben«, sagt Susi. »Das ist nur ein kleiner chirurgischer Eingriff. Sie schaffen das schon.«

»Okay«, sage ich.

»Ich habe Dr. Angelus gemeint.«

»Sie sind mir aber auch eine Ulknudel.« Er führt das Skalpell an meine Ferse. »Dabei haben wir uns dieses Mal keinen Mut angetrunken.« Gut gelaunt macht er sich an meinem Fuß zu schaffen. »Wussten Sie eigentlich, dass die erste lokale Betäubung von einem Berliner Arzt durchgeführt wurde? 1890 war das.«

Schön zu wissen, ich befürchte fast, das ist er selbst gewesen. Aber mir wäre es lieber, er würde sich auf meinen Fuß konzentrieren.

»Ein beachtliches Teil.« Dr. Angelus hält die herausgeschnittene Warze hoch. »Die war fällig.«

»Schon fertig?«

Der Arzt nickt. »In den Umkleiden von Schwimmbädern oder Fitnessstudios lümmeln die Warzenviren gerne auf dem Boden herum. Wenn man mit Verletzungen in der Sohle darüberläuft, kommen sie ratzfatz in den Fuß gekrochen.« Aufwändig verbindet er mich. »Den Fuß halten Sie jetzt bitte ruhig, in einigen Stunden ist die Betäubung abgeklungen. Und morgen kommen Sie … ach was, Schwester Susi, geben

Sie ihm einfach Mullbinden und Jodlösung mit.« Er blickt mich verschmitzt an. »Die Wunde noch mal begutachten und den Verband wechseln, das kann ja einfach Ihre Frau machen.«

Mist, spätestens dann wird sie es erfahren.

»Kann ich denn in einer Woche wieder richtig laufen?«

»Wenn Sie den Fuß nicht überanstrengen, sollte es möglich sein.«

Mein Handy klingelt. »Entschuldigen Sie ...«

»Gehen Sie ruhig ran. Es war mir ein Vergnügen, ich wünsche Ihnen noch einen schönen Tag.«

Der Chirurg gibt mir die Hand, mit der Linken nehme ich mein Handy. Das Display zeigt ›Chris‹ an!

»Vielen Dank, das wird sich noch rausstellen.«

Dr. Angelus ist durch die Tür, ich berühre das grüne Feld. »Ja, Chris?«

Ich zucke zusammen, stärker als bei der Narkosespritze. »Was ... was meinst du damit ... das Brautkleid ist weg?«

36. Kapitel

Dieser Hirnochse! Chris hat den Zug genommen, weil er zuvor die Bundesligaspiele live geguckt und dabei ein paar Bierchen getrunken hat. Mit einem Kumpel in einer Kneipe. Er hat den Karton mit dem Kleid in der Nähe des Bonner Hauptbahnhofs bei Natalie abgeholt. Als er aber in der Kölner Südstadt die Linie 16 verlassen wollte, rief ihn just eine ›gute Freundin‹ an, also eine, mit der hin und wieder was läuft. Entsprechend abgelenkt ist Chris am Chlodwigplatz ausgestiegen und hat dabei für einen Moment das Brautkleid vergessen. Für *den* entscheidenden Moment! Denn die Bahn war schon wieder angefahren, und der weiße Karton lag noch auf dem Sitz. Mann, Chris ist doch wirklich mein Allzweckaffe!

Was nützt es mir, dass Chris jetzt auf einem Leihfahrrad versucht, die Bahn wieder einzuholen: durch die Stadtmitte fährt sie unterirdisch. Ich muss schleunigst raus aus der Klinik und in ein Taxi springen. Schleunigst, wie witzig, ich humple! Susi hat mir den Fuß dick und fest verbunden und auch noch so einen optisch ansprechenden, blauen Plastiküberzieher drübergestülpt. Was mich viel mehr kümmert: In gut zwanzig Minuten dürfte die Linie 16 an ihrer Endhaltestelle in Niehl eintreffen. Wenigstens ist die nicht so weit von hier entfernt.

»Leider kann dich kein Rettungswagen hinbringen.« Susi trägt mir meinen Schuh bis in die Eingangshalle hinterher. »Obwohl es ein Notfall ist.«

Mir ist nicht zum Lachen zumute. Hier geht es gerade um Leben und … Nina?

Plötzlich eilt sie durch den Haupteingang, direkt auf uns zu. »Philipp? Du humpelst?«

»Nö.« Ich bleibe stehen.

»Ausgerechnet heute werde ich gerufen.« Fahrig streift sie sich durch die Locken. »Ich war gerade mit den Brautschuhen …. was … was ist denn mit deinem Fuß?«

»Ich habe einen Platten.«

»Nur eine kleine OP«, verkündet Susi fröhlich und gestikuliert mit den Armen.

»OP?« Nina sieht mich völlig verdattert an. »Geht's dir noch gut?«

»Ja. Ich merke nix.« Klar, wegen der anhaltenden Betäubung.

»Ob du sie noch alle hast?« Sie schlägt mir vor die Stirn. »Kuckuck, jemand zu Hause? Was soll das jetzt, so kurz vor der Feier? Ist es wegen des Eröffnungstanzes? Ich meine: Nächsten Samstag kannst du doch wieder einen Schuh tragen?«

»Nina, das hoffen wir doch alle«, plappert Susi arglos dazwischen.

»Sorry, mein Stern, ich muss …« Mein Blick geht schon mal vor zur Tür.

»Sei froh, dass ich keine Zeit mehr für Erklärungen habe!«

Ich auch nicht, Nina, ich auch nicht.

»Philipp doch auch nicht, wegen dem Hochzeitskleid.« Susi!

Es gibt Sekunden, die sich anfühlen wie Ewigkeiten. Diese ist so eine.

»WAS? IST? MIT MEINEM HOCHZEITSKLEID?«

Es ist gar nicht mal ihr Tonfall, der mich umhaut. Sondern

Ninas Gesichtsausdruck, der sich auf diese eigentümliche Weise verändert: von heiratswütig auf heiratswütend, von Nina auf Bridezilla.

»Es ist auf dem Weg«, sage ich verhalten.

»Wie, auf dem Weg? Du wolltest es doch in Bonn…?« Nina schnauft und schnappt nach Luft.

»Öhm, Frau Lang…?« Ein Pfleger ruft sie von der Tür zur Ambulanz.

Bambam. Bridezilla tritt noch einmal fest auf. »Du machst mir nicht alles kaputt! Das ist meine Hochzeit, du bist Deko!«

Tja, sie hat sich verändert. Aber wenigstens verstellt sie sich nicht. So fix es mir möglich ist, hüpfe ich auf einem Bein auf das Taxi zu. Das einzige, das derzeit vor dem Hospital steht.

»Oh, lassen Sie mich Ihnen helfen.« Der Fahrer will mir die Tür öffnen.

»Nein. Ans Steuer. Sofort. Ich muss zur Haltestelle Sebastianstraße!«

Das hat mir gerade einen Stich versetzt. Nicht dass ich nur Dekoration bin. *Immerhin* begreift sie mich als Schmuck – und nicht als Schönheitsfehler, der an ihr pappt wie ein warzenähnliches Geschwulst. Nein, es tut mir weh und leid, dass sich meine Nina so aufgeregt hat. Was aus ihrer Sicht ja auch völlig verständlich ist. Aber ich möchte einfach nicht die Schuldkröte sein, die ihr alles kaputt macht. Und schon gar nicht will ich der nächste Patient sein, bei dem Nina – noch schäumend vor Wut – die Narkosenadel ansetzt.

»Schönes Spiel.« Der Fahrer versucht ins Gespräch zu kommen. »Der FC hat gewonnen.« Sonst interessiert mich das immer.

Es ist leider alles eine Verkettung äußerst unglücklicher Umstände. Was vor allem an Chris liegt, dem Chaoten.

Ninas Brautkleid ist ein wertvolleres Transportgut als Gold, sensibler als Dynamitstangen und muss besser bewacht werden als Gefangene. Und nun hat er ihr Allerheiligstes verschlampt! Wofür ich meinen ach so guten Freund auch noch decken muss. Nina war ja gleich skeptisch, ihn als Trauzeugen zu nehmen.

»Vollgas, bitte.«

»Nicht, solange rot ist, junger Mann.«

Die Kölner Verkehrsbetriebe muss ich anrufen! Klar, falls jemand vorher mit dem Paket aussteigt und es an einem Schalter abgibt. Klauen wird es ja wohl keiner, das Kleid passt doch nur Nina.

Es dauert etwas, bevor der KVB-Angestellte verstanden hat, wie dringend und weitreichend mein Anliegen ist. »Gut, ich gebe das der Leitstelle weiter, die können mit den Fahrern der Linie sprechen.«

»Und fügen Sie bitte hinzu, die Braut heiratet sonst nicht.« Es kann ja nicht schaden, etwas zu dramatisieren.

»Das Fundstück soll beim Fahrer abgegeben werden. Ohne Kleid heiratet die Braut nicht, verstanden.«

Während meines Telefonats hat der Taxifahrer immer mehr Gas gegeben. Als er an der Haltestelle im Kölner Norden bremst, quietschen die Reifen fast filmreif. »Viel Erfolg.«

»Danke!« Ich springe raus und falle prompt hin. Mein taubes Bein, jetzt habe ich es wieder im Sinn. An Gleis 2 wird angezeigt, dass die nächste Bahn aus Bonn in zwei Minuten eintrifft. Okay, das wird sie sein, denn vor ziemlich genau 20 Minuten hat Chris mich angerufen. Ich humple auf den Bahnsteig.

Na also, da kommt sie auch schon, pünktlich sogar, ich winke der Frau im Fahrerhäuschen heftig zu. Sie hält den Zug an und öffnet ihr Seitenfenster. »Wat denn? Schon klar, dat ich hier halten muss. Da vorne ist der Prellbock.«

»Natürlich. Guten Tag, haben Sie ein Hochzeitskleid?«

»Sischer dat, seit 30 Jahren hängt dat im Schrank bei de Motten. Aber ich glaub echt nit, dat dir dat passt.«

»Aha. Aber auf dieser Fahrt ist keins bei Ihnen abgegeben worden?«

»Nä. Schau halt mal durch, ich stonn noch wat he.«

Und ob ich das tue. Hier steigen nur noch wenige Kölner aus und keiner hält eine größere weiße Pappschachtel in der Hand. Aber auch in den beiden Abteilen leuchtet mir kein Karton entgegen, weder auf den Sitzen noch darunter. Verflucht.

»Nix.« Schulterzuckend gehe ich wieder zur Fahrerin.

»Jetzt haste aber die Kacke am Dampfen, wa?«

Sie bringt es auf den Punkt.

Mein Handy klingelt, Chris klingt außer Atem. »Schon was erreicht?«

»Fehlanzeige.«

»Bis in die City habe ich die Bahn noch verfolgen können. Dann war der Fahrer schneller.«

»Der Fahrer? Also männlich?«

»Genau.«

»Dann haben wir noch eine Chance.« In zehn Minuten kommt die nächste Bahn. »Wenn Nina heute Abend ihr Kleid nicht erhält, dann ... dann ...« Meine Vorstellungskraft ist kleiner, als die Konsequenz es wohl wäre.

»Ja, echt dumm gelaufen, sorry noch mal. Mit'm Auto wär mir das nicht passiert.« Chris räuspert sich. »Sag mal, wie wär's denn, wenn wir es Nina als Brautkleidentführung verkaufen?«

»Was?«

»Ja, so als lustiges Spiel.«

»Mann, Chris, das hier ist von lustig so weit weg wie die Zugspitze von 'nem Hochwasserschaden! Eine Braut zu entführen ist schon unsinnig genug, aber ein Brautkleid … Kerl, Mann!«

»Ist ja gut, es wird schon wiederauftauchen. Ich fahr jetzt zu Jennifer. Meld dich, wenn's was Neues gibt.«

Aufgewühlt stehe ich am Gleis, an einer Endstation, wie passend. Wenn das Kleid nicht mit dem nächsten Zug auftaucht, kann ich mich hier gleich eingraben. Ich nehme mein Smartphone raus und tippe Nina meine letzten Worte: ›Alles ist gut, mein Stern. Ich freue mich auf dich heute Abend. Kuss.‹ Mein Herz klopft, in meinem Fuß pocht es.

Endlich, die nächste Bahn fährt ein. Dieses Mal steigt der Fahrer aus. »Sind Sie der mit dem Brautkleid?«

»Ja genau! Haben Sie …?«

»Nein. Aber ich habe es grade durchgesagt. Mal sehen, ob jemand kommt.«

Wir stehen nebeneinander. Schweigend, wir kennen uns ja nicht. Die paar Fahrgäste streben dem Ausgang zu. Einige mit Einkaufstüten, eine Schülerin mit einer Sporttasche, aber niemand mit einer großen weißen Pappschachtel. Keiner läuft auf uns zu.

»Das war's«, sage ich schwach und trotte an der Bahn entlang. Ziellos, planlos, mutlos.

In meinem Fuß pocht es jetzt stärker, als würde ein Countdown runterticken. Ach, lasst mich doch alle in Ruhe.

»Hallo«, ruft eine Stimme aus dem hinteren Wagen. Durch die offene Tür sehe ich einen älteren Herrn mit getönter Brille. Er wendet sich in meine Richtung, blickt mich aber nicht direkt an.

»Hallo Sie, ich weiß hier nicht so Bescheid.«

»Ich auch nicht.«

»Es wäre nett, wenn Sie mir helfen, mich zu orientieren.«

Er steht auf und schlägt mit seinem Stock gegen das Metall unter den Sitzpolstern. Klonk, klonk.

Oh, aha. »Der Ausgang ist hier.«

»Danke, warten Sie«, er beugt sich zu einem Sitz in der Vierergruppe, »ich habe hier noch etwas.«

Ich steige ein und hinke auf ihn zu. »Soll ich es tragen?«

»Wissen Sie, es gehört mir nicht, ich muss es vorne …«

»Nein!« Auf dem Sitz liegt eine weiße Pappschachtel. »Da … da ist … ist jetzt keine Torte drin, oder?« Ich beiße mir auf die Lippen, blöde Frage, selbst wenn, würde der Mann das womöglich gar nicht wissen.

»Nein, viel wertvoller. Ein Hochzeitskleid. Der Fahrer hat darum gebeten …«

»Unfassbar.« Jetzt realisiere ich es endgültig. »Das gibt's doch nicht! Jaaa! Haben Sie die ganze Zeit …?«, frage ich.

»Ich kann jetzt nicht behaupten, ich hatte es im Blick. Aber ich habe drauf aufgepasst.«

»Das ist ja super … wow … mir fällt ein Stein vom Herzen.«

Erst lauscht er, dann lächelt er. »Der Stein scheint Ihnen auf den Fuß gefallen zu sein.«

»Bitte?«

»Was ist mit Ihrem Fuß?«

»Oh, eine kleine OP, noch ganz frisch.«

»Sie treten sehr unregelmäßig auf«, erläutert er mir. »Als Bräutigam können Sie natürlich nicht ins Paket reingucken. Dieses Los teilen wir also.«

»Das … ja.« Ich muss ebenfalls schmunzeln und zücke mein Portemonnaie. »Ich würde Ihnen gerne einen Finderlohn zahlen.«

»Nein, nein, das Geld lassen Sie mal schön stecken. Das brauchen Sie sicherlich noch.« Er hat eine Stange ertastet, an der er sich jetzt festhält. »Finderlohn, haha, ausgerechnet ich, das muss ich meiner Frau erzählen.« Klonk, klonk. »Sie könnten mich aber bitte zur Straße begleiten, ab dort kenne ich mich dann aus.«

»Natürlich, gerne! Möchten Sie sich einhaken?«

»Das wäre nett. Und vergessen Sie nicht Ihren Karton.«

Auf dem Bahnsteig treten wir aus dem Schatten.

Der Herr reckt sich etwas. »Ah, die Sonne wärmt. Und kribbelt wieder so schön auf der Nase.«

Ich bewege meine Nase hin und her, spüre aber nichts.

»Meine Sinne sind ja schärfer«, sagt er fast entschuldigend.

Er hält sich in meiner Armbeuge fest, so laufen wir zwei Gehandicapten zum Ausgang. Fragt sich, wer gerade wen stützt. ›Klonk, klonk‹. »Ich mag die Bahn. So ein Sitzplatz to go ist einfach praktisch.«

»Vorsicht, Stufe.«

»Danke. Beschreiben Sie doch mal Ihre Braut.«

»Meine Nina hat lockiges blondes Haar, ist mittelgroß …« Nee, nicht so. »Warmherzig ist sie, liebevoll, selbstbewusst und doch sensibel. Ich kann nicht genug von dem bekommen, was sie mir bedeutet, was sie mich fühlen lässt. Sie ist einfach die Beste, sie inspiriert mich.«

»Das verstehe ich gut, das freut mich für Sie.« Er wendet sich mir zu. »Das sollten Sie ihr aber auch sagen.«

Zum Beispiel beim Eheversprechen oder in der Hochzeitsrede! Supertipp.

›Sebastianstraße‹, lese ich auf dem Straßenschild. Eine Frau spricht uns an. »Entschuldigung, wie komme ich denn bitte zum Rhein?«

»Ganz einfach drüben durch die Hillesheimstraße«, informiert er sie. »Dann können Sie ihn schon riechen.«

»Danke, schönen Tag noch.«

›Klonk, Klonk‹, seine Stockspitze schlägt gegen eine Ampel. »Ab hier kenne ich mich aus. Bringen Sie mich doch bitte noch über die Straße – und dann endlich das Kleid in Sicherheit.«

»Sie sagen es.« Ich sehe mich zu beiden Seiten um. »Ähm, es ist weit und breit kein Auto in Sicht. Wäre es okay für Sie, wenn wir bei Rot loslaufen?«

Da lacht er. »Ich gehe doch sicherer mit Ihnen über Rot als alleine über Grün!«

Ich humple voraus. »Schön, Sie kennengelernt zu haben«, sage ich zum Abschied. »Sie sind ein bemerkenswerter Mensch.«

Und nicht so ein Blindgänger wie ich.

Zum Glück bin ich vor Nina zu Hause eingetroffen. Die weiße Pappschachtel habe ich wie selbstverständlich auf unseren Esstisch gelegt. So, als hätte das Kleid da immer schon gelegen, als hätte es gar keine abenteuerliche Reise unternommen. Irrfahrt möchte ich es nicht nennen.

»Philipp«, ruft Nina bei der Anprobe aus unserem dritten Zimmer, »warum war Susi denn nun vorhin so aufgekratzt? Und was meintest du damit, das Kleid sei ›auf dem Weg‹?

»Ach, na ja«, rufe ich vom Sofa aus durch den Flur zurück. »Chris hat das Kleid angetrunken abgeholt und dann in der Bahn liegen gelassen. Ein Blinder hat es mir zurückgegeben.«

Nina lacht. »Boah, Philipp, ich liebe einfach deinen Humor!«

Oh ja, manchmal ist der erschreckend ehrlich.

Hauptsache, ich habe wieder alles im Griff. Jetzt muss ich morgen nur noch den Dackel von meinen Eltern zurückholen.

»Aaahhh!«, schreit Nina.

»Was ... was ist los?« Ich stütze mich auf das gesunde Bein, will aufspringen.

»Das Hochzeitskleid!« Scheiße, hat es etwas abbekommen? »Es passt nicht ... mehr!« Ach so, puh.

»Kann doch gar nicht sein, mein Stern, du hast es doch erst vor Kurzem bei Natalie anprobiert!«

»Am Bauch sitzt es zu locker!«

Was denn, sie hat sogar abgenommen? Vermutlich durch den ganzen Hochzeitsstress.

»Da hilft jetzt nur eins«, ruft Nina. Oh nein, bitte, ich will es nicht zurück nach Bonn bringen müssen. »Currywurst mit Pommes und extra Mayo!«

»Spitzenidee«, sage ich. »Mein Bein hat lange genug hochgelegen.«

»So eine Aufregung heute.« Nina hat sich wieder umgezogen und kommt ins Wohnzimmer. »Entschuldige bitte, dass ich dich vorhin so angeschnauzt habe. Aber ich dachte wirklich, es wäre etwas mit meinem Kleid.« Sie setzt sich zu mir und lacht gekünstelt. »Es ist doch nur ein Hochzeitskleid!« Darüber müssen wir beide lachen.

»Und das hier«, sie tippt mir sanft auf den Verband, »ist auch nicht so tragisch. Dr. Angelus, ts ts. Sein Skalpell bringt meine Hochzeit nicht zum Platzen.« Sie rückt noch etwas näher. »Das Gute ist, du bist jetzt krankgeschrieben. In den nächsten Tagen kannst du also super die Tischkärtchen schreiben.«

Sie ist einfach süß, wenn sie mir auf die Nerven geht.

37. Kapitel

Mit dem leeren Briefumschlag wedle ich in der Luft herum. »Wofür hast du denn so eine ausgeklügelte Sitzordnung gemacht? Wenn doch noch Leute absagen!«

»Wer denn?«, fragt Nina aus dem Schlafzimmer.

»Meine Tante Gerti ... tut ihr leid ... blabla ... wegen Zipperlein im Zeh.« Wenigstens entfällt damit auch ihre fürchterliche Reimrede.

»Einerseits bringt das alles durcheinander. Andererseits ... ach Philipp, wir kleben einfach ein Foto von ihr auf die Sitzlehne.«

Tja, ich habe es gleich gesagt: Eine Sitzordnung lohnt nicht. Ist doch wahr. Wozu das Ganze, wenn man in der letzten Woche noch Gäste an die Hochzeit erinnern muss, die dann trotzdem absagen, während andere anfragen, ob sie noch jemanden mitbringen können. Allein Simone kommt zuverlässig ohne Begleiter.

Sei's drum, darüber rege ich mich jetzt nicht mehr auf. Nicht 24 Stunden vor der großen Party. Ich ziehe Tante Gertis Namenskarte aus dem Modellbau der Sitzordnung, mit dem Nina unseren Esstisch komplett bedeckt hat. Wir essen schon seit Tagen am Wohnzimmertisch.

Die Vorbereitungen sind so gut wie abgeschlossen, jetzt scheint mir Zeit für die letzte Romantik.

»Aaah!«, schreit Nina aus dem Schlafzimmer.

Oder für die letzte Panik.

»Was ist denn, mein Stern?«, rufe ich vom Flur.

»Meine Ersatzstrumpfhose! Ich hatte sie doch … ah … da ist sie ja. Puh, alles gut! Ich dachte schon, ich hätte keine gekauft.«

Überall in der Wohnung stehen gepackte Taschen und anderer Kram bereit. So als würden wir zum Flughafen aufbrechen. Diese Reise dauert allerdings länger als ein gewöhnlicher Urlaub.

»Okay, okay.« Nina blickt auf dem Bett hin und her, das als Ablage hundertprozentig ausgelastet ist. »Generalcheck!«

Um keine Unruhe in ihr Wirrwarr zu bringen, bleibe ich in der Tür stehen. Mein operierter Fuß muckt nicht, es geht ihm deutlich besser.

»Also dann.« Ich schlage mit den Händen einen imaginären Notizblock auf. »Hängt dein Brautkleid knitterfrei im Schrank?«

»Ja.«

»Liegen die Ringe parat? Unsere Papiere? Ist allen Helfern klar, wann sie wo was zu tun haben?«

Nina überlegt kurz, dann nickt sie.

Ich mache einen gedachten Haken dran. »Gut. Dein Notfallset?«

»Taschentücher, Nadel und Faden, Aspirin, sonstige Medikamente, Deo, Pflaster, Make-up, Ballerinas«, zählt sie auf. »Und: die Ersatzstrumpfhose!« Stolz hält Nina sie hoch.

»Ohne die geht's gar nicht.« Ich grinse. »Mein Outfit ist ja schon unten, alle wichtigen Rufnummern habe ich gespeichert, den Akku lade ich gleich noch ganz auf.«

»Die Regenwahrscheinlichkeit liegt bei drei bis fünf Prozent«, strahlt Nina.

»Also keine Schirme und Gummistiefel.«

»Hochzeit im Regen bringt Segen«, ulkt Nina. »Das ist vermutlich eine erfundene Weisheit, um den Paaren die Stimmung nicht zu versauen.«

»Ja wow, dann sind wir tatsächlich fertig mit allem?«

»Noch nicht ganz, da ist noch ein letzter Punkt.« Nina trippelt durch das Wirrwarr auf mich zu. »Den Bräutigam leidenschaftlich küssen, um ihm zu zeigen, dass er der Richtige ist.«

Hollywoodreif drehen wir uns ineinander.

»Simone und der Stylist kommen also morgen um 8 Uhr«, sagt Nina im Treppenhaus.

»Ist klar, wir sehen uns dann erst in der Kirche wieder.« Ich schaue bedröppelt. »Und ich schlaf dann mal in meinem Kinderzimmer.«

»Die eine Nacht wirste überleben«, Nina knufft mich, »geh aber nicht zu spät ins Bett.«

»Die Hauptdarsteller!«, begrüßt uns Mama. Gefällt mir, dass meine Mutter mich nicht als Statisten betrachtet.

Mama blickt Nina betroffen an. »Oh, deine Nase ist rötlich.«

»Äh ... das liegt an der Hautfarbe.«

»Gut, meine Liebe, gut«, meine Mutter geht in die Küche, »ich habe noch etwas für euch.«

Nina schaut flugs in den Flurspiegel. »Pickel kann ich jetzt echt nicht gebrauchen. Und noch weniger, dass Sofie mich darauf aufmerksam macht.«

Mama kommt mit einer Kuchenform zurück. »Hier, für euch!«

»Ein Marmorkuchen?«

»Nein, ein Amorkuchen!«, lacht sie.

»Witzig!« Ich lege einen Arm um sie. »Das haste von mir, Mama.«

»Danke.« Nina nimmt ihn entgegen. »Wie süß.«

»Tschüss Liebste, ich wünsche dir eine gute Vorhochzeitsnacht.« Ich küsse sie. »Bis morgen am Altar.«

»So Gott will.« Nina grinst.

»Ich auf jeden Fall«, sagt Mama.

Finale, o-hoo! Morgen noch, und dann ist endlich wieder Ruhe. Obwohl, das habe ich am Tag vor dem Heiratsantrag auch gedacht. Und was hat der mir eingebracht? Das ungeheuerlichste Jahr meines Lebens.

Was für ein Abschnitt beginnt morgen? Ein Freudensprung weit über die Rente hinaus? Der oft beschworene Ernst des Lebens? Oder womöglich ... Kerl, mach den Kopf zu.

»Bestie, komm hierher!« Von unserem Gartenstück kommt sie in den Hinterhof gelaufen. »Morgen hast du auch endlich dein Herrchen wieder.« Ich habe den Dackel richtig ins Herz geschlossen. Hiller hat hoffentlich nichts dagegen, wenn ich mit seinem Hundehobbit weiter Gassi gehe.

»Was schleppst du denn da an?« Ich beuge mich runter, die Bestie wedelt mit dem Schwanz und legt mir ihre Beute zu Füßen. »Ein Kaninchen?«

Nicht ein Kaninchen, sondern *das* Kaninchen von Nachbar Behrendt, dem großen Tierfreund. Es ist sehr verdreckt und sehr ... tot!

»Bestie, spinnst du!?« Sie kläfft, vermutlich stolz.

Verdammt! Ich meine, klar, sie ist ein Jagdhund, eigentlich. Aber mehr als Blättern ist sie in den letzten Wochen nie hinterhergewetzt. Und jetzt hat sie ein Kaninchen erlegt. Ausgerechnet jetzt. Nachbars heiliges Kaninchen! Das auch noch weiß ist bzw. war, bevor die Bestie ihrem Namen alle Ehre gemacht hat. Schmutziges Weiß! Nina würde sofort ohnmächtig werden, würde es als schlechtes Omen betrachten. Panisch blicke ich mich um, was jetzt?

»Philipp!«

Wer ...? Ah, Papa. Oben auf dem Balkon. Schnell stelle ich mich über das leblose Fellknäuel mit Ohren.

»Sohn, wie wär's mit 'nem Kräuterschnaps als Schlaftrunk?«

»Okayyy.« Ich überlege fix. »Aber erst muss ich noch was erledigen!« Ich greife zum Gartenschlauch.

Es ist angenehm warm, wenige Wölkchen betupfen das tiefe Himmelsblau. Dieser 28. August ist der perfekte Hochzeitstag!

Ich schaue in ein Autofenster, korrigiere meine Krawatte. Dann wippe ich auf meinem gesunden Fuß. Papa und ich stehen vor der Haustür und warten. Auf Mama.

»Gut siehst du aus, fast so wie ich damals«, sagt mein Vater. »Immer noch nervös?«

»Würde ich sagen.« Ich reibe mir die Nase. »Preisfrage, Papa. Was ist die Ehe: Alltag oder Abenteuer?«

Bert lacht. »Auweia... schwer zu sagen. Das musst du selbst herausfinden.« Er legt mir eine Hand auf die Schulter. »Oft ist es beides.«

»Erst mal freue ich mich auf die Flitterwochen mit Nina in Indien. Und danach kann ich endlich wieder Formel 1 gucken, ohne dabei Tischkärtchen schreiben und falten zu müssen...«

»Das sind doch gute Aussichten!« Bert grinst zufrieden. »Übrigens ist unser Bausparvertrag ausgelaufen. Mutter und ich haben entschieden, dass du das Geld für die Hochzeit kriegst. Sag nix! Wir haben die 2/3 Mehrheit...«

»Danke.« Auch wenn ich das Finanzielle selbst stemmen will, das kommt mir natürlich sehr gelegen. Ich umarme meinen Vater.

»Wo bleibt denn Mama?« Zur Agneskirche müssen wir zum Glück nur um die Straßenecke laufen.

»Ist das Chris?«, fragt Papa, als eine dunkle Limousine in die Straße einbiegt.

»Ja.« Den Wagen hat er bei einer Autovermietung geliehen, um Nina und Simone zur Kirche abzuholen.

»Er kommt!«, höre ich Nina oben rufen, sie hat das Fenster geöffnet. Aus unserer Anlage schallt der Song ›Oh happy day‹. Ich lächle in mich hinein.

»Sehr stattlich, die Herren.« Nachbar Behrendt nickt uns von seiner Haustür anerkennend zu. »Ich ziehe mich auch gleich für die Kirche um.« Er läuft die paar Schritte auf uns zu. »Aber vorher muss ich Ihnen noch etwas erzählen, meine Herren, so etwas habe ich ja noch nie erlebt!«

Oha.

»Gestern ist mein Kaninchen verstorben. Also habe ich es im Garten verbuddelt.« Amüsiert zieht er die Augenbrauen hoch. »Und heute morgen, da liegt es sauber gewaschen wieder im Stall!«

Wer hat behauptet, dass die Bestie ein Jagdhund ist? Versager.

Hinten am Haupteingang stehen noch einige Gäste, in ein paar Minuten geht es los. »Könnt ihr die letzten Gäste von mir begrüßen?«, bitte ich meine Eltern. »Ich möchte vorne an der Seite reingehen.« Mir ist nicht nach Händeschütteln, meine eigenen sind feucht wie Flossen. Außerdem dürfte Chris jeden Moment vorgefahren kommen.

»Natürlich.« Papa klopft mir wieder auf die Schulter, bestimmt zum zehnten Mal an diesem Morgen, auch die letzten Staubkörner trollen sich vom Sakko. »Mach's gut, Junge. Genieße es.«

»Warte.« Mama richtet meinen Kragen. »So.« Sie küsst mich auf die Wange.

»Danke euch, bis später.«

Das absolut erstaunlichste Jahr meines Lebens mündet also jetzt und hier in seinen Höhepunkt: den schönsten Tag des Lebens. Schon schräg, wie oft Brautpaare diese Behauptung bemühen, fast zwanghaft wie ein Mantra – es hat gefälligst der schönste Tag des Lebens zu sein! Als wenn danach keine schönen Tage mehr kämen. Hey, ich habe schon unzählige Knallertage mit Nina erlebt, sonst wären wir ja heute nicht hier. Wie auch immer: Das ist Ninas Hochzeit, und weil sie es sich wünscht, wird es der schönste Tag ihres Lebens. Basta. Das hinzukriegen ist meine Aufgabe als Ehemann, die ich mit Freuden erfülle.

»Als Ehemann!« Das denke ich ganz laut, weil es so befreiend wirkt. Meine Augen sehen die Kirchenmauer, aber meine Gedanken sind auf mein Innerstes gerichtet: Was hat mich mein Muffensausen genervt! Dieses Schlottern bei den Anträgen, meine hasenherzige Vorbereitung, mein Bammel sogar vor der Braut. Armselig! Und jetzt? Ist doch alles gut.

Mit einer Hand fahre ich über den Bauzaun am Seiteneingang. Trauung, das Wort sagt es klipp und klar, man muss sich innerlich trauen. Besser kennt man diese lapidaren Sachen: Ich traue mich, über den Bauzaun zu klettern. Dass man für beides das gleiche Wort benutzt, das ist schon komisch.

Endlich habe ich es begriffen: Ich muss mich meinen Schwächen stellen, dann beherrschen sie mich nicht mehr. Dann sind sie zwar immer noch da, stehen mir aber nicht mehr im Weg.

Mein Muffensausen ist nur noch ein laues Lüftchen! Ich gehe jetzt da rein, Auftritt frei für Phi-lipp Laaang! Die schwere Kirchentür weicht vor mir zurück, von der Seite laufe ich auf den Altar zu und winke allen. Da bin ich. Nina, ich kann dich kaum erwarten, komm!

Die Fassbütteler sitzen links von mir in einem großen Block im Mittelschiff. Sie sind gestern Abend angekommen und haben ein günstiges Hotel fast komplett belegt. Beeindruckend, welchen Zusammenhalt sie für Nina darstellen. Unsere Kölner Freunde sitzen in der ganzen Kirche verteilt. Wie festlich sie alle gekleidet sind, selbst für eine Hochzeit.

Am liebsten würde ich mir aufgeregt die Augen reiben, wieder und wieder. Allerdings können mich jetzt alle sehen, also behalte ich die Arme stramm an den Seiten. Ich will ansehnlich wirken. Ich bin doch Ninas Deko.

So viel Blumenschmuck vor dem Altar. Ulkig, es sieht aus wie bei einer Aufbahrung.

Seit heute Nacht spüre ich so ein Kribbeln. Natürlich stehe ich unter Strom, sanft jedoch und völlig wohlig. Ist doch klar bei diesen Gänsehaut-Faktoren: die ehrwürdige Kirche, die stilvoll geschmückten Bänke … die Orgelmusik, die jetzt, genau jetzt hallend einsetzt! Mit »This is the day«, einem von Ninas liebsten Gospelsongs, fordert ihr Chor die Kirchenakustik heraus.

Die gewaltige Hintertür öffnet sich sonor knarrend, und da erscheint sie, meine Nina, gleißend wie eine Lichtgestalt, blendend strahlt ihr Hochzeitskleid ins Kirchenschiff hinein. Bezaubernd! Alle Augen sind auf sie gerichtet. An Papa Pauls Arm, der sie fest und sicher geleitet, schwebt Nina auf einer Wolke von weißem Chiffon durch den Mittelgang, der unversehens zum Laufsteg wird. Das Sonnenlicht dringt durch die mosaikverzierten Kirchenfenster und wirft helle Muster auf ihr Brautkleid, in dem sie wirkt wie aus der *Vogue* ausgeschnitten. Ihre aparten Schultern sind unbedeckt, der weiße Stoff fließt glänzend zu Boden. Umwerfend. Ich muss schlucken, beinahe schluchzen, meine Gefühle purzeln völlig durcheinander. Ein irrer Moment.

Hoffentlich ist das exakt die Szene, wie sie Nina unzählige Male vor ihrem inneren Auge hat vorüberziehen lassen. Denn es war ihr grauenhaftester Albtraum in Weiß, nicht romantisch wie ein Schwan zum Altar zu gleiten, sondern ungelenk wie eine Robbe nach vorne zu platschen. Nun hingegen leuchtet sie in ihrem raffinierten Hochzeitskleid selbstsicher auf mich zu. Nina sieht hinreißend und einzigartig aus.

Ganz ergriffen übergibt Paul sie mir. »Ab jetzt sorgst du für mein kleines Mädchen.«

Der Kloß im Hals beeinträchtigt mein Nicken. Endlich erblicke ich ihre Augen, die mich, vertraut und verträumt, zärtlich anlächeln.

Als die Orgeldröhnung lustvoll verklungen ist, breitet Pfarrer Theo die Arme aus. »Liebe Hochzeitsgäste, wo Sie jetzt stehen, war früher ein großes Feld mit Weißkohl. Ja, unsere Agneskirche wurde vor über 100 Jahren auf Kappes erbaut. Kappes, was ja heutzutage auch ›Unfug‹ bedeutet.«

In den Holzbänken hinter uns wird aufgelacht. Guter Einstieg, Herr Kollege.

»Sie beiden sind weit davon entfernt, eine Dummheit zu begehen …«

»Na ja«, brummt ein Fassbütteler.

»… denn: Sie heiraten! Liebes Brautpaar, in diesem Moment schauen so viele Menschen auf Sie. Sie beide jedoch, Sie schauen nach einander.«

Genau so ist es. Ich betrachte Nina sogar so gebannt, dass ich Leon erst bemerke, als er an Ninas Kleid zupft.

»Kappes«, sagt unser 4-jähriger Nachbar und hält Nina einen kleinen grünen Strauß hin.

»Leon.« Nina lächelt überrascht. »Das sind … Gänseblümchen. Die sind ja schön.«

»Habe ich für dich gepflückt.« Leon zeigt auf Pfarrer Theo. »Der Mann hat Kappes gesagt.«

Nina und ich lachen uns herzlich an, dann streicht sie Leon über den Kopf. »Danke dir, die lege ich mir jetzt hier aufs Bänkchen, ja?«

Leon nickt und watschelt zurück zu seinen Eltern in die

Bank am Taufbecken. Meinem Taufbecken. Damals wurde ich getragen, jetzt muss ich auf eigenen Beinen stehen.

Pfarrer Theos Worte, der Gospelchor, alles klingt hier überaus gut. Ninas Atem, auch das Gebrabbel und Gescharre in den Kirchenbänken in meinem Rücken, es ist der Sound unserer Liebe. Benommen sauge ich die Stimmung auf, mit meinen Augen, meinen Ohren und meiner Gänsehaut.

Unser Pastor erzählt munter, wie wir uns begegnet sind und bald darauf unseren ersten gemeinsamen Urlaub in Ägypten verbracht haben. »... im Roten Meer tauchten Nina und Philipp, sind miteinander in der Tiefe versunken. Ich möchte es gleichsam als Taufe ihrer Beziehung betrachten.«

Jemand schnäuzt sich aus einer größeren Nase, ein Gebetbuch klatscht auf den Steinboden, Taschentücher rascheln, Nina tupft sich Tränchen aus den Augen und drückt meine Hand. »Jetzt kommen wir zum Höhepunkt, bitte erheben Sie sich von Ihren Plätzen.« Pfarrer Theo macht eine einladende Handbewegung. »Die Trauzeugen kommen bitte nach vorne und stellen sich seitlich vom Brautpaar auf – möglichst so, dass der Fluchtweg abgeschnitten ist.«

Ninas Finger umklammern fest das Stofftaschentuch, mein Kloß im Hals wird zum Klops. Pfarrer Theo stellt sich jetzt unmittelbar vor uns.

»Nina, haben Sie sich nach reiflicher Überlegung und aus freiem Entschluss entschieden, mit Philipp den Bund der Ehe einzugehen? So antworten Sie mit ›Ja‹.« Er hält ihr das Mikro hin.

»Ja«, sagt Nina.

Zwischen uns knistert es wie beim ersten Kuss. Ich bin versucht, ›Danke‹ zu sagen.

Schluckauf, ich habe Schluckauf. Der Klops hat sich nach oben gedrückt. Hicks. Wie absolut unpassend, ich möchte das nicht. Hicks. Ich presse die Lippen zusammen und höre, wie Pfarrer Theo seine Traufrage an mich wiederholt.

»…Philipp, werden auch Sie Nina achten und die Treue schwören alle Tage, bis dass der Tod Sie scheidet?«

Ich muss meinen Mund wieder öffnen. »Ja!«, sage ich mit belegter Stimme. »Hicks!« Prompt hallen die beiden Antworten, die wesentliche und die ungewollte, im Kirchenschiff wider.

Nina klopft mir mit erleichtertem Lächeln auf den Rücken. Hicks.

Pfarrer Theo nickt uns ermunternd zu, scheinbar haben wir bislang alles richtig gemacht. Er segnet unsere Trauringe mit Weihwasser und fordert Simone und Chris auf, ihre Hände segensreich auf unsere Schultern zu legen. Es fühlt sich gut an, Chris' Hand zu spüren. Ein letzter Hickser windet sich an die Luft.

Die Kirchenglocken läuten. Natürlich, Gott soll unser Eheversprechen ja auch mitkriegen.

Den Wortlaut des Gelöbnisses kennt man ja aus Filmen. Dass man sich liebt, ehrt, treu ist, in guten wie in schlechten Zeiten. Bis man in seinen eigenen vier Sargwänden wieder alleine klarkommen muss. Dieser klassische Satz hätte mir völlig ausgereicht.

Doch kommt darin zum Ausdruck, was einem diese eine Liebe bedeutet? Ist es wirklich eine ganz persönliche Liebeserklärung an den Partner? Schwört man sich so vor der gesamten Hochzeitsgesellschaft die lebenslang innige Verbundenheit am aufrichtigsten?

Nö, meinte Nina.

Und sie hat recht damit, wenn sie die Standardformulierung persönlich ausschmücken will. Ein Zitat aus unserer Lieblingsserie *The Walking Dead* würde allerdings kaum weiterhelfen. Spontan denke ich daran, die Story von heute

Morgen aufzugreifen: mit dem quasi auferstandenen Kaninchen und so. Aber diese Aktion konnte ich Nina noch nicht beichten, und Nachbar Behrendt ist ja auch in der Kirche.

Welch ein Glück, gerade rechtzeitig hatte mir der blinde Herr die Augen geöffnet, als ich schon an der Endstation war beziehungsweise mich dort für immer wähnte.

Ich drehe mich ihr zu, umfasse ihre Hände, blicke meine Liebste intensiv an. Durchatmen.

»Nina, ich war blind, bis ich dich traf. Und ich bin es immer noch, vor Liebe. Gerade wenn ich maulwurfsartig vor dir stehe, deine Bedürfnisse nicht immer klar sehe … möchte ich dich fühlen.«

Wenn ich bedenke, wie oft ich Tomaten auf den Augen habe, meine Güte.

»Wenn du mich anschaust, erkenne ich, dass ich da bin. Und für wen ich da bin. Mit dieser Hochzeit möchte ich unsere Beziehung vervollkommnen. Mein Stern, du glitzerst für mich bei Nacht und Tag. Ich möchte mit dir verschmelzen, dich immerzu achten, von heute bis zur Supernova in Gottes Himmel.«

Den Spickzettel in meiner Hosentasche habe ich gar nicht gebraucht – umso besser. Langsam lasse ich unsere Hände sinken, sie hat Tränen in den Augen. Chris übergibt mir den Ring, den ich glücklich an Ninas Finger stecke. Theoretisch weiß ich ja schon, wie das geht, aber praktisch zittern mir die Hände.

Nina legt meine Hände in ihre, gleich vier Handflächen liegen ganz schön feucht ineinander.

»Lieber Philipp, ich will dich, deinen Humor, deine Macken, Streicheleinheiten und Nörgeleien – eben alles, was unsere Beziehung ausmacht. Ich liebe dich, weil ich ganz fest an dich und uns glaube.« Sie nimmt meinen Ring von Simone entgegen und streift ihn mir über. »Philipp, trage diesen Ring als Zeichen unserer Liebe und Treue im Namen des Vaters, des Sohnes und des Heiligen Geistes.«

Wir legen unsere Ringhände übereinander, Pfarrer Theo umfasst sie mit seiner rechten Hand. »Die ganze Kirche ist Zeuge, stehen Sie alle dem Brautpaar in Liebe und Treue bei.«

»Bravo!« Papa reckt eine Faust in den Kirchenhimmel, in den Bänken bricht ein Gratulationsjubel los. Standing Ovations. Was der Pfarrer sagt, bekomme ich nicht mehr mit. Unaufgefordert nähere ich mich Ninas Mund, lege alle meine Gefühle in diesen Kuss. Es ist ein Kuss und ein Lippenbekenntnis.

38. Kapitel

Idyllisch ist das Bild, wirkt aber nicht kitschig: Von der Schlossterrasse herab führt ein Weg durch den Park zu einem Springbrunnen. Zu beiden Seiten flankieren urige Bäume den Rasenteppich, auf dem ein großer weißer Pavillon steht. Die lavendel-weiße Dekoration setzt überall Akzente. An meinen Fingern klebt noch etwas Creme vom Anschneiden der Torte.

»Es ist doch alles perfekt, Philipp, oder nicht?«

»Ja, mein Brautengel.«

»Es ist genau so, wie ich es mir vorgestellt habe!«

Wir kommen uns vor wie das Bundespräsidenten-Paar bei einem Empfang, lächeln durchweg und sagen immer denselben Satz: »Danke für die lieben Wünsche. Schön, dass ihr da seid. Wir sind soo froh.«

Unsere Eltern strahlen schon die ganze Zeit um uns herum, sie können ihre Blicke einfach nicht mehr von uns lösen.

»Ihr seid die Größten!«, rufe ich ihnen zu.

»Die Allergrößten!«, verbessert mich meine Frau vergnügt.

Ein junger Typ gratuliert mir besonders überschwänglich: »Mensch, Philipp, alles, alles Gute!«

»Äh, danke.« Kenne ich den?

Ihr auszuweichen ist Nina und mir bisher gelungen, doch jetzt steht sie direkt vor uns: Tante Gundula aus Berlin. Obwohl Mama mit ihrer Schwester zerstritten ist, hat sie darauf bestanden, dass wir sie einladen. Gundula trägt einen BH, den ihr durchsichtiges Oberteil nur dürftig verdeckt. Ich finde ja, man sieht ihr die 60 Jahre trotz ihres Botox-Abos und der Silikon-Flatrate an. »Philipp, ich bin so stolz auf dich! Dass du als Kneter mal eine richtige Ärztin ehelichen würdest.« Die korpulente Schwester Obermolly, die gerade an uns vorüberläuft, irritiert meine Tante in ihrer Ansprache. Sie schaut ihr zum Kuchenbuffet hinterher. »Zum Abnehmen geht es in die andere Richtung«, ruft sie und rümpft die Nase. »Kinder, werdet lieber magersüchtig als dick und fett.«

Traritrara, die Pest ist da.

»Ach, ihr Lieben«, flötet sie, »es hat hier ein durchaus adäquates Ambiente.«

»Alles Gute zur Hochzeit«, grüßt ihr Mann Herbert und löst sich dabei etwas aus ihrem Schatten.

»Ihr müsst den Aufzug meines Mannes entschuldigen.« Sie zupft an ihm herum. »Hatte ich nicht klipp und klar gesagt, du sollst diesen Schlips nicht mehr tragen?«

»Er ist doch ganz hübsch«, sagt Nina.

Ihr tut es jedes Mal leid, wenn Gundula ihren Mann wie einen Bediensteten behandelt. Ich denke immer, er sollte sich wehren. Aber den Zeitpunkt hat er wohl vor 30 Jahren verpasst.

»Er ist ein Schandfleck«, stößt meine Tante hervor und meint damit hoffentlich nur den Schlips. »Da drüben, seht nur, wie Cousine Lisbeth ihren Mann rumlaufen lässt. Schrecklich.« Dabei verzieht sie keine Miene, was ihr nach etlichen Liftings ohnehin nicht mehr gut gelingt. »Herbertchen, kommst du?« Mit dem Sektglas voran standesdünkelt sie weiter durch die Parkanlage.

»Lauf!«, möchte ich Herbert noch zurufen, da fliegt mir ein Frisbee an den Hinterkopf.

»Sorry«, ruft Waldiva, »Theo ist nicht so geübt. Aber er wirft schon besser.«

»Nun ja«, wiegelt der Pfarrer ab, »es ist noch kein Meister vom Himmel gefallen.«

»Doch, Jesus!« Mama nimmt die Scheibe auf und wirft sie weiter, alle drei spielen barfuß.

Chris läuft aufgeregt auf uns zu. Das kann nichts Gutes bedeuten.

»Die Frau ist einfach nur der Hammer!«

»Danke«, bemerkt Nina kokett.

»Öhm, du natürlich auch. Aber… Lady Lila!« Er beißt sich in die Faust.

Zugegeben, die Bankettleiterin wirkt sehr ansprechend im eng anliegenden Uniformkleid, das ihren drallen Hintern betont. Wofür ich natürlich keinerlei Blick habe, für den Rest meines Lebens nicht mehr. Um Chris dagegen ist es geschehen. »So sexy!«

»Du kümmerst dich trotzdem um den Ablauf?«, schmunzelt Nina.

»Klar, um den auch!«

»Und denk dran, unsere Ehrengäste abzuholen«, erinnere ich.

»Das geht schnell.« Chris schlägt sich vor die Brust. »Hey, auf mich ist doch Verlass.«

Natürlich. Wenn etwas schiefgehen soll, er ist dabei. Jetzt, da Nina ihr Kleid trägt, scheint mir jedoch die gröbste Gefahr gebannt.

Nina blinzelt mich vergnügt von der Seite an, so als spüre sie gerade ihre Hochzeit mit allen Sinnen. Hand in Hand schlendern wir durch den hellen Schlosspark, der an diesem warmen Nachmittag ganz uns gehört.

Und in dem alle Spaß zu haben scheinen. Allen voran Max und Moritz.

»Och Jungs!« Ninas Schwester Doris klingt nicht von Herzen darüber erfreut, dass ihre Zwillinge im Bassin des Springbrunnens Fangen spielen.

»Stirb, Titanic!«, schreit Max – oder Moritz – und schlägt

mit der Handkante ins Wasser. Ein großes Stück Hochzeitstorte, das auf einer Pappschale vor ihnen hertreibt, wird von der Welle erfasst und versinkt augenblicklich. »Voll cool!«, brüllt der andere. Die beiden jubeln.

»Hauptsache, sie vertragen sich.« Nina lächelt ihre Schwester an.

Doris seufzt. »Aber warum können sie nicht einfach vor ihren Smartphones hängen? So wie andere Kinder auch.«

Chris hätte längst zurück sein sollen, der unfähige Kerl nervt gewaltig. Dabei wollte ich doch erst … Es nützt nichts, ich muss anfangen. Alle sitzen erwartungsvoll an den runden, festlich gedeckten Tischen, auf denen fünfarmige Kerzenleuchter flackern. Ich blicke zu DJ Dolf, er hebt einen Daumen, das Mikro ist an.

O.k., Showtime.

Ich stehe auf und lächle in die Runde, ziehe meine Rede aus der Jacketttasche … also will sie rausziehen … wo verdammt ist sie? Auch in der anderen Innentasche … nix. In der Hose: Fehlanzeige. Alle Augenpaare fixieren mich gespannt. Zwei Stühle weiter hüstelt Papa. Nina schaut erwartungsfroh. Ich lächle.

»So …« Kann doch nicht wahr sein, habe ich den Zettel tatsächlich zu Hause vergessen? Er ist zwar nicht toll, aber wenigstens steht was drauf. »So, ja …«

Also muss es ohne gehen, frei von der Leber weg, was bleibt mir anderes übrig.

»Liebe Gäste! Heiraten, für die Frau bedeutet es: Schloss.« Ich deute mit einem Arm durch den Raum. Anerkennendes Raunen. »Für den Mann bedeutet es: Schloss und Riegel.« Zustimmendes Gelächter.

An diesen Einstieg konnte ich mich noch erinnern, der gefällt mir. Und nun?

»Liebe Familie und Freunde, zunächst einmal möchte ich einen großen Dank aussprechen.« Ich blicke an unserem Hochzeitstisch in die Runde. »Unseren Eltern: Durch euch haben wir gelernt zu lieben und sind liebenswert geworden.« Mein Papa Bert schaut sentimental um sich. »Ich danke unseren Trauzeugen, ohne die dieser Abend so nicht möglich gewesen wäre.«

Es wird geklatscht, Simone kostet es aus, steht auf, verneigt sich in alle Richtungen. Mit meinem Lob meine ich natürlich auch Doof Chris, der seine Blödheit allerdings gerade sonstwo unter Beweis stellt. »Nina und ich danken allen Helfern, allen Fassbüttelern, einfach allen, die hier sind... supergeil, dass ihr alle mitfeiert!« In den anbrechenden Jubel rufe ich: »Wir freuen uns auf ein rauschendes Fest mit euch!«

Als der Beifall abebbt, setze ich das Mikro wieder an, das von vorne hoffentlich nicht wie eine schwarze Pappnase wirkt. »Vor allem einer Frau danke ich, dass sie heute bei mir ist...«

»Gern geschehen«, jauchzt meine Mutter.

»Mama, mit dir musste ich rechnen«, grinse ich.

Ich mache eine kurze Pause, bis wieder Ruhe einkehrt. Meinen Notizzettel brauche ich jetzt nicht mehr. »Mir ist klar, ich bin lediglich ein Popel im Universum. Woraus doch folgt, dass ich die Zeit, die mir zur Verfügung steht, so gut wie möglich genießen will. Und umso wichtiger erscheint mir, mit wem ich diese Zeit verbringe. Das möchte und darf ich, meine liebe Nina, mit dir.«

Sie streichelt mich mit ihrem Blick.

»Ich... ich bin wirklich ein Glückspilz.«

»Mir ist langweilig«, ruft Max, glaube ich, jedenfalls einer von beiden.

»Ich hab Hunger!« Der andere.

»Und an dieser Stelle bedanke ich mich bei Ninas Exfreunden und meinen Exfreundinnen, die sich irgendwann so dämlich angestellt haben, dass wir sie verlassen mussten. Welche Gnade also, uns erst im entscheidenden Moment kennengelernt zu haben. Als wir uns am Tanzbrunnen zum ersten Mal trafen, hat es auf jeden Fall direkt gepasst.« Danach mit Chris hat es sogar noch besser gepasst, aber aus ihm ist ja nur der Trauzeuge geworden. Wo bleibt der Blödmann nur? »Bedingt durch den Alkohol an diesem Abend konnten wir uns beim ersten Date alles noch mal erzählen.« Gelächter, Papa juchzt. »Jetzt sind wir verheiratet, und damit habe ich mir die am besten schmeckenden Küsse für immer gesichert.« Zur Bestätigung küsse ich Nina.

»Bääh!«, tönen die Zwillinge.

»Oh ja, für immer«, betone ich, »ganz egal, wie lang das genau sein wird ...«

»Sehr, sehr lange.« Herbert ruft es zaghaft, aber für alle hörbar. Tante Gundulas bitterböser Blick bohrt sich durch ihn hindurch und reißt ein Loch in die Schlossmauer.

»Nina, wir sind ein unschlagbares Team, größer als alle Herausforderungen, die kommen. Ich freue mich auf das Leben mit dir!« Aufgeregt zappele ich an meinem Platz hin und her. »Trotz aller anderen Frauen hier im Saal, trotz Mama ...« Ich greife Ninas Hand. »... Du bist die Wertvollste. Du bist das Herz meines Lebens!« Befreit nehme ich ihr Gesicht in beide Hände und küsse sie.

Mama und Papa jubeln, der ganze Saal applaudiert, die Kerzen flackern. Paul sieht mich freundschaftlich an. Nina wischt sich Tränen aus den Augen, sie steht auf und übernimmt das Mikro.

»Du machst mich komplett. Komplett glücklich.«

Och, so kurz fassen darf man sich auch?

Gerührt wie ich bin, will ich sie gerade vor aller Augen umschlingen, da poltert es am Eingang des Saals.

Chris, na endlich! Beim Reinkommen hat er einen Stuhl umgestoßen. Das ist das Gemeine an Hochzeitspannen, man sieht sie nicht kommen: Sie klingeln oder klopfen nicht, sondern fallen direkt mit der Tür ins Haus. Umständlich stellt Chris den Stuhl wieder hin und hebt eine Hand: »Nina! Philipp! Da sind wir.«

Gut zu wissen, das hätten wir sonst gar nicht mitbekommen. Ich lasse Nina sanft aus dem Arm gleiten und greife noch mal zum Mikro. »Liebe Gäste, ich darf vorstellen: Nachbar Hiller! Mit seiner Bestie.«

»Die Frau sieht doch sehr nett aus.« Erstauntes Gebrabbel am Nebentisch. »Und so jung.«

Nina dreht sich um. »Das ist Natalie, seine Nichte. Philipp meinte den Hund.«

Die Bestie dackelt mit erhobener Schnauze vorneweg. Hiller schiebt sich auf seinen Rollator gebeugt an den Tischen vorbei, Natalie stützt ihn seitlich. Es sieht nicht aus wie ein Triumphzug, ist aber einer.

»Unser lieber Nachbar Hiller hat erst heute Nachmittag das Krankenhaus verlassen«, betone ich stolz, »wo er mehrere Monate lag, weil er Avela und Tando davor gerettet hat, von einem Auto angefahren zu werden.«

Die beiden Kleinen schauen verlegen, ihr Papa Yannie erhebt sich und klatscht Beifall. »Hiller, Sie sind mein Held!«

Alle anderen stehen ebenfalls auf und applaudieren begeistert. Hiller stellt sich mitten im Raum aufrecht hin und lächelt gerührt. Nina nimmt mich an der Hand, wir laufen auf sie zu. »Ihr müsst wissen«, sagt Nina und lacht in den Saal, »Natalie ist die Heldin meines Kleides.«

»Im Empirestil!« Natalie lacht mit.

»Dank dir sehe ich nicht aus wie Moby Dick.« Sie drückt

ihre Retterin, dann umarmt sie Hiller. »Und was für ein Glück, dass Sie unser Nachbar sind.«

Chris schluchzt.

Ich haue ihm auf die Schulter. »Was ist denn mit dir? Tut es dir leid, dass ihr so spät gekommen seid?«

»Quatsch. Aber auch Männer haben Gefühle.«

»Ja, weiß ich. Hunger und Durst. Gleich gibt's ja was.«

Die leichte Lounge-Musik setzt aus. »Und nun kommen wir zum nächsten Programmpunkt«, kündigt der DJ an.

Was denn jetzt noch? Bitte bloß keine peinlichen Spiele. Und außerdem wird doch noch gegessen.

»Du bleibst hier.« Nina steht vergnügt vom Tisch auf, hebt ihre Schleppe und läuft aus dem Saal.

Och nee, Simone nimmt sich das Mikro. »Philipp, als Nina mir erzählt hat, dass ihr verlobt seid, war meine erste Reaktion: Och nee, wer hat den denn engagiert.« Sie schmunzelt. »Tja, Nina, die Verrückte! Meine weltallerbeste Freundin, deine wunderbare Frau, sie hat noch etwas für dich vorbereitet…«

Chris legt mir eine Hand auf die Schulter. »Ich hätte ja gedacht, den Striptease macht sie erst in eurer Honeymoonsuite. Aber so haben wir alle was davon.« Ich boxe ihm in die Seite.

Was hat Nina nur vor? Gespannt verstummen unsere Gäste, als Simone mich vor die kleine Bühne führt. »Es ist euer Lied…«, ruft sie aus, »…›All of me‹!«

Pianotöne erklingen aus den Boxen. Nina, sie betritt wieder den Saal, läuft an den Tischen hindurch auf mich zu.

»What would I do without your smart mouth«, beginnt sie zu singen.

Sonst höre ich ihre Stimme nur im Chor. ›Für den Chor reicht's, aber allein auf der Bühne zu singen traue ich mich nicht‹, hat Nina nach ihrem letzten Gospelkonzert gemeint. Doch jetzt strahlt sie ganz allein vor mir, mein Stern, mein Star. Bei ›The Voice‹ würde ich sofort buzzern.

»Cause all of me
Loves all of you
Love your curves and all your edges
All your perfect imperfections.«

Völlig gebannt stehe ich vor ihr, Ninas Stimme lässt mir Gänsehaut kreuz und quer über den Körper kribbeln, ich muss schniefen.

»You're my end and my beginning
Even when I lose I'm winning
Cause I give you all of me
And you give me all of you.«

Der Applaus ist überwältigend, übertrifft den unseres Jaworts. Ich springe zu Nina auf die Bühne, nehme sie in den Arm. »Du… du bist der Wahnsinn.«

Atemberaubend, dieser Augenblick, unvergesslich.

Aufwühlend waren auch die Ansprachen unserer Väter am frühen Abend. Natürlich hat man es Paul und Bert angemerkt, dass sie nicht geübt sind, vor Leuten zu sprechen. Aber gerade wenn sie sich verhaspelten, um ihre Leidenschaft für Nina und mich auszudrücken, berührten ihre Reden besonders.

Und natürlich hat er wieder Udo Jürgens gegeben. Chris, der Schlagerkönig, höhö. Jetzt kann ich endlich ›Ich war noch niemals in New York‹ wieder hören, bin ihm nicht mehr böse, dass er mit dem Lied Nina rumgekriegt hat. Chris hat es schließlich nur zum Trauzeugen gebracht. Was natürlich nicht heißt, dass er stellvertretender Bräutigam wäre und einspringen dürfte, sofern ich mal irgendwie ausfallen sollte… was für ein absurder Einfall.

»Klasse Feier, ihr beiden«, lächelt Jessi, als sie mit einem gut gefüllten Teller an uns vorüberläuft. An einem der Fassbütteler Tische klingen Gläser, Onkel Werner prostet uns zu. »Auf euch!« Er hebt sein Kölschglas. »Nicht viel drin, aber ordentlich süffig. Immer gut, wenn man sich sein Bier nicht schöntrinken muss.« Und schon hat er sein Kölsch weggezischt. Er gibt sich wohl alle Mühe, Veranstaltungsvollster zu werden.

Als Ninas Neffen an uns vorbeiwirbeln, halte ich einen am Ärmel fest. »Wie heißt du?«

»Moritz«, sagt er irritiert.

Rasch tauche ich einen Zeigefinger ins Käsebüfett und schmiere ihm die Buchstaben ›Moritz‹ auf die Stirn. Dann lasse ich ihn weiterlaufen.

»So kann ich sie endlich auseinanderhalten.« Ich grinse Nina an, während wir zum nächsten Tisch schlendern.

»Alles okay bei euch?«, fragt Nina in die Runde ihrer Klinik-Kollegen. Ohne ihre weißen Kittel wirken sie irgendwie menschlicher.

»So eine prächtige Tischdeko«, strahlt Schwester Susi.

»Und erst das Essen«, Oberschwester Molly schnalzt zwischen zwei Happen mit der Zunge. »Kein Gourmetgedöns, sondern ordentlich was auf dem Teller, so mag ich das.«

Ich lache sie an und hebe einen Daumen.

»Alle wieder herhören, jaa, ich bitte jetzt um eure volle Aufmerksamkeit für den Eröffnungstanz unserer Täubchen«, moderiert Chris uns an.

Nina hat mich lange beharrlich bearbeitet, platt geklopft wie ein Schnitzel hat sie mich. Mit dem Stichwort ›Hochzeitstanz!‹ wachte ich auf, und erst nach einer Runde Discofox üben durfte ich ins Bett.

»Darf ich bitten?« Lächelnd greift Nina nach meiner Hand.

»Mit vollem Magen? Du, ich weiß nicht, was die Rindfleischsuppe mit Gemüsestreifen und Ochsenbrust dazu sagt.«

»Auf geht's, John Travolta.«

»Gefolgt vom Hähnchen.«

»Verleiht Flügel …«

»Jawoll – fertig, los, meine Starsängerin!«

Sie hat für mich gesungen, also tanze ich für sie. So gut es mir eben möglich ist. Was in mir drinsteckt, ich werde es rausholen, alles geben! Zum Glück haben wir trainiert. Ich tapse Nina zur Tanzfläche hinterher.

Beim Titel sind wir uns rasch einig gewesen. ›Halleluja‹ von *Brings* ist nicht schnulzig und dennoch das pure Gefühl. Bei den Kölschkerlen mit ihren schwarzroten Karo-Klamotten haben wir sogar im vollen Stadion mitgesungen. Und wie passend für uns die Textzeile ›Et Lääve hät ne Sinn, alles wed jot, alles haut hin‹, denn …

Klack! Es ist ein schäbiges Knacken, ein unheilvolles Geräusch. Ich kann Nina gerade noch auffangen, als sie seitlich wegknickt.

»Uups, alles okay, Nina?«

»Mir ist ein Absatz abgebrochen!«

Nein, ich habe den nicht angesägt. So spontan weiß ich nicht weiter, schaue Nina ratlos an.

Sie … lächelt, fängt an zu lachen, beömmelt sich. »Seht ihr, Leute«, ruft sie in den Saal, »als Braut muss man für alle Fälle gewappnet sein.« Sie geht zu ihrer Tasche an unserem Tisch, zieht ihre weißen Ballerinas heraus und hebt sie in die Höhe.

»Meine Tochter!«, freut sich Waldiva, woraufhin auch alle anderen jubeln. Ich fasse es nicht, Ninas Notfallset kommt tatsächlich zum Einsatz, elegant schlüpft sie in die viel komfortableren Tanztreter. Schnell ziehe ich meine Lackschuhe aus und nehme Nina ritterlich in Strümpfen in den Arm. Na, immerhin in schwarzen Strümpfen mit dem Geißbock drauf.

»Halleluja…« Sag ich doch, *Brings* passt.

Ein Meer von Wunderkerzen umwogt uns. Unsere Familien, unsere Freunde, unsere Nachbarn, sie alle schließen uns in einem Feuerreifen ein, pendeln im Takt hin und her. Es ist so überwältigend, ich konzentriere mich darauf, Nina gut zu führen. Und auf einmal liegt sie mir leicht wie eine Feder in den Armen, es klappt tatsächlich mit den Schritten, sogar geschmeidig auf Socken, wir schwingen uns durch den Refrain. »Nimm d'r e Hätz und sing Halleluja… Hallelujaaa…« Alle singen mit, schunkeln mit, freuen sich mit. DAS ist unser Hochzeitsmoment. Ausgerechnet der Eröffnungstanz, wer hätte das gedacht, Nina… zum Glück. DAS ist der Höhepunkt meines Lebens. »…alles jot im jetz und hier…« Zum Ende des Songs rückt der Kreis noch enger um uns, offenbar zuckt es allen in den Beinen. ›Spiel's noch mal‹, signalisiere ich dem DJ. Paul klopft mir auf die Schultern und greift sich Ninas Hände, meine Mutter schnappt sich mich. Jetzt teilen wir unseren Moment mit allen.

Die Party prickelt, es hat sie noch keiner verlassen. Noch nicht mal die Kinder, sie schlafen auf den Bänken. Hand in Hand stehen Nina und ich nebeneinander wie verliebte Teenager. Ulkig, dabei kennen wir uns doch schon so lange.

»Was ich dir noch sagen will…«, beginnt Nina. »…Oh, Grönemeyer!«, juchzt sie abgelenkt und zieht mich zu seinem ›Mambo‹ einmal mehr auf die rappelvolle Tanzfläche.

Ein Gejohle, als der DJ dann ›Hück steiht de Welt still‹ von *Cat Ballou* spielt. Nina und ich schweben zwischen Himmel und Kölle, und auch den Fassbüttelern gefallen unsere Heimatklänge. Natalie tanzt mit dem kleinen Tando, und selbst Hiller, ja, Hiller mit Avela. Gut, zwischen den beiden ist noch sein Gehgerät, aber das stört kaum, an den Griffen vereinen sich ihre Hände zum Rock'n'Rollator.

»Cooles Teil«, lacht Avela Hiller an.

Hiller hat sich außer Atem gehopst. »Es ist ein Längsfalter, das sind die besseren.«

Die Kleine spielt mit ihren schwarzen Locken. »Warum hat es Bremsen?«

»Damit mein Rennauto nicht wegrollt.«

Nina und ich saugen den süßen Sinnestaumel ein, lassen uns vom Trubel umkreisen, berauschen. Zärtlich berühren ihre Lippen meine Wangen. »Heute Nachmittag standen wir hier, und es war noch keiner da, jetzt ist es mitten in der Nacht, und alles dreht sich viel zu schnell.«

»Bitte? Ich versteh dich kaum.«

»Ich meine, das also ist der schönste Tag unseres Lebens?«

Vor allem der teuerste! Das behalte ich aber für mich. »Es ist der tollste Tag überhaupt, und du bist die beste Braut der Welt! Habe ich dir heute schon gesagt, wie sehr ich dich liebe?«

Nina japst. »Es ist alles so irre schön!«

»Ach, ich doch nicht.« Waldiva ziert sich.

»Doch«, sagt meine Mutter energisch, »du bist gerade noch heiratsfähig.«

»Herrje, Sofie, aber doch nicht mehr heiratswillig.«

Nina winkt von vorne. »Mama, komm du auch!«

Simone steht an der Tanzfläche in der ersten Reihe, schon seit Minuten. Sie lässt den Kopf im Nacken kreisen, hat die Haltung eines Torwarts eingenommen, federt in den Knien. Daneben hat sich Susi aus der Klinik platziert, auch meine Kollegin Jessi vom Massageempfang, Natalie und einige andere stehen dabei. Die Obermolly stellt sich von hinten dazu.

»Ich bin versorgt«, sagt sie nicht sonderlich interessiert und hält eine knusprige Hähnchenkeule in der Hand. Avela wird mit ihren sechs Jahren nicht wirklich wissen, worum es geht, fühlt sich aber ebenfalls dem Pulk der Frauen zugehörig.

»Okay, alle bereit?«, fragt Nina gespannt.

Sie umfasst den Brautstrauß mit beiden Händen und dreht sich langsam um. Ich vermute ja, sie hat irgendwo einen Rückspiegel, um Simone die Blumen zielgenau zuschanzen zu können.

»Fertig!«, ruft ihre ebenfalls aufgekratzte Trauzeugin.

»Na dann … los!«

Schwungvoll entgleitet der Brautstrauß Ninas Hand und wird recht steil zur Decke katapultiert. Oha. Dort touchiert er den Kronleuchter, bleibt beinahe hängen, fällt dann doch in schräger Bahn auf die Obermolly zu. Mit einem Sprung könnte sie den Brautstrauß erreichen, was ihr die Schwerkraft allerdings versagt. Gleich drei Frauen hechten auf sie zu, als hätte sie einen Rugbyball in Händen. Die Obermolly grinst so mürrisch wie Bud Spencer.

Der Strauß ist derweil hinter ihr zu Boden gefallen und … wird von der Bestie weggeschnappt! Gut, sie ist weiblich, im Prinzip darf sie das. Nach Laubblättern und bereits toten Kaninchen erlegt sie jetzt einen Brautstrauß. Der Jagdinstinkt dieses Dackels ist wirklich zu kurios. Mit dem Grünzeug wetzt sie durch die Stuhlreihen.

»Gib ihn her!« Simone jagt der Hündin nach und versucht, ihr den Brautstrauß zu entreißen. Knurrend verteidigt die ihre Beute im Maul.

»Lass los, du Köter«, schreit Simone, hockt jetzt vor dem Tier und zieht am Grün, als wolle sie eine Wurzel aus dem Boden rupfen. Viel besser sieht der Brautstrauß allerdings auch nicht mehr aus, eigentlich wie Strüssjer im Straßendreck nach dem Rosenmontagszug.

»Aus, Bestie«, bestimmt Hiller, »meine Güte, wer sollte dich denn schon heiraten.«

Die Obermolly hält dem Dackel ihr Hähnchenfleisch hin, der lässt den Strauß los und schnappt danach, woraufhin Simone auf den Po plumpst. So kann man auch ins Festnäpfchen treten. Immerhin hält sie jetzt den zerfetzten Strauß in ihren Händen. Triumphierend reckt sie die Grünstängel nach oben. »Das Liebesorakel hat gesprochen!«

»Darf ich?«, fragt Yannie amüsiert und hilft ihr hoch.

»Danke … ähm«, sie richtet ihr Kleid, »ich bin die Simone und sonst normal.«

»Das habe ich schon beim Junggesellenabschied mitbekommen«, lächelt unser Nachbar. »Und ich bin alleinerziehend und habe zwei Kinder. Ich weiß also, was Überlebenskampf bedeutet.«

Simone errötet leicht.

»Wie wäre es jetzt mit einem Champagner?«, fragt Yannie galant.

Sie lächelt ihn an, verlegen und doch eindringlich.

Glanzpapier leuchtet, Bänder funkeln und flimmern, festliche Päckchen und Schachteln stapeln sich. Unser Geschenketisch ist beladener als eine Pizza ›mit allem‹. Nina nimmt ein besonders kreativ eingewickeltes Geldgeschenk in die Hand, die Folie knistert.

»Uih, das dauert ja Wochen, bis wir alles ausgepackt haben.«

»Haben wir uns verdient, hehe.« Ich reibe mir die Hände.

Waldiva tritt hinzu, bestimmt hat sie Tipps zur umweltgerechten Entsorgung der ganzen Pracht.

»Es ist eine fabelhafte Feier, ihr Lieben. Nina, ich bin sehr stolz, deine Mutter zu sein.« Sie umarmt ihre Tochter innig.

»Danke, Mama.«

Mich knufft Waldiva freundschaftlich. Das waren gerade zwei ganz normale Sätze von ihr, ich bin baff.

»Philipp, willst du nicht draußen nach den Jungs sehen?«, fragt Nina mit belegter Stimme.

»Hey klar.« Und schon bin ich durch die Glastür gehuscht, setze mich zu ihnen auf die Terrasse, der Schein von Fackeln spendet ein lauschiges Männerlicht.

»Schalalalaaa!« Onkel Werner hat es geschafft, er ist rotzevoll. Irgendein Gast sieht sich wohl immer für diesen Job zuständig. Kopfüber hängt er auf seinem Stuhl und stiert einen dicken Käfer an. »Du-u, man sieht sich im Leben immer doppelt!«

»Zweimal, Werner«, sagt Papa. »Hier«, er reicht mir eine Flasche, die meine Hände angenehm kühlt. »Wir haben uns das Bier lieber rausbringen lassen. An der Theke haben die das Kölsch aus dem Fass eher gezupft als gezapft.« Der Kasten thront auf Hillers Rollator.

»Was 'ne herrlich laue Nacht«, grunzt Chris, zieht an seinem Zigarillo und legt einen Arm um mich. »Hehe, für uns hätte ja die Terrasse ausgereicht.«

»Fehlt nur der Grill drauf.« Ich grinse zurück. »Mann, ich bin ja so erleichtert. Alle haben Spaß, und dieses verflixte Jahr ist endlich um. Diese Launen, das ertrage ich nicht noch mal!«

»Philipp?« Nina hat den Kopf durch die Fenstertür gesteckt. »Ah… ich will dir noch etwas erzählen.«

»Klar, mach doch, mein Braut-Babe.«

Sie blickt sich um. »Später.«

»Trinkste ein Bier mit?«

»Viel später.« Sie prostet mir mit ihrem Wasserglas zu.

»Da wir unsere Freude gerade so schön mit Kölsch unterlegen«, Hiller sieht mich bedeutungsvoll an, »wird es wohl Zeit, dass ich Ihnen das ›Du‹ anbiete.«

»Gerne.« Ich reiche ihm die Hand. »Philipp.«

»Hiller.«

»Öhm, haben Sie …?«

»… du …«

»… hast du denn keinen Vornamen?«

Hiller windet den Kopf hin und her. »Alf Maria.«

»Oh, okay.« Jetzt ist natürlich klar, warum er sich nur ›Hiller‹ nennt.

»Darauf eine Runde Jägermeister.«

»Hast du welchen, Hiller?«

»Im Rollatorkorb.«

»Saupraktisches Ding«, sagt Chris, »muss ich mir auch zulegen.«

»Meine Herren, ich kann damit sogar Schnee schippen«, prahlt Hiller. »Und jetzt runter mit dem Zeug, auf einem Bein kann ich nicht stehen.«

Ich stutze. »Auf zweien aber auch nicht soo gut …«

»Also trinke ich noch einen, ha!«

»Ich muss aufs Klo, gib mal 'n Weg-Bier.« Onkel Werner greift es sich und wankt auf den Rasen zu.

»Zum Strullern geht's ins Haus.« Papa will ihn noch in die richtige Richtung dirigieren.

Dann hören wir es plätschern.

Ich halte Nina im Arm, habe ihr mein Jackett über die Schultern gelegt, um die nächtliche Brise abzuwehren. Gemeinsam blicken wir den roten Lichtern des Sammeltaxis hinterher, das die Schlossauffahrt verlässt.

»Klasse, wie lange unsere Eltern durchgehalten haben.« Ich schaue zufrieden auf die Uhr. Um 3:37 Uhr dürfen Mamas und Papas eine Hochzeit verlassen. »Was für eine Nacht, meine Süße, und sie ist noch nicht vorbei …«

Nina nickt hibbelig. »Ich möchte dir doch noch …«

»Na dann, raus mit der Sprache.«

»Hm, du bist schon ganz ordentlich dabei.«

»Na hörma, is Hochzeit. Deine... unsre Hochzeit!« Ich mache eine philosophische Geste, jedenfalls eine, die ich dafür halte. »Filmriss auf 'ner Hochzeit is natürlich dämlich. Wie Onkel Werner morgen: außer Tresen nix gewesen. Aber wir, Baby, wir sind doch nach deutschem Reinheitsgebot getraut und...«

»Genau das meine ich«, schmunzelt Nina, »bevor du dunkelblau bist, hast du noch deine drolligen fünf Minuten.«

Theatralisch schaue ich erneut auf die Uhr. »Ja nee, aber jetzt ist noch weit vor... dingens... drollig dunkelblau.«

Nina hakt sich unter. »Lass uns ein paar Schritte gehen.«

»Wenn du mir erzählen willst, du weißt das mit den 5000, dann öhm...«

»5000?«

»Nix.«

Entfernt sprudelt der Springbrunnen, beleuchtet ist er immer noch der malerische Mittelpunkt des Parks. Der Vollmond wirft sein bleiches Licht aufs Brautkleid. Die Bäume sind nur noch Schemen, feingliedrig schwarze Astfinger weisen ins dustere Nichts.

»Unheimlich romantisch«, sagt Nina und betont beide Worte. Sie schmiegt sich an mich.

Zwischen den Büschen raschelt es.

»Vielleicht ein Fuchs?« Nina rückt noch näher.

»Oder eine Fee?«

»Sag ihr, sie kann schlafen gehen, ich bin wunschlos glücklich.«

Wieder raschelt es, dann taucht ein Hinterkopf zwischen den Büschen auf. Der Hinterkopf einer recht stämmigen, männlichen Fee namens Chris. »Der Platz ist besetzt!«

Die Frau offensichtlich auch. Chris hat Lady Lila zugeparkt. Sein Hintern glänzt silbrig im Mondlicht.

Nina gluckst, ich ziehe sie mit mir. »Weitermachen.«

»Philipp, also…« Nina stockt.

»Jetzt mach's doch nicht so spannend.«

»Ich will nur nicht, dass du wieder Muffensausen kriegst. Wie bei meinem Heiratsantrag.«

»Muffensausen, ich?« Ich pruste lauter, als die Fee hinter uns keucht. »Das ist ja… also bitte… also… nö!« Mein Muffensausen, haha, lächerlich, das habe ich ja nun wirklich besiegt.

Nina stellt sich direkt vor mich. »Ich habe noch eine ganz besondere Hochzeitsüberraschung für dich.« Sie klammert ihre Hände an meine Oberarme. »Ich… ich bin schwanger.«

»Ich… ich werde Vater?«

»Wir kriegen ein Baby!«

Chris röhrt seinen Höhepunkt heraus. Aber aufs Stichwort. Das erste Mal, seit ich ihn kenne, kommt er zur rechten Zeit.

»Halleluja, herrlich!« Ich umarme Nina, hebe sie hoch.

»Und keine Angst.« Tränen fließen ihre Wangen hinunter. »Ich werde mich hormonell bestimmt nicht so verändern wie andere Frauen.«

»Verändern?« Ich horche auf.

»Nicht so wie Doris. Sie ist in ihrer Schwangerschaft ein richtig zänkischer Drachen gewesen. Na ja, wahrscheinlich haben sich Max und Moritz schon in ihrem Bauch geboxt. Aber stell dir das mal vor, meine liebe Schwester… ein Drachen!«

»Das, öhm, passt ja so gar nicht zu ihr und ihrem Nudelsalat…«

»Eben! Das kann also unmöglich in der Familie liegen. Hey, ich bin doch die Nina, deine Nina!«

Ich habe kein Muffensausen, *jetzt* geht mir richtig die Düse.

»Und was das Beste ist: Um alles perfekt planen zu können, haben wir ja fast ein Jahr Vorbereitungszeit! Hach, zum Glück weiß ich schon genau, wie alles werden soll. In meiner Schwangerschaft.«

Ich überlege nicht, ich renne los.

»Philipp, was machst du denn …«

Plaatsch!

»… im Springbrunnen?«

Dankeschön!

Meinen ersten Lesern Anja Peters, Christoph Blätgen, Arndt Klingenburg, Annette Bär und Talina Nitschke.
Applaus für Eure kreativen Ideen!

Anna-Lisa Hollerbach, Berit Böhm und Kristof Kurz vom Verlag, die sich toll um meine Inhalte und mich kümmern.

Petra Hermanns, meiner immer fröhlichen Agentin.

Meiner ulkig herzlichen Familie
Mutti Ursula
Carola, Marina und Aileen
Uli, Esther und Matilda
Uta und Christian
Bärbel
Philipp, Ellen und Hanna
Sarina
Amr und Gabi

Meinen Patenkindern Anton und Carla. Und Leo.
Mit euch mache ich am liebsten Quatsch!

Meinen Comedy-Kumpels Markus Krebs, Jörg ›Mattu‹ Matuszewski und Uwe Allstädt für den Spaß bei irren Shows.

Meinen super Freunden und lieben Nachbarn für viele Erlebnisse und Erfahrungen.

Günter Stommel und allen anderen, die mir bei der Recherche geholfen haben.